J.SAND (George SAND et Jules SANDEAU)

Rose et Blanche

ou la comédienne et la religieuse

Mentions légales
© 2020 Jules SAND
Éditeur : BOD-Books on Demand
12-14 rond-point des Champs-Élysées, 75008 Paris
Impression : Books on Demand, Norderstedt, Allemagne.
ISBN : 9782322208326
Dépôt légal : 03/2020

Rose et Blanche de Jules Sand.

« Le 9 mars 1831, George Sand écrivait…:

« Les monstres sont à la mode. Faisons des monstres ! J'en enfante un fort agréable dans ce moment-ci. »

Le monstre, c'est ce roman écrit en collaboration avec Sandeau et paru sous la signature collective de Jules Sand, à la fin de 1831 :

Rose et Blanche ou la Comédienne et la Religieuse. »

SOURCE

Ce livre est extrait de la bibliothèque numérique Wikisource et les illustrations de Wikimedia Commons, la médiathèque libre.

Cette œuvre est mise à disposition sous licence Attribution – Partage dans les mêmes conditions 3.0 non transposé. Pour voir une copie de cette licence, visitez :

http://creativecommons.org/licenses/by-sa/3.0/ or send a letter to Creative Commons, PO Box 1866, Mountain View, CA 94042, USA.

Tome 1

Chapitre premier
La Diligence

« En route ! dit le conducteur.

« — Rrrroute !... répéta le postillon. Y êtes-vous !

« — Attendez un petit peu. Je ne monte pas vite à cause de mon ventre.

« — Si ça fait pas mal, disait un garçon d'écurie à la dérobée, de voir un conducteur lourd comme ça !

« — Allons un petit peu, hein, postillon ?

« — On ira… y a pas de doute qu'on ira. On ira sur ses jambes.

« — Oui, mais faut rouler. Un conducteur sait reconnaître les bons enfants.

Oui, je t'en f… murmura le postillon, en serrant la bricole de son maillet. Un postillon sait reconnaître les conducteurs qui est chien… Hue ?

« — … Conducteur, conducteur… Arrêtez… postillon. Sacrebleu ! arrêtez donc !

« — Quoi que c'est donc ? dit le postillon, en se renversant sur la selle pour retenir ses cinq chevaux.

« — Ce n'est rien, dit le conducteur, c'est une dame que j'oubliais.

« — Nom de D… il oubliait la religieuse !

« — Allons, ma sœur, faut monter à l'assaut.

« — On ne vous donne pas seulement le temps de lâcher de l'eau, s'écria la nonne en grimpant sur l'impériale.

« — Si ça ne fait pas horreur, un ton comme ça ! dit une comédienne en se penchant à la portière de la rotonde.

« — Tiens ! elle a la jambe solide ! dit un officier qui était dans le coupé, et qui voyait la sœur de charité escalader avec hardiesse l'édifice de la diligence. »

La religieuse s'assit dans le cabriolet, entre un vieux dragon et une jeune enfant qui portait le costume des novices de l'ordre. Autant cette dernière, pâle et timide sous son capuchon blanc, se tenait silencieuse et réservée, autant la vieille sœur d'hôpital, habituée au sang, aux souffrances, aux gémissements, aux fatigues, aux voyages, se mettait à l'aise, insouciante et cavalière auprès du grognard. Le militaire, c'était l'élément de la sœur Olympie. En avait-elle vu ! des militaires, en avait-elle vu ! À Limoges, elle avait guéri de la gale le 35e d'infanterie de ligne ; à Lyon, tout le douzième de chasseurs lui avait passé par les mains pour une colique contagieuse ; aux frontières, pendant la campagne de Russie, elle avait reçu des envois de blessés, des cargaisons de gelés, des convois d'amputés. Elle avait exploré le hussard, cultivé le canonnier, analysé le tambour-maître et monopolisé le cuirassier. Le voltigeur l'avait bénie, le lancier l'avait adorée ; et, dans une effusion de reconnaissance plus d'un l'avait embrassée en dépit de ses grosses verrues et de sa joue profondément sillonnée par la petite vérole ; car elle était si laide, la sœur Olympie, qu'elle pouvait se passer de pudeur. D'ailleurs, les fonctions à la fois abjectes et sublimes qui avaient occupé sa vie, excluaient tous ces ménagements de modestie, toutes ces périphrases hypocrites, hors de saison au lit du mourant. Sur le lit de douleur, la nature peut se montrer toute nue à l'œil le plus chaste ; sous un drap taché de sang et de sanie, sur des membres lépreux ou broyés, de jeunes vierges peuvent bien, sans rougir, promener leurs regards purs et leurs mains vertueuses : la volupté n'oserait franchir la porte des hôpitaux, et le désir n'a jamais habité le grabat infect du moribond.

Aussi, après cinquante ans d'une semblable existence, après une vie d'emplâtre, d'infections et d'ordures, la sœur Olympie, rude et grossière comme la charité active, n'avait plus de sexe : ce n'était ni un homme, ni une femme, ni un soldat, ni une vierge : c'était la force, le dévouement, le courage incarné, c'était le bienfait personnifié, la providence habillée d'une robe noire et d'une guimpe blanche : c'était une sœur de charité d'autant plus sublime, qu'elle ne s'estimait pas plus qu'une lancette dans la main d'un chirurgien, et se considérait comme un instrument utile à l'humanité, mis en œuvre par la grande volonté de Dieu.

« — Sacrebleu ! dit le vieux dragon, en aidant la sœur à grimper à son siège aérien, voyez-vous ce f… animal de conducteur qui oubliait notre infirmière. S'il se cassait une jambe, le vieux gredin, il se rappellerait bien que vous n'êtes pas loin !

« — Que diable voulez-vous ? dit la nonne, ce serait mon état ; le sien est de courir, comme le vôtre de faire la guerre, n'est-ce pas, mon camarade ?

« — C'est parler, ça, ma sœur ! mais ces conducteurs de diligence, c'est poli comme… suffit, je m'entends. En usez-vous, ma sœur.

« — Sensible ! » répondit la religieuse en enfonçant ses longs doigts osseux dans la tabatière du soldat, et en portant à son nez une prise de tabac dont la moitié tomba sur un rudiment de moustache grise qui couronnait sa lèvre supérieure.

« J'avais bien appelé, dit la jeune novice, le conducteur ne voulait pas m'entendre.

« — Je crois bien qu'il n'aurait pas entendu votre petite voix, dit le dragon ; il n'entendait pas la mienne, et pourtant je jurais assez haut.

« — Et puis elle est si timide, cette enfant, dit la sœur, qu'elle n'oserait pas parler à un chat, la pauvre petite ; elle aura de la peine à se faire à notre état. C'est quelquefois un peu rude, et il en coûte plus ou moins pour passer la première année.

« — Mademoiselle est novice ? dit le troupier.

« — Depuis bien peu de temps ; et comme on nous transfère à Paris, je l'emmène de Bordeaux avec moi. Nous avons été chargées d'une mission pour Tarbes, mais nous n'y serons pas longtemps ; arrivées ce soir, nous repartirons après demain matin, si la novice n'est pas trop fatiguée, car elle n'est pas robuste, cette enfant-là.

« — Hum ! dit le dragon en caressant sa moustache et baissant la voix d'un ton d'amateur mitigé par le respect… C'est un joli brin de femme.

« — Comme ça, comme ça, dit la sœur : ce n'est pas fort, ça ne pourra pas faire le service.

« — Tonnerre de dieu ! je vous réponds que… » Le dragon comprima un sourire libertin, et n'osa exprimer le restant de sa pensée.

« — Non, reprit la sœur Olympie, ce n'est pas ce qu'il nous faut : ça ne pourra pas veiller ; et puis ça n'a pas été accoutumé de bonne heure à la fatigue. Il faut de la santé ; il faut des bras qui puissent retourner un malade, et légèrement encore… Je me rappelle qu'à Strasbourg, on m'envoya chercher une fois pour un major de carabiniers… Il pesait bien deux cents livres : il avait empoigné en Pologne une gueuse de sciatique qui le tenait si bien par les reins, qu'il ne pouvait pas se soulever pour avaler un bouillon. Eh bien ! voyez-vous, j'en venais à bout toute seule. Avec cela, il n'était pas commode du tout. Il y a des malades terribles quand ils souffrent, c'est même le grand nombre : celui-là jurait à fendre le cœur ; moi, je le laissais bien jurer : je trouve que cela soulage une personne dans la souffrance, et que, pour les malades comme pour les infirmiers, qui fatiguent autant qu'eux, ce n'est même pas péché véniel ; seulement je ne supporte pas qu'on blasphème le saint nom de Dieu ; et quand mon major s'en avisait, je lui lâchais une bordée d'injures directes, qui le mettait dans une grande colère contre moi. Alors il détournait sur moi sa fureur et ses imprécations et, comme je les lui pardonnais de tout mon cœur, il n'y avait pas de mal ; j'épargnais ainsi un crime à sa pauvre âme, en l'empêchant de s'attaquer à Dieu… »

Tandis que la sœur et le dragon devisaient de la sorte sur l'impériale de la diligence, la comédienne faisait, dans la rotonde, de coquettes minauderies à un jeune sous-préfet de la restauration, qui n'était pas arrivé, au départ de la diligence, assez tôt pour avoir une place *convenable*. Pendant une vingtaine de lieues, il avait boudé le séminariste et le commis aux douanes, qui complétaient la rotonde. Mais l'ennui avait fini par dompter cette âme si fière : il s'était aperçu du reste d'attraits que possédait mademoiselle Primerose ; il avait surtout remarqué près d'elle une belle petite nièce dont les longs yeux noirs exprimaient une timidité sauvage parfaitement vraie ou parfaitement jouée. Dans le premier cas, c'était une grande vertu ; dans le second, un grand talent. Le sous-préfet eût aimé, peut-être, à résoudre ses doutes à cet égard ; mais sa sous-préfecture lui rapportait mille écus de rente dont il dépensait un bon tiers à payer le travail de bureau, et il savait bien qu'une éducation coûte cher à entreprendre, surtout quand elle est commencée par une tante ou une mère aussi expérimentée que mademoiselle Primerose. Ses raisons d'économie domestique lui firent penser que la mère était encore assez intéressante pour qu'il s'en occupât exclusivement ; et comme sa femme était en couches, comme surtout il voyageait incognito dans un pays où il voyait peu d'inconvénients à compromettre sa magistrature, il s'était risqué à presser légèrement d'abord le genou de l'actrice de province, puis il avait baisé furtivement une main assez belle ; mais à force de galanterie respectueuse et de fadeurs aristocratiques, il avait si bien réussi à ennuyer la demoiselle, qu'il était clair comme le jour que l'actrice allait voyager gratis aux dépens du jeune administrateur, et que celui-ci en serait quitte pour ses frais de cœur, d'esprit et de route. Il commençait à devenir passionné, lorsque la voiture s'arrêta. Le conducteur demanda aux voyageurs s'ils voulaient monter la côte à pied, et alors on put voir se former deux ou trois couples qui témoignèrent des progrès de l'intimité entre les voyageurs des deux sexes. Une vieille marquise moitié ruinée avec un mauvais sujet qui l'était entièrement ; une demoiselle qui prétendait avoir *reconnu* un jeune homme qu'elle voyait pour la première fois : elle lui persuadait en marchant qu'ils avaient dansé ensemble en bonne compagnie ; la sœur de charité avec le dragon, le séminariste avec une nourrice, et la comédienne avec le sous-préfet.

« Femme adorable ! disait-il en pressant le bras de la dulcinée sous le sien, et serrant les coudes comme un chambellan de l'empire, permettez-moi d'être votre chevalier pour tout le reste du voyage ?

« — Le voyage ne sera pas long, dit mademoiselle Primerose, qui, aux respects de son adorateur, devinait peu à peu le mauvais état de sa fortune ; nous nous arrêtons à Tarbes, où décidément je vais prendre un engagement dans la troupe Robba.

« — Eh quoi ! déjà vous nous quittez ! Eh bien ! permettez-moi de vous offrir, ce soir, un meilleur souper que celui de la table d'hôte ?

« — Monsieur, vous pensez bien que deux femmes ne peuvent se permettre une démarche aussi inconsidérée… Que penserait-on de moi, et de l'éducation que je donne à ma nièce ?

« — Femme charmante, dit à voix basse l'administrateur, que tes scrupules sont ravissants !

« — L'imbécile, murmura la comédienne en haussant les épaules. »

Pendant que la vertu de mademoiselle Primerose offrait le rempart de convenance aux attaques du fonctionnaire économe, la petite nièce courait au-devant de la voiture, et d'un air amical et moqueur, s'était emparé du bras de la novice. Celle-ci, douce et craintive, se laissa entraîner, et lorsqu'elles eurent gagné le revers d'un buisson, ne se sentant plus sous le regard des hommes, la jeune nonne redevint rieuse et légère comme la petite actrice. D'abord elles coururent après les jolis papillons bleus qui voltigeaient dans les herbes ; l'actrice fit une guirlande d'aubépine, qu'elle posa de travers, d'une façon toute espiègle, toute coquette, sur ses cheveux noirs et brillants ; ensuite elle voulut en faire autant à la nonnette, qui s'y refusa. L'autre, opiniâtre et volontaire, courut après elle. La novice, plus grande et plus forte, eût pu se défendre, mais elle ne le voulait pas, et la comédienne, plus leste et plus court-vêtue, s'élança d'un bond, la poussa, la fit tomber, et lui enleva sa cornette blanche. Alors la jeune sœur se montra toute jolie, toute vermeille, avec ses cheveux courts et noirs, qui bouclaient naturellement comme ceux d'un enfant, sur son front pur et sur son cou de neige ; l'actrice lui jeta sa couronne blanche sur la tête, et toutes deux se mirent à rire en roulant sur le gazon, plus fraîches, plus gracieuses que les premières fleurs du printemps.

Puis la novice se releva, et remettant sa coiffe d'un petit air boudeur :

« Finissez, mademoiselle, dit-elle à sa folâtre compagne ; ce que vous faites n'est pas bien : si ma sœur Olympie me voyait décoiffée, elle me gronderait.

« — Eh bien ! elle te gronderait, voyez donc la belle affaire ! Est-ce qu'on ne me gronde pas toute la journée, moi ? je m'en moque joliment, va !

« — On vous gronde ? dit la sœur en ouvrant de grands yeux bleus ; je croyais qu'on ne grondait que dans les couvents.

« — Ah bien oui ! cette bêtise ! on gronde partout, au couvent, dans la diligence, au théâtre, partout. Partout les vieilles sont toujours mauvaises pour les jeunes.

« — Au théâtre !

« — Oui, au théâtre ; ça vous étonne ?

« — Vous allez donc à la comédie ? Dites donc, est-ce bien joli ?

« — Joli ? ah, pas du tout : c'est bête et ennuyeux comme peste.

« — Tiens, c'est drôle ; une novice m'a raconté qu'elle avait été une fois à l'Opéra à Bordeaux, du temps qu'elle était petite, et elle avait trouvé cela si beau, qu'elle se le rappelait toujours ; elle disait que c'était bien dommage qu'on défendît aux religieuses d'aller dans ces endroits-là.

« — Oh ! ma foi, c'est bien bête de vous en empêcher, car c'est bien ennuyeux. Si vous saviez comme moi ce que c'est ?

« — Vous y allez donc bien souvent ?

« — Eh donc, tous les soirs.

« — Tous les soirs ! ça coûte si cher, à ce que disait la sœur Opportune. Vous êtes donc bien riche ?

« — Riche ! je n'ai pas le sou ; mais ça ne me coûte rien à moi : la comédie, au contraire, ça me rapporte… C'est-à-dire, c'est censé me rapporter, car ma mère prend tout.

« — Votre mère ? vous avez donc une mère ?

« — Vous ne l'avez pas vue ? Tenez, celle qui donne le bras à ce monsieur qui a l'air bête comme tout.

« — Votre tante !

« — C'est ma mère.

« — Pourquoi l'appelez-vous votre tante ?

« — Est-ce que je sais, moi ? c'est elle qui le veut : elle est si drôle !

« — Oh ! fi ! est-ce qu'on parle ainsi de sa mère ? Ah ! si j'en avais une, je l'aimerais bien, moi ; mais je n'en ai pas ; je n'en ai jamais eue.

« — Est-elle bête ! elle dit qu'elle n'a jamais eu de mère, est-ce que vous seriez au monde sans cela ?

« — Oui, si Dieu l'avait voulu : Dieu peut tout.

« — Ah oui, le bon Dieu, est-ce que je connais ça !

« — Oh ciel ! ne parlez pas ainsi, mademoiselle : vous ne connaissez pas le bon Dieu !

« — Non, je ne l'ai jamais vu ; mais ne vous fâchez pas, ma bégueule de nonne ; soyons bonnes amies. Tenez, c'est bien laid, ce gros jupon et ce vilain tablier que vous portez, eh bien ! je donnerais de bon cœur tous mes beaux habits pour être comme vous ; car il est impossible que vous ne soyez pas plus heureuse que moi.

« — Pauvre demoiselle, dit la bonne nonnette en passant le bras de la comédienne sous le sien, vous êtes malheureuse !

« — Comme les pierres quand il gèle. D'abord, j'ai de belles robes, des diamants, des colliers, des plumes, des fleurs ; mais rien de tout cela ne m'appartient ; je les mets le soir pour jouer ; le lendemain matin je me lève aussi pauvre que la veille, avec une vilaine robe et un mauvais chapeau fané, comme vous me voyez.

« — Pour jouer, vous dites ! à quoi donc ?

« — Pour jouer la comédie.

« — C'est vous qui jouez la comédie ? Est-ce que vous êtes…

« — Comédienne. »

La novice laissa tomber ses deux bras et resta stupéfaite.

« Ah voilà ! vous êtes scandalisée ; on vous a dit que les comédiens étaient damnés, qu'ils avaient des griffes et des cornes, n'est-ce pas ? Vous voyez bien que je n'ai pas l'air d'un diable.

« — Non, vous n'avez pas l'air méchant ; mais d'où vient donc que vous êtes tombée dans un péché comme cela ?

« — Oh ! c'est bien malgré moi, va : que veux-tu ? c'est ma mère qui m'a élevée pour le théâtre ; il a bien fallu faire comme elle voulait.

« — C'est vrai ; mais vous devriez lui dire à présent que vous ne voulez plus faire ce vilain métier.

« — Pas mal ; elle m'écouterait joliment. Si vous saviez ce qu'elle veut faire de moi, par-dessus le marché ? Je vais vous raconter tous mes chagrins : vous ne les direz à personne, n'est-ce pas ?

« — Oh non !

« — Eh bien ! figurez-vous d'abord que de jouer la comédie c'est déjà bien désagréable ; il me faut apprendre par cœur je ne sais combien de pages qui sont bêtes à endormir ; et puis, si je me trompe devant le monde, les gens qui sont là et qui paient pour entendre se moquent de moi, et je les vois rire. Dans la coulisse, c'est bien pis : le directeur me gronde, ma mère me tape, et mes camarades sont bien contentes de me voir pleurer. Cependant, il faut reparaître sur le théâtre avec les larmes aux yeux, et faire semblant de rire, quand c'est dans mon rôle ; et il y a souvent dans la pièce de vilaines paroles que je n'ose presque pas comprendre, et il faut que j'aie l'air de les dire avec plaisir, et le parterre rit d'un rire grossier… Va, c'est bien cruel d'amuser ainsi les hommes ? Mais tout cela n'est rien auprès de ce qu'on me réserve.

« — Quoi donc ?

« — On veut me vendre.

« — Vous vendre ! est-ce qu'on vend les chrétiens ?

« — On vend les chrétiennes.

« — Ah bast ! dit la novice en riant, vous avez lu cela dans les livres ; vous êtes folle : c'est dans la Turquie que les femmes sont esclaves, qu'on les vend pour travailler ; Mais en France…

« — Vous êtes dix fois plus bête que moi. Vous ne savez donc pas ce que c'est qu'une fille ?

« — C'est une personne qui n'est pas mariée.

« — Tiens ! quelle niaiserie ! Vous n'avez jamais vu des femmes qui étaient bien habillées le soir, et qui se promenaient dans les rues, en appelant tous les hommes qu'elles rencontraient ? vous n'avez donc jamais été à Paris ?

« — Jamais : j'ai toujours été à Bordeaux. Mais attendez, je me rappelle à présent que quand nous sortions dans les rues, je voyais en effet des dames bien belles qui se promenaient sans châle et avec de petits souliers minces par le plus grand froid ; et nos mères nous défendaient de les regarder, parce qu'elles disaient que c'étaient de grandes pécheresses.

« — Eh bien ! c'est cela qu'on appelle des filles. Elles commencent par être honnêtes comme vous et moi, et puis on les vend à des hommes qui les déshonorent et qui les laissent là : alors elles sont obligées pour vivre, de courir les rues et de se recommander à tous les passants.

« — Et on leur donne l'aumône ? Elles feraient bien mieux de travailler pour vivre.

« — Vous ne savez donc pas ce qu'elles font ?

« — Non. Elles volent ?

« — Vous êtes pourtant plus vieille que moi. Quel âge avez-vous ?

« — Dix-neuf ans.

« — Et moi, dix-huit ! Pourtant je sais bien des choses que vous ne savez pas. Ah ! vous êtes plus heureuse que moi !

« — Mais dites donc, est-ce que votre mère veut vous vendre comme vous dites ?

« — Elle l'a voulu déjà bien des fois, et elle me le dit sans cesse ; mais je ne peux pas vous conter cela, vous êtes trop simple ; seulement je puis vous dire que je suis toujours honnête !

« — Est-ce que vous ne voulez pas toujours l'être ?

« — Oh ! je le voudrais ; car voyez-vous, je ne peux pas souffrir les hommes ! Ils ont tous l'air si insolent avec les pauvres filles ! si je n'avais pas peur de ma mère, je leur cracherais au nez ; mais je suis forcée d'entendre leurs bêtes de compliments ; et quand j'aurai rencontré un riche, fût-il vieux, mauvais, dégoûtant et sale, il faudra que je me laisse emmener pour faire toutes ses volontés ?

« — Toutes ses volontés ?

« — Oui, toutes. Il m'embrassera, il m'appellera sa femme, et je ne pourrai pas lui arracher les yeux.

« — Ah ! pauvre fille ! mais il faut vous enfuir… Cependant, si c'est la volonté de Dieu, que vous épousiez un vieillard… s'il a de la religion, il pourra vous rendre heureuse.

« — Allons ! elle ne me comprend pas. La volonté de Dieu ! elle est jolie, la volonté de Dieu ! S'il y en avait un, souffrirait-il qu'une pauvre malheureuse comme moi fût traînée dans le ruisseau ? Et vous, vous allez donc vous faire religieuse ?

« — Hélas ! pas encore : je ne pourrai faire de vœux qu'à vingt-un ans ; mais en attendant, je porte l'habit et je fais le service des malades.

« — Pouah !… cela doit être affreux.

« — Oh ! oui, mais on s'y accoutume. C'est un devoir ; et puis on est sûre de faire son salut.

« — Est-elle niaise, avec son salut ! Comme cela, vous ferez des vœux à vingt-un ans ?

« — Si l'on veut m'admettre ; mais je crains bien qu'on ne veuille point de moi. On dit que je suis trop délicate. Je suis pourtant forte pour mon âge.

« — Certainement oui : vous l'êtes plus que moi. Pourquoi dit-on le contraire ?

« — C'est que je me trouve mal bien souvent, et depuis quelque temps surtout. J'ai fait une grande maladie, et je suis toujours restée un peu triste.

« — Oui, vous avez l'air de rire à regret.

« — Hoé ! les voyageurs, s'il vous plaît, en voiture !… » cria le conducteur. Les deux nouvelles amies se séparèrent, et ne se revirent que le soir à Tarbes. Mademoiselle Primerose, après avoir de toutes les manières retourné le cœur et les poches de son adorateur, n'ayant rien trouvé qui valût la peine d'être dérangé, l'avait congédié assez sèchement ; la vieille marquise emmena son dissipateur : La sœur Olympie donna une franche et cordiale poignée de main à son vieux dragon, en lui promettant que, s'il lui tombait un jour entre les mains, il serait soigné comme un enfant chéri : puis elle appela sa petite novice, avec qui elle devait aller passer un jour à l'hospice de Tarbes, pour y opérer une translation de jeunes sœurs qu'on la chargeait de conduire à Paris.

Avant de quitter sa nouvelle amie, la comédienne l'embrassa chaleureusement.

« Nous ne nous reverrons jamais, lui dit-elle : c'est égal, pensez à moi, voulez-vous ?

« — Je prierai Dieu pour vous soir et matin.

« — À propos, dit la comédienne, comment vous appelle-t-on ?

« — Sœur Blanche.

« — Tiens ! c'est gentil, sœur Blanche. Ça vous va bien.

« — Et vous ? dit la novice.

« — Moi, je m'appelle Rose… Adieu ! »

La petite comédienne envoya un riant baiser à la jeune nonne qui lui répondit de loin par un sourire doux et mélancolique.

Elles prirent deux chemins opposés dans la ville de Tarbes : déjà elles marchaient en sens contraire dans la vie.

Chapitre II
Tarbes

C'est un délicieux pays que le Lavedan. Figurez-vous une vallée, longue de dix-huit lieues, riche et féconde, couronnée au midi par les cimes géantes des Pyrénées, et s'inclinant vers le nord jusqu'aux grèves de la Garonne. Toute cette contrée est fraîche de verdure comme les vallées de Montmorency, sous un ciel brulant comme l'Espagne. Les fruits précoces y courbent les branches des arbres, alors que les fleurs ne font que poindre aux jardins de la Touraine.

Mais c'est aux environs de la jolie ville de Tarbes, au pied de la chaîne des Pyrénées, que cette nature, bonne et maternelle, se pare de mille grâces coquettes et capricieuses : des varanges de maïs d'un vert transparent se jouent aux reflets du soleil sur la plaine large et riante ; des maisonnettes à toit plat, entourées de sveltes peupliers et de riches massifs, donnent au paysage un *aspect d'Italie*. Mais rien ne saurait décrire le luxe de ces champs d'arbres fruitiers coupés à compartiments, qui forment des bosquets de plusieurs lieues d'étendue : une vigne, plantée au pied de chaque rangée d'arbres, se jette de l'un à l'autre et s'enlace régulièrement avec les festons de la rangée parallèle. Il résulte de cet entrecroisement de pampres un damier perpétuel de feuillages où toutes les nuances possibles du vert s'épuisent sous les yeux satisfaits et rafraîchis du promeneur.

Aux premiers jours du printemps de 1825, deux voyageurs en chaise de poste suivaient, vers le soir, la route sinueuse qui descend de Lourdes à Tarbes. Ils côtoyèrent longtemps le Gave qui rugissait à deux cents pieds au-dessous du chemin, captif sous des berceaux de clématite et de vigne-vierge :

ils quittèrent ensuite le plus étrangement beau de tous les pays pour se rapprocher de la plaine. Le sol, en s'aplanissant, se dépouilla de ses terribles beautés pour se parer des grâces champêtres de l'Idylle aux roches de marbre blanc, aux rugueuses montagnes de schiste et d'ardoise ; aux sapins échevelés succédèrent les prairies lisses et peignées, les abricotiers tout rouges de bourgeons frais comme des joues d'enfant, les ruisseaux paisibles et lents qui, selon l'expression poétique de Quinault, semblent quitter à regret les rives enchantées qu'ils arrosent. Au lieu des aigles criards et des freux, espèce de corbeaux à têtes chauves qui ressemblent à des capucins, on ne vit plus voler dans le ciel que les douces palombes, dont le plumage bleu-ardoise se couvre de reflets d'améthyste et d'émeraude : quelques grands martinets à queue fourchue achevaient dans l'air leurs vastes et souples évolutions. Mais à mesure que la brise du soir s'éleva, toute chargée des suaves émanations de la vigne en fleur, les oiseaux se retirèrent vers la montagne, et les pampres se peuplèrent du bourdonnement de ces beaux sphynx ocellés à ailes roses dont l'œil est lumineux comme l'escarboucle des Arabes.

C'était un magnifique tableau, que le coucher du soleil derrière les montagnes : des bandes pourpres, liserées de feu, traversaient un fond orangé sur lequel se détachaient des rayons d'un or plus pâle. Les déchiquetures des Pyrénées se dessinaient en violet clair sur ce brillant horizon, et leurs brèches aériennes, qui s'enflammaient de la vapeur du couchant, semblaient fumer comme un immense incendie.

L'un des voyageurs de la chaise de poste semblait absorbé par la contemplation de ce tableau splendide. Penché sur le brancard, il cherchait à embrasser encore d'un dernier regard les cieux dorés et les odorantes savanes qui fuyaient derrière lui. Il s'enivrait de parfums, d'air pur et frais, de lumière brillante, de tous les trésors que la nature amie prodigue à l'artiste dans cette heureuse contrée. L'autre, renversé au fond de la voiture, sifflait d'un air complètement indifférent le *Tutto sorridere mi veggo intorno* de la *Gazza ladra*.

« Comme Mainvielle-Fodor fait cette entrée-là, hein ? quel goût ! »

Ainsi parla le voyageur distrait au voyageur contemplatif.

« — Eh ! que me parles-tu de Mainvielle-Fodor, de rentrée, de spectacle ? s'écria l'autre. Va au diable, avec ton Paris, ton opéra italien, tes cantatrices ! Barbare que tu es ! comment peux-tu penser à autre chose qu'à ce coucher de soleil et à ces effets de lumière ? toi, un peintre, pourtant ! un artiste ! Tu étais né pour l'être, mais tu as un grand malheur, mon cher ami… tes cinquante mille livres de rente t'ont perdu. La destinée t'a trompé ; elle t'a fait riche et bourgeois !

« — Bourgeois ! quand je te parle d'un art comme la musique, quand je fredonne Rossini, quand je nomme Ninetta, Mainviella ! barbare toi-même !

« — Eh ! je l'adore la musique quand je suis aux Bouffes. Je me prosterne devant Mainviella, quand je l'entends : comme la tienne, mon âme palpite aussi dans une phrase de Rossini. Mais se rappeler le luxe de la civilisation, les quinquets du théâtre et le fard des actrices, c'est un caprice d'imagination par trop fantastique.

« — Ah ! fantastique est bien ! Ô mon sublime et romantique ami ! donne-moi ton âme de vapeur, ton char de fumée, ton cerveau de brouillard, la nuée que tu chevauches et le manteau de rosée qui te sert de gilet de flanelle, pour que je m'élève avec toi dans les régions éthérées de l'inintelligible et intellectuel fantastique !

« — Animal, que tu m'ennuies ? j'ai consenti à t'accompagner, vois-tu ? J'ai bien voulu, pour t'empêcher de voyager seul, accepter les cahots et la désespérante rapidité de la poste, mais c'était à la condition que tu ne me ferais pas rire ; car rien ne me rend triste comme ta gaîté... »

Le voyageur insouciant se mit à chanter.

> Oui, je suis triste, moi,
> C'est là ma folie.
> Je ne vivrai pas, je crois,
> Sans la mélancolie.

« — Est-il heureux de s'amuser de tout ! dit le voyageur romantique.

« — Heureux ! ah, oui, je t'en réponds ! je suis heureux, moi, c'est connu : je ris, je bois, je chante et je t'ennuie : c'est ma destinée, j'en veux jouir, j'en veux abuser ; je veux te faire prendre les pinceaux en horreur, les portraits de grands chemins en exécration, les romans en pitié et l'amour en commisération. Mon pauvre Laorens ! si tu savais comme c'est bête de vivre au sérieux comme tu fais ! Moi, je traverse l'existence comme un ouragan : c'est le vent qui pousse, soulève, bouleverse et entraîne tous les événements de ma vie... Tu en veux du romantique ; en voilà, en voilà à pleines mains ! en veux-tu encore, écoute.

« — Oh ! fais-moi grâce, tu m'assommes.

« — Si fait, écoute, je me sens en verve. Comme toi, j'ai travaillé pour l'avenir. J'ai été pauvre, ou du moins gêné. J'ai fait des dettes et des croûtes : j'ai eu des parents impitoyables qui refusaient de se prêter à mes folies, et se fâchaient quand je voulais dépenser en huit jours le fruit de cinquante années de leur travail et de leur économie. Alors, mon cher Laorens, j'ai connu l'infortune et les soucis qui rongent le cœur, et les créanciers qui grattent à la porte, et la frénésie qui dévore le cerveau, et la faim qui creuse l'estomac, et la tentation du suicide qui nous entraîne jusqu'au bord du parapet, et le besoin de conserver son existence, qui nous fait soupirer, en passant les poches vides devant l'insolent étalage d'un restaurateur. Et mes joues se sont cavées, le vent de l'adversité a courbé mon frêle individu ; je suis devenu poitrinaire, j'ai toussé à désespérer tous les poètes toussant leurs poumons dans leurs vers : ma bonne femme de mère en pleura. Mais un jour, au lieu de lait d'ânesse, elle s'est avisée de remplir ma bourse ; alors, je me suis senti remettre ; mon individu s'est trouvé renaître, ma poitrine excellente, mon appétit robuste, mon avenir brillant, mes parents ravis de joie… et les sentiers fleuris de la destinée m'ont reçu jeune et riche, ardent et audacieux, parcourant d'un vol d'aigle… Tiens ! en voilà un qui passe ! non, c'est un choucas… donne ton fusil…

« — Non, laisse-le tranquille : tu lui ferais peur, à quoi bon ?

« — C'est pardieu bien possible, ce que tu dis-là… Reprenons notre discours… Que disais-je ?

« — Je n'en sais rien, je n'ai pas écouté un mot. J'ai de ton esprit railleur dix pieds par-dessus la tête. Mais dis-moi donc, Horace, toi qui possèdes l'art d'égayer un repas, de fermer l'entrée d'un salon à toute discussion sérieuse, de trancher par un calembour la question la plus grave, de dégoûter tous ceux qui t'approchent d'avoir du bon sens devant toi, dis-moi pourquoi ton rire me serre le cœur, pourquoi tes railleries ne me causent ni dépit ni plaisir, pourquoi ta folie me pénètre d'un froid mortel, pourquoi ta société, jadis si précieuse et si nécessaire, me devient chaque jour plus insipide et plus fatigante ? quel plaisir prends-tu à te rendre insupportable, toi, jadis si aimable, et pour moi si contagieusement gai ? Ta folie était charmante alors, parce qu'elle était involontaire ; aujourd'hui qu'elle est systématique, elle m'ennuie comme un raisonnement. J'aimerais mieux rapprendre les mathématiques que de suivre un cours de ta philosophie épicurienne. Il est passé quelque chose d'extraordinaire dans ton esprit ; ta vie a reçu un choc violent ; tu as éprouvé une grande commotion, mon ami ; une douleur morale au cœur, ou une lésion physique au cerveau, dis ?

« — Rien de tout cela, j'ai vécu, voilà tout le secret. J'ai vu que le bonheur n'était pas dans les choses, mais dans l'aspect de ces mêmes choses. Alors, j'ai voulu tout voir au travers de mon prisme ; car, si je touchais les objets que j'ai contemplés à l'œil nu, je les briserais de colère et de dégoût.

« — Voilà donc cet homme heureux ! ce rieur éternel, ce viveur envié de tous ! Je me suis toujours douté qu'en fouillant au fond de ton cœur, je serais forcé de te plaindre.

« — De me plaindre, moi ! allons, va te promener avec ta pitié. C'est moi qui te plains de ce que tu te crois heureux. Je prévois les déceptions qui t'attendent, l'abîme où tu vas rouler ; je vois le spectre qui trace sur la muraille de ton palais enchanté la sentence de prédiction, le sceau de la fatalité. Pauvre insensé ! qui t'énorgueillis dans un calme menteur et que le réveil tuera peut-être ! Au lieu que moi, mon lit est fait ; il est dur, il est épineux, il est atroce, mais j'y suis accoutumé, j'y dors à merveille, je n'en sens plus les tortures ; je me suis retiré sain et vigoureux après le supplice, et j'ai survécu à la mort de toutes mes illusions. Enviez-moi tous, et ne me plaignez pas ; je suis plus fort que vous ; j'ai vaincu la destinée, j'ai mâté la douleur ; je me nourris des poisons qui vous tueraient ; je joue familièrement avec des monstres dont la seule pensée vous fait frissonner.

« — Mon pauvre Horace ! dit tristement Laorens, en lui pressant la main. »

Celui-ci était animé, son œil lançait des flammes ; il était beau comme l'ange déchu de Milton… Il éclata de rire en voyant la figure douce et caressante de son ami. Le bruit des roues sur le pavé interrompit leur entretien. Ils entraient dans la ville de Tarbes, dont les murailles blanches prenaient une teinte rose au reflet du couchant.

Ils traversèrent l'Adour sur un pont de marbre, et passèrent rapidement au travers de ces rues de cailloux, propres et aérées, que des ruisseaux d'une eau cristalline arrosent sans cesse, et que bordent des maisons basses, invariablement construites en galets de rivière. Enfin ils atteignirent l'immense place du marché dont la principale beauté consiste à encadrer un vaste espace de ciel méridional si pur et si bleu. Ce ne fut pas sans peine que le postillon parvint à se faire jour parmi la foule assemblée pour les fêtes de la foire, et à gagner la porte de l'Hôtel-de-France.

L'hôte, qui s'appelait infailliblement comme tous les hôtes de la Gascogne Cap de Fer, Cap de Ville, Cap de Biou, vint, le bonnet à la main, recevoir les honorables personnages, et les conduisit dans une vaste salle meublée à l'antique ; puis, avec l'obséquieuse politesse d'un aubergiste qui sait son monde, il fit promptement servir aux voyageurs un fort bon souper, pendant lequel il se tint près d'eux, la serviette à la main, babillant d'un air moitié intime, moitié laquais.

Horace se plut à le faire causer. Grâce au plaisir que l'homme des petites villes trouve à déchirer son prochain, le cynique philosophe eut bientôt appris de la bouche de l'aubergiste tous les propos de la province, toutes les affaires publiques et secrètes, depuis le prix courant des chevaux en foire, jusqu'aux amours de la nièce du grand vicaire avec un officier employé à la direction du haras royal, lesquels amours avaient entraîné la malédiction paternelle de l'oncle de la nièce : une sévère réprimande de Monseigneur l'Évêque pour le scandale arrivé dans la famille de monsieur son vicaire, et une violente querelle entre ces deux prélats, qui s'étaient mutuellement reproché beaucoup d'écarts…

Ce bavardage insipide fatigua bientôt Laorens. Il n'aimait pas à voir la vie à sec, triviale et mesquine comme il l'entendait raconter. Il en cherchait toujours le côté poétique ; et, avec un peu d'art, il savait trouver le bonheur qui échappait à toute l'habileté du stoïque Horace. Il quitta la table, et s'approcha de la croisée pour contempler le spectacle animé qui se déployait sous ses yeux.

La place était inondée des flots d'un peuple bigarré où l'on pouvait facilement reconnaître par groupes et par veines les divers types de toutes les provinces méridionales de la France ; car ces foires considérables attirent les commerçants de toutes les classes, depuis le montagnard métis de Saint-Sébastien, jusqu'au riverain de la Méditerranée. Toute cette race cuivrée se divise en nuances bien distinctes. Le Provençal irascible, orateur passionné du moindre rassemblement, se faisait remarquer par la vigueur de ses proportions, la blancheur de ses dents et l'éclat de sa voix. Le Basque, petit, musculeux et brusque, ne perdait aucune occasion de développer la richesse de ses formes et l'élégante souplesse de ses mouvements. Sa figure, plus spirituelle que jolie, révélait toujours une fatuité naïve et confiante. Quand un Basque marche avec sa grâce native, le corps serré dans son ceinturon rouge et sa toque bleue sur l'oreille, sa poitrine semble bondir de la joie d'exister, et ses yeux noirs disent à toutes les femmes : Il n'est pas une de vous qui puisse résister à ce regard-là. Le Béarnais, moins pétulant, mais plus beau, mêle à la vivacité méridionale quelque chose de la langueur espagnole. Puis, venaient pêle-mêle les champêtres habitants de ces mille vallées qui ont chacune leur costume, leurs mœurs et leurs langues. On les reconnaissait à la couleur et à la forme de leur béret ; ceux de la vallée d'Aure portaient la toque blanche à houppe de laine bleue : ceux de Gèdre, la toque rouge et blanche ; ceux d'Aran une barrette grise, et ceux de Luz un bonnet rayé tombant sur les épaules, et qui se rapprochait de la résille espagnole. Mais généralement tous ceux du Bigorre affectaient une propreté simple et un costume uniforme. La même étoffe de laine brune sans teint composait leur veste ronde, leur pantalon large et leur toque plate. Ces pantalons étaient un premier pas vers l'adoption des nouvelles modes françaises. Tout ce qui végétait ignoré dans le fond des gorges de la montagne portait encore la culotte courte et serrée sur les hanches, le bas blanc ou rayé, et l'espadrille de peau de vache, attachée comme un cothurne autour de la jambe.

Mais rien, non rien ne saurait peindre la grâce piquante de ces femmes pâles, aux yeux veloutés, dont les formes riches et développées rehaussent la finesse prétentieuse du corsage et la délicatesse des pieds et des mains. La montagnarde au jupon court, à la jambe nerveuse, est grave et fière sous son capulet écarlate : mais, après la Vénitienne, il n'est que la grisette Béarnaise qui connaisse toutes les ruses de la mantille, et qui sache faire montre des trésors de sa beauté en feignant de les renfermer mystérieusement sous la longue cape qui l'enveloppe tout entière. L'Agénoise hâlée trahit dans tous ses mouvements je ne sais quelle souffrance voluptueuse ; et la Languedocienne rieuse, blanche et rosée, semble défier les ardeurs du soleil dont elle est fille.

Au milieu de ces gracieuses figures, on voyait se détacher tantôt les traits rudes et sauvages d'un vieux Catalan, dont les blancs cheveux tombaient sur une barbe noire : tantôt la face majestueusement idiote d'un Navarrais aux cheveux plats, à l'œil fauve ; ou celle d'un Portugais au profil de chèvre, au teint de bronze. Çà et là, des soldats de la ligne, *Jeanjean* de tous les pays, et de pimpants officiers de cavalerie en remonte, lorgnaient quelques femmes enchaînées au bras de ces maris défiants et absolus qu'on offense, mais qu'on ne trompe pas.

Cette multitude hétérogène offrait un coup d'œil étrange et piquant : les mantes brunes doublées de couleurs claires et tranchantes, les manteaux espagnols à grands carreaux comme les plaids de l'écosse, les capuces pointues et les collets taillardés, les faces brunes, blêmes, olivâtres et avinées, les voix glapissantes, les shakos, les barrettes et les sombréros ; toutes ces têtes, toutes ces étoffes, tous ces bruits, toutes ces volontés, se heurtaient, se pressaient, se confondaient comme les teintes variées d'une forêt d'automne agitée par le vent.

Chapitre III
Les Comédiens

« Est-ce que tu me boudes, mon cher Horace ? dit Laorens, quand l'hôte les eût enfin laissés seuls.

« — Moi, pourquoi donc ?

« — C'est que j'ai été singulièrement rude avec toi !

« — Bah ! je ne m'en souviens plus.

« — C'est un peu ta faute. J'étais plongé dans une extase ravissante, et tu es venu m'en tirer par une question digne de celle que Shandy adressa à son épouse, un certain 1er du mois.

« — Allons ! vas-tu recommencer ? que ferons-nous ce soir pour nous désennuyer ?

« — Est-ce que nous nous ennuyons ?

« — Non ; mais si nous restons ici tête-à-tête, sans occupations, nous allons nous disputer jusqu'à trois heures du matin.

« — Eh bien ! disputons-nous ! c'est un plaisir comme un autre.

« — Il commence à s'épuiser entre nous deux. Qu'y a-t-il à voir dans cette ville ?

« — Regarde cette place, cette foule, ces costumes, ces figures.

« — Ah ! que d'hommes rassemblés ! cela infecte. Que de turpitudes agglomérées sur un point du sol ! c'est comme un immense tas d'ordures.

N'as-tu que cela pour m'amuser ? Holà ! monsieur l'hôte, montez ici un instant, je vous prie. »

L'hôte reparut aussitôt. Il n'était pas loin, peut-être écoutait-il à la porte, afin d'aller apprendre à sa femme que les deux voyageurs étaient deux artistes, deux généraux, deux lords, deux députés, deux hidalgos, deux banquiers ou deux avocats.

« Que fait-on, le soir, dans la ville de Tarbes ? lui demanda gravement Horace.

« — Mais, monsieur, on va, on vient, on fait une chose ou une autre.

« — À merveille : je comprends parfaitement ; mais encore ?

« — On se promène, on reste chez soi, on joue aux cartes avec sa société, on prend du punch, j'en fais d'excellent ; on va au café, quand on est bien avec les militaires, et on joue au billard ; ou bien encore on va à la comédie.

« — Ah ! ah ! vous avez une salle de spectacle ?

« — Fort agréable, monsieur.

« — Et des acteurs ?

« — Meilleurs qu'à Paris. Une troupe toute fraîchement recomposée, et que personne encore n'a vue dans le pays.

« — C'est pourquoi les acteurs sont excellents ? Allons, Laorens, je vais à la comédie, moi ; si ça m'amuse, j'applaudis comme un forcené, je jette les hauts cris, j'enlève la prima donna. Si ça m'ennuie, je fais du scandale, je siffle, je jette des gros sous, j'assomme les opposants ! enfin, je veux m'occuper d'une façon ou d'une autre, comme dit monsieur notre hôte. Viens-tu ?

« — Certainement : pour t'empêcher de faire trop de sottises. »

Le genre de nos pièces de théâtre à la mode serait peu goûté dans cette contrée ardente où les émotions factices ne suffisent pas à l'énergie du sang. Nos mélodrames sanguinolents, et tout au plus les tigres anodins, les lions bénévoles de M. Martin, éveilleraient un cri de plaisir parmi des spectateurs qui trépignent de joie à la vue d'un homme déchiré par un taureau ; des chiens éventrés, un cheval qui fuit en traînant ses entrailles sur la poussière, un joli garçon lancé à vingt pieds en l'air ; voilà ce qu'il faut à ces âmes de métal brut. Les acrobates merveilleux du boulevard du Temple, les séculaires ascensions de madame Saqui ne brilleraient pas non plus parmi ces Basques dont les muscles d'acier rompraient plutôt que de fléchir, et dont les bonds élastiques rivalisent avec ceux de l'isard des montagnes. Le goût des émotions fortes et des entreprises surhumaines nous vient de ce climat et ne peut y retourner qu'énervé ou émoussé par notre tiède civilisation.

C'est pourquoi la troupe de M. Robba se garda bien de couvrir son affiche d'une annonce comme celle de *Thérèse, du Père juge*, ou *du Meurtrier* ; mais on y vit les *Rendez-vous Bourgeois*, opéra-comique tout nouveau, et les *Anglaises pour rire*, vaudeville non moins neuf ; alors la foule se pressa dans l'étroite salle qui ne méritait rien moins que le titre d'agréable dont l'hôte l'avait gratifiée ; et les méridionaux, passionnés pour la musique, se préparèrent aux mêmes impressions, aux mêmes trépignements que la capitale, devant la toile qui leur cache Mainvielle, Malibran, ou Pasta.

La soubrette n'était presque pas plus grosse, presque pas plus vieille que madame Boulanger ; c'est pourquoi Horace la laissa chanter faux avec une rare indulgence. L'ingénue, enceinte de sept mois, commença à le divertir ; mais à la vue du père noble, représenté par une jeune et jolie fille, sa gaîté devint si expansive, ses apostrophes au toupet et à la culotte courte, si hautes, si directes, que Laorens fut forcé de l'emmener au moment où l'orage du mécontentement public allait éclater autour d'eux ; encore, pour le soustraire à ce danger, d'autant plus imminent qu'ils étaient sans protection aucune dans la ville, fut-il obligé de lui proposer de s'introduire ensemble dans les coulisses, pour examiner de plus près le singulier accoutrement du père noble.

Arrivés à la porte du galetas qui servait de foyer aux acteurs (local qui avait servi jadis de sacristie à l'église, convertie maintenant en théâtre), les deux amis trouvèrent pour gardien du pandæmonium dramatique un vieux perruquier classique, poudré à frimats, beau diseur, grand fabricant d'anecdotes controuvées, grand confident d'amourettes divulguées le lendemain, habile messager de billets doux, que tout le monde lisait avant la personne propriétaire du nom malencontreux hasardé sur l'adresse ; en un mot, l'homme le plus important, le plus précieux, le plus utile et le plus actif de la cité provinciale.

Il déclara d'abord que la troupe était fort décente, que les actrices étaient toutes vertueuses, qu'il y avait des pères et des maris très-jaloux de leurs droits, qu'enfin personne n'entrait sans une faveur spéciale. Mais une brillante pièce de cinq francs modifia rapidement ses opinions, et le rendit presque aussi sceptique qu'Horace à l'égard des principes professés en ce lieu. Le premier personnage que les deux amis saluèrent dans la coulisse fut le malheureux père noble avec son haut-de-chausses trop long d'une coudée, son habit carré dont les basques lui tombaient sur les talons, et sa perruque hérissée sur une petite mine espiègle et rose qui ne pouvait pas venir à bout de se rendre laide. La pièce venait de finir : Horace ne put résister à l'envie d'arracher la perruque vénérable, et de voir le *vieillard* en longs cheveux noirs. Il se préparait même à pousser plus loin ses investigations, en tirant les manches d'un habit pailleté dont l'ampleur se prêtait peu à une longue résistance, lorsque la respectable tante, Mlle Primerose, qui venait de remplir le rôle de cuisinière dans *les Rendez-vous bourgeois*, vint au secours de la pauvre Rose. Elle feignit de se trouver mal, d'être en colère, au désespoir ; puis elle se calma en voyant la mine cavalière, les manières franches, la riche chaîne d'or du prétendant, la bonne tenue de son ami, et surtout en écoutant un mot que le perruquier lui glissa à l'oreille ; elle ordonna même à sa nièce d'aller se débarbouiller et de prendre le costume de son rôle pour la seconde pièce. Rose obéit d'un air de dédain et de bouderie qui la rendit fort piquante, malgré les rides de crayon et les nuages de poudre qui grimaient son jeune visage.

« Je te dis que c'est une fort jolie fille, dit Laorens à son ami.

« — Laisse-moi donc tranquille ! dit Horace : ne vas-tu pas tomber amoureux de cette mine chiffonnée ! Allons, je t'en défie ; fais-moi le plaisir d'essayer, pour me montrer jusqu'où peut aller la rare faculté que tu possèdes d'embellir le néant et de poétiser le ridicule.

« — Mon Dieu ! il y a peut-être, dans les salons de la finance, telle femme jeune, belle, adorée, qui, sous le costume d'un père noble, serait plus absurde que la pauvre enfant que tu dédaignes. Eh bien ! je parie qu'elle sera charmante tout-à-l'heure ; je dois me connaître en visages, peut-être : c'est mon état.

« — Oui, tu es peintre comme on est épicier. Tu reconnais la belle chandelle sous l'enveloppe de papier gris, rien qu'au parfum qu'elle exhale.

« — Quelle ignoble comparaison !

« — Digne du sujet qui m'inspire. Eh ! mais, quelle est cette petite en robe blanche et tablier rose ?

« — C'est le père noble.

« — Pas possible !

« — Sur mon honneur.

« — C'est, ma foi, vrai. Miracle ! elle est délicieuse ! Voyons, ma princesse, dit-il en élevant la voix, daignerez-vous venir recevoir les hommages que vous méritez maintenant ?

« — Approchez, mademoiselle, dit la tante d'un air sévère ; approchez, quand on vous le dit… Que craignez-vous ? Pardonnez-lui, messieurs ; c'est une niaise de première force. »

Rose s'approcha d'un air hautain et mécontent. Elle salua avec raideur, et se tint sous le regard des deux amateurs avec l'impatience et la fierté d'un beau cheval de main qu'on examine.

« C'est prodigieux ! dit Horace en la lorgnant comme elle s'échappait rapidement, heureuse d'échapper à cette impertinente revue. Allons, mon bon Laorens, la petite est adorablement belle. Te voilà amoureux, pauvre diable ! Je te plains, tu vas être malheureux pendant au moins trois semaines.

« — Ma foi ! j'ai fait de plus mauvais choix dans ma vie. Pourquoi ne tenterais-je pas l'aventure ?… Mais voilà le diable ! La tante est fort avide : j'ai déjà pénétré les replis de son noble cœur, et ceux de ma bourse ne sont pas plus impénétrables ; je ne suis pas riche.

« — C'est un cœur large, un cœur à engloutir cent mille francs. Mais pas de folie ! pour ce prix-là tu aurais la première actrice. Peut-être la première vertu de Paris. Soyons rangés : rappelons-nous que nous sommes en voyage. Fais ton prix le meilleur possible, à la satisfaction des parties contractantes.

« — Je n'ai pas cent francs à jeter après une folie.

« — Es-tu fou ? sur mon honneur, je jure que cette nuit je grise mon philosophe moraliste, et que je lui fais consommer la séduction de l'innocence.

« — Oh ! laisse-moi en repos ! je n'aime pas les folies préparées ; elles finissent toujours par une déception.

« — Ne t'occupe de rien, je me charge de tout. La partie de plaisir, le souper, les arrangements avec la respectable mère, le boudoir même, si tu veux, tout cela me regarde. Va faire la cour à la petite : surtout pas trop de sentiment : moi, je vais tout préparer pour m'occuper de ton bonheur. »

Ce qui fut dit fut fait. Horace commença par dépêcher le perruquier dans toute la ville, pour lui faire dresser un copieux et friand souper. Il savait bien que le premier soin de son Mercure à ailes de pigeon serait de prévenir la tante de toutes les démarches qu'il allait faire, de toutes les résolutions qu'il voulait prendre : aussi ne lui cacha-t-il rien ; et, d'un ton parfaitement digne, où la galanterie et la familiarité se confondaient à doses égales, il s'informa, en jouant avec la chaîne d'or qui tombait sur son gilet de velours, si Mlle Primerose, daignerait accepter une modeste partie de plaisir, lui laissant la faculté d'inviter ceux de ses camarades qui lui seraient agréables. Ensuite, il parla de Rose, dont il vanta la beauté ; de Laorens, dont il chanta en prose poétique le bon cœur, l'âme grande, et le château qu'il avait sur les bords de la Loire : homme rare, homme étonnant, capricieux et fantasque, mais payant ses caprices aussi cher que fantaisies de prince. En moins d'un instant le perruquier fut instruit de tout : il n'en fallut pas davantage à Mlle Primerose pour tout savoir. Obligée de résister d'abord, elle résista : puis sévère par convenances, elle s'apaisa par faiblesse, en voyant quelques pièces d'or qu'Horace avait données, pour Laorens, au perruquier, son entremetteur ; et par une déduction d'idées des plus logiques et des plus faciles à suivre, il fut pour elle évident et clair que celui qui payait ainsi les chances d'un succès douteux n'aurait pas assez du budget pour payer le succès lui-même. Le marché fut donc conclu à la satisfaction de tous. Les parties ne s'expliquèrent pas, mais s'entendirent parfaitement, excepté Rose, qui servait d'enjeu et ne s'en doutait pas ; pauvre victime ! qui allait monter, insoucieuse, aux marches de l'autel où elle devait tomber, jeune, belle et vendue.

Le spectacle fini, Rose, appuyée sur le bras de Laorens, suivit sa mère que conduisait Horace d'un air de triomphe bouffon. Quatre autres comédiens, une vieille scélérate trop laide pour inspirer de l'envie à la Primerose, le directeur M. Robba, qu'elle avait intérêt à se rendre favorable ; un grand garçon boucher qui s'était engagé pour les rôles de tyran, et un jeune aspirant aux rôles de niais, complétaient la partie. Le perruquier marchait en tête de la bande, un fallot à la main ; il dirigeait la gaie caravane vers une maison d'assez chétive apparence dont il ne s'avouait pas tout haut le propriétaire, mais dans l'intérieur de laquelle plus d'un couple avait trouvé, grâce à lui, tous les enchantements, toutes les délices de la vie. La chambre était éclairée d'un assez grand nombre de chandelles, et parée d'un souper assez brillant pour la circonstance : force flacons de vin mousseux, force bouteilles de liqueurs, des fruits, des friandises pour les *dames*, le tout disposé d'une façon vraiment galante par le perruquier et ses servantes, grandes Béarnaises à l'œil vif, qui avaient un peu compromis, dans Tarbes, la moralité, jusqu'alors intacte, du propriétaire de ce galant manoir.

Comme celui-ci ne pouvait s'approcher de Laorens, sans éveiller les soupçons de la pauvre Rose, toujours fort ignorante de ce qui se tramait autour d'elle, il prit Horace à l'écart, avant qu'il se fût mis à table ; et, lui montrant un jardin abrité par des buissons de clématite et de charmille touffue, il lui remit la clef d'un pavillon situé assez loin de l'habitation principale pour qu'un rendez-vous pût s'y réfugier sans scandale et sans bruit. Il fut convenu que le perruquier s'occuperait inclusivement des convives, et que M. Horace Cazalès protégerait la retraite de son ami par le jardin, lorsqu'il en serait temps.

Le souper, d'abord silencieux entre gens dont l'estomac était peu accoutumé à une si bonne aubaine, devint peu à peu pétillant de verve et de licencieux propos. La vieille actrice, consommée dans le crime, se mit à raconter des histoires de sa jeunesse, d'un libertinage si raffiné, que les chastes oreilles de Rose n'y comprirent pas un mot, et que ses joues ne s'animèrent pas d'une teinte plus vive aux passages les plus scabreux du récit. Chacun alors imita l'exemple de la duègne : Mlle Primerose dépouilla tout-à-fait sa vertu mercantile ; et à la veille d'être débarrassée de l'innocence de sa fille, se permit devant elle des confessions étranges. Un seul des convives gardait en buvant un silence mélancolique : c'était le *niais*, dont la Primerose faisait pourtant un cas particulier. Pressé de payer son contingent d'anecdotes scandaleuses, il posa sa serviette auprès de lui, prit un air encore plus grave, et d'un ton solennel commença en ces termes :

« Mesdames et messieurs, vous voyez devant vous un homme que le malheur s'est plu à persécuter ; c'est un malheur étrange à vous dire, mais un malheur bizarre, unique, un malheur phénomène. »

Ce début surprit tellement l'auditoire, qu'on y prêta la plus scrupuleuse attention, et que, pour un instant, la pensée du jardin et du pavillon s'éteignit dans les artères cérébraux de Laorens : tout se tut, les convives, les assiettes, les bouchons et le perruquier.

« Oui, mes amis, reprit le conteur, je suis un homme déchu, tombé du faîte des sommités sociales. Naguère, j'étais recherché, brillant, admiré ; je vivais de triomphes et d'applaudissements : aujourd'hui, me voilà réduit à chanter inaperçu dans les chœurs ; je ne suis plus qu'un être sans nom, un chanteur sans voix, un artiste sans pain. Ainsi passent les gloires de l'homme. Je me nomme Firenzuola. Je suis natif de Florence, et pendant vingt ans de ma vie, j'ai passé pour ce que je ne suis pas. Apprenez que tout mon malheur consiste à être un homme comme les autres, au lieu d'être un *soprano* véritable.

« — Allons ! quelle extravagance nous débitez-vous là ? s'écria Horace.

« — Aussi vrai que vous n'êtes pas ivre, monsieur, c'est la cause de toutes mes infortunes ; mais, pour mieux vous faire comprendre le secret d'une destinée dont vos mœurs n'ont pu vous fournir l'exemple, permettez que je prenne les choses d'un peu haut, et que je vous fasse connaître ma famille.

Chapitre IV
Histoire de deux Soprani

« Sachez, mes amis, que je suis le fils d'un des meilleurs *soprani* de Florence. Mon grand père était aussi un *soprano* distingué : car, dans ma famille, nous sommes tous *soprani* de père en fils.

« — Je vous en fais bien mon compliment, dit la vieille comédienne.

« — Vous comprenez bien, reprit Firenzuola, qu'en dépit de cette qualification, nous sommes tous privés d'un des avantages importants qui constituent le *soprano* véritable : nous ne sommes que des *soprani* frelatés ; mais si nos maîtresses y gagnent quelque chose, les oreilles des amateurs n'y perdent rien. Une conformation particulière de la glotte nous rend dignes de rivaliser avec les *soprani* parfaits, et nous pouvons hardiment leur disputer l'éminente supériorité dont ils se targuent dans le monde. Mon oncle, c'est-à-dire mon père (car vous comprenez encore que le soin de conserver notre réputation et notre état nous force à user, dans notre intérieur, des mêmes supercheries de parenté que les prêtres), mon père, dis-je, était parvenu, à force de chanter dans les rues les opéras de M. Cimarosa et de M. Mercadante, à captiver la faveur du public et à se faire engager, par le directeur du théâtre royal de Florence, comme premier sujet. Il y avait deux ans qu'il avait fait ses débuts avec éclat ; personne ne s'était avisé de soupçonner qu'il manquât quelque chose à son mérite, lorsque la fille d'un aubergiste de Florence s'avisa de porter plainte contre lui, à cause de deux enfants dont il l'avait rendue mère, et qu'il refusait de reconnaître. Ce fut un effroyable scandale dans la ville. Un cardinal, qui probablement était de complicité dans la faute de mon père, poussa les poursuites contre lui avec animosité. Les tribunaux le condamnèrent à payer des dommages et intérêts à la fille pour s'être rendu coupable envers elle d'abus de confiance. Les Florentins, furieux d'avoir applaudi pendant deux ans un homme qui se portait aussi bien, l'accueillirent sur la scène à grand renfort de pommes cuites, et le directeur du théâtre royal profita de la circonstance pour le chasser sans lui payer le prix de son engagement, disant qu'il avait été indignement trompé sur le prix de son marché. Mon père voulut alléguer que le directeur avait fait, grâce à lui, des recettes considérables, et que, malgré les inconvénients de son organisation physique, il avait rapporté autant d'argent au théâtre qu'un *soprano* pur et sans mélange, qu'enfin il avait traité la caisse de l'administration comme la fille de l'aubergiste ; la haine de ses concitoyens ne lui permit pas d'avoir raison de cette perfidie : les maris surtout prétendirent qu'il n'y avait plus de repos possible pour eux, si tous les *soprani* de la ville se mêlaient de devenir dangereux pour leurs femmes, et les femmes s'effrayèrent des conséquences de leurs intimités particulières, en apprenant qu'un *soprano* était capable de s'oublier à ce point. On dressait déjà un gibet pour pendre mon malheureux père, lorsqu'il s'enfuit un matin, pauvre et honteux, suivi de ma mère et de moi, qui, depuis plusieurs années, passions pour sa sœur et son neveu.

« Chemin faisant, je me rappelle qu'il nous arriva de faire halte sur la lisière d'un bois, où mon père, fondant en pleurs, mit en délibération s'il ne s'imposerait point sur-le-champ toutes les conditions nécessaires pour remplir sa profession avec probité. Il représenta à ma mère que tant qu'il resterait dans une position aussi équivoque à l'égard du public, il serait en butte à mille persécutions de la part des hommes, qui n'auraient jamais de confiance en lui, et de celle des *soprani*, qui porteraient envie à son genre d'infortune. Mais ma mère s'opposa à cette résolution courageuse, en lui disant que les femmes d'un autre pays seraient peut-être disposées à montrer plus d'indulgence pour l'imperfection qu'on lui reprochait en Toscane.

« Mon père suivit ce conseil, et s'en trouva bien. Il passa en France, et consacrant le peu qu'il possédait à louer une salle et une douzaine de quinquets, il donna aux habitants de Tarascon une soirée musicale qui releva sa fortune. Il s'était annoncé sur l'affiche pour un vrai *soprano*, arrivant de Naples en droite ligne, avec son neveu, jeune *sopranino* qui montrait les plus rares dispositions. En effet, à peine âgé de sept ans, je commençais à glapir, d'une voix plus flûtée que celle d'un enfant de chœur, la *canzonetta* et la *barcarole*. Ces promesses avaient vivement excité la curiosité des habitants de Tarascon ; et les femmes, n'ayant jamais compris les avantages dont un *soprano* pouvait jouir dans la société, témoignèrent, devant la bonne mine de mon père, un intérêt plein de compassion. Peu à peu cet intérêt devint si vif, que ma mère en fut alarmée pour son propre compte. C'était à qui voudrait entendre et voir le prodigieux *soprano* : le goût de la musique était devenu passion chez la moitié de la population tarasquaise. Nous faisions des recettes immenses, et les femmes disaient qu'un *soprano* n'était pas un être si disgracié qu'on le leur avait peint jusqu'alors : il y eut plusieurs grandes dames qui l'invitèrent à chanter en particulier dans leurs appartements. Mais la fatalité attachée à notre race destinait mon père à un nouveau genre de réprobation. À force de faire de la musique avec les belles virtuoses de Tarascon, ses facultés morales baissèrent sensiblement, sa poitrine se fatigua, sa voix s'affaiblit. Bref, à la fin d'un souper où l'avait admis en tête-à-tête la veuve d'un fournisseur très-riche, il eut la douleur de rester beaucoup au-dessous de sa réputation. Alors la dame déclara dans la ville que le *soprano* napolitain était un talent usé, que sa voix avait perdu plusieurs notes. Plusieurs de ses amies, personnes d'un goût éclairé, parlèrent de lui avec la même défaveur. Dès qu'il fut abandonné des femmes, sa fortune croula. Les hommes, qui l'avaient beaucoup moins goûté, se prirent à dire assez haut qu'il ferait bien, pour son honneur, d'abandonner la partie du chant. Les recettes baissèrent, et les dettes grossirent : car mon père, un peu trop enorgueilli de ses succès à Tarascon, s'était montré beaucoup moins réglé dans sa conduite. Il fallut partir *incognito* par une belle nuit de décembre, ruiné encore une fois, et cette fois pour des torts tout opposés à ceux que les Florentins nous avaient reprochés.

Alors nos affaires marchèrent en déclinant. La voix et la santé de mon père s'affaiblissant de plus en plus, il prit le parti désespéré qu'en une autre circonstance de sa vie il avait proposé à ma mère pour obvier aux désagréments éprouvés à Florence. Il espérait du moins retrouver par cet essai un des moyens d'existence qu'il avait longtemps fait valoir. Un chirurgien, qui avait le goût passionné des expériences, et qui composait un traité sur les avantages hygiéniques du baptême des juifs, persuada à mon père qu'il recouvrerait toute la fraîcheur de son organe, et ma mère, pensant que désormais la résolution de son époux avait peu d'inconvénients pour elle, acquiesça à cette tentative. Mon pauvre père en mourut, emportant le regret de n'avoir jamais pu s'installer dans aucune des positions où les préjugés des hommes et les intérêts des femmes l'avaient alternativement poursuivi.

« Vous voyez, poursuivit Firenzuola, qu'une destinée bizarre et fatale s'est appesantie sur ma maison. Ma mère et moi, nous traînâmes durant quelques années une existence misérable. La vente du corps de mon père, que les médecins avaient voulu examiner comme un phénomène, lui avait rapporté une cinquantaine de francs au moyen desquels nous nous procurâmes un orgue de Barbarie. C'était une pièce de rencontre, assez bonne, et que nous traînions sur un petit brancard où ma pauvre mère me faisait monter, quand nous étions trop fatigués de la marche. Nous parcourûmes ainsi la Savoie, l'Auvergne, la Bourgogne, le Limousin, le Poitou, le Périgord, la Touraine et l'Orléanais. Nous vécûmes deux ans dans les rues de Paris, gagnant notre pain au jour le jour, et n'ayant pas souvent de quoi coucher à l'abri.

« Ma destinée devint plus affreuse encore par la mort de ma mère. Je me trouvai seul au monde avec une voix de soprano, un orgue de Barbarie, et seize ans. Je conçus le projet de quitter la France et de retourner dans ma patrie, me flattant de tirer parti de l'organisation de mon larynx. Je partis donc avec mon orgue et traversai de nouveau toutes les provinces que j'avais déjà explorées.

À Clermont, je fis la connaissance de M. Robolanti, homme universel, industriel encyclopédiste, voyageur européen, physicien, organiste, chef d'orchestre, instructeur de chiens, de serins et de lièvres, fabricant de thé suisse, d'eau de Cologne, de pommade, d'onguent odontalgique, de faux râteliers et de semelles imperméables. Il fut charmé de ma voix, émerveillé de mon merveilleux timbre, me prit pour un soprano, et m'engagea comme tel pour deux ans, moyennant six cents francs. Mon sort devint infiniment plus honorable : mon existence était assurée, mon repas arrivait assez régulièrement à la fin de chaque journée, et j'avais toujours un lit à couvert sur la paille, entre le cheval du brancard et le chien qui joue au domino. C'étaient mes seuls amis ; car, hélas ! en dépit des avantages de ma nouvelle position, je ne tardai pas à être plus misérable que jamais. Je n'eus pas plutôt aliéné ma liberté que je connus son prix et la regrettai amèrement : il me fallut supporter toutes les volontés d'un maître irascible et brutal, recevoir de lui des conseils sur mon art, que son cheval entendait mieux que lui, supporter les suites de sa mauvaise humeur, lorsque les recettes ne couvraient pas les déboursés, renoncer enfin au droit sacré que chaque homme possède et que j'avais si religieusement pratiqué jusque-là, de répondre à une injure par une injure, à un coup de poing par un coup de poing. Je fus aussi la victime des cruelles plaisanteries de mes camarades sur ma condition de soprano. Elles me furent si amères, que vingt fois je fus sur le point de déclarer qu'elle était usurpée : mais aussitôt je me rappelais les infortunes de mon père, et craignant d'être, comme lui, accusé de fraude et de mensonge, chassé, honni, poursuivi, banni, je me laissais humilier. Ce qu'il y avait de pire, c'était le mépris, le dégoût, l'espèce d'horreur que j'inspirais à madame Frasie Robolanti, grande brune fort impérieuse, fort coquette et fort bête. Elle était très-malheureuse avec son mari, qui la tenait en cage dans sa carriole, comme un enchanteur qui a volé une princesse par les chemins, et ne la laissait voir qu'aux gens capables d'apprécier cette rare faveur. Forcée d'accepter ses amans et battue quand elle voulait les choisir, elle me rendait victime de tous ses chagrins et passible de toutes ses fantaisies. Je n'eus d'autre moyen d'adoucir mon sort que de renoncer, auprès d'elle, au titre qui faisait tout mon crédit auprès de son mari. Je parvins ainsi à plaire à l'un et à l'autre. La confiance de Robolanti était sans bornes : sans bornes aussi l'intention que me témoignait sa femme de réparer ses injustices passées.

Nous passâmes ensemble en Piémont et en Lombardie. Là, ma voix prit de tels développements, et le goût naturel que j'avais pour mon art, me conduisit à de si rapides progrès que j'acquis une véritable célébrité ; Bergame, Vérone et Mantoue se disputèrent la troupe musicale de Robolanti, à cause de l'inimitable soprano, et de tous côtés je reçus des offres avantageuses pour m'engager dans d'autres troupes que la sienne. Je manquai toutes les occasions de faire fortune, à cause de l'ascendant que madame Frasie avait pris sur moi ; je parvins bien à faire tripler mes appointements ; car, grâce à moi, mon patron avait triplé ses bénéfices ; mais je fis la détestable sottise de ne point exiger le paiement régulier de mes honoraires, et de me laisser arracher au beau pays d'Italie, où sans aucun doute j'aurais été de plus en plus apprécié. Robolanti voulut exploiter la partie orientale de la France ; il se flattait que ma voix y ferait merveille encore plus qu'en Lombardie, où les soprani sont assez répandus. En effet, six mois après, nous étions aux bords de l'Océan, et nous chantions l'Italien de Venise aux riverains de la Garonne, lorsque tout-à-coup ma taille prit un soudain accroissement, mes forces musculaires se trahirent dans tous mes mouvements, mon menton se couvrit de barbe, et dérogeant à toutes les prérogatives de ma lignée, je me vis dépouillé peu à peu de tout ce qui constitue les apparences de mon espèce. Alors, bien que ma voix n'eût encore rien perdu de sa fraîcheur, il ne fut plus possible d'en imposer davantage au public. Je ne pouvais plus paraître sur les planches sans être accueilli par des rires inextinguibles ; mes camarades, qui avaient toujours envié mon succès, mêlaient leur hilarité à celle du parterre, et jusqu'aux personnages muets de la troupe ne pouvaient se taire sur le ridicule de ma robuste complexion, qui jurait tellement avec les perfides insinuations de l'affiche. Soit que la nature se fît un jeu cruel de me priver de tout moyen d'existence, soit que la douleur dont m'abreuvaient tant de railleries influât sur ma santé, je tombai dans la plus grande des infortunes. Ma voix s'altéra ; je la sentis chaque jour grossir et s'enrouer d'une manière effrayante ; je fis de vains efforts pour la modifier ou la contenir, elle s'échappait rude et bruyante de ma poitrine oppressée. D'abord elle eut le timbre éclatant d'une trompette, puis le ronflement sonore d'une basse ; puis elle redevint toute de cuivre, et tonnante comme un buccin d'église. Elle me déchirait les oreilles ; elle faisait frissonner madame Frasie, et depuis longtemps une bande collée sur l'affiche annonçait au public M. Firenzuola, *basse-taille*, au lieu de Firenzuola, *soprano*.

« Jugez quelle humiliation ! À mon entrée dans la troupe de Robolanti, imbu encore des préjugés de votre nation, j'avais souffert de m'entendre appeler *castroncello, castrataccio*, par mes camarades ; mais en Italie, ils avaient vu mes triomphes, ils avaient reconnu ma supériorité ; ils avaient envié ma gloire, et les préférences du directeur, et l'augmentation de mes appointements. À peine avais-je goûté la vie enivrante de l'artiste, qu'il me fallut redescendre dans le rang des chanteurs de profession, et végéter sans applaudissements, réduit à la condition d'homme.

« Cependant Robolanti, voyant que je ne lui offrais plus les mêmes ressources que par le passé, avisa aux moyens de me frustrer de mon paiement. Il essaya d'abord de me rebuter par ses brutalités : il avait, sans s'en douter, un puissant auxiliaire dans la personne de madame Frasie, dont les exigences augmentant avec le volume de ma voix, commençaient à devenir très-fastidieuses. Je les supportais avec courage, n'ayant rien amassé, et voyant approcher le terme de mon engagement ; je me flattais de me retirer avec un bénéfice honnête, et de chercher fortune à Paris sur quelque théâtre lyrique. Mais Robolanti s'avisa d'un étrange moyen pour se dérober à la nécessité de payer. La bizarrerie de la fortune l'aida merveilleusement, comme vous allez voir…

« Il y a 15 mois, M. Robolanti, en faisant une démonstration expérimentale d'électricité sur la place des Quinconces à Bordeaux, laissa éclater, trop près de lui, une préparation de poudre fulminante qui faillit le tuer, et lui imprima des traces irréparables de son imprudence. Dernièrement, madame Frasie se trouva dans la position où mon père avait mis la fille de l'aubergiste, à Florence. M. Robolanti, qui n'eût pas dû s'en étonner, après les entreprises commerciales dont sa femme était pour lui l'objet, m'appela, et d'un ton brutal, me dit : Vous êtes soprano ou vous ne l'êtes pas.

« J'allais répondre : Écoutez, me dit-il ; il n'y a que vous et moi qui ayons accès auprès de madame Robolanti. Or, madame Robolanti se trouve dans une situation embarrassante à expliquer : c'est vous ou moi qui en sommes la cause, car je tiens pour sûr que ce ne peuvent pas être tous les deux.

« — Patron, lui répondis-je, en affectant une grande candeur, vous savez mieux que personne que ce ne peut être moi.

« — Eh bien ! me dit-il en me donnant un soufflet et un coup de pied dans le dos, vous en avez menti : car si ce n'est pas vous, c'est moi ; or, je suis *soprano*, donc vous ne l'êtes pas, donc vous avez séduit ma femme. Sauvez-vous, ou je vous arrache les oreilles.

« Le boucher l'aurait fait comme il le disait. Incapable de rétorquer un argument si spécieux, je fus forcé de fuir, et je vins prendre un engagement dans cette troupe, où je débute sous des auspices si défavorables.

« Voilà, mesdames et messieurs, le cas pitoyable où je me trouve, ayant perdu mon état, ma maîtresse, mon année de gages, ma profession de *soprano* et ma voix, pour m'être permis de porter, pendant près de deux ans, un titre que, grâce à moi, Mme Frasie Robolanti n'a jamais reproché à son époux. »

Chapitre V
Souvenirs

Profondément ennuyé du récit du *soprano*, Horace, le plus inhabile de tous les hommes à jouir d'un plaisir qu'il s'était promis, conçut pour le souper et pour les convives un de ces dégoûts spontanés qui viennent nous saisir au sein des plaisirs factices. Incapable de supporter plus longtemps le malaise qu'il éprouvait, il n'attendit pas le dénouement de l'histoire de M. Firenzuola, et se jeta dans une allée du jardin, heureux et soulagé de respirer l'air de la nuit et le parfum des myrthes qui croissent presque sans culture dans ce climat. D'abord il erra dans l'obscurité, foulant aux pieds des touffes de belladone, et livrant à la brise balsamique ses cheveux secs et brûlants. Il se sentit ranimé par cet air tonique, et presque disposé à une gaîté vraie. Alors il se rapprocha de la salle du festin, dont les chants et les rires venaient jusqu'à lui, et dont les fenêtres ouvertes laissaient échapper des flots de lumière qui allaient pâlir et s'éteindre sur la verdure. Au travers des branches, il distinguait les visages enluminés, les attitudes grotesques, les regards lascifs, les sourires équivoques ; alors, cherchant sur ces visages joyeux à s'emparer de la contagion de la joie, et reconnaissant l'impossibilité d'être affecté des mêmes intérêts, amusé des mêmes plaisirs, tout d'un coup il se sentit plus triste, plus isolé que jamais. Par un de ces retours que nous faisons sur nous-mêmes, alors qu'une sensation douloureuse vient réveiller toutes les douleurs du passé, Horace retrouva toutes les siennes, et sa vie entière se déroula sous ses yeux comme un seul jour.

D'abord il se vit tout petit enfant, mélancolique et souffreteux dans les bras de sa mère, ayant le malheur de ne manquer de rien, de n'avoir pas le temps de former un désir, et cherchant souvent avec sa sœur, un peu plus âgée et un peu plus gâtée que lui, un amusement qui, selon leur expression naïve, ne les ennuyât pas. Ensuite ses yeux s'ouvraient aux choses de la vie ; mais dès-lors on prenait le soin de les lui présenter sous un faux jour. Ses parents, orgueilleux d'une fortune amassée dans le commerce, lui donnaient pour alphabet la liste de ses propriétés futures, et pour notions d'histoire naturelle, l'entretenaient du revenu de la coupe des bois et de l'avantage des regains. Alors il se rappela l'ennui rongeur qui s'était monstrueusement glissé dans son cœur d'enfant ; il avait souffert, sans savoir d'où venait son mal, toutes les misères de la richesse. Il avait envié la liberté du mendiant et le sarrau de toile du villageois. Une seule chose, qu'il se retraçait avec plaisir, était son bon précepteur, si éclairé, si simple et si dévoué. Celui-là lui avait fait aimer l'étude, l'avait préservé de la sottise et de la vanité, et lui avait appris à respecter, dans ses parents, les préjugés et les ridicules qu'il ne partageait pas.

Mais à seize ans, on avait enlevé le jeune homme à son digne ami, à ses champêtres excursions, devenues pour lui si fécondes en jouissances pures. On l'avait revêtu d'une brillante livrée et jeté dans un régiment de la garde royale, pour rivaliser de folie et de fatuité avec la jeune noblesse de France. Horace n'avait jamais oublié la réponse que sa mère lui fit, un jour qu'il protestait de son antipathie pour l'état militaire : « Votre voisin, le jeune comte de B**, lui avait-elle dit, est sous-lieutenant dans la garde royale : sa mère me disait l'autre jour qu'il fallait être bien *né* pour obtenir ce privilège ; nous lui prouverons que la richesse est une aussi bonne recommandation dans l'état, que sa noblesse décrépite. »

Alors, il se rappela ses premiers chagrins, ses larmes en quittant le bon Aubry, sa timidité en entrant dans la vie, les sottes plaisanteries qui l'avaient accueilli au régiment et la morgue glacée de ces jeunes talons rouges qui s'énorgueillissaient d'avoir le pas à la cour sur leur colonel, et s'étonnaient qu'un camarade sans titres osât se permettre d'avoir de plus beaux chevaux que les leurs et une plus jolie maîtresse.

Mais un instant le tableau du passé brille d'un coloris vif et riant devant les yeux d'Horace. Il revoyait ses premiers plaisirs, ses premières amours, ses premières folies. Jeune homme élégant et beau, il oubliait les sages leçons de M. Aubry, et se laissait enivrer par le suffrage de ces femmes assez folles pour faire perdre l'esprit aux jeunes gens, assez sages pour ne pas risquer leur cœur. Quel orgueil et quel amour palpitait dans son âme quand, monté sur le plus beau cheval de l'armée, il passait en caracolant sous les fenêtres de la belle marquise, et lorsqu'une adorable grisette, fleur ignorée de la province, le suivait des yeux dans la rue, en disant à sa compagne, assez bas pour qu'il l'entendit : Voilà le plus joli homme de la garnison ! Comme il relevait sa jeune moustache, et faisait avec un plaisir d'enfant sonner son grand sabre sur le pavé !... Mais la marquise se moqua de lui ; il fut trompé par la grisette. Alors, comme il ne s'occupait point de politique, il avait espéré la guerre, et il avait sérieusement étudié la théorie militaire. Mais la guerre n'était pas venue ; le grade de capitaine, obtenu au sein de la paix, par faveur, ne l'avait ni consolé, ni enorgueilli, et il avait vécu tantôt dans sa famille où son cœur se sentait à l'étroit, tantôt dans un monde où il n'osait le répandre.

Enfin, après quelques mois où il vécut pauvre, et travailla pour vivre, Horace se rappela la mort de sa mère, de sa mère dont l'amour renfermait plus de vanité que de vraie tendresse, et que pourtant il avait pleurée avec douleur : car il est des affections qu'en dépit de la raison le cœur ne répudie jamais. Il se vit rentrant en maître dans cette maison où la raideur paternelle l'avait rarement admis à délibérer sur les intérêts communs. Il avait depuis quelque temps abandonné l'état militaire qui n'offrait rien à ses désirs de gloire. Il s'était plu à répandre autour de lui le bonheur qu'il ne connaissait pas, à réparer les injustices, à faire pardonner l'orgueil de ses parents ; et, ne pouvant obtenir qu'on bénît leur mémoire, il avait réussi à les faire oublier. Il avait encouragé l'industrie, relevé le commerce : pendant deux ans il s'était rendu utile à sa province, précieux à ses voisins, cher à ses amis ; les pauvres avaient béni son nom, les envieux l'avaient respecté.

Tout-à-coup, au milieu de ce tableau où la conscience du jeune homme s'épanouissait, heureuse et rafraîchie, une pensée subite éteignit cette lueur de joie, ses sourcils se contractèrent ; il passa la main sur son front comme pour en chasser une idée fixe, une souffrance obstinée...

«... Toujours ce souvenir ! dit-il ; il me suivra partout !...

— Ah ! bah ! s'écria-t-il en quittant brusquement l'allée sombre qu'il parcourait depuis quelque temps sans le savoir, quelle folie de regretter le bonheur qui est une chimère, quand on a sous la main la seule réalité de la vie, le plaisir ! Je gage bien qu'en ce moment mon sage Laorens ne pense guère à moraliser sur le passé. Voyons donc un peu la mine qu'il fait auprès de sa débutante... Non ; allons plutôt voir l'intérieur du pavillon... En vérité, si la mère était plus fraîche...

Et en devisant ainsi avec lui-même il tira la clef de sa poche et pénétra dans le boudoir de province d'un air aussi cavalier, aussi profane que s'il fût entré dans une église.

Les séductions de ce sanctuaire de l'amour n'étaient pas assez délicates pour impressionner l'imagination d'un sceptique comme Cazalès. Les murs étaient revêtus de ce papier d'auberge qui représente des forêts, des villes, des chasses coloriées et vernies. Sur celui-là on voyait la cour de Cythère, les jardins d'Idalie en vert d'épinard ; un temple de l'amour en marbre couleur de brique, des fontaines qui versaient des flots d'indigo dans des bassins d'eau de savon, des rivières qui coulaient des décoctions d'absinthe, des amours si rouges qu'on les eût dit écorchés, des nymphes horriblement contrefaites et des faunes les plus innocents du monde : tout cela dansait d'un air si froid et s'enlaçait dans des attitudes si ennuyées, qu'il était impossible de ne pas bâiller en les regardant. Sur les boiseries, quelques gravures, encadrées dans du bois noir, offraient des sujets plus clairement érotiques, et n'inspiraient que plus de dégoût. Sur une table s'élevaient quelques corbeilles de fruits et deux flacons d'un vin capiteux, haut en couleur, dont l'aspect seul était impertinent. Enfin le vieux sofa de taffetas rose fané, unique siège de ce guet-apens, semblait chercher à sourire et ne faisait que la grimace, comme un vieux libertin qui étale toute sa laideur en voulant se faire aimable.

Horace fit le tour de ce charmant réduit ; et, s'étendant avec ses bottes sur le poudreux sofa, il ne trouva rien de plus plaisant que de s'y endormir, et de poser dans ce seul fait l'épigramme que méritait le goût du mercure perruquier. Les fumés du vin aidèrent merveilleusement à cette fantaisie ironique, et bientôt le sommeil pesa lourdement sur ses paupières fatiguées.

Il dormait depuis un de ces instants à la fois rapides et longs, qui vous plongent dans des siècles d'illusions et d'activité, lorsque les sons purs et pénétrants d'une jeune voix féminine vinrent se mêler à son rêve. Il se crut transporté sur une des plus hautes cimes des Pyrénées, dans une de ces solitudes dont la sublime tristesse avait naguère aigri son mal ; et, comme tous les hommes plus ou moins fantasques, c'est dans un souvenir, dans un rêve qu'il trouva l'enthousiasme refusé la veille à la réalité. Il voyait nettement la campagne au travers des vapeurs d'argent qui voilent presque toujours les régions élevées ; il distinguait les contours multiformes des rochers, les sinuosités lointaines du torrent et la dégradation des teintes de la verdure verticalement jetée sur le roc. Et la scène changeait ; c'était le versant d'une montagne verte avec son chalet enfoui dans le sol jusqu'au toit, son jardin de giroflées jeté sur les trois pieds carrés de terre végétale d'une roche, comme une corbeille de fleurs sur son piédestal ; son ruisseau échappé à quelque pierre moussue et tombant goutte à goutte sur des tiges de saponaire et de rhododendron ; Sa vache fauve rayée, comme un tigre, ruminant sous un massif de coudrette et de sorbier : Horace voyait tout cela… tout cela était à lui ; il y était seul, il y était roi ; il respirait la fraîcheur et le parfum, il entendait le frémissement du ruisseau et la voix surtout, la voix de jeune fille qui chantait une romance au son de la mandoline, et qui résonnait insolite dans ce riant paysage, comme la voix d'un pauvre ange exilé sur un rocher près des cieux.

Peu à peu une légère sensation de froid s'étendit lentement sur les membres du dormeur ; le réveil se glissa dans son sang et monta de veine en veine jusqu'à son cerveau ; il s'imagina d'abord que le ruisseau de son rêve coulait sur lui et se gonflait jusqu'à l'engloutir ; ses paupières se soulevèrent avec effort ; et au travers des frissons, des bâillements et des contractions nerveuses du réveil, il se trouva étendu sur le sofa, la tête appuyée sur deux amours de chêne sculptés qui surmontaient le dossier de ce galant débris du siècle Pompadour. Cependant la voix magique avait survécu aux prestiges du sommeil ; il l'entendait toujours, et saisissait nettement l'harmonie de ses rimes italiennes. C'était un timbre de voix si suave, si frais, que l'oreille en était caressée et que les nerfs les plus malades eussent repris, en l'écoutant, toute leur élasticité.

Horace éprouva le bienfait de ce joli chant, il sortit du pavillon pour savoir à qui il en était redevable ; et, après avoir traversé le jardin, il alla s'asseoir sur la fenêtre de la salle où les comédiens essayaient de modérer les progrès de l'orgie, en faisant chanter la jeune Rose. Horace jeta les yeux sur elle : elle était jolie, fraîche, insouciante, froide ; les paroles amoureuses de sa chanson contrastaient si fort avec l'immobilité de son angle facial et la négligence de ses airs de tête, qu'il éclata d'un rire amer.

« Elle est bien femme ! pensa-t-il : elle jure un amour éternel et ne pense à rien !

C'était dommage que son chant fût sans âme, car il ne manquait ni d'art, ni de goût ; seulement elle était là comme une petite fauvette qui répète les gentilles chansons de sa mère, et qui vit son premier mois de mai. L'amour n'a pas encore échauffé son sein, et déjà son frais gosier remplit les bois de roulades flexibles et de riants ramages : étourdie, babillarde, vivant d'air, de soleil et de printemps.

« Ce Laorens ! pensa Horace, comme le voilà heureux ! L'imbécile ! demain il me fera un sermon avec la langue épaisse, les yeux appesantis et la mâchoire lourde : il me dira que je consume ma vie sans en jouir, et qu'il en a joui cette nuit : il appellera cela du plaisir, du bonheur peut-être ! Il faut pourtant que je sache combien ses sottises vont me coûter ; ou bien…

attendrai-je qu'il évalue lui-même, après le tête-à-tête, le budget de ses félicités ? Ce serait plus sage ; mais la vertueuse et prudente mère laisserait-elle prélever le droit de possession sur sa vente, avant d'avoir pris hypothèque sur nos bourses ? tout cela devient embarrassant. »

Alors, entrant par la fenêtre du rez-de-chaussée, il tira Laorens à part.

« Mon cher, lui dit-il, tu es délicieux, tu as l'air d'un gros pigeon : je suis fâché que tu ne puisses pas te voir. Diable m'emporte ! tu es amoureux comme une bête. Mais à quoi songes-tu, mon bon ami ? tu veux donc nous ruiner tous les deux ?

« — Comment cela ?

« — Il y a deux heures que tu devrais être dans le pavillon, et tu ne m'en as pas encore demandé la clef. Tu ne vois pas que la mère ne te perd pas de vue ? qu'il n'est pas un de tes ridicules dont elle ne prenne note ! Tu vas voir tout à l'heure qu'elle nous présentera un mémoire où chacun de tes soupirs, chacune de tes œillades te seront portées en compte et taxées à tant la pièce.

« — C'est fort joli, ce que tu dis-là. Mais je voudrais bien te voir à ma place.

« — Dis donc que tu en serais bien fâché ; veux-tu que j'essaie ?

« — Tu ne brilleras pas plus que moi. Nous avons affaire à la plus hypocrite ou à la plus sotte, ou à la plus vertueuse de toute les filles, elle n'entend rien, ne répond à rien, on dirait qu'elle ne comprend pas la question.

« — Diable ! c'est beaucoup de talent pour son âge : cette fille-là ira loin ; mais j'ai peur que ce ne soit pas avec toi.

« — Attention ! la mère l'emmène.

« — Ah ! c'est l'instruction maternelle qui commence, c'est bon signe. Sois tranquille : dans cinq minutes, ta belle saura, si tant est qu'elle les ignore encore, toutes les manières de palper les goussets d'un homme, en ayant l'air de l'attirer ou de le repousser. Si tu ne trouves pas un dragon de vertu, ce ne sera pas faute de théorie.

Chapitre VI
Conseils à ma fille.

En achevant ces mots, Horace jeta un coup d'œil sur la jeune fille, au moment où elle sortait de l'appartement, triste et nonchalante, la tête baissée, l'air distrait. Il y avait quelque chose de si vrai dans son maintien négligé, tant de grâces souples et jeunes dans ses mouvements, une telle suavité de mélancolie dans sa démarche chaste et lente, qu'Horace se demanda pourquoi il avait cédé cette proie excitante au méthodique Laorens ; il éprouva même je ne sais quel remords de l'avoir ainsi sacrifiée à un caprice de jeune homme.

Cependant la Primerose avait conduit sa fille à un banc adossé contre le pavillon du jardin, et là, elle dit d'un ton solennel et avec une attitude composée.

— Ah ça ! ma fille, qu'avez-vous à me reprocher ? N'ai-je pas toujours été pour vous une bonne mère ? Quand avez-vous manqué de quelque chose avec moi ? quand avez-vous souffert de la misère ? Nous avons pourtant traversé ensemble de mauvais jours ! vous en êtes-vous aperçue ?

« — Je sais bien que vous vous êtes privée de tout pour ne me laisser manquer de rien : je le sais, maman, et j'en suis reconnaissante.

« — Vous ai-je rendue malheureuse ? ai-je pris un plaisir que vous n'ayez pas partagé, une peine dont vous ayez eu la moitié ? ai-je accepté un cadeau dont vous n'ayez eu votre part ? Au lieu d'être jalouse de votre jeunesse et de votre beauté, comme le sont la plupart des mères, n'ai-je pas toujours cherché à vous faire valoir ! ne suis-je pas fière de vous voir bien mise et recherchée de tous les hommes ?

« — Mais, maman, dit Rose embarrassée, je crois… je sais que vous m'aimez… est-ce que je me plains ?

« — Eh bien ! ma Rose, mon enfant, pourquoi veux-tu me faire de la peine ? pourquoi es-tu toujours triste, toujours sauvage ? Tu ne t'amuses de rien, tu sembles te déplaire partout… jamais tu ne fais comme les autres…

« — Mais, maman, je ne sais pas pourquoi tu me reproches tout cela. Quand nous ne sommes que nous deux, est-ce que je ne suis pas de bonne humeur ? quand nous voyageons entre camarades, est-ce que je ne suis pas la plus folle pour courir, changer de place, rire des passants, voler des fruits autour des buissons, faire galoper nos chevaux ? et quand la recette va mal, est-ce que je ne suis pas la plus indifférente, est-ce que je ne fais pas tout mon possible pour te distraire et te consoler ?

« — C'est vrai, mon enfant, tu es bien aimable quand tu veux : embrasse-moi, ma petite… »

Rose jeta vivement ses bras au cou de sa mère.

« Mais dis-moi, ma fille, reprit la Primerose, toi qui es si bonne, si gentille, pourquoi t'obstines-tu à me désespérer ? car enfin tu sais bien ce que j'exige de toi ! »

Rose laissa retomber ses bras avec découragement.

« Voyons, Rose, ma chère amie, sois raisonnable ; il est temps de faire quelque chose pour ta mère, de lui prouver que tu n'es pas une ingrate, une fille sans cœur. J'ai pris soin de toi comme de la prunelle de mes yeux ; tout ce que j'ai gagné, je l'ai dépensé à ton entretien, à te donner un état, une position dans la société. Combien y a-t-il de mères qui abandonnent leurs enfants ? Crois-tu que dans notre profession d'artiste, ce ne soit pas une chose difficile et embarrassante, que de traîner partout un marmot sur ses bras, tandis qu'il y a des hôpitaux partout ! crois-tu qu'il n'y ait pas quelque mérite à t'avoir gardée avec moi ?

« — Hélas ! maman, je sais bien tout cela ! dit tristement la jeune fille.

« — Alors, ma mignonne, récompense donc ma tendresse maternelle ; renonce à ces folles idées de bégueulerie que tu t'es fourrées dans la tête, hélas ! Dieu sait comment ? Certes, ce n'est pas moi à qui ta conscience pourra les reprocher un jour. Il est temps de te rendre utile : tu ne peux pas toujours vivre oisive et paresseuse.

« — Mais je joue la comédie, dit Rose, dont les joues s'animaient de honte et de colère ; je suis engagée au même prix que vous dans la troupe de M. Robba, et je mets tout mon gain, tous mes profits entre vos mains… de quoi vous plaignez-vous ? que voulez-vous de plus ?

« — Tu sais bien que cela ne peut pas aller longtemps. C'est une existence misérable pour toi, que de courir la province en charrette. À ton âge, je ne me serais pas contentée d'un pareil sort : j'avais déjà fait deux établissements brillants, j'avais une voiture et des cachemires, je menais un train de princesse ! Ah ! j'étais autrement décidée que toi : je commandais, j'étais reine, j'étais libre, j'étais heureuse, je jouissais de la vie… Je n'avais rien de plus que toi, j'étais belle ; seulement je savais tirer parti de ma beauté, je ne la laissais pas en friche… Et ne va pas croire pour cela, mon enfant, que je me sois jamais mal conduite ; fi donc ! ce n'est pas moi qui te donnerais un mauvais conseil ; je puis marcher partout, ma fille, partout la tête haute… Personne ne viendra jamais reprocher à mademoiselle Primerose, votre mère, de n'avoir pas légitimement gagné l'argent qu'elle a dépensé… C'est que nous avions de l'honneur, des principes ! Allons, Rose, sors de ton apathie ; cette nonchalance est un crime dans ta position. Tu vois que nous ne sommes pas heureuses, que ta mère est forcée de paraître sur les derniers théâtres des départements, tandis qu'avec un peu de bonne volonté de ta part, nous pourrions nous montrer sur un meilleur pied, et remonter peut-être sur un théâtre de grande ville… C'est décidé, n'est-ce pas, tu veux faire voir à ta petite maman que tu l'aimes ? »

La Primerose, en parlant ainsi, pressait sa fille sur son cœur, et s'apprêtait à l'arroser de ses larmes.

« Eh bien ! dit Rose avec angoisse, pâle, et la mort dans le cœur, eh bien ! que faut-il donc faire ?

« — Ne fais donc pas la sotte, tu le sais bien ! Devant le monde, ce n'est pas maladroit de faire l'innocente, mais avec ta mère, c'est bête. »

Rose pleurait de rage…

« Tu penses bien que ce beau souper, cette dépense, ces frais de lumière et de salon, tout cela n'est pas pour moi… Allons ! voilà que tu pleures, maintenant ! Pourquoi pleurez-vous, mademoiselle ? est-ce que ces jeunes gens ne sont pas bien ? Celui qui vous fait la cour est assez aimable, j'espère : galant, l'air doux, de bonnes manières, un physique charmant… Eh bien ! il semble que vous lui fassiez une grâce en le souffrant auprès de vous… Pas un mot agréable, pas un sourire, pas un soupir ; vous n'avez pas même rougi !

Vous ne savez donc pas qu'il a au moins cent mille francs de rente ! Il voyage dans sa voiture, en poste, entendez-vous ? Il a un beau laquais, parfaitement mis, qui m'a parlé d'un château, d'un hôtel à Paris : si vous vouliez vous donner un peu de peine, vous auriez tout cela, pourtant ; vous iriez en calèche, et au lieu de jouer la comédie, vous auriez une loge à tous les théâtres de la capitale !

« — Mais, si je ne l'aime pas ! dit Rose avec dégoût.

« — Qui vous parle de l'aimer, ignorante ? qui vous y pousse, qui vous y force ? tâchez seulement qu'il le croie. Allez, ce n'est pas malin de tromper un homme ; ils ne demandent tous que cela.

« — Tromper, mentir, être vendue, payée, non, jamais ! s'écria Rose avec véhémence en s'arrachant des bras de sa mère.

« — Eh bien ! dit celle-ci, humiliée, irritée jusqu'au fond de l'âme, s'il en est ainsi, je vous renie, je vous abandonne. Devenez ce que vous pourrez, faites-vous religieuse, si cela vous plaît, mendiez votre pain, soyez femme de chambre de quelque marquise dévote, épousez un cordonnier ou un huissier, arrangez-vous, je ne m'en mêle plus. Vous êtes une mauvaise fille, une fille coupable, une grande lâche ; vous méprisez les conseils de votre mère ; vous vous croyez vertueuse, parce que vous êtes vaine et désobéissante... Allez, on voit bien que vous ne connaissez pas les commandements de Dieu... *Tes père et mère honoras*... Voilà plusieurs occasions excellentes que vous manquez ; il est décidé que vous voulez tourner à mal... Allez donc ! suivez votre penchant : votre mère sera seule désormais : elle vieillira, pauvre et délaissée, avec le regret d'avoir échauffé, élevé, nourri un serpent dans son sein ; elle mourra de misère peut-être, quand vous auriez pu la soutenir et l'assister.

« — Eh bien ! dit Rose en se tordant les bras, s'il y a un Dieu, vous en répondrez devant lui !

« — Sois tranquille, ma fille, dit la Primerose en se radoucissant, Dieu t'a mise au monde pour jouir de la vie ; il t'a fait belle pour être aimée : c'est mépriser ses dons que de les négliger ; ensuite, il n'y a pas de bon Dieu, et s'il y en a un, tout cela ne le regarde pas. Allons, plus de réflexions ; reste ici... Je vais dire à ton monsieur qu'il peut venir.

« — Dites-lui de votre part tout ce que vous voudrez, mais rien de la mienne, entendez-vous ?

« — Sois tranquille. Il faut être modeste et timide, c'est fort bien vu, je te le répète. Résiste un peu, résiste même longtemps si tu veux, et dis toujours *non*, même après : cela fait bon effet et nous attache un homme. Tu vois que je te mets bien à l'aise, mon enfant : seulement, pas d'impertinences, entends-tu ? rien qui blesse l'amour-propre ; les hommes ne pardonnent point cela… Si tu étais assez adroite ! … »

Ici la Primerose baissa la voix, et se rapprocha de sa fille.

« Tu pourrais ne rien accorder… Par exemple, cela demande beaucoup d'habileté et d'expérience. Quand on connaît bien son affaire, on fait toujours espérer, et on ne cède que quand on veut… Mais, non, pour un premier essai, tu t'en tirerais mal ; il se rebuterait. Hélas ! tu as commencé trop tard ! Mais sois bonne enfant, ma fille, ta mère te bénira, et le ciel te récompensera. Et puis par la suite, quand tu auras acquis un peu d'habitude, tu resteras sage comme tu l'entends, si tu en as le goût. Va, ma fille, va, que ton bon ange t'accompagne, veille sur toi, et t'empêche de faire quelque sottise ! Tu es si jeune, tu as si peu vécu !… Ah, je ne suis pas présomptueuse ; mais si j'étais comme toi, fraîche et belle !… Chacun son tour, mon enfant : au moins, fais honneur à ta mère ! … »

En achevant cette touchante péroraison, la Primerose, presqu'attendrie de son éloquence, voulut embrasser sa fille ; mais celle-ci la repoussa avec un sentiment d'horreur.

« Dépêchez-vous ! lui dit-elle d'un ton glacé, et elle s'assit, résignée, sur les marches du pavillon.

Chapitre VII
L'apprentie-Courtisane

L'idée qui avait traversé l'esprit d'Horace, au moment où Rose était sortie de la salle, se retrouva plus claire, plus distincte, plus palpable au fond du premier verre de Madère qu'il lui fit succéder. L'espèce de doute avec lequel Laorens envisageait la dépravation précoce de Rose, produisit, malgré lui, une sorte d'impression sur son cerveau. Il voulut l'éclaircir, et pendant que le soprano essayait en vain de retrouver au fond de sa poitrine les sons purs et flatteurs qu'il avait si piteusement perdus, les deux amis échangèrent rapidement quelques paroles.

« Sérieusement, où en es-tu ?

« — Sérieusement, je n'en sais rien.

« — Mais qu'as-tu osé ?

« — Beaucoup… en paroles.

« — Voilà tout !

« — Ma parole d'honneur.

« — Quel âne tu fais !

« — Je le sais bien !

« — Tu n'es donc pas si épris que je pensais ?

« — Dix fois plus, au contraire, que tu ne le penses.

« — Oh ! oh ! alors tu vas t'embarquer dans quelque sottise. Crois-moi, brusque le sentiment, car on se moque de toi.

« — Voilà ce que je crains.

« — Tu en doutes ?

« — Eh mon Dieu ! je ne suis pas plus neuf que toi dans les folies du vice. Mais une créature froide comme celle-là en imposerait à un don Juan comme toi.

« — C'est pourquoi, je vous le dis en vérité, ajouta Horace en remplissant le verre de son ami, il faut boire.

« — Pauvre ressource pour se donner du cœur, ou pour s'ôter le peu qu'on en a.

« — C'est la panacée universelle. Rappelle-toi la grande maxime du religieux d'Hoffmann : *bibamus*.

« — Bibamus ! s'écria le garçon boucher, le tyran de la troupe : je vais vous chanter cela en canon. »

Tous les convives firent chorus : le vacarme grossit, les flacons diminuèrent : les cerveaux commençaient depuis longtemps à s'embarrasser.

La présence de Rose avait empêché Laorens de prendre une part réelle à l'orgie ; mais lorsqu'au lieu de cette timide et frêle créature à son côté, il ne vit plus qu'Horace, Horace, âpre au plaisir, incisif dans la joie, absolu dans ses fantaisies ; Horace, habitué à dominer malgré lui tout ce qui l'approchait, alors il subit la contagion de la démence et tendit son verre d'une main chevrotante aux attaques redoublées de la bouteille.

L'idée folle avait grandi dans le cerveau d'Horace. Amener son raisonnable ami à toutes les folies dont celui-ci blâmait en lui l'abus, mettre le crime dans ses mains, le lui livrer tout prêt, tout résolu, tout payé, noyer dans le vin ses désirs et ses espérances pour s'emparer de son plaisir, lui en arracher le profit et lui en laisser le remords, voilà ce qui parut à Horace un dénouement digne de lui.

« Mon sage Laorens, disait-il en lui-même, sois fou, sois amoureux, sois ivre, sois criminel, mais d'intention seulement. Perds ton âme ; je me charge de sauver ton corps.

« — Bibamus ! criait-il aux oreilles de son ami.

« — Bibamus ! répétaient en chœur les comédiens.

Quand la Primerose reparut, le soprano ronflait sous la table, le tyran embrassait la duègne, M. Robba déclamait, sans être écouté, une tirade de Cinna, et Laorens voyait tout danser devant ses pupilles dilatées. Le signe que fit la Primerose ne fut compris que d'Horace : tout ce que Laorens put faire fut de se laisser soutenir par son ami, et de se laisser entraîner dans le jardin.

« Messieurs, dit la Primerose, en les arrêtant sur la porte, est-ce que vous êtes deux ?

« — C'est tout au plus si nous sommes *un*, répondit Horace en lui jetant sa bourse.

L'argument irrésistible fit son effet. La mère infâme s'assit tranquillement auprès du perruquier, en disant : « Maintenant, c'est à notre tour de souper.

« — La tête me tourne, dit Laorens dans le jardin, au bout de trois pas. Malédiction ! je crois que je suis un peu ivre.

« — Tu te trompes, mon ami, répondit Horace, en le déposant doucement dans un coin. Attends-moi ici.

« — Mais Rose ? demanda-t-il en soulevant sa tête appesantie.

« — Je vais te la chercher… »

Horace n'avait pas atteint la porte du pavillon, que Laorens dormait avec délices.

« Oh, pour le coup !… dit Horace en tirant la clé de sa poche.

Rose était devant lui ; elle attendait à la porte.

Il était dans cet état d'excitation violente que cause le contact de la démence et le succès d'une folie. La débauche, à laquelle il n'avait pas pris part, avait agi plus vivement sur son imagination que sur les sens des autres. Lui, sobre et puissant, parmi ces êtres hébétés, il avait accaparé toute l'énergie qu'ils avaient perdue : il avait son ivresse aussi, mais morale, dévorante, nerveuse. En saisissant Rose dans ses bras contractés, il oublia son scepticisme, l'amertume de son cœur, les douleurs de sa vie, et les tortures d'un souvenir atroce… Il ne sentit plus contre sa poitrine qu'un corps de jeune fille, fluet, élastique, et qui se laissait emporter.

Il la déposa sur le sofa ; et pour attiser ses voluptés égoïstes, il approcha les flambeaux ; il voulut couvrir de lumière et de honte ce visage de femme. Il eût donné toute sa fortune pour la voir rougir, pour y surprendre des larmes, de la confusion, de la douleur, de la colère.

Mais elle était calme et pâle comme la mort.

« Ce n'est pas vous que j'attendais, lui dit-elle ; ce n'est pas à vous que je suis condamnée.

« — Oh ! de la haine, de la haine pour moi ! s'écria-t-il, c'est mieux que je n'espérais.

« — Pourquoi vous ? répéta Rose, en le toisant d'un air de mépris.

« — C'est moi qui paie, répondit-il, irrité de ce regard.

« — En ce cas, vous valez l'autre. »

Elle croisa ses bras sur sa poitrine. Son sein n'était pas ému, son œil n'était pas humide, ses joues n'étaient pas animées, seulement ses lèvres étaient bleues : elle attendait son sort. Horace croisa aussi ses bras, et resta immobile comme elle, debout et cherchant de toute la puissance de son regard d'homme à faire baisser les yeux de femme froidement fixés sur lui. Mais il n'y avait pas plus de crainte que d'amour dans le regard de Rose.

Tout à coup le jeune homme porta sa main à sa poitrine et déchira sa chemise de batiste avec rage.

« C'est une statue comme l'autre ! s'écria-t-il, et il fit quelques pas pour s'en aller. Mais son projet, son amour-propre, Laorens, le lendemain, tout ce qui l'avait conduit en ce lieu lui revint en mémoire. L'ironie rentra dans son cœur ; il tourna deux fois la clé dans la serrure, et la retira pour la jeter brusquement sous le sofa. Puis il regarda Rose d'un air de défi ; il rassembla dans sa volonté et sur sa physionomie tout ce qu'il put trouver de pensée insultante et libertine. À tout prix il voulait la faire rougir ; cette pâleur de marbre était entre elle et lui comme un rempart magique et infranchissable.

Elle supporta cet examen sans faiblir.

« Quel âge as-tu ? lui dit-il.

« — Qu'est-ce que cela vous fait ?

« — As-tu aimé quelqu'un ?

« — Je vous aime.

« — Il y paraît.

« — Je suis ici pour vous le dire et pour vous le prouver.

« — Tu es donc dans une affreuse misère ?

« — Non.

« — Eh bien ! pourquoi te donnes-tu ?

« — Cela ne vous regarde pas.

« — Il y a quelque chose d'extraordinaire en toi… Il faut que je te voie. »

La pauvre enfant était si belle, que Cazalès sentit toute sa vie se réfugier dans ses artères ; l'homme moral expira en lui : mais le bras de Rose était si froid qu'il en eût peur : il lui sembla qu'il avait le cauchemar, et que cette femme n'était qu'une ombre.

« Je te déplais horriblement, lui dit-il, conviens-en ?

« — Mais… est-ce que je vous le prouve ?

« — Tu n'as donc pas de sang dans les veines ! s'écria-t-il en pressant ce pauvre bras rond et délicat jusqu'à le rendre bleuâtre. »

Le visage de Rose exprima la souffrance et rien de plus.

« Je savais bien, dit-elle, qu'un homme devait agir ainsi.

« — Un homme ! dit Horace. Je suis donc le premier, dis ? dis-moi un mot, un seul mot, afin que je t'aime ou que je te fuie. Repousse-moi si tu veux, mais parle… Tu as horreur de moi, dis ?

« — Je ne vous hais pas plus qu'un autre.

« — Mais tu te donnes à regret ? Rose, dis-le moi ! misérable fille ! mais parle donc, épargne-moi un crime, un nouveau crime ! »

À son tour il devint pâle.

« Est-ce que tu crois, ajouta-t-il froidement, que je suis capable d'un viol ?

« — Ce n'est peut-être pas le premier, répondit-elle avec une ironie calme. »

Horace devint pourpre de colère, et serrant les poings avec rage :

« Ah ça ? qui êtes-vous, lui dit-il, de quel droit m'attirez-vous ici pour me faire un mal horrible ?

« — Je ne comprends rien à votre mal.

« — Ni moi, à votre stupidité. Si vous vous livrez à moi, pourquoi me traitez-vous avec mépris ? Si vous voulez que je vous respecte, pourquoi ne le dites-vous pas ?

« — Je n'ai pas le droit de vous commander, répondit Rose, et je ne veux pas descendre jusqu'à vous implorer. Voyons, monsieur, finissons-en : votre prix est fait, n'est-ce pas ? vous m'avez vue ; trouvez-vous que je vaille l'argent que vous avez donné ou promis ?

« — Si je te comprends en ce moment, s'écria Horace, il n'y a pas d'or qui puisse te tenter, et il n'y en a pas assez au monde pour te payer… Votre mère a reçu l'argent ; je ne suis pas assez vil pour revenir sur ma parole… Expliquez-vous maintenant : vous êtes maîtresse de vous-même. Voulez-vous être à moi ? me voici à vos pieds. Vous êtes fière, et vous avez raison ; c'est à genoux que je vous demande à vous seule… Voulez-vous que je sorte ? Faites un signe, et j'obéis. »

La vie sembla éclore, faible et imperceptible d'abord, dans les traits de Rose ; elle garda le silence et posa sa main sur son cœur, qui commençait à reprendre le mouvement : elle respira comme une asphyxiée qui retrouve la première sensation de l'existence.

Puis, après un moment de réflexion : « Je ne peux pas vous aimer encore, lui dit-elle, mais je sens que je ne vous méprise plus. Si vous voulez me tenir de moi-même, attendez quelques jours ; je tacherai… Je ferai tout mon possible pour n'avoir plus de répugnance, plus d'horreur pour mon état.

« — Votre état !

« — Hélas ! monsieur, j'aurai beau m'en défendre, il faudra bien céder à ma destinée. On le veut absolument, et je n'ai pas d'autre moyen d'existence… À moins de quitter ma mère ; et, quoi qu'elle soit bien coupable, je n'ai qu'elle au monde à aimer, je ne peux pas me décider à la haïr. Eh bien ! je lui laisse mon corps ; je garde mon âme. »

Cazalès resta quelques instants plongé dans une méditation profonde ; je ne sais quelle pensée traversait son cerveau, mais ce n'était plus le même homme.

« Ni ton corps, ni ton âme ! s'écria-t-il enfin, replaçant sur elle, avec un chaste respect, le châle qu'en entrant il lui avait arraché ! Rose, voulez-vous vous fier à moi… à moi seul ?

« — Non, monsieur.

« — Non.

« — Je ne puis être votre maîtresse, car je vous aimerais peut-être, et ce serait aimer le vice. Je serais perdue. Au lieu qu'*autrement*, mon cœur ne se donnera jamais ; l'horreur et le dégoût de ma profession m'empêcheront de m'y plaire ; et quand j'aurai enrichi ma mère, je sortirai pure de la plus odieuse des épreuves… Ah dame ! voyez-vous, j'ai bien réfléchi. J'ai bien vieilli en deux heures.

« — Ô vertu romanesque et sublime ! est-ce ici où je devais m'attendre à te rencontrer ! s'écria Cazalès. Eh bien ! vous avez raison, mon enfant ; vous ne serez pas ma maîtresse : d'ailleurs, je ne vous mérite pas. Permettez-moi d'être votre ami ? Laissez-moi vous tirer de l'affreuse situation où vous êtes, de vous soustraire aux dangers qui vous entourent, aux infâmes projets de votre mère ? J'ai une sœur, une bonne sœur ; elle vous gardera près d'elle, elle vous traitera comme sa compagne, comme sa fille. Dites, Rose, le voulez-vous ?

« — Je n'oserai jamais vous donner tant de droits à ma reconnaissance, moi, pauvre fille qui n'ai que l'abandon de moi-même pour ne pas être ingrate.

« — Je ne vous verrai jamais. Ma sœur a un château loin de Paris, vous y vivrez tranquille, libre du monde ; vous trouverez peut-être un mariage honorable… qui sait ? Je l'aiderai de tous mes moyens. Je ne veux avoir ni droit ni prétention sur vous, sachez-le bien, mon enfant : tout ce que je vous demande, c'est de vous rappeler que le premier libertin à qui vous avez eu affaire n'avait pas l'âme corrompue.

« — Mais ma mère.

« — Nous lui fermerons la bouche avec des billets de banque.

« — Mais… elle m'aime.

« — Pauvre fille ! ne prostituez pas ce mot-là… Dites ? consentez-vous ? »

Rose saisit la main d'Horace et la porta à ses lèvres.

« Emmenez-moi donc bien vite, dit-elle, car je crains ma mère, je la crains horriblement.

« — Oui, oui, sortons d'ici. Il y a pour vous d'autres dangers que vous ne prévoyez pas. »

Horace pensait en ce moment à son ami Laorens, dont l'ivresse pouvait bien changer de nature et devenir moins facile à réfréner. Il mit le bras de la jeune fille sous le sien, ferma le pavillon et en ôta la clef pour faire croire à ceux qui en approcheraient qu'il y était encore ; et, gagnant les derrières du jardin, il aida Rose à franchir un buisson de joncs marins. Les rues étaient sombres et désertes ; Rose ne les connaissait pas plus que son guide. Ils errèrent quelque temps au hasard. La nuit, le silence, le bras de Rose, ce qu'il avait lu dans son âme, ce qu'il avait vu de sa beauté, eussent rallumé peut-être l'amour et la jeunesse dans son sein bouillant : mais l'espèce de sentiment religieux que laissent les nobles efforts, comme un doux parfum après eux couvrit de son égide ce voyage nocturne. Ils trouvèrent enfin la porte de l'hôtel de France, seul endroit où Horace pût introduire sa protégée à deux heures du matin ; il l'installa dans sa chambre, la conjura d'y dormir tranquille, et se contentant de déposer un seul baiser sur son front, il sortit après l'avoir enfermée avec une précaution bien différente de celle qu'il avait eue une heure auparavant dans le pavillon.

Cependant la Primerose, après avoir compté et recompté avec une ineffable volupté les pièces d'or qui peuplaient la bourse de Cazalès, s'était plusieurs fois approchée du pavillon. Elle avait collé son oreille à la serrure ; elle avait tâché de glisser son regard au travers des rideaux d'indienne à grandes fleurs qui voilaient discrètement les croisées : toutes ses tentatives avaient été inutiles. Un profond silence régnait partout. Laorens était tombé dans une bienfaisante léthargie au milieu d'un carré de pois dont les guirlandes encadraient fort agréablement son sommeil ; tout le reste des convives ronflait épars dans la petite maison de l'amphitryon, et le maître de ce délicieux séjour s'était endormi lui-même sur une partie de domino, où, dans son ivresse, il avait cru longtemps jouer vis-à-vis un partenaire.

Ce repos, qui supposait une grande résignation de la part de Rose, était d'un bon augure pour les intérêts de la Primerose ; mais elle se rappelait qu'elle avait vu sortir deux hommes, et que ni l'un ni l'autre n'avait reparu au souper : cette circonstance lui causait quelque inquiétude. Cette enfant est si jeune, pensait-elle, si délicate ! Et puis elle se rappelait que Laorens semblait fort peu dangereux en sortant de la salle, et elle craignait que son état d'ivresse ne causât du dégoût à sa fille, et ne gâtât pour l'avenir l'effet des bonnes résolutions où elle l'avait enfin trouvée ce jour-là. Elle allait se décider à frapper à la porte du pavillon, lorsqu'elle entendit marcher derrière elle ; et, en se retournant, elle vit Horace Cazalès, calme, froid, grave, et dans une des situations d'esprit où on le trouvait le moins souvent. Cet aspect, si différent de celui qu'elle lui avait vu la veille, la frappa de surprise et d'une sorte de crainte.

« — Il n'y en a donc qu'un avec ma fille ? dit-elle avec une voix mal assurée.

« — Soyez tranquille, madame ; celui-là paiera pour deux ; et en trois mots, d'un ton d'autorité, son portefeuille ouvert à la main, il expliqua ou plutôt il signifia à l'actrice le parti que venait de prendre sa fille, de se séparer d'elle pour jamais. Il calma ses cris, son désespoir et sa colère, en lui mettant plusieurs billets de banque dans la main. Le contact soyeux de ce fin papier rendit le calme à la tendresse de mademoiselle Primerose ; cependant elle versa quelques larmes sincères à l'idée de quitter tout à fait sa fille car l'amour maternel ne s'éteint jamais entièrement, même dans les âmes les plus viles. Enfin, il fut décidé qu'elle irait à l'hôtel de France lui faire ses adieux ; mais que l'entrevue aurait lieu en présence d'Horace, qui redoutait l'influence qu'exerçait cette femme sur la pauvre Rose. Sûr de ses droits, il reprit le chemin de l'auberge, après avoir vainement cherché Laorens dans tous les coins de la maison de plaisance du galant perruquier.

Chapitre VIII
La Mère et la Fille.

Au milieu d'un bal, en contemplant au front des femmes ces fleurs plus belles que le printemps, ces plumes moelleuses et riches, ces turbans à aigrettes étincelantes ; en voyant palpiter sur leur sein les corsages lamés d'argent et la gaze frémissante, vous êtes-vous reporté par la pensée à ces boutiques en plein vent, qui garnissent le pont et le quai de l'Hôtel-Dieu ? Là, sur le pavé, parmi la boue, la poussière et les chiens, des femmes, hideuses de misère et de saleté, vendent au dernier rabais ces fleurs, ces plumes, ces dentelles, échappées de la hotte du chiffonnier, ou recueillies sur un tas d'ordures. Eh bien ! ces haillons, ces parures souillées, vous les avez vus peut-être sur la femme que vous admirez le plus ; ces nœuds de ruban ont voltigé sur des épaules d'albâtre ; ce bouquet informe, incolore, vous l'avez envié ; que sais-je ? vous l'avez acheté vous-même, vous l'avez choisi avec amour, vous avez trouvé dans l'assemblage des fleurs qui le composaient des secrets de bonheur et un langage de mystères. Vous l'avez porté un soir à celle que vous aimiez, vous avez frissonné de bonheur en le voyant attaché sur son sein. Et ces gants qu'elle vous confiait, et dont vous respiriez le parfum avec ivresse ! Les voilà, ce sont eux peut-être que la plus repoussante des créatures essaie et avachit maintenant sur ses mains sèches et flétries. Tous ces chiffons eurent leur jour d'éclat : ils firent plus d'un succès, ils décidèrent de plus d'une destinée ; mais, traînés de fête en fête, ils sont tombés dans la boue, et vous vous détournez au bout de la carrière qu'ils ont parcourue, tour à tour séductions, ornements, artifices, oripeaux, guenilles.

Ainsi la courtisane qui implore au coin des rues le denier du libertin, ou qui se traîne, have et livide, sur les marches d'un hôpital, a eu aussi sa jeunesse, sa beauté, ses triomphes et sa vertu peut-être…

Ces réflexions se mêlaient, dans l'esprit d'Horace, à une série d'amertumes dont le secret rongeait depuis longtemps sa vie. Mais à ces souvenirs tristes se mêlaient le sentiment délicieux de la bonne action qu'il venait de faire. Sa poitrine semblait déchargée d'une partie de son fardeau ; le mal chronique qui dévorait sa pensée n'était plus que langueur et mélancolie. Il revenait de l'orgie, les nerfs calmes et reposés, la conscience tranquille et satisfaite. Le soleil se levait sur les Pyrénées, blanches et transparentes comme des masses d'opale ; l'Adour se couvrait d'une vapeur satinée ; ses eaux limpides et frémissantes, se plissaient au souffle du matin dans les vastes réservoirs qui encadrent la place de Tarbes. Horace s'arrêta un instant pour regarder le ciel dans ces belles eaux ; et comme il arrive dans toutes les préoccupations sentimentales, il trouva bientôt l'image qui remplissait sa pensée dans l'objet qu'il contemplait. Il évoqua dans l'onde la gracieuse apparition de Rose, il la vit flotter vague et suave, plus belle que les premiers nuages qui montaient dans le ciel avec le soleil. En rêvant de la sorte, il entendit derrière lui des pas lourds, qu'il prit pour ceux d'un palefrenier du haras de Tarbes ; mais en se retournant, il vit une religieuse, et, cédant à ce respect involontaire que la robe noire et le tablier bleu des infirmiers inspirent à tout ce qui les rencontre, il se découvrit devant la sœur Olympie.

« Ne vous dérangez pas, mon brave, lui dit-elle. Enseignez-moi seulement l'hôtel de France.

« — Nous y allons ensemble, ma bonne mère, répondit Horace. »

Ils traversèrent la place de compagnie, et durant ce long trajet, sœur Olympie apprit à Cazalès qu'elle était envoyée de Bordeaux à Tarbes pour prendre quelques jeunes sœurs qu'elle devait conduire à Paris. L'administration leur fournissait de Tarbes à Agen les moyens de transport ; savoir : un char-à-banc et un cheval, qui devaient être en ce moment à l'hôtel de France, et dont sœur Olympie allait prendre la direction. En effet, le chariot de l'hospice était dans la cour de l'auberge, où il avait reconduit quelqu'un, la veille, à une heure trop avancée pour qu'on eût songé à renvoyer le modeste équipage à son domicile.

Tandis que sœur Olympie éveillait le garçon d'écurie, tançait les rouliers, mettait elle-même la main à l'œuvre, et soulevait le brancard pour y faire entrer le cheval débonnaire, Horace, frappé de cette circonstance heureuse, trouva le moyen de faire partir Rose sur-le-champ, et de la soustraire ainsi aux légèretés de Laorens, dont il appréhendait les moqueries autant pour lui-même, peut-être, que pour elle. La sœur d'Horace était en ce moment dans son château, à quelques lieues d'Agen ; c'était chez elle que les deux amis se rendaient ; mais y paraître avec Rose, c'était une entrée ridicule et inconvenante ; puis l'exposer pendant toute la route à l'embarras dû au rôle étrange qu'elle jouait vis-à-vis de Laorens, dans l'aventure de la nuit, c'était mal remplir les promesses de considération et de respect qu'il lui avait faites. Au contraire, confier Rose à des religieuses et l'envoyer ainsi à mademoiselle Cazalès, personne pieuse et hospitalière, en relation constante avec les sœurs de charité, les prêtres et les administrateurs d'hôpitaux, c'était la lui présenter sous les auspices les plus favorables et avec les meilleures recommandations. Il fit donc part de son dessein à la sœur Olympie, et lui raconta de Rose ce qu'il crut propre à lui conquérir sa bienveillance. La religieuse avait déjà entendu citer mademoiselle Cazalès pour une âme excellente ; on la bénissait à l'hospice de Tarbes. Elle n'hésita donc pas à se charger de la protégée d'Horace, et il ne s'agissait plus que de prévenir celle-ci.

Cazalès monta à la chambre où il l'avait laissée. Il frappa doucement ; n'obtenant pas de réponse, il se hasarda à mettre la clé dans la serrure et à entrer. Rose ne s'était pas déshabillée ; elle était là avec sa petite robe de percale blanche, son tablier de gros-de-naples, ses souliers de satin noir, telle qu'elle avait paru la veille dans le rôle d'ingénue du vaudeville. C'était sa plus belle, sa plus fraîche toilette ; et, quoiqu'un peu froissée par l'éclat du jour naissant, elle était encore charmante. Horace s'approcha sur la pointe du pied : elle dormait sur une chaise, le front appuyé sur le bord de la fenêtre ouverte, parmi des liserons et des branches de jasmins qui tapissaient le mur et cherchaient à se glisser dans l'intérieur de l'appartement. Sa beauté avait repris toute cette grâce de jeunesse, tout ce parfum de bonheur et d'insouciance qui parent le joyeux âge de quinze ans. Rose était petite, mais svelte ; ses formes avaient la délicatesse mignonne de l'enfance avec les voluptés naissantes de la puberté. La veille, une contrariété secrète, une souffrance comprimée avait pesé sur elle tout le temps qu'Horace l'avait vue ; mais en cet instant, calme et reposée, elle avait toute l'incurie de son âge. En la voyant si vermeille, si naïve, si petite fille, il ne pouvait croire que ce fût là la femme fière et forte dont le froid désespoir avait eu tant de puissance sur lui quelques heures auparavant. La scène de la nuit lui apparaissait comme un songe, comme une hallucination de l'ivresse. Il resta debout, silencieux, content, dévorant, dans une chaste ivresse, ces charmes qu'il avait eu le bonheur de ne point profaner, ces jolis sourcils qui formaient une bande pure et nette au-dessus des paupières veinées de bleu, ce front lisse, dont les contours se perdaient sous les ombres d'une chevelure noire, cette joue fine et veloutée, parée de l'éclat que donne le sommeil aux joues d'un enfant, le rose de ses lèvres transparentes comme la cornaline, et sa peau brune, polie comme le tissu d'une fleur.

« Et tu aurais été la proie d'un libertin ! pensa-t-il, tu aurais servi de philtre entre les mains d'une sorcière pour ranimer les sens éteints de quelque vieillard usé !… Abandonnée, maudite, rongée de maux infâmes, tu aurais traîné dans la boue des rues, souri aux outrages des passants, et tu serais morte dans une léproserie si tu n'avais eu assez de courage pour te briser la tête contre l'angle d'un pont ! Providence qui réchauffe l'ourson dans la neige des montagnes, et qui ménage la bise au jeune duvet du vautour, qu'as-tu fait pour les pauvres filles ! »

Il n'osait se résoudre à la réveiller. Pauvre enfant ! elle dormait si bien ! Quelle vie rude et fantasque pour une aussi frêle créature, pour une si tendre fleur ! Que de chagrins, que d'humiliations dévorés dans cette âme précoce ! Quels rudes et ignobles assauts pour une vertu qui n'avait pas encore eu le temps de se reconnaître, et qui faisait usage de sa force par instinct et par goût ! Pauvre fille, qui ne s'était pas éveillée dans l'atmosphère du vice et qui, en cachette, avait rêvé la vertu, romanesque, invraisemblable, exaltée, comme on rêve un premier amour ! Pour la première fois de sa vie, peut-être, elle se sentait heureuse, et dormait sans appréhension du lendemain. Au moins, Horace prenait plaisir à la voir ; il se félicitait de son repos, il se l'attribuait ; sa poitrine se dilatait en suivant sa respiration égale et douce. Qu'elle dormait bien ! comme elle se fiait à sa parole ! Rien ne l'éveillait, ni la pensée cruelle de sa mère, ni la dureté de la couchette, ni le souffle humide du matin sur ses épaules et sur ses bras nus ! ni le regard à la fois ardent et timide d'un homme seul et frissonnant auprès d'elle.

Sœur Olympie, qui s'impatientait depuis quelques instants dans la cour, monta les escaliers de son pas lourd et délibéré. Alors Cazalès se hâta de jeter son manteau sur la jeune fille, dont la mise coquette, à une pareille heure, eût sans doute scandalisé la religieuse. Rose, en ouvrant les yeux, reconnut la sœur avec qui elle avait voyagé, et sa surprise ne fut pas sans un mélange d'inquiétude et de mécontentement, car elle crut presque qu'on allait la conduire dans une maison de pénitence. Horace lui expliqua son projet, et la rassura. Cependant toute son éloquence échoua, quand il lui parla de partir sur-le-champ, sans voir la Primerose.

Rose méprisait sans doute au fond du cœur la femme qui l'avait voulu prostituer ; mais elle avait pour sa mère cette tendresse d'instinct qu'il n'est pas en notre pouvoir d'étouffer par le raisonnement. Elle se révolta donc contre l'idée de la quitter définitivement sans l'avoir embrassée. La sœur Olympie commençait à exprimer son impatience par des exclamations énergiques, et Cazalès frémissait à chaque instant de voir tomber la gaîté comique de Laorens au milieu de ce débat singulier, lorsque la Primerose y mit fin en paraissant. Elle avait pris son parti, et apportait à sa fille un mince paquet de hardes. Horace et la sœur les laissèrent seules ensemble, et Rose s'occupa de prendre un costume de voyage plus convenable. Alors la Primerose, à qui la présence de Cazalès en imposait singulièrement, exprima son inquiétude avec une tendresse à sa manière.

« Mon Dieu ! mon enfant, lui dit-elle, tout ce que je vois me tourmente. Pourquoi donc cette religieuse, ce départ précipité, cette séparation soudaine d'avec ton amant ? Je crains bien que nous n'ayons fait une imprudence en acceptant l'établissement qu'il te propose. Il m'a l'air d'un homme extraordinaire. Hier soir, il était charmant ; ce matin, je ne l'ai plus reconnu. Raconte-moi donc comment les choses se sont passées entre vous deux ?

« — Dispensez-m'en, je vous en prie, répondit Rose.

« — Mais enfin, ma fille, es-tu contente de lui ?

« — Oui, ma mère, plus que je ne saurais le dire. »

« — Allons, tant mieux, mon enfant, tant mieux ;… mais tout ceci est bien étonnant, et, je te l'avoue ; je m'y perds ; mais si telle est ta volonté, sois heureuse comme tu l'entends, et surtout, ma fille, ménage ton bonheur, sois prudente, conduis-toi bien ; puisque cet homme t'emmène et se charge de toi, tu lui dois de la reconnaissance, ma fille : Rose, pas d'infidélités avant deux bons mois, entends-tu ?

« — Oh ! ma mère !…

« — Tu es jeune, crois mon expérience… Hélas ! si ma mère m'avait dirigée avec autant de sagesse dans la carrière où elle me jeta, je n'en serais pas où j'en suis. Écoute-moi donc, petite, pendant deux mois sois sage et fidèle ; après, agis en sens contraire, pour donner de la jalousie ; car au bout d'un certain temps, l'amour a besoin d'être ranimé par ce procédé. Cependant ne le pousse pas à bout, songe à ce que tu lui dois…

« — Je lui dois en effet beaucoup, dit Rose avec tristesse, en songeant que le plus grand bienfait d'Horace était de la délivrer de cette affreuse éducation.

« — Ne tombe pas dans les extrêmes, ça ne vaut rien ; si tu allais faire la bêtise de l'aimer trop et de négliger le soin de ta fortune, tout serait perdu : tu lui sacrifieras les plus belles années de ta vie sans en jouir, et sans profit pour ta vieillesse ; car, vois-tu, ma fille, ce n'est pas sur nos vieux jours qu'il faut espérer de relever notre existence. Vois moi, si j'avais eu le bon sens de raisonner toujours comme aujourd'hui, je n'en serais pas là ; mais je te l'ai dit : ma mère n'a pas eu soin de moi, et j'ai eu aussi mes travers, mes égarements ; j'ai fait la faute de m'attacher à un banquier de Lyon qui m'a fait le plus grand tort.

Rose n'écoutait pas ; elle achevait sa modeste toilette, puis elle s'avança pour embrasser sa mère. Bien que celle-ci eût semblé prendre à tâche de se rendre plus méprisable que jamais, et de lui ôter tout motif de regrets, la pauvre enfant fondit en pleurs ; et cette femme, si misérablement dépravée par l'éducation que lui avait donnée sa mère, et qu'elle transmettait à sa fille comme un héritage qu'elle devait garder avec orgueil, cette femme, qui portait si haut la religion de ses principes et la dévotion du vice, ouvrit ses bras à Rose, et versa sur elle de véritables larmes.

« Va, chère enfant, lui dit-elle, sois heureuse, et jamais ingrate : n'oublie jamais ta mère, qui a tout fait pour toi et qui mourrait de douleur si tu la forçais à rougir un jour de ta conduite ; sois probe, sois honnête. Et si, un jour, tu étais pauvre et misérable, appelle-moi ; la Primerose ne manquera pas plus à sa fille qu'elle n'a manqué à sa mère ; j'ai soigné sa vieillesse, je l'ai nourrie six ans, et elle est morte dans mes bras, heureuse, fière de son enfant, comme je le serai de toi, ma fille. »

Lorsque Rose monta en chariot, la Primerose traita la religieuse avec dédain. Elle ne s'expliquait le départ de sa fille avec sœur Olympie que par la possibilité d'une querelle entre Horace et Laorens. Sa présence empêcha Rose de dire un seul mot à son libérateur. Mais au travers de ses larmes il put voir briller un éclair de reconnaissance, lorsque la sœur Olympie, saisissant les rênes, caressa d'un vigoureux coup de fouet les flancs du cheval, qui partit comme un trait.

Fin du premier volume.

TOME II

Chapitre premier
La Novice

Cependant, qu'était devenu Laorens ? Après avoir dormi profondément pendant deux heures, il s'était soulevé un peu rafraîchi sur sa couche de verdure. Il s'était rappelé Rose confusément d'abord, puis tout d'un coup, avec effroi, avec remords, avec inquiétude, il avait cherché le pavillon, et l'avait trouvé fermé, silencieux. Il n'avait pas osé retourner dans la salle du souper, craignant d'y jouer le plus ridicule de tous les rôles ; seulement, après s'être assuré, par les fenêtres, que Rose et Horace n'y étaient point rentrés, il s'était reconnu mystifié, et avait pris le parti de gagner le buisson, la rue et la campagne.

Mais comme il éprouvait encore un impérieux besoin de sommeil, et qu'il ne pouvait retrouver l'hôtel de France, sentant fuir la terre sous ses pieds comme un passager qui descend d'un navire au long cours, il résolut de dormir quelque part, et employa le peu de raison qui lui restait à trouver dans un pré, hors la ville, un coin abrité où il pût incognito achever la pacifique expiation de ses folies.

Un rayon du soleil, qui tomba d'aplomb clair et vermeil sur le front du dormeur, le tira de sa léthargie. La rosée brillait en diamants suspendue aux grappes du maïs, et la cigale commençait à secouer ses jolies ailes de gaze gommée qui reprenaient l'irisation du prisme avec l'éclat du jour. Le pauvre Laorens tâcha de soulever aussi ses membres engourdis, de les étendre et de retrouver l'élasticité et la vie ; mais ce ne fut qu'après d'incroyables efforts de volonté qu'il parvint à se mettre sur ses jambes.

Voilà donc, se dit-il, le service qu'Horace m'a rendu ! la partie de plaisir dont j'ai été le héros ! Il me le paiera, j'en fais le serment ! Me voilà dans un joli état, moi qui avais juré de ne jamais faire d'excès, de ne pas user en de vaines folies l'énergie de mes pensées et la rectitude de mon coup-d'œil. Quand pourrai-je reprendre mes pinceaux, maintenant ! J'aurai les nerfs ébranlés pendant huit jours. Horace a cinquante mille livres de rente, et moi je n'ai que mon travail. Et tout en se désolant de la sorte, il s'approcha du premier groupe de maisons qui s'élevait dans la prairie.

Sous le ciel en feu, sur la verdure sombre et vigoureuse, se détachaient les formes pâles et sveltes d'une chapelle du moyen âge, diaphane et grisâtre, dont le pignon tremblait reflété dans l'eau courante. Laorens essaya d'admirer ce tableau rustique ; mais il n'était plus artiste, il était dégrisé seulement, et cherchait vainement son âme dans sa tête vide et épuisée.

Il s'arrêta pourtant devant le porche de cette église, qui s'ouvrait sur le chemin bordé d'aubépine et de saules bleuâtres. L'Angélus sonnait la prière, et des figures pâles et lentes s'agenouillaient autour des piliers. C'était l'église de l'hospice ; et il y avait quelque chose de touchant dans la prosternation de ces convalescents qui venaient remercier Dieu de leur avoir rendu le printemps et le soleil. Le vieux sacristain, qui sonnait la cloche, avait une de ces figures moutonnes, si douces et si avenantes, qu'on n'a pas le courage de les trouver bêtes.

Quel beau mouvement d'architecture, quels groupes pittoresques, quel beau ton dans l'air ! pensa l'artiste ; quel dommage que les yeux me cuisent, que les oreilles me tintent, et que les jambes me manquent ! Il n'y a pas moyen d'avoir de l'enthousiasme avec un mal d'estomac comme cela. Il s'assit sur le fut d'une colonne anguleuse, à la porte de l'église, cherchant à se donner la contenance d'un homme qui regarde et qui réfléchit, mais, à coup sûr, vivant tout entier dans la cruelle sensation d'une migraine insupportable.

Cependant, à quelques pas de lui, il eût pu admirer la plus ravissante figure que son pinceau eût jamais cherchée. C'était un de ces modèles que le peintre possède depuis longtemps dans son cerveau, et que sa main a tant de peine à reproduire aussi beau qu'il l'a rêvé ; une de ces vierges gracieuses, plus vivantes que celles de Raphaël, plus saintes que celles du Guide, une de ces têtes ovales, à la fois sublimes et mignonnes, gentilles et célestes comme Léonard de Vinci devait les imaginer avant de les produire. Cette beauté, encadrée dans une coiffe de linge blanc, affublée des gros plis de l'étamine, était comme ces fleurs charmantes que l'on découvre au fond des eaux, cachées sous les parasols de leurs larges feuilles, fuyant le regard du soleil et celui des hommes.

C'était une novice de l'ordre des sœurs de Charité. Elle priait comme les anges prieraient s'ils avaient quelque chose à demander. Mais au milieu de son oraison, son regard doux et mélancolique tomba sur Laorens, et ce fut fait de sa prière. D'abord la novice essaya de remonter aux cieux ; mais involontairement elle redescendit sur la terre, et ses yeux bleus, voilés de longs cils noirs, s'abaissèrent de nouveau sur l'étranger. Un homme si bien mis, en habit noir, en gilet blanc, et à cette heure, dans une église, cela parut bien édifiant à la jeune novice ! Quelle piété rare dans un mondain ! Elle le regarda encore pour son édification particulière.

Et elle remarqua sa pâleur, ses paupières fatiguées, une légère nuance d'indigo autour de ses yeux tristes et abattus, ses cheveux blonds dans un désordre qui en déployait la profusion, son gilet dérangé qui laissait voir une chemise froissée et une poitrine blanche... La novice baissa les yeux et sentit la rougeur lui monter au front. Puis elle se reprocha cette honte coupable, car elle était sœur de charité, et elle devait s'habituer à voir et à ne rien sentir. Elle s'accusa d'avoir remarqué la jolie figure de l'étranger, et en même temps qu'elle en demandait pardon à Dieu, elle se surprit à la contempler encore.

Hélas ! pensa l'innocente novice, que le démon est malin et cruel ! que n'imagine-t-il pas pour distraire une pauvre fille de son salut, et lui faire perdre en de vains combats le peu de temps qu'elle a pour faire sa prière !

Elle se leva résolue de changer de place, certaine d'oublier cette figure d'homme en cessant de la voir. Mais il fallut passer devant Laorens pour sortir du coin où elle s'était agenouillée dans l'ombre, et, en approchant de lui, le cœur lui battit avec violence. Elle s'imposa de fermer les yeux ; mais la peur qu'elle avait de la tentation fit qu'elle perdit la force d'y résister, et qu'elle tomba dans l'affreux péché de regarder un homme et de le trouver beau.

Alors une pensée subite ranima l'âme timorée de la jeune fille. Indubitablement cet homme était malade. Cette secrète inquiétude qu'elle éprouvait à cause de lui, ce n'était pas l'œuvre du démon, mais l'avertissement de son bon ange qui lui désignait un être à soulager, un devoir de sa profession à remplir. En effet, comme il était pâle ! comme il semblait souffrir ! comme sa tête retombait sur son sein avec fatigue ! Il semblait pâlir de plus en plus, il était peut-être en défaillance. La jeune fille reprit l'aplomb d'une religieuse ; ce n'était plus un homme qu'elle devait fuir, c'était un poitrinaire ou un blessé qu'elle devait soulager.

Elle approcha donc et se pencha vers lui, mais il n'y prit pas garde ; elle parla, il n'entendit pas. Un arriéré de sommeil pesait encore de temps en temps sur ses sens. Elle crut sérieusement qu'il était évanoui et posa sa main sur l'épaule du jeune homme qui tressaillit, frissonna et jeta sur elle le regard hébété et ravi d'un homme qui s'attend à voir son créancier et qui voit sa maîtresse.

— Vous êtes malade ? dit la sœur.

Laorens, étourdi d'abord d'une pareille apparition, répondit sur-le-champ comme s'il n'avait pas eu d'autres moyens de la prolonger.

— Certainement, dit-il, je souffre beaucoup.

— Est-ce que vous êtes seul ici ? dit-elle, inquiète de ne pouvoir céder à personne l'intérêt trop vif qui s'emparait de son cœur.

— Je suis seul, répondit Laorens, et il feignit sans peine de ne pouvoir se relever.

La sœur lui tendit son bras, essayant de se donner l'insignifiance d'une machine qui obéit à un ressort ; mais ce fut en vain : son bras était jeune et rond sous une large manche noire qui faisait ressortir la blancheur transparente de sa main. L'artiste se sentit aussi enchanté, aussi fort, aussi enthousiaste que s'il eût veillé dans la cellule ascétique d'un anachorète ; le contact électrique d'une femme rappela la vie dans sa poitrine : il n'était plus malade.

Elle l'aida cependant à traverser l'église et le fit entrer par une petite porte latérale dans un préau rempli de fleurs. Il fut obligé de marcher lentement, de conserver un air languissant et de s'asseoir sur un banc qu'elle lui approcha.

— Qu'est-ce qui vous fait mal dans ce moment-ci ? lui dit-elle naïvement.

Un cruel rhumatisme, répondit-il, tout honteux de se trouver en présence de la sainte fille, au sortir d'une débauche.

— Vous allez prendre un calmant, je vais appeler sœur Marthe...

— Non, non, ma petite sœur, n'appelez personne... Je ne veux rien... absolument... que me reposer un peu ici, si vous le permettez.

— Oh ! nous sommes faites pour assister les personnes souffrantes, dit la novice émue, rouge comme une cerise ; son cœur battait avec violence, elle ne pouvait s'en aller ni rester : le regard de son malade la tenait palpitante et immobile comme la perdrix sous le magnétisme du chien de chasse :

Laorens la dévorait.

Corrège, Albane, Guerchin, Schidone, Giorgion ! pensa-t-il, vous êtes tous des misérables !

— Sœur Blanche ! dit une grosse voix qui partait de l'intérieur de l'hospice.

La novice tressaillit, pâlit, comme si on l'eût surprise dans le crime et s'élança vers le bâtiment. Une grande religieuse, sèche et virile, en sortait, un fouet à la main…

— Allons donc, ma chère fille ! nous partons, la voiture est prête, elle est là, à la porte. Vous achèverez vos prières mentalement… pendant la route.

— Ma bonne mère, c'est un malade que j'assistais.

— Ah ! ah ! dit sœur Olympie en approchant de Laorens et le regardant sous le nez. Qu'est-ce qu'il a ce garçon-là ? De quoi avez-vous besoin, mon cher enfant ? Mais au fait, il a bien mauvaise mine ! ses habits sont tout salis… vous l'avez trouvé par terre ? dit-elle en se retournant vers la novice et tâchant de diminuer le rude volume de sa voix. C'est un épileptique !…

— Je ne sais pas… je ne crois pas… dit sœur Blanche intimidée.

— Elle ne sait pas !… Vous ne lui avez pas fait donner de l'éther, un peu de laudanum ! Mais à quoi pensez-vous donc ? Cette pauvre enfant, ajouta-t-elle en passant sa main rude et velue sur le front de Laorens, elle n'ose pas toucher à un homme, elle ne sera jamais bonne à rien ! Allez chercher sœur Marthe, il faut absolument que nous partions.

Au moment où la novice allait disparaître, une autre femme, jeune, jolie, leste, pétulante, s'élança au devant d'elle et sauta à son cou.

— Allons, allons, en route, ma petite sœur Blanche, nous partons ensemble !

— Ah ! mon dieu ! dit la sœur, c'est vous. Comment cela se fait-il ?

— Je vous conterai cela. Je suis bien contente de m'en aller avec vous.

— Oh ! et moi !… Est-ce que vous allez vous faire religieuse aussi ?

— Oui ! oui ! dit la jeune fille en riant ; et elles disparurent ensemble.

— Est-ce un rêve ? s'écria Laorens en échappant à la sœur Olympie pour s'élancer sur leurs traces.

— Doucement, doucement, monsieur, dit la none en le retenant avec vigueur, les hommes ne vont point par ici. Si vous voulez sortir, voilà la porte qu'il faut prendre… Eh ! eh ! vous n'êtes pas si malade que je croyais.

Laorens sortit par la porte qu'elle lui montrait. Il traversa des salles, des cours, des guichets, et il se trouva dans le faubourg… Incertain, il franchit une ruelle, longea plusieurs jardins, et vit un char-à-bancs qui partait rapidement vers la route du Nord. Sœur Olympie tenait les rênes, trois novices occupaient les sièges derrière elle, et une quatrième jeune fille qui s'appuyait sur l'épaule de sœur Blanche ressemblait tellement à Rose, la petite actrice, qu'il s'écria les bras pendants, l'air ébahi…

— Pour le coup, je suis ivre mort, car je vois un salmis d'anges et de diables danser pêle-mêle devant moi !

Chapitre II
Les Livres-Saints

La ville d'Auch possède une belle cathédrale, sorte de colifichet fort à la mode dans ce temps-ci ; c'est du reste une des plus laides villes de France et celle où l'accent gascon a conservé toute sa pureté classique. Horace et Laorens y étaient arrivés ensemble et s'y étaient séparés pour aller, chacun de son côté, refaire connaissance avec d'anciennes amitiés.

Horace Cazalès et Laorens Armagnac étaient compatriotes. Nés au pied des Pyrénées, l'un riche, l'autre pauvre, ils s'étaient retrouvés à l'âge où les passions se développent, où les amitiés se forment. Une étroite intimité les avait rapprochés, mais, en dépit de leurs efforts pour s'aimer autant qu'ils l'auraient voulu, je ne sais quoi de susceptible et d'irritable s'était élevé entre eux toutes les fois qu'une occasion sérieuse avait demandé l'accord de leurs volontés. Ils se ressemblaient en apparence sous tant de rapports qu'il leur était impossible de ne pas se disputer ; l'expérience universelle peut seule résoudre ce paradoxe de la vie humaine.

Mais la chose dont il fallait le plus s'étonner, lorsqu'on avait pénétré toute leur âme, c'est que deux êtres aussi dissemblables pussent avoir un continuel besoin de se réconcilier. C'est alors que, dans la sincérité de leurs cœurs, ils cherchaient la cause insaisissable de leur irritabilité mutuelle : Laorens imaginait que la différence de leurs fortunes établissait, en dépit d'eux-mêmes, une différence de cœur : Horace pensait que cette dissidence de sentiments était innée chez eux et subsistait indépendante des raisons de fortune et de position.

Exilé depuis longtemps de son pays, Laorens avait voulu consacrer quelque temps à le revoir et à renouveler ces souvenirs toujours si chers au cœur de l'homme ; peut-être eut-il tort, peut-être les déflora-t-il en les ressaisissant.

Son projet avait coïncidé avec un des fréquents voyages qu'Horace faisait dans le midi, où l'appelaient ses intérêts et l'amitié qu'il avait pour sa sœur, fixée en province dans leurs propriétés communes. Les deux amis avaient parcouru ensemble les beaux sites des Pyrénées ; Laorens les revoyait avec l'orgueil d'un montagnard et l'enthousiasme d'un peintre, mais la société de son ami, dont il s'était promis tant de plaisir, avait réduit le sien à la simple expression de tous les plaisirs de ce monde. Ils s'étaient querellés tout le long du chemin : ils se séparèrent vivement piqués, l'un d'avoir compté sur une bonne fortune et de n'avoir conquis qu'une entéro-gastrite, l'autre de n'avoir pas pu se dérober au ridicule d'une bonne action.

Ce dernier laissa Laorens, en lui disant froidement qu'ils se retrouveraient à Paris dans quelques mois ; et, lorsque Laorens lui demanda où il allait présentement, il répondit qu'il n'en savait rien. C'était la vérité, mais Laorens y vit une injure et lui tourna le dos.

De son côté la sœur Olympie et son joli état-major étaient arrivés à Auch. Laorens au moment de quitter cette ville, les vit descendre à la porte de l'hospice, établissement où de ville en ville, les sœurs voyageuses trouvaient leurs billets de logement, leur souper frugal et leur caquetage de religion, insipide comme leur innocence. La pauvre Rose eût trouvé dans l'activité de cette vie errante, la seule chose qu'elle aimât dans sa vie passée. Mais la société des nones lui déplaisait involontairement. Le chaste cynisme de sœur Olympie la choquait. La niaiserie de ses compagnes, (dont elle exceptait pourtant la gentille sœur Blanche,) lui causait un ennui mortel. Rose avait rêvé la vertu si belle, si élevée, si poétique, qu'elle éprouvait une déception cruelle à la trouver si étroite et si triviale. Elle désirait voir finir ce voyage quoique parfois son impatience ne fût pas sans inquiétude, lorsqu'elle entendait louer la dévotion de mademoiselle Cazalès, sa future protectrice. Cependant elle pleura en embrassant sœur Blanche qui réellement lui avait inspiré de l'attachement. Elle trouva à Agen le vieux domestique d'Horace, qui l'attendait de la part de son maître avec sa chaise de poste.

Il y avait deux jours que Rose était au château de Mortemont, sans que la maîtresse du lieu fût de retour. La vieille demoiselle de compagnie, curieuse comme le sont les personnes désœuvrées, avait reçu la jeune fille d'abord avec affabilité, autant pour se conformer aux intentions de M. Cazalès que pour gagner une confiance qui lui promettait la confidence d'un secret quelconque. Mais malgré la candeur de Rose, il y avait en elle je ne sais quelle fierté innée qui lui donna sur-le-champ l'instinct de la défiance et de l'éloignement contre mademoiselle Lenoir. Elle refusa donc de s'expliquer, et son inexpérience lui fit commettre la faute de ne pas trouver à son silence un prétexte qui en sauvât l'humiliation à la duègne. Elle crut que sa simple volonté, exprimée poliment, devait suffire pour repousser les investigations indirectes, sans blesser l'amour-propre, et dès le premier jour elle s'était fait dans cette maison une ennemie irréconciliable.

Que l'on s'imagine en effet l'étonnement, l'inquiétude et les soupçons d'une subalterne dévote qui régnait depuis quarante ans dans l'intérieur de la famille, en voyant descendre d'une chaise de poste, où l'on s'attendait à trouver M. Cazalès, une fille de dix-sept ans, qui paraissait bien en avoir dix-neuf, jolie, triste, réservée, qui semblait pénétrer de droit dans l'empire de mademoiselle Lenoir, ne faisait aucuns frais pour obtenir sa protection, ne demandait rien, et s'asseyait dans l'antichambre pour attendre qu'on préparât son domicile. Et cet air de princesse en voyage, ce calme, cette politesse laconique, cette aménité froide, sous un petit jupon de taffetas noir, un petit schall râpé, et un petit chapeau rose extrêmement fané ! Quel triomphe, quelle vengeance pour la gouvernante, si elle eût deviné la jeune première d'une troupe de comédiens de province, sous cette dignité modeste qui lui imposait malgré elle !

Mathias, le vieux domestique d'Horace, avait donné des ordres à mademoiselle Lenoir, au nom de son maître, et il s'était réservé le plaisir d'en presser l'exécution, car il était malin sous ses cheveux blancs, le bonhomme ; il savait que la Lenoir le détestait cordialement, et il ne perdait nulle occasion de lui faire sentir un pouvoir qui balançait le sien. C'était un de ces serviteurs qui ont vu naître les enfants de la maison, qui les élèvent, qui les voient grandir, qui vieillissent de leurs chagrins, se rajeunissent de leurs plaisirs : serviteurs qui grondent et se dévouent, qui commandent et se sacrifient, toujours fidèles après les longs jours d'orage, seuls débris vivants qui échappent aux vicissitudes de la destinée, et qui souvent restent vieux et cassés à pleurer tout seuls sur la tombe de leurs maîtres.

Je ne sais quelle opinion il s'était formée de Rose, mais son opinion habituelle était qu'il n'en devait point avoir sur le compte de son maître : il obéissait et ne jugeait point. Il ne sortait de ce système de soumission passive que lorsqu'il le voyait exposer sa santé ou sa vie ; alors il redevenait grondeur et bourru. Il s'amusait donc à tourmenter mademoiselle Lenoir, à lui faire malicieusement entendre que cette jeune étrangère, si mincement parée, était désormais pour la famille une personne de la plus haute importance.

Rose, devenue libre et seule, par le dépit de la gouvernante, parcourut le jardin de la maison avec la curiosité d'un enfant qui n'a rien vu ; le grand salon, meublé à l'antique, les portraits de famille, la tourelle, la pièce d'eau, le parc avec ses vieux chênes mélancoliques, qui semblaient pleurer sur les générations éphémères de l'homme, tout cela lui plut un instant ; à chaque pas elle trouvait une invention du luxe dont elle ignorait l'usage, parce qu'elle ignorait les besoins de la richesse. Mais, au bout d'une heure, le silence de cette habitation, la gravité compassée des êtres qui l'occupaient, la couleur grise des murailles, la vétusté des meubles et celle des figures, le froid glacial du repos et de la solitude tombèrent sur son cœur jeune et actif. Elle s'effraya de la vie qu'on menait dans ce lieu ; mais une peine secrète lui fit réprimer cette répugnance ; et puis, une sensation de joie indicible la fit tressaillir en entrant dans un cabinet attenant à l'appartement qu'on lui avait préparé, lorsqu'elle vit sur un des rayons disposés symétriquement, une quantité de livres, dont l'existence lui eût semblé problématique auparavant.

— Comment, s'écria-t-elle ! il y a tant de livres dans le monde, et je n'en ai jamais lu qu'un seul ! — elle s'élança ravie, et crut que cent ans de réclusion dans ce cabinet pouvaient passer désormais pour elle comme un jour de fête.

À quatorze ans, Rose savait à peine lire ; toute son éducation s'était bornée à réciter, comme un perroquet, les rôles que lui soufflait sa mère, et dont à coup sûr elle ne comprenait souvent ni le sens, ni l'esprit. À cette époque, mademoiselle Primerose, effrayée du peu de développement de l'intelligence de sa fille, avait consulté un comédien, son amant, génie de la troupe, qui lui avait conseillé de mettre entre les mains de Rose quelque livre érotique, propre à agrandir ses idées et à favoriser l'essor de son imagination. Alors, dans je ne sais plus quelle ville de province, la Primerose était entrée dans la boutique d'un libraire, et lui avait demandé un livre qui ne traitât que de l'amour.

Le libraire, en bonnet de coton et en redingote de camelot, avait posé sa pipe sur le comptoir, et lui avait présenté gravement la Nouvelle Héloïse. La Primerose, en ouvrant le livre, avait trouvé, dès la première page : « Toute fille qui lira ce livre est perdue », et elle était accourue vers la sienne, triomphante comme une mère qui a découvert un remède infaillible pour la maladie de son enfant.

Mais, comme le grain de la parole de Dieu qui ne produit que l'ivraie en tombant sur une mauvaise terre et qui fructifie au centuple en germant sur une bonne, le livre de Jean-Jacques avait sauvé Rose en l'éclairant. D'abord elle avait compris l'amour, large, brûlant, effréné, puis la vertu sublime, constante, stoïque ; sans savoir si le livre était bien écrit, sans savoir même ce que c'était qu'*écrire*, elle s'était enivrée de la magie de celui-ci : il était devenu sa passion, son rêve, sa vie ; comme celui de Fénelon était devenu la passion de Sophie, sa vie et son rêve ; et voilà pourquoi, depuis lors, le caractère de Rose était une invraisemblance dans sa destinée.

La Primerose voyant que, loin de développer l'activité de cette jeune tête dans le sens qu'elle l'eût voulu, la lecture était devenue pour elle une passion exclusive de toute autre, lui avait arraché ce livre qu'elle savait heureusement par cœur, et s'était opposée à ce qu'elle s'en procurât jamais d'autres. Rose croyait donc que tous les livres étaient bons et enivrants comme celui de Rousseau ; elle regrettait amèrement de ne pouvoir s'en rassasier, et, lorsqu'elle se vit seule et libre dans une bibliothèque, elle crut réaliser un des plus doux songes de sa vie.

Le premier qui lui tomba sous la main fut *l'Esprit de saint François-de-Sale*. Elle l'ouvrit avec ardeur et lut au hasard ce qui suit :

« Pour ce qui regarde la tentation contre la chasteté, que cette bonne âme ne s'étonne point, si la peine lui tient *au sentiment*, comme il semble qu'elle le marque ; qu'elle change d'exercice corporel, quand elle en sera pressée ; si elle ne peut bonnement changer d'exercice, qu'elle change de place et de posture, cela se dissipera par ces diversions. »

Rose, étonnée de se sentir rougir, tourna quelques feuillets et tomba sur ce passage :

« Mais, le vœu étant fait, il faut que vous ne permettiez jamais à personne de vous tenir aucun propos contraire, mais que vous ayez un grand respect pour votre corps, non plus comme votre corps, mais comme un corps sacré et une très-sainte relique ; et comme on n'ose plus toucher et profaner un calice après que l'évêque l'a consacré, ainsi le Saint-Esprit ayant consacré votre corps par ce vœu, il faut que vous lui portiez une grande révérence. »

C'est singulier, dit Rose, toujours le corps !… c'est peut-être cela qu'on appelle le matérialisme ; j'ai vu ce mot dans une lettre de Saint-Preux… Voyons si je comprendrai mieux ce chapitre,

« De la patience dans les maux de tête :

» Vous ne serez jamais épouse de Jésus-glorifié, que vous ne l'ayez été premièrement de Jésus-crucifié, et ne jouirez jamais du lit nuptial de son amour triomphant, que vous n'ayez senti l'amour affligeant du lit de sa sainte croix. »

Ah ! dit Rose, en fermant le livre, je vois bien ce que c'est ; c'est un livre pour tourner la religion en ridicule… Je ne suis pas dévote, mais je ne suis pas impie !…

Elle en chercha un autre… Elle ouvrit l'*Imitation de Jésus-Christ* :

« Vous devez user quelquefois de violence et combattre avec courage les désirs des sens, afin que sans prendre garde à ce que la *chair* veut ou ne veut pas, vous travailliez à l'assujettir. »

— Est-ce que mademoiselle Cazalès a besoin de conseils si humiliants ? dit Rose en jetant ce nouveau livre. Voilà de singulières lectures pour une personne si sage ! Voyons donc ! Est-ce que je ne trouverai pas ma chère Julie dans tout cela ? Il me semble que dans une maison si honnête, un livre si vertueux doit être recherché… Ah ! voici des vers ! c'est ennuyeux, les vers ! surtout les vers de M. Racine ; le rôle d'Iphigénie ! Dieu, que cela m'a ennuyée !… Tiens, ceux-ci ne sont pas si longs !… cela ressemble à des couplets : des chansons, chez une dévote !

Noël ancien sur le Mystère de l'Annonciation.

I
Chantons je vous en prie
Par exaltation,
En l'honneur de Marie
Vierge de grand renom.

II
Marie fut nommée
Par destination
De royale lignée
Et génération.

III
Était en Galilée
Plaisante région,
En sa chambre enfermée
En contemplation.

IV
Ce fut Gabriel ange
Que sans délation,
Dieu envoya sur terre
Par grande compassion.

V
Dieu soit en toi, Marie,
Dit-il sans fiction,

Sois de grâce remplie
Et bénédiction.

VI
Tu concevras ma mie
Sans oppression.
Le fils de Dieu t'affie
Et sans corruption.

Réponse de Marie.

VII
Comment se pourrait faire
Qu'en telle mansion
Le fils de Dieu mon père
Prît sa carnation ?

VIII
Car, monsieur, de ma vie
Je n'eus intention
D'avoir d'homme lignée
Ni copulation.

Réponse de l'Ange.

IX
Marie ne te soucie,
C'est l'opération
Du Saint-Esprit, ma mie,
Et l'obombration.

C'est bête et dégoûtant ! dit Rose en sortant de la bibliothèque sacrée. Je ne croyais pas que ces gens-là missent la dévotion dans leur libertinage… Comme on m'a trompée sur le compte de ma protectrice !

Elle mit en délibération si elle ne fuirait point cette maison perfide ; et rentrée dans sa chambre le soir, elle s'y enferma à double tour. Le lendemain elle était triste et découragée. Elle disait que ce n'était pas la peine de fuir sa mère, et d'aller se mettre sous une dépendance étrangère, pour retrouver partout les pensées et les images qui lui causaient tant de dégoût.

Elle rêvait à son sort avec inquiétude, lorsque mademoiselle Lenoir vint, d'un ton sèchement poli, où elle crut démêler le triomphe de la vengeance, la prévenir que mademoiselle Cazalès était arrivée et voulait lui parler. Rose mit une épingle à son petit châle, lissa ses cheveux sous son peigne de corne, et descendit résolue à ne pas supporter la moindre humiliation. Mais toute la fierté courageuse dont elle s'était armée faillit s'évanouir à l'aspect d'une petite bossue horriblement laide, qui lui jeta un regard curieux par-dessus la moins élevée de ses épaules difformes.

— Il est impossible, pensa Rose, qu'une créature ainsi faite ne m'abhorre pas au premier coup d'œil.

Cependant le ton de mademoiselle Cazalès fut plus doux qu'elle ne s'y attendait.

— Bonjour, Mademoiselle ; peut-on savoir ce qui me procure l'honneur de vous posséder chez moi ?

Rose leva les yeux avec assurance. S'il y avait de l'ironie dans ces paroles, la physionomie de mademoiselle Cazalès n'en trahissait rien. La jeune fille tira de son sein une lettre qu'Horace l'avait chargée de remettre à sa sœur. Elle était ainsi conçue :

« Ma bonne sœur,

» Je t'adresse une personne intéressante à laquelle tu voudras être utile, quand tu sauras que, destinée à la corruption par une mère infâme, elle a su résister à tous les dangers de sa position, et se conserver pure au milieu des exemples et des leçons du vice. Fais-toi aimer d'elle, cela ne te sera pas difficile ; il suffira qu'elle t'entende et qu'elle voie ta conduite pour adorer en toi la vertu. Je ne la recommande point à ta générosité ; j'ai pourvu à ses besoins, et je me suis chargé de son avenir sous ce rapport. Que tes conseils la dirigent seulement dans le choix de son existence, et que ta prudence l'établisse d'une manière convenable. Tu me verras dans huit jours. Je t'engage à te hâter d'accomplir la bonne œuvre que je te recommande ; tu dois désirer autant que moi que je ne me trouve point chez toi en même temps que notre protégée, afin d'éviter de sots propos et d'absurdes commentaires à tes voisins et à tes gens. »

À cette lettre était jointe la donation d'un capital que M. Cazalès avait en portefeuille, et qui constituait à Rose 3,000 Fr. de pension.

Mademoiselle Lenoir s'était tenue debout dans un coin de l'appartement, durant la lecture de ce billet. Elle feignait d'arranger une tenture, mais elle attendait le résultat de la lettre, et se flattait de voir éconduire la pauvre Rose comme une intrigante. Son espoir fut cruellement déçu, lorsque mademoiselle Cazalès, jetant sur Rose un regard de bonté, lui dit de s'asseoir, et ordonna d'un ton doux, mais absolu, à sa demoiselle de compagnie de se retirer.

Alors la pauvre enfant dont le cœur battait involontairement de trouble et de crainte, se sentit soulagée d'un poids immense. La laideur de mademoiselle Cazalès avait disparu. Il y avait dans sa figure mince quelque chose de souffrant et de doux, de mélancolique et de bienveillant qui réparait toutes les injustices de la nature à son égard. On ne l'avait pas plutôt vue qu'on l'aimait ; sa difformité n'avait pas le temps de vous repousser. Rose saisit vivement la main longue et sèche qu'elle lui tendait et la porta à ses lèvres avec une effusion de bonheur et de reconnaissance.

— Vous avez donc éprouvé déjà bien des chagrins, ma chère petite ? dit mademoiselle Cazalès ; en ce cas, je suis toute à vous. Ma vie est consacrée au soulagement des affligés, et vous avez droit à mon intérêt. Mon frère, d'ailleurs, désire que je vous serve : je veux le faire dès aujourd'hui, en causant avec vous de vos affaires et de vos projets. Dites-moi un peu comment vous envisagez l'avenir ?

— Comment vous le dirai-je, mademoiselle ? répondit Rose ; je n'en sais rien ; je ne connais personne ; j'ignore ce qui me convient, ce qui me rendra heureuse ; je sais seulement que vivre dégradée est une affreuse destinée...

— Chassez ces tristes retours sur le passé. Désormais vous êtes à même de suivre vos penchants vertueux, et puisque vous semblez consulter mon expérience, je vous conseillerai du fond du cœur d'entrer dans un couvent.

Rose tressaillit involontairement.

— On m'a souvent dit, répondit-elle, qu'il n'y avait pas de choix pour une orpheline (et c'est ainsi que je me considère) entre la défaveur publique et la retraite absolue. Ma mère me menaçait du couvent, lorsqu'elle voulait me dégoûter de quitter son état, et je vous avouerai franchement qu'une réclusion un peu moins austère me causerait moins d'effroi.

— C'est un enfantillage, ma belle petite. Le couvent n'est pas ce que vous croyez : votre mère ne le connaissait point ou elle tâchait de vous faire peur avec ce mot. Vous n'avez pas de meilleur parti à prendre, et vous verrez que, loin de vous y déplaire, vous vous y trouverez parfaitement bien.

Rose raconta ingénument son voyage avec des sœurs de charité ; sœur

Blanche lui avait inspiré une véritable sympathie ; mais toutes les autres ne lui avaient donné que le dégoût de la vie monastique.

— Je le crois bien, dit mademoiselle Cazalès en souriant. Il faut, dans l'ordre des sœurs hospitalières, une énergie de vertu qui se concilie rarement avec un caractère timide et un esprit délicat. Vous avez vu la religion sous son côté le plus rude ; vous la trouverez plus douce et plus aimable dans un ordre moins méritoire et moins sublime. D'ailleurs, je ne vous parle nullement de vous faire religieuse, songez-y bien ; je vous engage seulement à entrer comme pensionnaire dans une maison d'éducation où vous passerez quelques années, quelques mois, quelques jours si vous voulez. Il ne s'agit que d'essayer, et comme je connais le charme de ces habitations précieuses, je suis sûre qu'avec le goût de la vertu que vous manifestez, vous y trouverez une vie de bonheur et de calme.

— Si j'y dois trouver des personnes qui me traitent avec tant de douceur et de bonté que vous, mademoiselle, j'y passerai certainement ma vie sans regret… Cependant…

— Je suis heureuse, interrompit mademoiselle Cazalès, d'avoir une si bonne occasion pour vous faire trouver toute sorte d'avantages dans votre résolution ; après demain, monseigneur l'archevêque de V*** vient dans cette paroisse donner la Confirmation : c'est pour moi un ami respectable et plein d'indulgence. Nous aurons le bonheur de le garder un jour ou deux parmi nous. Vous le consulterez vous-même, et je vous promets d'avance qu'il vous fera entrer dans la meilleure communauté de France : car il est tout-puissant auprès du clergé comme auprès des premières autorités séculières de l'État.

Mademoiselle Cazalès s'occupa sur-le-champ de faire habiller Rose d'une manière convenable pour paraître au gala ecclésiastique qui devait avoir lieu le lendemain. Mademoiselle Lenoir fut chargée de la conduire à Nérac en cabriolet et de l'aider dans ses emplettes. La haine de la duègne s'en accrut, mais trop habile pour la manifester hors de saison, elle joua son rôle de gouvernante affectueuse avec souplesse. Rose choisit une jolie étoffe de soie, bien fraîche, mais d'une couleur sombre, parce qu'elle comprit que sa parure devait avoir quelque chose de sévère et de mystique. Elle prit une ouvrière pour l'aider, et dans sa journée elle coupa elle-même, inventa, disposa et fit exécuter sa robe dans un goût de jeune prude qui la rendit délicieuse ; lorsqu'elle parut dans le salon où l'honorable société des environs venait de s'assembler pour attendre monseigneur, ses larges manches tombant avec une grâce négligée, sa guimpe de tulle blanc dessinant sa poitrine large, ses belles épaules et son fin corsage, son petit pied pressé dans un soulier de prunelle, et ses cheveux noirs formant un bandeau lisse et brillant sur son front, elle sembla si jolie, si élégante, si *convenable*, que mademoiselle Cazalès put recueillir sur tous les visages l'éloge de sa protégée. Les petites choses ont tant d'importance que Rose eût été fort mal accueillie dans cette noble compagnie avec une robe de couleur claire au lieu d'une robe feuille-morte ; avec un collier de perles, au lieu d'une *jeannette* serrée au cou par un ruban de velours noir. La petite comédienne avait pourtant, malgré sa décence naturelle, une réminiscence du rôle de Nanine dans sa toilette et dans son maintien ; mais toutes les imaginations qui s'exerçaient sur son compte étaient bien loin de cette idée : car outre qu'aucune des personnes pieuses qui l'examinaient n'allait point au spectacle, le théâtre le plus voisin sur lequel Rose eût paru était celui de Tarbes, à plus de trente lieues de là.

Chapitre III
L'Archevêque

La seule personne sur qui l'apparition de Rose fit une impression défavorable, fut Laorens. Assis dans un coin du salon, il ne fut pas longtemps sans ressaisir au milieu des vaporeux souvenirs de l'ivresse, l'image de celle qui s'était prêtée à ce qu'il regardait comme une mystification. Laorens était peu capable de ressentiment ; dans ses altercations avec Horace, c'était toujours lui qui revenait le premier. Cette fois comme de coutume, il n'avait pu se maintenir deux jours entiers dans une disposition hostile ; retournant à Paris et passant à quelques lieues du château de Mortemont, il n'avait pu se décider à manquer l'occasion de faire sa paix avec Horace.

— Cet animal-là, pensa-t-il, avec humeur, me laisserait partir ainsi sans m'adresser un mot d'excuse. C'est lui qui a tort, et comme de coutume il faudra que je m'accuse le premier. Eh bien ! j'aurai raison jusqu'au bout, je serai sans rancune, j'irai l'embrasser. S'il me repousse…

Laorens savait bien que Cazalès ne le repousserait point. Il savait que cet être si facile à blesser était encore plus facile à ramener. Dans son repentir nul n'était plus affectueux. Je crois que Laorens se fâchait quelquefois pour avoir le plaisir de lui faire demander pardon.

Aussitôt sa résolution arrêtée, il prit la route de Mortemont, et arriva une heure avant l'archevêque. Il n'était pas très-lié avec mademoiselle Cazalès, et la difformité de cette dernière l'avait prévenu contre elle. Lorsqu'il sut que son ami ne devait revenir qu'au bout de quelques jours, il voulut donc se retirer. Mais mademoiselle Cazalès lui fit des instances si pressantes, qu'il fut enfin sensible à la grâce incroyable de cette femme contrefaite et repoussante au premier abord. Et puis une autre circonstance le décida. La première personne qu'il avait rencontrée dans la cour du château était un de ses anciens camarades d'enfance, franc, spirituel et ignorant comme l'est la jeunesse méridionale de France ; Lespinasse avait servi l'usurpateur dès qu'il avait eu la force de porter un mousquet : sous-lieutenant à vingt ans, il avait vu s'ouvrir devant lui une brillante carrière, mais la restauration qui détruisit tant de choses détruisit son avenir. Il voulait s'embarquer et chercher les hasards de la fortune dans une autre contrée, lorsque sa mère royaliste et dévote le décida par prières, larmes et menaces à solliciter de l'emploi. Il fallait vivre. Lespinasse fut forcé de se trouver très-heureux d'une lieutenance de gendarmerie où depuis dix ans il était oublié !

C'était peut-être un bonheur pour lui ; car sous un régime monarchique et religieux, sous un ministère dévot et méfiant, avec un caractère aussi peu hypocrite que celui de Lespinasse, avec un cœur aussi peu gendarme et des habitudes qui rappelaient le sous-lieutenant de hussards bien plus que le soutien du trône et de l'autel, les notes devaient être peu favorables ; cependant sa mère, liée assez particulièrement avec mademoiselle Cazalès, avait prié celle-ci de recommander son fils à l'archevêque, et les *femmes* de sa famille, partie si influente et si opiniâtre dans toutes les causes qui nous intéressent, avaient décidé le lieutenant à vaincre sa répugnance pour ce genre de protection.

Il était donc là dans une situation assez comique ; se moquant de lui-même autant que des autres, jouant aux yeux de Laorens le rôle d'un damné hypocrite, à ceux des dévots de l'endroit le rôle d'un impie fourvoyé en bonne compagnie.

Tu m'amuses bien, lui disait Laorens, avec ta mine de loup apprivoisé. Parole d'honneur ! je ne te comprends pas !... toi empoigneur ! toi dévot ! ah ! fi !... si je ne te savais pas au fond du cœur plus ivrogne et plus libertin que jamais, je ne t'aurais pas parlé...

Mais l'arrivée de Rose dans le salon interrompit leur entretien. Lespinasse, admirateur provincial de tout ce qui avait une tournure parisienne et une toilette de bon goût, fit un cri d'admiration et Laorens une grimace ironique.

Oh ! oh ! pensa-t-il, ceci est un peu fort ! Faire voyager sa maîtresse sous la garde de quatre religieuses, passe ! mais l'envoyer ici, à sa sœur ! la faire passer pour une vertu ;... car sur quel pied serait-elle dans cette maison ?... serait-ce une conversion que les bonnes âmes auraient entreprise et dont on ferait la galanterie à monseigneur ?... Bah ! c'est aussi par trop bête au temps où nous vivons ; mademoiselle Cazalès est dévote, mais elle n'est pas bornée, tant s'en faut. Il faut qu'on l'ait trompée… Cette petite intrigante se sera targuée de la protection d'Horace pour s'introduire ici… Protection ! dit-il tout haut dans sa préoccupation, le mot est divin !…

— Quoi donc, dit Lespinasse ?

— Ah ! parbleu ! dit Laorens, c'est une bonne plaisanterie !… Comment trouvez-vous cette belle personne ?

— Adorable !… Quel maintien ! quelle tournure !… ce n'est pas là une provinciale, je le parierais… Quelle démarche noble et distinguée !

— C'est ma foi vrai ! dit Laorens en l'examinant.

Rose, en effet, s'était présentée avec cet aplomb qu'il lui était facile de mettre à profit dans la circonstance. Sans avoir de talent, elle avait du moins l'intelligence de ses rôles et l'habitude de la scène ; elle était comédienne sans chaleur et sans énergie, mais sans affectation et sans mauvais goût. Sa révérence parut parfaite, et Laorens fut frappé de cette décence naturelle qu'il prit pour un effet de l'art le plus consommé.

Par quelles poétiques inventions, pensait-il, cette petite comédienne de Tarbes s'est-elle impatronisée dans l'illustre et dévote société de Nérac ?… Oh ! vive Dieu ! je le saurai… J'ai pardonné à Horace, le dieu des fous me devait cette compensation… Oui, oui, je consens bien à perdre le mérite de ma générosité, si mademoiselle Rose veut l'acheter. Nous allons voir ;… mais en attendant amusons-nous de l'inflammable gendarme.

Ô gendarme trop combustible ! dit-il, tu as un merveilleux tact pour deviner les femmes comme il faut. N'est-il pas vrai que rien de ce que nous voyons dans le département de Lot-et-Garonne ne peut se comparer à l'élégante Parisienne ? C'est, comme nous disons dans notre état, un certain *chic*, que le vulgaire ne remarque pas, mais que le véritable connaisseur saisit du premier coup d'œil.

Tu connais cette charmante personne, dit Lespinasse, bien plus occupé déjà du joli minois de Rose que de la protection de l'archevêque.

Parbleu, certainement, elle est de grande maison, vois-tu : pas riche, mais noble. Ah, noble !…

— Tant pis.

— Tant pis, vraiment, sans cela, je t'aurais engagé à la demander en mariage. Mais ce serait diablement difficile ; on a des prétentions si élevées pour elle !

— Tu crois ?

— Oh ! rien moins qu'un duc et pair, je le parie.

Diable ! eh bien, j'en fais mon compliment à celui qui l'obtiendra.

Laorens, riant dans sa barbe, s'approcha de Rose dans un moment où elle était isolée des autres groupes. Il croyait que son apparition la glacerait de terreur ; mais elle répondit d'un air étonné à son salut, et le regarda d'une manière si simple et si calme que la parole expira sur ses lèvres.

En effet, Rose se rappelait à peine ses traits ; elle ne l'avait presque pas regardé, et ce ne fut qu'au bout d'un instant qu'elle le reconnut. Alors elle déguisa la contrariété qu'elle éprouvait sous son maintien froid et sévère qui lui en imposa.

Allons, que je suis sot, pensa-t-il, comme je me laisse prendre à un regard de vipère !

Mademoiselle, dit-il enfin, j'ai eu le bonheur de vous voir dans une circonstance bien différente de celle-ci ; suis-je assez malheureux pour que vous l'ayez complètement oublié ?

Rose leva sur lui son œil attentif, et comprit qu'il la raillait.

Non, monsieur, dit-elle, je ne l'ai pas oublié, et ne l'oublierai de ma vie.

Ce ton franc et assuré recula encore de deux pas la marche de Laorens ; cependant il tenta encore d'être ironique.

Vous devez vous souvenir, en effet, des jours de vos victoires, et, à mon égard, ce doit être avec quelque remords.

— Pourquoi, monsieur ?

Vous le demandez ! vous n'avez fait qu'un heureux ce jour-là : une personne aussi pieuse que vous se contente-t-elle d'un acte de charité par jour ?

Je comprends fort bien que vous m'insultez de tout votre pouvoir ; mais je sens que vous n'y réussirez pas.

— Vous devez avoir, à cet égard, une assez jolie expérience pour votre âge ; aussi ce n'est pas votre âme forte que j'essaierai d'ébranler par des sarcasmes. Il en est ici de moins aguerries...

— Comment ?

Mademoiselle Cazalès pourrait bien être plus accessible que vous au langage de la vérité.

— Des menaces !… Pourquoi ?… Attendez, monsieur, je crois vous entendre. Vous croyez que j'ai manqué de franchise en entrant ici ?

— … La franchise… quelquefois c'est une vertu difficile, impossible même en certaines circonstances.

— Elle ne l'a pas été ici, monsieur ; il ne tient qu'à vous de vous en assurer.

Elle s'éloigna avec calme, et le laissa stupéfait… Qu'est-ce que cette fille-là ? se dit-il ; voyons un peu ce qu'elle fait ici.

— Comment nommez-vous cette belle personne ? demanda-t-il à la maîtresse de la maison.

— Mais vous le savez sans doute mieux que moi, répondit mademoiselle Cazalès ; c'est tout au plus si j'ai songé à le lui demander.

— Vous ne savez pas son nom ?

— Son nom est désormais mademoiselle de Beaumont ; tenez-vous cela pour dit, mauvaise tête !

Puis, le regardant avec une physionomie spirituelle et douce :

— Je sais tout, dit-elle ; la chère enfant m'a tout conté. Vous étiez à Tarbes ! Ce serait outrager votre délicatesse que de vous recommander le silence. Rose mérite, par sa conduite, les hommages qu'on rend ici à sa jolie figure, à la charmante petite robe qu'elle a achetée hier, et au nom tout-à-fait convenable que je lui ai trouvé ce matin.

— À la bonne heure, dit Laorens, cette dévote-là est d'une indulgence qui fait mentir l'expérience de tous les siècles.

Pendant ce temps, Lespinasse avait abordé Rose avec cet empressement provincial, qui ne craint pas de se prodiguer et de se manquer à soi-même comme la réserve des salons de Paris ; il était étonné de la simplicité de son langage et de ses manières. Il était surpris et même très-content de n'y pas voir cette recherche que les exagérations de Laorens lui avaient fait pressentir. Il la trouvait de plus en plus aimable et naturelle. Il avait fait pour elle une provision d'esprit dont elle semblait n'exiger nullement les frais. Il se sentit donc à son aise, du moment qu'il put être lui-même.

C'est une grande souffrance pour un homme dont l'éducation a été toute spéciale, toute militaire, que de se trouver en présence d'une jolie femme qui possède tout ce qui lui manque, et devant laquelle il craint à tout instant de placer une lettre d'une façon malheureuse à la fin d'un mot, ou de laisser prendre la volée à une pensée trop naïvement exprimée. S'il s'aperçoit qu'elle est bien décidée à ne remarquer aucune bévue, à accueillir avec indulgence tous ses efforts pour lui plaire, il est reconnaissant ; et si cette femme est jeune et jolie, il en est amoureux. C'est ce qui était arrivé à Lespinasse au bout de cinq minutes de conversation.

En ce moment, un grand bruit dans la maison annonça l'arrivée de monseigneur. Les portes s'ouvrirent à deux battants. Tous les cœurs d'hommes en place palpitèrent de crainte et d'espoir, tous les visages prirent une expression de recueillement et de respect. Le prélat s'avança, hâtant le pas pour abréger, par politesse, l'attente des personnes qui se tenaient debout, et, s'efforçant de saluer à droite et à gauche, mais empêché de se courber par la proéminence abdominale qui refoulait le sternum. Derrière lui, marchait un cortège de personnages vêtus de noir, le grand-vicaire, deux abbés, un secrétaire ecclésiastique, M. le curé de Nérac et celui du village de Cazalès.

À force d'entendre parler avec vénération de monseigneur de V., Rose avait fini par se pénétrer aussi de respect pour une dignité qui procurait les moyens de faire tant de bien.

Elle fut surprise de ne rien éprouver de semblable à la vue d'un homme court et gras, à figure ronde et bourgeoise, taillé pour faire un épicier, un voltigeur de la garde nationale ou un adjoint de village. Sa robe violette, costume si noble et si beau sur un homme pâle et élancé, ressemblait sur lui au premier fourreau d'un gros marmot ; sa ceinture de moire était perdue sous l'empiétement du ventre sur la poitrine, et sa croix d'or, cherchant en vain sa place entre un cou qui n'existait pas et un estomac qui n'existait plus, occupait tout l'espace intermédiaire entre le menton et l'ombilic.

Il était si essoufflé d'avoir traversé l'antichambre à pied, qu'il eut d'abord beaucoup de peine à répondre à l'accueil doux et aisé de mademoiselle Cazalès. Il balbutia quelques paroles épaisses et muqueuses que personne ne comprit, et lui tendit la main. Rose vit avec une extrême surprise la maîtresse de la maison porter cette main à ses lèvres sans que l'archevêque s'y opposât, et baiser religieusement une grosse améthyste enchâssée d'or qu'il portait au petit doigt.

Mais sa surprise augmenta, lorsqu'après une courte négociation à voix basse entre le sous-préfet, le procureur du roi, la maîtresse de la maison et le prélat, tout le monde se mit à genoux autour de lui. Elle seule restait debout.

— Allons, mademoiselle, lui dit tout bas Laorens en lui donnant l'exemple, mais d'un air de dérision comique qui la fit sourire malgré elle, il faut hurler avec les loups et se prosterner avec les dévots.

Alors le saint homme allongea la main, ferma les yeux, et murmura quelques paroles latines, après lesquelles toute la société se releva radieuse, reconnaissante, indulgenciée et les genoux poudreux.

Puis, mademoiselle Cazalès, après avoir nommé et recommandé successivement tous les dignitaires de l'endroit, tous les fonctionnaires de la province, excepté Lespinasse, dont le moment n'était pas venu, présenta Rose d'une façon particulière en disant : Voilà une jeune personne qui mérite tout votre intérêt, monseigneur, et qui l'obtiendra, j'espère, quand vous aurez eu un moment d'entretien avec elle.

— Je lui promets sur-le-champ tout mon zèle, répondit l'archevêque en tendant à Rose sa main qu'elle n'osa pas presser dans la sienne, et qu'elle ne voulut pas toucher de ses lèvres. Un instinct involontaire lui fit rencontrer les yeux de Laorens. Il fallut que tout le courroux de Rose cédât à l'air d'amicale intelligence de la seule personne qui pût comprendre ce qu'elle éprouvait en ce moment. Lorsqu'il se rapprocha d'elle, il lui fut impossible de se défendre de sa gaîté, et au bout de peu d'instants, elle avait oublié malgré elle son ressentiment.

Je ne sache personne qui, placé en dehors d'une situation ridicule, ne sente le besoin de s'en moquer avec quelqu'un, fût-ce avec son plus mortel ennemi. Le rire est un mal contagieux, et rien ne lui résiste. Un instant auparavant Rose ressentait avec fierté l'injustice que Laorens s'efforçait de lui faire. Frappée de l'absurdité des choses qu'elle voyait, elle se laissa joindre par lui dans le jardin pour en causer, et finit par accepter son bras sans s'en apercevoir.

Il se repentait déjà, sans doute, d'avoir jugé Rose trop sévèrement ; du moins, dit-il, elle n'est pas trop hypocrite. Horace s'est amusé à mes dépens ; il m'a fait croire que je serais le héros d'une fête qu'il m'a donnée à son profit : après tout, c'est lui qui l'a payée. Mais quelle extravagance est-ce là ? ah ! je devrais bien connaître ses idées fantasques, mais chaque jour elles m'étonnent. Envoyer cette petite à sa sœur, pour qu'elle en fasse… quoi ? une femme de chambre ! c'est déjà bien hardi ;… mais, non, mademoiselle de Beaumont ! Et cette sœur, qui se prête à tout de bonne grâce !

Puis, Laorens se demandait comment mademoiselle Cazalès pouvait se laisser tromper ainsi sur la nature de l'intérêt de son frère pour Rose ; l'idée plus naturelle de la vérité lui venait bien quelquefois, mais il la repoussait. Non, pensait-il, Horace n'est pas capable de tant de vertu ; moi, tout au plus, quand je suis bien à jeun ; mais lui, si profondément démoralisé : ce n'est pas possible. Il y a deux ans, je lui aurais confié ma sœur ; maintenant je ne lui confierais pas la sienne.

Alors, il entreprit de faire la cour à Rose ; elle était fière, il fallait s'y prendre avec adresse. Il ménagea son amour-propre, s'efforça de détruire le mauvais effet de ses premiers propos, et finit par la trouver douce, et oublieuse de ses ressentiments ; mais quand il voulut devenir plus clair, Rose redevint forte de sa conscience.

« Je vois bien, monsieur, lui dit-elle tout à coup, que vous vous méprenez étrangement sur mes rapports avec M. Cazalès ; au fait, ce que vous imaginez est peut-être plus vraisemblable que ce qui est : sachez pourtant la vérité. Ce n'est pas pour mon honneur que je tiens à vous le dire : une pauvre fille comme moi ne doit pas espérer d'être crue sur sa parole ; mais, pour l'homme que je bénis, sachez qu'il n'a point voulu abuser de ma misérable position, et que je n'ai acheté ses bienfaits par aucun sacrifice. »

Il y a dans l'accent du cœur, une force de vérité à laquelle rien ne résiste. Les masses se laissent entraîner par un mouvement de chaleur enthousiaste ; un homme, à moins d'être corrompu au point d'avoir perdu toute sympathie d'honneur, ne sait pas se défendre d'un appel fait à son cœur par une femme. Il regarda Rose, ses joues étaient animées, son regard brillait de ce feu sacré, que le vice imite, mais qu'il ne sait pas rendre pénétrant comme une âme sincère.

— Diable m'emporte, si elle ne dit pas vrai, pensa Laorens ; si elle me joue, elle est de première force. Bah ! quand on a du talent comme cela, on débute à l'Odéon ou aux Français ; on ne s'amuse pas à tromper en province de pauvres diables comme moi… Cet original de Cazalès ! Un trait de vertu du fond de l'abîme où il s'est jeté ! S'il pouvait se convertir ; je l'aimerais mieux. Il était bien plus aimable, alors qu'il n'avait pas songé à le devenir.

Lespinasse vint les joindre, et en attendant le dîner, ils causèrent assez gaîment des choses qu'ils voyaient ; le lieutenant de gendarmerie connaissait sa province, il en faisait les honneurs avec aisance.

— Eh bien ! mademoiselle, disait-il, ce dîner qui nous promet une soirée divertissante, va décider des intérêts de tout le pays, monseigneur est un fort bon enfant après boire : si le sous-préfet de C*** n'est pas trop bête, (et je tremble pour lui qu'il ne soit dans un jour de redoublement), il pourra être, l'année prochaine, préfet avec trente mille francs d'appointements ; le procureur du roi de D*** que vous voyez aussi humble que l'un de ses prévenus, sera substitut à Bordeaux ; qui sait, avocat-général à Toulouse, peut-être, et cette veuve d'officier de l'ancienne armée, que vous voyez si soumise auprès de mademoiselle Lenoir, que croyez-vous qu'elle ambitionne ? une pension sur la liste civile, un bureau de tabac, de loterie ? pas du tout, elle voudrait être femme de confiance dans le palais archiépiscopal, si vous aimez mieux, servante de monseigneur ; car de toutes les grandeurs de ce monde, nulle ne procure les avantages qu'une âme béate goûte dans la servitude ecclésiastique, et la maîtresse d'un roi n'a jamais connu toutes les douceurs de la vie comme la gouvernante d'un curé.

Proche parent d'un homme longtemps puissant et tristement célèbre, monseigneur de V*** usait largement du privilège qu'on a de pouvoir être nul, quand on est cousin d'un ministre ; simple abbé, il avait prêché un carême à la chapelle du roi Louis XVIII, sans faire aucune faute de français et presque point d'anachronisme ; le saint roi qui assistait au sermon, mais qui ne l'écoutait point, répondit à son altesse royale, le duc d'Angoulême, qui l'interrogeait un jour sur le talent de monsieur l'abbé de V***, qu'il le trouvait très-élégant et très-pur. Depuis ce moment l'abbé fut reconnu pour un prédicateur distingué, son éloquence fut avérée, sa science profonde, son caractère vénérable, sa manière *d'officier* noble, sa voix très-forte et très-étendue ; Bourdaloue n'eut jamais tant de succès. Les plus belles dames de la cour voulurent se confesser à lui, et *Madame* le nomma son aumônier.

Louis XVIII qui laissait faire des fortunes afin de les renverser ensuite impunément, laissa nommer l'abbé de V*** à l'évêché de… d'où il envoya des bénédictions et des dragées aux belles dames qui l'avaient protégé.

Sous le règne transitoire du malheureux Charles, l'évêque de… vit grandir sa fortune ; nommé à un des premiers sièges archiépiscopaux de France, il eut longtemps l'honneur dérisoire d'être prélat *in partibus*, c'est-à-dire, d'être assis entre deux trônes, ce que beaucoup de gens désignent par un proverbe plus expressif, mais moins élégant ; enfin, grâce à un témoignage éclatant de l'affection de son bon parent, son prédécesseur à l'archevêché de *** lui céda la place, et l'abbé de V*** put venir passer un ou deux mois de la belle saison en province et manger à Paris, le reste de l'année, les cent mille livres de rente que lui payait la nation pour daigner porter le titre de monseigneur, donner la confirmation tous les trois ans dans son diocèse, et envoyer, du fond de son landaw, sa bénédiction pastorale aux passants que deux gendarmes, courant devant le carrosse, faisaient préalablement mettre à genoux sur la route.

Monseigneur trouva l'archevêché meublé à l'antique et dans un mauvais goût ; il le fit renouveler du haut en bas. Aubusson envoya ses plus beaux tapis. Commenteries, ses plus belles glaces, Lyon ses plus riches tentures. Pendant le dîner, monseigneur raconta à mademoiselle Cazalès qu'il n'avait pas dépensé plus de quatre-vingt mille francs pour s'installer dans son palais archiépiscopal.

— Je n'ai pas voulu de luxe, dit-il ; ces vanités ne conviennent point aux personnes du clergé, et le *haut* clergé surtout doit donner l'exemple de la simplicité. Mais j'ai voulu avoir les meilleures productions des manufactures de tout genre. Cela fait un bon effet ; on remarque ensuite qu'en dépit des déclamations des libéraux et des jacobins, le clergé encourage l'industrie. Oh ! je suis très-aimé des commerçants et des ouvriers de mon diocèse ; je favorise aussi les arts. Il y avait à l'archevêché de vieux tableaux des anciens maîtres ; ils passaient pour assez bons : je crois qu'il y avait des Vanloo, ou des Lesueur, je ne me rappelle plus,... mais ces ouvrages avaient perdu leur éclat, leur coloris ;... je les ai fait reléguer dans une chapelle des environs, et j'ai commandé des tableaux aux artistes de ma province ; j'ai choisi moi-même les sujets. Tout cela est très-frais, très-éclatant, magnifiquement encadré ; et pour fort peu d'argent j'ai fait bien des heureux !...

L'archevêque fit cette réflexion avec un sourire si béat, et d'un air si pénétré de reconnaissance envers lui-même, que Rose fut tentée de le croire sur parole. Au reste, monseigneur de V*** n'ajouta pas qu'il avait voulu ériger en monopole la jouissance d'un superbe jardin qui s'étendait, avec ses massifs de feuillage et ses bouquets de fleurs, sous les fenêtres de son palais ; que les habitants égoïstes de sa bonne ville la lui avaient opiniâtrement disputée, et qu'il n'avait pu obtenir de leurs exigences peu chrétiennes que quelques arpents qui longeaient son hôtel, et où il pouvait, chaque matin, respirer l'air et lire son bréviaire, séparé de son troupeau profane par une belle grille aux tiges de bronze et aux flèches dorées.

Le grand-vicaire, assis à la seconde place d'honneur, était un homme de cinquante ans environ, grand, sec, jaune, bilieux, doucereux avec les uns, réservé avec les autres ; flattant celui-ci, effrayant celui-là, écoutant d'un air attentif la personne qui lui parlait, et ne perdant rien de ce qui se disait ailleurs : souple, spirituel, tolérant en dehors ; rude, morose, implacable au-dedans.

— Voyez-vous, dit Lespinasse à Rose, auprès de qui il avait réussi à se placer, en ôtant furtivement de son assiette le nom d'un jeune abbé destiné à ce plaisir mondain, voyez-vous ce grand oiseau de proie dont le regard plane sur nous et fascine tous les étourneaux de la plaine ? remarquez-vous qu'on lui fait la cour bien plus qu'à monseigneur ? On l'accapare bien plus difficilement, et on le craint à plus juste titre : c'est le mauvais génie qu'on redoute et qu'on invoque. Car, sachez qu'il est l'âme de l'archevêché, le grand pouvoir occulte, le chef de la police ecclésiastique, et l'esprit de monseigneur. C'est lui qui relève les confesseurs du secret prescrit par les saints canons, c'est lui qui compose les mandements, c'est lui qui nomme et qui destitue, qui appelle et qui renvoie, qui noue et délie, qui donne ou refuse, qui conserve ou qui retire, qui rit et qui pleure, et quand monseigneur dit une bêtise, maladie à laquelle il est assez sujet, c'est lui qui est chargé de la rendre spirituelle, en lui donnant un sens qu'elle ne voulait pas avoir, et en lui appliquant une pointe dont monseigneur rit à gorge déployée, comme s'il en était l'auteur ou du moins le complice. Tenez, voyez-vous sur quel gibier il est en arrêt maintenant ? Voyez la piteuse figure du contrôleur ; il a laissé échapper une ombre d'idée libérale, et il sent qu'il est perdu. Il fait tout son possible pour atténuer ce qu'il vient de dire, mais il est trop tard. Il est tombé dans un sable mouvant : plus il fait d'efforts pour s'en tirer, plus il s'y enfonce. L'aigle du diocèse le tient dans ses serres et l'y broie.

— Vous me faites rire avec votre indépendance, dit Rose. Dans un instant votre tour viendra ; je m'amuserai bien de voir comment vous vous en tirerez.

— Moi ! je serai plus tartufe que les autres ! quand on se jette dans la noirceur, il ne faut pas s'en mêler à demi. Avez-vous vu quel signe de croix j'ai fait à la bénédiction pastorale ? Et vous allez me voir dire mes *grâces* en sortant de table. Si vous me défiez, je me confesse ce soir au grand-vicaire ou à ce gros joufflu d'abbé, fleur de pêcher, qui jette de temps en temps sur vous un céleste regard auquel vous ne prenez pas garde… Mais à quoi songez-vous donc ? vous dédaignez le clergé ! vous ne ferez jamais fortune.

— On me l'a toujours dit, répondit Rose avec un sourire triste… Elle pensait à sa mère, et c'était le mal de sa vie.

Lespinasse devenait de plus en plus amoureux de Rose, et le désir de plaire le rendait aimable. Il cherchait à l'amuser de ses fanfaronnades d'hypocrisie : mais on verra bientôt qu'il se vantait.

Auprès du grand-vicaire, véritable spectre, renouvelé des beaux jours de l'inquisition, la jolie figure du second abbé offrait un contraste remarquable. C'était un jeune homme élancé, brun, à l'œil de feu, aux lèvres discrètes, aux mouvements brusques et pétulants, réprimé par l'usage du monde et la volonté ambitieuse de se maintenir extérieurement dans l'esprit de son état.

— Celui-là, dit le lieutenant à sa voisine, c'est le Gondi de Retz du diocèse.

— Je ne sais pas ce que c'est, dit Rose qui avait le bon sens de ne pas rougir de son ignorance.

— Je vais vous l'expliquer, répondit-il. Ce jeune homme est le dernier des fils de la noble maison de R*** Il a suivi les anciennes coutumes de la noblesse, et s'est mis dans les ordres pour arriver à une position brillante dans le monde. Avant dix ans vous le verrez coadjuteur, puis archevêque, puis cardinal, qui peut dire ? peut-être pape. Les hommes de sa trempe doivent parvenir à tout ce qu'ils entreprennent. Celui-ci n'est pas dévot, mais il sait le paraître ; il est libertin, mais il sait le cacher. Il est emporté, vindicatif, mais il sait se contenir et pardonner. Oh ! c'est un habile garçon ! Peu de femmes lui résistent, aucune n'ose le trahir, pas même celle qu'il rend jalouse et qu'il sait apaiser ; il fait des armes, il chasse, il nage mieux que personne…

— Oh ! mon Dieu ! dit Rose, il me semble que je le reconnais ; en effet c'est lui que j'ai vu à Bagnères. Il montait toujours les plus beaux chevaux du pays et les plus difficiles. Il caracolait sur les promenades de Coustoux avec plus de grâce et de hardiesse qu'un officier de hussards ; sa soutane et son chapeau faisaient un drôle d'effet dans ces moments-là.

— C'est lui ! il a fait plus d'une malheureuse à la dernière saison des eaux. Mais depuis ce temps, il s'est un peu rangé. Monseigneur, qui l'aime d'un attachement extraordinaire, a obtenu de lui par la douceur (car c'est un enfant gâté qu'il n'ose pas gronder) qu'il ne monterait plus à cheval en plein jour, et qu'il irait en bonne fortune en habit séculier.

— J'ai plus de mépris pour les libertins hypocrites que pour les libertins grossiers.

— Oh, oh, prenez garde à vous, belle Rose ! Je ne répondrais pas que ce Lovelace tonsuré n'eût jeté les yeux sur vous : il est assez habile pour que vous ne vous doutiez de son projet qu'au moment d'y succomber. J'ai vu de ses tours, et s'il faut vous dire toute la vérité, j'ai souvent fait des folies avec lui. C'est un bon vivant et un gai convive, quand toutes les portes du cabaret sont closes, et qu'il n'y a point autour de lui de ces mouches noires dont il craint le vol silencieux et la piqûre mortelle. Personne ne sait mieux combiner les intérêts de l'avenir avec les jouissances du présent, et sa maxime est qu'il doit se rassasier de plaisirs, tandis qu'il est simple abbé, afin de ne plus s'en soucier plus tard, afin surtout qu'ils ne l'enrayent pas lorsqu'il aura mis les deux pieds sur l'escalier de la fortune.

— Je vous assure, dit Rose, que je ne crains pas plus de devenir amoureuse avec lui que dévote avec le grand-vicaire.

— Ne vous vantez pas encore ; quand il sera bien loin de cette maison, quand, après avoir longtemps prêté l'oreille, vous n'entendrez plus les pas de son cheval, alors vous pourrez respirer et dire : Je suis sauvée, si je ne le rencontre plus.

— Et que me dites-vous du curé de Nérac ?

— Il semble mal à l'aise dans la compagnie de ses supérieurs.

— Il souffre, n'en doutez pas. Accoutumé à tenir le dé de la conversation, à briller seul dans les cercles dévots de la province, il se sent tout rapetissé, tout pressé, tout éclipsé par ces hauts personnages : c'est un homme qui a tout l'esprit possible, hors celui de son état. Il traduit les psaumes en vers musqués ; il fait des sermons romantiques ; il rossinise l'air de la messe. On cite de lui des mots que n'eussent pas désavoués les abbés du bon temps ; mais il n'y a pas, dans tout son phébus, un seul grain du bon sens que possède notre joli abbé de R*** Allez, celui-là ne sera pas, à quarante-cinq ans, curé d'une ville de quatre mille âmes, ou bien l'église triomphante sera écroulée.

— Je ne vois, parmi ces oiseaux noirs, qu'une figure franchement bonne, dit Rose ; c'est celle du curé de ce village.

— C'est toujours comme cela, répondit Lespinasse, les gens qui ne font pas fortune sont les plus stupides ou les plus vertueux.

— Je vois, disait mademoiselle de Cazalès à l'archevêque, que monseigneur est parfaitement entouré. M. l'abbé de R. est une société agréable et précieuse : M. le grand-vicaire est un homme rare pour les lumières et l'activité…

— Oh, c'est un grand bonheur, je vous assure, dit d'un air angélique le gros prélat au profil de loutre ; mon grand-vicaire m'est très utile : c'est un travailleur indispensable pour l'archevêché. L'abbé de R. est un peu jeune, mais il a de si bonnes dispositions ! quand la vivacité de son âge sera un peu calmée, vous verrez : les plus grands saints ont commencé par une jeunesse orageuse.

— Cela se conçoit, dit l'aimable et bonne hôtesse, les âmes fortes ont une surabondance d'énergie qui les porte à se répandre au-dehors ; mais quand elles ont réussi à tourner vers le ciel toutes leurs pensées, elles marchent à pas de géant dans la voie du salut.

— Certainement, certainement, dit l'archevêque émerveillé d'une si belle phrase ; c'est ce que je dis tous les jours aux gens qui me parlent de lui... Tenez, cet autre jeune homme, l'abbé Candelos, est un caractère beaucoup plus doux, plus régulier ; mais cela n'a pas la même ferveur, la même piété ardente... Sainte-Thérèse l'a dit, il faut beaucoup d'amour pour gagner le ciel.

En ce moment, l'abbé de R*** jetait sur Rose un regard non équivoque.

— Vous êtes content de votre secrétaire ? dit mademoiselle Cazalès : c'est moi qui vous l'ai recommandé, et je m'y intéresse.

— Mais je crois que mon grand-vicaire en est très-content... c'est un garçon rangé, soumis, une bonne conduite... Moi, je le tourmente fort peu, j'aime à bien vivre avec tout le monde : c'est mon bonheur... Sous ce rapport-là je suis favorisé du ciel. En vérité je suis tenté de me plaindre à lui, comme notre bienheureuse dame de Chantal, de ce qu'il ne m'éprouve pas assez. Cela doit me rendre humble, et me prouve que Dieu, connaissant ma faiblesse, m'épargne les occasions de succomber. M. le vicaire que vous voyez si supérieur, si éclairé, si... eh bien, il est pour moi d'une déférence dont je suis honteux.

En ce moment le grand-vicaire qui n'entendait pas les paroles de monseigneur, mais qui le voyait embarqué dans un entretien de long cours, trop long pour ses forces et ses habitudes, craignit de le voir sombrer, et lui lança un regard qui signifiait : Taisez-vous, vous parlez trop, vous allez dire des absurdités.

Mais le bon prélat était trop en train d'épancher son âme débonnaire pour y faire attention. — Jusqu'à mes gens, continua-t-il, qui sont les vrais serviteurs du temps patriarchal ! J'ai toujours ce bon Saint-Jean que vous connaissez, c'est mon valet de chambre depuis dix ans. C'est un homme si pieux, de mœurs si régulières, si douces ! Comme la religion est utile même aux gens simples qui ne la comprennent pas ! Presque tous les domestiques sont ivrognes, dissipés, grossiers. Voyez le mien ! quoique valet de chambre en premier, il me sert toujours à table par humilité...

L'archevêque se retourna pour joindre la preuve à la démonstration ; mais, au lieu de Saint-Jean, ce fut le vieux Mathias qu'il trouva derrière sa chaise.

— Où donc est Saint-Jean ? dit monseigneur.

— Monseigneur, répondit Mathias ingénument, Saint-Jean a un peu trop bu, il a battu le cuisinier et cassé une pile d'assiettes... nous l'avons...

— Assez, dit l'archevêque.

— Nous l'avons mis au lit malgré lui... Cependant si monseigneur veut qu'on l'appelle ?...

— Assez, qu'on le laisse reposer ! le malheureux, ajouta-t-il avec un soupir où les fatigues de la digestion entraient pour quelque chose, voyez ce que c'est que la fragilité humaine !

Chapitre IV
Utilité d'un Grand-Vicaire

Cependant le grand-vicaire remarquait que monseigneur mangeait beaucoup, et buvait en proportion. Il savait que, sans être précisément porté à l'intempérance, le bon prélat suivait quelquefois avec trop d'abandon les exigences de son vaste appétit. Il savait aussi qu'en sortant de table, il était d'ordinaire très-expansif, parfois un peu emporté, et il le surveillait toujours dans ce moment-là avec beaucoup de sollicitude. Cette fois son rôle devint plus difficile que de coutume ; la patience avec laquelle mademoiselle Cazalès s'intéressait aux petites affaires temporelles de monseigneur, lui déliait la langue, et, pour le faire taire, le grand-vicaire n'imagina rien de mieux que de prier les amateurs de la compagnie de faire un peu de musique.

Mademoiselle Cazalès touchait fort bien du piano ; elle proposa d'accompagner une romance à la sous-préfète, qui, après avoir cherché avec beaucoup de peine dans sa mémoire une chanson sans amour, avoua tout bas à l'oreille de son hôtesse qu'elle n'en connaissait point, où ce mot proscrit n'entrât au moins une fois. Lespinasse chantait agréablement ; mais la même difficulté l'arrêta. On était fort embarrassé ; car, en refusant de chanter, on chagrinerait monseigneur qui s'était déjà installé dans un grand fauteuil, les genoux relevés jusqu'à la poitrine, et les yeux demi-fermés, dans une extase que les médecins n'ont point encore qualifiée, et que l'on pourrait appeler lyrico-digestive. En chantant des paroles profanes, on déplairait indubitablement à M. le grand-vicaire, dont la rigidité ne pliait qu'en apparence, et dont la mémoire était éternelle. Rose était bien décidée à cacher son savoir-faire ; elle s'amusait même intérieurement de l'anxiété peinte sur tous les visages ; mais lorsqu'elle vit mademoiselle Cazalès la partager, elle se dévoua, et lui proposa de chanter une villanelle en patois lombard-istrien, que personne ne comprendrait. Rose, dans sa vie nomade, avait vu beaucoup de pays, et savait parler plusieurs langues dont elle ne connaissait pas plus les règles que celles de la sienne propre. Sa proposition surprit, et charma sa protectrice, et Rose, après lui avoir fredonné à demi-voix le thème sur lequel un accompagnement fut bientôt trouvé, entonna de sa voix fraîche et insouciante une jolie canzonetta, dans le genre de celle qui avait frappé Horace au souper de Tarbes. Cette gentille chanson acheva d'endormir l'archevêque ; elle satisfit le curé de Nérac qui aimait les roulades ; mais elle inspira de la défiance au grand-vicaire qui, mécontent de ne pas la comprendre, la soupçonna d'être une espèce de Marseillaise, traduite en langue étrangère, et fronça même le sourcil involontairement au mot de *libertà* qu'il crut entendre à plusieurs reprises. Quant au lieutenant Lespinasse, qui aimait la musique de passion, et qui, depuis longtemps, n'avait pas entendu chanter avec autant de goût et d'habitude, il acheva de perdre la tête ; mais tout d'un coup son amour changea d'occupation, et la jalousie porta le dernier coup à son repos. Il venait de surprendre le regard lucide et perçant de l'abbé de R***, dirigé sur Rose comme celui de Méphistophélès sur Marguerite. Quoique ombragé par un rideau derrière lequel s'était retranché le prudent abbé, pour couver sa proie sans danger, ce regard était un éclair qui traversait, qui pénétrait, qui brûlait... Lespinasse ne fut plus occupé que de savoir si Rose l'avait remarqué, compris, si elle y avait répondu ; car, malgré tout le respect qu'elle lui inspirait, que de prudes, que de dévotes, que de vertus avaient cédé à ce regard, qui dévorait et détruisait comme la flamme tout ce qu'il touchait !

— M. l'abbé, pensa-t-il, vos batteries sont dressées ; mais, mort de ma vie ! vous travaillez sous le feu de l'ennemi qui vous voit !

Une salve d'applaudissements termina la chanson de Rose, et le sommeil de monseigneur en eût bondi sur son fauteuil, s'il eût été capable d'un mouvement quelconque. Mademoiselle Cazalès embrassa sa protégée devant tout le monde, ce qui acheva de l'élever aux nues dans l'opinion de l'assemblée. L'archevêque, réveillé en sursaut, bégaya un compliment ; mais il ne put retrouver sa bonne humeur. Son estomac était fatigué, sa tête lourde, et, pour un prêtre, une digestion manquée est une des principales contrariétés de la vie. Il eût voulu, pour beaucoup, être dans son lit, et tout ce monde, ce mouvement, ces lumières, ces conversations, ces gens qui ne souffraient pas et qui n'avaient pas envie de dormir, ces prédestinés qui riaient et digéraient, le jetèrent dans une de ces dispositions acariâtres auxquelles les dévots sont sujets, quelle que soit la bonté naturelle de leur tempérament.

Ce fut ce moment inopportun que prit mademoiselle Cazalès pour présenter à monseigneur la pétition de ses nombreux protégés. Elle crut qu'un bon dîner, une riante mélodie, un doux sommeil disposeraient le saint homme à la tendresse, et elle se jeta malencontreusement au travers d'une oppression gastrique qui réagissait sur le cerveau de monseigneur.

Elle commença par la demande de Lespinasse, parce qu'elle pensa que c'était la plus délicate, et qu'il fallait toute la fleur de miséricorde de l'archevêque pour l'agréer. Mais à peine lui eut-elle glissé quelques paroles à l'oreille que le prélat, appuyant ses deux mains sur les bras de son fauteuil et se retournant brusquement, dit assez haut :

— Lespinasse ! cet officier de gendarmerie s'appelle Lespinasse !

— Oui, monseigneur, répondit mademoiselle Cazalès, c'est le fils d'une personne infiniment pieuse.

— Ah ! il s'appelle Lespinasse ! Je suis bien aise de savoir cela, dit l'archevêque, en s'agitant sur son siège... M. Lespinasse ! dit-il en élevant la voix de plus en plus, faites-moi le plaisir de venir ici !...

Lespinasse traversa le salon avec assurance. Toute l'assemblée interdite s'applaudissait intérieurement de le voir assumer sur sa tête toutes les suites de la mauvaise disposition de monseigneur.

— Ah ! c'est vous qui êtes M. Lespinasse ?

— Oui, monseigneur.

— Vous étiez à Rabasteins l'année dernière, lorsque nous fîmes notre tournée pastorale ?

— Oui, monseigneur.

— Je suis charmé, monsieur, d'avoir aujourd'hui une explication avec vous. Je vous avais oublié ; mais votre nom m'est resté dans la tête, comme vous voyez.

— J'en suis très-flatté, monseigneur.

— Et moi, monsieur, je le suis très-peu de votre conduite à mon égard. Je me souviens fort bien que Rabasteins fut la seule ville de mon diocèse, où je ne fus pas reçu avec les honneurs dus à mon rang : la gendarmerie ne vint pas à ma rencontre : je n'eus pas l'ombre d'un gendarme pour escorter ma voiture, et quand j'en demandai la raison, que me répondit-on ? que le lieutenant n'en avait pas donné l'ordre.

Ici le grand-vicaire se plaça derrière le fauteuil de monseigneur, et le poussa doucement pour l'avertir du scandale qui allait résulter de cette scène ; mais monseigneur ne l'entendit pas, et continua d'un ton si aigre et si vain, que Lespinasse, moins indifférent qu'il se flattait de l'être à ce genre d'humiliation, lui répondit assez sèchement :

— Monseigneur, un militaire ne connaît que sa consigne, un officier que les ordres de son supérieur. Je n'avais pas le droit de faire marcher un seul de mes gendarmes sans être requis de le faire par mon capitaine.

— Vous fûtes requis par le maire et par le procureur du roi, monsieur, je me le rappelle fort bien ; car je les interrogeai, et ils me répondirent que vous les aviez repoussés avec beaucoup de hauteur.

— Je connais mon devoir, répondit Lespinasse qui s'animait aussi ; je dois obéir aux autorités constituées dans tout autre cas que dans celui d'une cérémonie purement honorifique, et dans ce cas particulier, je dois attendre l'ordre de mon commandant. Il ne m'en donna point, je ne pouvais agir sans son aveu.

— Vous saviez fort bien, monsieur, qu'un capitaine de gendarmerie n'a point le droit de s'opposer aux honneurs qu'on doit au clergé. Le clergé est plus puissant que la gendarmerie, monsieur, et toutes les autorités civiles et militaires dépendent du clergé…

— Vous devenez fou, taisez-vous donc ! dit rudement le grand-vicaire à l'oreille de monseigneur.

Monseigneur, trop animé pour l'entendre, continua sur le même ton.

— J'ai du pouvoir, monsieur, vous ne pouvez pas l'ignorer ; j'ai celui de vous faire sauter de votre place comme un bouchon d'Arbois ou de Champagne.

— Eh parbleu ! s'écria Lespinasse, poussé à bout, faites-moi sauter ; un jour viendra où vous sauterez aussi ! et plus haut que moi, peut-être.

— Comment, monsieur !… s'écria l'archevêque en se levant et en roulant ses grands yeux ronds, comme ceux d'un rat pris au pilon.

Je ne sais quelle sottise aurait faite monseigneur, sans l'intervention du grand-vicaire. Calme et absolu, il prit le bras de l'archevêque, qui obéit comme un enfant, et de l'autre main saisissant un flambeau :

— Monsieur, dit-il au lieutenant, d'un ton à la fois doux et sévère qui le confondit de surprise, vous qui connaissez l'indisposition à laquelle notre vertueux archevêque est sujet à certaines heures, vous mettez, il me semble, bien de la dureté à l'aggraver par votre insistance. Lorsque vous savez qu'une heure plus tard vous auriez obtenu de la bonté affectueuse de monseigneur plus peut-être que vous ne désirez, vous vous acharnez à irriter une susceptibilité nerveuse dont notre saint prélat se reprochera les effets purement physiques, comme un crime. J'aurais attendu davantage de votre amitié pour nous, et il faut toute celle que je vous porte pour vous pardonner le mal que vous faites à notre digne pasteur.

Ces paroles hypocrites pétrifièrent Lespinasse. Lui qui n'avait jamais eu la moindre relation avec le grand-vicaire et l'archevêque ; lui qui n'avait jamais entendu parler des nerfs de monseigneur, il se vit atteint et convaincu, en présence de tous, d'ingratitude et de brutalité. Les deux prélats sortirent majestueusement : l'archevêque, touché du discours de son grand-vicaire, s'attendrit tellement sur son propre compte, qu'il pleura en gagnant sa chambre.

Mais à peine y fut-il seul, en présence de son juge sévère, que les choses changèrent de face. — À quoi songez-vous, s'écria le grand-vicaire avec véhémence ! vous voulez donc perdre la cause du clergé par vos imprudences journalières et vos inconvenantes sorties ? Vous ne savez donc pas comme on nous diffame, comme on nous attaque de tous côtés ? comme demain votre scandaleuse querelle sera répétée, exagérée, altérée, amplifiée, répandue dans toute la province ! Les journaux s'en empareront, les jacobins triompheront, le monde toujours frivole en rira. Les autorités du lieu, que vous tenez aujourd'hui dans votre main, vous abandonneront au jour du danger, et si vous chancelez, hâteront votre chute, car votre maladresse les fait trembler et votre inconséquence les révolte, et vous aurez scandalisé les petits, ce qui est plus fâcheux, dit le Seigneur, que d'être jeté à la mer avec une pierre au cou !

Mon cher monsieur de Bessiez, dit le pauvre archevêque en sanglotant, épargnez-moi des reproches si durs, l'indisposition à laquelle je suis sujet et que vous avez fort bien remarquée ce soir, n'excuse-t-elle donc pas...

Non, monseigneur, vous n'étiez pas si malade qu'il m'a plu de vous faire, pour sauver votre honneur. Vous n'avez qu'un parti à prendre, c'est de réparer votre faute sur-le-champ et d'une manière éclatante, avant que les témoins de cette scène scandaleuse soient dispersés.

Hélas ! que faire, dit le prélat ! Allez-vous compromettre ma dignité spirituelle par des humiliations dont l'affront retomberait sur notre sainte religion ?

— Ne craignez rien, monseigneur, calmez-vous ; buvez un verre d'eau et restez ici ; seulement, quand je remonterai avec ce gendarme, ayez l'air souffrant, accablé, feignez de ne parler qu'avec effort et donnez votre bénédiction, je saurai réduire tout votre rôle à cela.

Au moment où les deux grands dignitaires de l'Église étaient sortis, tous les autres ecclésiastiques s'étaient retirés, sauf l'abbé de R*** qui affectait un grand courage devant les séculiers, lorsqu'il ne se sentait plus en présence de ses pareils ; alors, il devenait partisan des idées nouvelles ; il tendait la main aux libéraux et se moquait des *encroûtés*. Il admirait Jean-Jacques, il estimait la philosophie de Voltaire, et promettait qu'avant un siècle, un concile s'assemblerait pour supprimer les vieux abus de l'Église, les jeûnes et les abstinences des séculiers, le célibat des prêtres ; et à cet égard, il faisait des réflexions philosophiques d'un ordre très-élevé, en jetant sur Rose, à la dérobée, des regards significatifs qu'elle feignait de ne pas comprendre.

Mais en dépit de la protection du brillant abbé, le lieutenant de gendarmerie était devenu un objet de scandale et d'horreur pour les monarchiques Néraquois assemblés à Mortemont : comme si la peste eût fondu sur lui avec les reproches du grand-vicaire et le déplaisir de monseigneur, on s'éloignait du contact de son vêtement, et s'il se fût évanoui en un pareil moment, je doute qu'il se fût trouvé parmi ces âmes charitables une personne assez téméraire pour lui offrir un verre d'eau.

Mademoiselle Cazalès s'efforça vainement de le ramener au milieu du cercle. Le cercle se rompit doucement et alla se reformer auprès d'une fenêtre. Beaucoup de personnes firent demander tout bas leurs chevaux dans la crainte qu'il ne les priât, suivant l'usage de la campagne, de lui donner une place dans leur voiture. La gêne glacée avait paralysé les cœurs les moins rigides.

Alors Rose, assise sur un divan, fit signe au Paria de venir près d'elle, et Lespinasse, reconnaissant de cette preuve de courage et de générosité, aurait risqué la plus belle déclaration d'amour qu'il eût jamais faite, si Laorens ne fût venu jeter sa gaîté frivole à la traverse.

Mon cher, dit-il à Laorens, tu as tué notre archevêque, le grand-vicaire ne descend pas ; si tu avais lu Escobar, tu aurais vu qu'il vaut mieux tuer dix hommes qu'un prêtre, vingt prêtres qu'un évêque, trente évêques qu'un cardinal, quarante cardinaux qu'un pape, ce qui fait 240,000 hommes pour le pape, et deux cents hommes pour monseigneur.

Ce que je vois de cette société-là, dit Rose en contemplant la consternation répandue sur tous ces visages méticuleux, me déplaît tant, que s'il n'y avait pas de couvents dans le monde, je crois que je retournerais au théâtre ; ici on est vil avec plus de décence, voilà tout.

C'est vrai, dit Laorens, à qui cette remarque avait été adressée à voix basse.

En ce moment le grand-vicaire rentra, mais d'un pas rapide et silencieux comme le vol d'une chauve-souris ; avant que personne se fût aperçu de sa présence, il avait déjà pris connaissance de la disposition des esprits, de la composition des divers groupes et des différents sujets de discussion qui s'y traitaient. Lorsque sa grande taille apparut devant la cheminée chargée de bougies, et se dessina haute et diaphane à l'éclat des lumières, le silence de la crainte gagna de proche en proche : les plus habiles furent si surpris, qu'ils laissèrent maladroitement tomber la conversation, et ce qui est bien pis que de dire des imprudences, ils s'arrêtèrent tout court comme s'ils en avaient dit.

On n'osait demander des nouvelles de monseigneur, parce qu'on aurait eu l'air d'avoir remarqué sa colère inconvenante, et qu'il valait mieux avoir celui de ne s'en pas douter ; on avait envie cependant de paraître inquiet, parce que M. le grand-vicaire désirait peut-être que l'indisposition de l'archevêque passât pour chose grave et sérieuse. On était fort embarrassé, lorsque mademoiselle Cazalès, simplement et naïvement, vint demander compte de l'état de monseigneur ; le grand-vicaire laissa tomber quelques paroles tristes et dolentes sur les contractions nerveuses de l'archevêque, et pendant que tout l'auditoire pleurait de tendresse et que Lespinasse, révolté de cette hypocrite apologie, allait se retirer, le grand-vicaire le suivit, et le retenant par le bras, l'emmena dans l'embrasure d'une fenêtre.

— Monsieur, lui dit-il d'un ton paternel, vous avez fait beaucoup de peine à monseigneur en prenant au sérieux une vivacité dont son âme n'est pas capable ; mais l'humilité de ce saint homme va si loin qu'au lieu de vous accuser, il se charge lui-même de tout le tort, il veut vous voir, il veut que vous lui accordiez le pardon de ce qu'il appelle une faute…

— Si je comprends bien, pensa le lieutenant, on me prie de recevoir des excuses, et on veut me faire entendre que c'est à moi d'en faire… voyons de quoi il s'agit : je veux voir leur hypocrisie jusqu'au bout, et leur dire en face ce que j'en pense ; qu'est-ce que je risque ? j'ai jeté ma place à la rivière : je puis bien lui mettre la pierre au cou…

La société, qui vit sortir Lespinasse sur les traces du grand-vicaire, se garda bien de quitter le château avant de connaître les résultats de cette négociation. On chercha un prétexte pour prolonger la soirée.

Puisque nos dignes prélats se sont retirés, dit une vieille dame, en désignant Rose, mademoiselle devrait bien avant notre départ nous chanter quelque jolie romance…

— J'appuie la motion, s'écria l'abbé de R***, et je demande la permission de l'accompagner.

Cette circonstance eût décidé Rose à un refus, mais mademoiselle Cazalès joignit ses prières à celles de ses convives ; l'abbé se mit au piano et préluda avec beaucoup de grâce. Rose comprit qu'avec d'aussi belles mains il devait renoncer difficilement à cet art profane, et, riant en elle-même de ses prétentions, elle brava le charme de son approche, et chanta au grand plaisir de l'auditoire, et à la grande mortification des valets et des chevaux qui attendaient leurs maîtres dans la cour, avec un accompagnement de pluie fraîche et pénétrante comme la voix de Rose.

Cependant Lespinasse arriva jusqu'à la première pièce de l'appartement de monseigneur, le meilleur de tout le château. Là le grand-vicaire le pria d'attendre un instant, parce que le saint homme pouvait être assoupi et qu'il craignait de le réveiller en sursaut. Il reparut au bout de quelques minutes.

Monseigneur est tellement accablé, dit-il, qu'il vous parlera difficilement. Voici ce qu'il me charge de vous dire : Monseigneur connaît vos droits à un avancement quelconque ; vous l'obtiendrez : il a la parole du ministre. Monseigneur a voulu, avant de vous annoncer cette bonne nouvelle, vous donner une leçon paternelle, en vous faisant sentir combien votre conduite à son égard était injuste, mais la peine qu'il a éprouvée en vous voyant répondre avec tant de hauteur, a hâté le retour de l'indisposition trop fréquente, par laquelle il plaît à Dieu de l'éprouver…

Confondu, bouleversé, Lespinasse regarda le vicaire d'un air hébété.

— Serais-je coupable, en effet ? pensa-t-il ; est-ce une scène arrangée ? Allons, n'importe ! j'aime mieux être dupe, qu'ingrat… Et il suivit le grand-vicaire.

L'archevêque était enfoncé dans son fauteuil, il semblait souffrant et abattu. À la vue du jeune lieutenant qui s'avançait tout confus et s'apprêtait à lui demander pardon, il se pencha vers lui en lui tendant la main.

— Venez, mon fils, lui dit-il, et recevez ma bénédiction.

C'est une bêtise, se dit Lespinasse, mais ce n'est que cela ; et pliant le genou de tout son cœur, il reçut la bénédiction de l'archevêque, et sortit.

— Maintenant, monseigneur, dit le grand-vicaire, ne vous mettez plus dans de semblables nécessités : voilà un homme qu'il faut vous dépêcher de faire capitaine.

Chapitre V
Les Landes

Cependant, Horace, mécontent des autres et de lui-même, s'était éloigné du théâtre de ses ennuis ; ne sachant comment employer le temps qu'il jugeait nécessaire pour les dispositions de sa sœur, relativement au sort de Rose, il résolut de se plonger dans la solitude pendant plusieurs jours. Jusque-là, il avait essayé des plaisirs excitants ; il avait fouetté son chagrin, mais il l'avait tenu à distance, sans jamais le mettre en fuite.

— Voyons, dit-il, j'essaierai ; je lui donnerai accès, je lui ouvrirai mon âme toute entière ; il y pénétrera aussi avant qu'il voudra ; il me rongera le cœur s'il veut, je ne me défendrai pas.

Aussi bien, il était las de combattre en vain ; la mémoire, son redoutable ennemi, restait toujours debout et vivante à son chevet ; que n'avait-il pas fait pour s'en débarrasser ? où ne l'avait-il pas traînée ? dans les bois, dans les villes, sur la mer, au sein des plaisirs, au fond des montagnes : partout, elle l'avait suivi, inexorable et calme, et, quand il croyait l'avoir noyée dans l'ivresse, à son réveil, il la retrouvait, comme un ami qui veillait sur lui sans se lasser ni s'endormir.

— Triomphe donc, dit-il, empare-toi de ta proie, mal avide, vautour ; assouvis-toi ! peut-être en laissant, comme fait la guêpe, ton aiguillon dans ma blessure, mourras-tu faute de venin !

Mais quel était ce mal inconnu ? il avait un remords sans doute, mais ne croyez pas que ce fût un de ces fantômes hideux qui s'étendent, froids et humides, sur les membres endormis du meurtrier, ni une de ces pâles terreurs qui bruissent sans cesse à l'oreille abusée du mauvais riche ; non, pour toute sa fortune, Horace aurait échangé son passé pour un passé dramatique ; il eût payé au poids de l'or, le remords d'avoir étranglé une femme, sacrifié en duel un ami au point d'honneur ; il lui prenait des regrets féroces de n'avoir pas dans sa vie un meurtre qui la coupât en deux. Mais vivre cinquante ans peut-être sur une parodie ! se repaître d'un souvenir honteux, d'une ridicule image ! mieux eût valu cent fois le parfum du sang et le spectre de la vengeance. Il y a des crimes terribles si poétiques ! et le sien était si bête !

Il loua une nouvelle chaise de poste, et un jour après il était dans les Landes ; alors, il renvoya son équipage, et s'arrêta dans un hameau. Là, il acheta une blouse bleue, un sac en cuir, où il mit les effets nécessaires à une tenue grossière, mais propre, et il partit, le sac sur le dos, ne demandant son chemin à personne, et s'enfonçant au hasard dans le désert de verdure qui embrasse une si vaste portion du midi de la France.

Il traversa les *Pinadas*, riantes forêts, dont l'odeur de goudron, et les pins élancés font rêver de mers et de voyages. Il s'arrêta souvent au pied d'un de ces arbres gigantesques, et se plut à lui prédire sa destinée, à se le représenter mât audacieux parmi les cordages, les voiles et les matelots, bravant la tempête, dominant les mers, et promenant autour du monde sa banderole triomphante. C'était le cas de se *lâcher* l'allusion poétique, Horace n'y manqua pas : il se rappela son enfance paisible au sein des campagnes riantes, et sa transplantation sur les flots d'une vie orageuse.

Cependant le genêt épineux fleurissait en rameau d'or au pied des pins qui paraient eux-mêmes leurs extrémités d'une pointe vert-tendre. Cent espèces de bruyères mignonnes et jolies jonchaient le sol de leurs touffes empourprées, et dans ce bois tout vivant d'oiseaux, de soleil et de fleurs, des sentiers d'un sable blanc comme l'argent égaraient le voyageur oublieux de toute la terre.

J'en demande pardon à ceux qui déclarent qu'une maison au milieu des bois est un triste séjour, pensait Horace en parcourant l'ombreuse solitude ; je ne connais rien de si joli que cette contrée sauvage ; j'y vivrais joyeux, si la joie était de mon ressort. Ici la végétation, large et vigoureuse, s'égare toute pétulante de verve, loin des froids systèmes de l'homme. Que de gaîté dans ses caprices désordonnés ! que de fougue dans sa parure folle, quand, échappant à la main routinière, au mauvais goût de son dominateur, elle se hérisse de ronces sauvages, se couronne de feuillages bigarrés, et se livre d'elle-même au combat des éléments, audacieuse, insouciante, et renaissant, verte et jeune, sur ses propres débris !

Que de jouissances découvrit Horace au fond de ces forêts séculaires ! tantôt c'était un rayon de soleil qui tombait à son lever, rouge et chaud, sur la clairière ; alors tout était vie et réveil dans la savane ; l'abeille qui bourdonnait, toute gluante de résine, les myriades de mousses délicates qui se gonflaient à l'humidité de la rosée, les merles audacieux et poltrons qui venaient examiner le voyageur, et s'enfuyaient au moindre mouvement. À midi, tout se taisait ; les feuilles endormies se crispaient sur leurs tiges ; les grandes antyopes de velours noir, qui éclosent au printemps sur les bruyères, fermaient leurs ailes frangées d'or, et n'en montraient plus que la doublure, semblable aux feuilles mortes parmi lesquelles elles reposaient ; les ortolans jaseurs, les tarins pétulants, cherchaient un rideau plus sombre derrière les chênes verts, racornis et anguleux ; alors tout se revêtait de couleurs étincelantes ; la lumière pénétrait, vive et joyeuse, dans les profondeurs les plus mystérieuses du taillis ; elle glissait sur la tige blanche et satinée des bouleaux ; elle dorait la mousse tendre et verte, elle semait de diamants les feuilles luisantes du houx : le pivert lui-même interrompait ses travaux, dont les coups retentissaient comme ceux d'une cognée ; tout semblait se recueillir pour savourer la chaleur et aspirer la fécondation : Horace redevenait l'homme de la nature ; il s'endormait comme les plantes, il se réveillait avec les insectes pour respirer les fleurs nouvelles, et parcourir, au hasard, leurs tapis moelleux et variés, sans autre besoin que celui du mouvement, sans autre sensation que celle de l'existence.

Mais au bout de deux jours de marche, pendant lesquels Horace se nourrit d'huile et de farine de sarrazin dans les chalets des bûcherons, il vit tout d'un coup le ciel se développer large et pur devant lui, la forêt disparut comme un rideau jeté à l'horizon, et la lande, nue et immense, se déploya devant son regard, à la fois effrayé et ravi.

— Enfin, voici le désert, s'écria-t-il, c'est ici que je dois lutter avec mon chagrin, comme Jacob avec l'esprit de Dieu : c'est ici que je l'étoufferai ou qu'il me tuera.

Mais cette horreur de la solitude, qu'il se flattait de rencontrer, je ne sais par quelle magie du printemps, ou quelle faculté de son âme trop riche, elle s'enfuit devant lui, et recula moqueusement à mesure qu'il avançait ; en vain l'horizon, plane et désolé, lui promettait-il une région affreuse, inhabitable, la nature dans sa naïve ironie, se revêtait toujours autour de lui de quelque grâce étrange et de quelque attrait piquant : là, c'était un joli ruisseau qui tremblait sur le sable fin, et cachait traîtreusement ses replis sous les touffes vigoureuses de la fougère ; cette belle plante, la plus riche, et presque l'unique production du sol qu'il parcourait, semblait se venger à force de magnificence, des dédains du cultivateur ; inutile aux intérêts de l'homme positif, elle appelait un regard d'artiste qui rendît justice à son élégance, à ses longs rameaux si délicatement travaillés, à sa tige de palmier qui se mirait, penchée sur l'eau et balancée par le vent ; et puis, le silence du désert, où était-il ? nulle part. Quel besoin de l'homme avaient donc toutes ces peuplades d'êtres vivants, pour se reproduire et s'ébattre dans leur empire paisible ? Un renard fuyait par bonds souples et moelleux, parmi les massifs de verdure ; un grand héron baignait gauchement ses longues jambes dans un marécage, une petite raine vert et or, chantait sous un dais de nénuphar, un loup grattait la terre avec sa continuelle inquiétude, une perdrix appelait avec amour sa compagne fourvoyée dans les broussailles ; tout cela vivait, souffrait, aimait ; tout cela connaissait le besoin, le repos, le plaisir et la crainte, rien n'était insensible, pas même le cœur de notre voyageur, amoureux de solitude et de déchirements.

— Décidément, pensa-t-il, la véritable souffrance me fuit, comme a fait le véritable plaisir. En vain j'ai cherché à m'étourdir dans le monde, en vain je cherche à m'abîmer dans la solitude ; il n'y a rien de complet dans la vie, ni le mal, ni le bien.

Alors, comme il avait amassé un grand fonds d'énergie pour souffrir, il fut contrarié de ne pouvoir l'employer et de manquer la rencontre de l'ennemi qu'il cherchait. Il s'assit découragé !

— Monsieur, seriez-vous par hasard un employé chargé de cadastrer les Landes, ou un preneur de furets, ou un amateur de la belle nature, ou un entrepreneur de défrichement ?

Horace se retourna brusquement. L'homme qui venait de lui adresser rapidement cette quadruple question paraissait âgé de soixante ans au plus. Son teint était vermeil, sa figure noble et douce, ses longs cheveux bouclés, blancs comme l'argent, ses yeux bleus, caressants et doux. Mais son ajustement donnait un démenti formel à la noblesse de ses traits et à l'élégance de sa prononciation légèrement accentuée. Une redingote grise en haillons couvrait une grosse chemise de chanvre ; un pantalon jadis bleu tombait sur ses sabots enduits de glaise, et quant au chapeau, Horace comprit que si son interlocuteur n'y portait point la main, c'était moins par oubli des convenances que par la nécessité d'en ménager les minces vestiges.

— Monsieur, répondit Horace, je ne suis rien de ce que vous me citez. Je suis un homme ennuyé de la vie, qui cherche dans l'ennui même un remède à son mal.

— Ventre saint-gris ! dit le vieillard de la Lande, vous êtes un homme guéri si vous patientez seulement trois jours. Comment vous nommez-vous ?

Surpris de cette brusque question, mais forcé à je ne sais quel respect pour ces cheveux blancs et cette physionomie bienveillante, Horace répondit sans hésiter.

— Ah ! fort bien, dit le vieillard, je vous connais, vous avez du bon, mais vous avez un grand malheur, mon cher ami ; c'est d'être riche et de ne pas connaître la valeur de l'argent.

— Voulez-vous m'expliquer cela ?

— Vous ne savez pas combien l'argent peut contribuer au bonheur de l'homme ; vous ne savez pas utiliser le vôtre, en un mot, vous ne savez pas jouir de la vie.

— Par ma foi, je serais bien aise d'apprendre comme vous l'entendez. Veuillez me donner vos conseils ?

— De tout mon cœur, répondit le vieillard ; mais vous devez avoir besoin de prendre de la nourriture ; dans notre Lande il fait bon d'avoir des provisions. Venez dans ma maison, vous n'y manquerez de rien.

Horace le suivit, mais il ne tarda pas à s'apercevoir que l'hospitalité offerte avec assurance justifiait mal les promesses de son hôte.

Chapitre VI
Le Marquis de Carabas

Après avoir traversé avec lui un bouquet de lièges, il vit s'élever, au milieu d'une clairière de plusieurs lieues d'étendue, une grande tour maladroite et nue, qui s'élevait sur la bruyère, comme un phare au milieu des flots. Le vieillard monta devant lui un escalier en spirale, très-délabré, et ne s'arrêta qu'à la dernière marche. Alors il se retourna vers son jeune compagnon qui, tout essoufflé, s'appuyait contre le mur, et son calme sourire renfermait un sentiment de triomphe pour sa vigueur supérieure à celle d'un homme de vingt-cinq ans. Puis il poussa une porte sans serrure, et même sans loquet. Quand il fut entré dans la chambre, Horace vit que l'unique manière de se barricader dans ce séjour était d'appliquer une chaise de paille contre la porte ; encore les planches en étaient si vermoulues, qu'elles n'auraient pas défendu la chambre d'un regard investigateur, si la lande eût pu le fournir.

L'ameublement répondait assez à ce début. Sous une immense cheminée, qui paraissait former une chambre à part dans l'unique chambre du propriétaire, on voyait quelques pièces de vaisselle de terre, deux chaises de paille grossière et une table boiteuse, dont les pieds inégaux s'appuyaient sur des débris de tuiles. Le lit était un morceau de sculpture gothique assez curieuse. Ses quatre colonnes torses en chêne noir supportaient un dais semblable à celui d'un corbillard, et sur les rideaux de damas jaune, des ornements massifs qui jadis avaient été en fil d'argent, ne trahissaient plus leur ancienne splendeur que par une couleur d'oxide verdâtre. Aux solives noircies du plafond pendaient quelques bottes d'ognons et de maïs, ornement qu'un peintre flamand eût aimé à *lécher* sur le premier plan de son tableau.

— Jeune homme, dit le vieillard, vous voyez la chambre que le plus grand de nos rois a habitée. Cette tour a servi de rendez-vous de chasse à Henri IV, et ce lit que vous trouvez peut-être un peu passé de mode, Henri IV y a dormi.

Hé bien, répondit Horace que la fatigue et la faim rendaient fort peu susceptible d'enthousiasme, il y a dormi comme un simple particulier ; il y a rêvé de chasse et d'amour, de sangliers et de jeunes filles ; j'en ferais bien autant, pour peu que j'eusse déjeuné.

— C'est juste, dit l'hôte de la tour, en prenant sur une claie suspendue dans la cheminée un fromage très-odoriférant, qu'il posa sur la table. Ensuite il tira d'une armoire aux rayons de laquelle l'araignée filait paisiblement ses toiles, un morceau de pain noir et juteux, une assiette cassée, une fourchette d'étain et un pot de faïence aux cannelures remplies de crasse et de poussière. Néanmoins Horace déjeuna ; car il avait faim, et il fut reconnaissant ; car l'hospitalité était offerte de bon cœur.

— Monsieur, dit-il, j'estime votre Henri IV mieux qu'aucun de sa race ; mais à vous dire vrai, je ne connais aucun homme mort ou vivant qui m'inspire de l'enthousiasme.

— Tant pis pour vous.

— Sans doute ; il est fâcheux de voir la vie à froid. Mais quel remède ?

— Celui de se faire une vie à soi, et de n'apercevoir celle des autres que d'assez loin pour la voir sans passion.

— Croyez-vous qu'il en puisse entrer dans le scepticisme ? n'est-ce pas au contraire l'absence des passions ?

— Erreur ! croire à tous les hommes, c'est de l'ignorance ; douter de tous, c'est du ressentiment.

— Et quand on doute de soi-même ?

— C'est du bon sens.

— Ah ! ça, dit Horace, rassemblant ses souvenirs et examinant son hôte avec attention, il me semble à mon tour que je dois vous connaître ? ne seriez-vous pas M. de D*** ?

— Le comte de D***, répondit le vieillard avec l'ironie d'un philosophe. Qui ne connaît pas le marquis de Carabas ? je passe pour le plus grand fou de la province.

— C'est vrai, répondit Horace, en ôtant sa casquette qu'il avait gardée sans façon sur sa tête.

— Alors, pourquoi vous découvrez-vous ? Est-ce à cause de mes quatre-vingt mille livres de rente ?

— Non, monsieur ; c'est à cause de vos quatre-vingts ans…

— Que vous n'aviez pas aperçus. Préjugé ! si ma longue carrière a été mal remplie, elle me rend plus méprisable qu'un jeune mauvais sujet.

— Vous avez raison, dit Horace, en remettant sa casquette. J'attends pour vous respecter que vous me disiez quelque chose qui me porte à vous aimer.

— D'abord, dit l'octogénaire, tout le monde dit du mal de moi.

— C'est une raison. Mais en quoi vos vertus justifient-elles l'injustice publique ?

— Je suis prodigue, et l'on m'accuse d'être avare. Je fais du bien à tous les hommes indistinctement, et l'on me taxe d'égoïsme. Je méprise mes titres, mes biens, mes droits à la sotte considération d'autrui, et ceux que je dispense de me respecter, prétendent que je les dédaigne.

— Cela devait être. Monsieur, permettez-moi de vous parler la tête découverte. Vous êtes peut-être l'homme riche, tel que je l'ai rêvé. Mais on fait sur votre compte tant d'absurdes commentaires, que j'ai besoin d'entendre votre système exposé par vous-même.

— Je n'en ai pas, répondit le vieillard. C'est la force des choses, et non ma volonté, qui m'a conduit dans le sentier où je marche. À vingt-cinq ans, maître de cent mille livres de rente, j'avais épuisé la vie. J'avais comme vous atteint l'expérience, la satiété, le dégoût. Il ne me restait plus qu'à mourir, car j'étais phthisique, tous les médecins de France m'avaient condamné, et les préparatifs de ma mort avaient rapporté à chacun d'eux assez d'or pour nourrir une famille pendant six mois. Mes héritiers faisaient des dettes avec confiance : une seule cousine, douce et adorable créature, déplorait ma perte qui allait la condamner à porter le deuil, et à se priver de bals pendant six semaines.

Sentant approcher ma fin, et n'ayant même plus assez d'énergie pour m'en affliger, je résolus de m'en tirer le moins bêtement possible. Je jurai de ne pas mourir sur un lit fétide, au milieu des cataplasmes, des cierges, des prêtres et des vieilles femmes ; mais à la clarté des cieux, sur la bruyère, au souffle de la plaine et dans la liberté de la solitude. Je partis un matin sans confier mon secret à personne ; deux domestiques me placèrent sur un cheval, et je m'enfonçai dans les landes, tombeau vivant et aéré, où de moi-même j'allais me coucher pour le sommeil sans fin qui déjà pesait sur mes paupières brûlantes.

Je lançai mon cheval au galop : c'était, je m'en souviens, un beau jour de printemps, comme celui-ci. Les bruyères étaient en fleur, et l'air tiède semblait contenir le principe de la vie éternelle. Je le respirais avec délices, chaque fois que ma poitrine haletante pouvait ressaisir la force de se soulever pour l'absorber. Les oiseaux étaient fort gais, mon cheval très-vigoureux : je me mis à siffler, laissant ma monture tantôt errer au pas sur la plaine, tantôt franchir par bonds musculeux les broussailles où nous nous égarions. Vers midi la chaleur devint accablante. Par égard pour mon cheval dont l'individualité, considérée à sa juste valeur, me sembla en ce moment plus précieuse à la société que la mienne, je m'étendis sur le thym, laissant brouter l'animal à sa fantaisie, et placé de la manière la plus favorable aux accès de toux qui me brisaient ; je les endurai avec la tranquillité d'un homme qui se fait les ongles. Le lendemain, l'absence de tout secours humain me fit trouver la force de monter sur ma selle ; j'enfonçai les genoux au ventre de mon compagnon, et, toute la journée, nous allâmes sur la bruyère sans but, sans gîte, sans dessein. Vers le soir, je me sentis accablé de lassitude, et, comme il y avait longtemps que je ne sentais plus rien, j'imaginai que c'était le dernier période.

— Si je parvenais à mourir à cheval, pensai-je, ce serait extrêmement neuf pour un poitrinaire.

— Je pressai les flancs de Réginald : la nuit régnait sombre et uniforme dans cet horizon sans accident et sans fin. Tout à coup Réginald se plongea dans l'Avance, ce joli ruisseau que vous voyez serpenter dans la plaine, et qui souvent se perd entièrement sous les fougères. Nous y entrâmes jusqu'au cou : pour une phthisie pulmonaire, c'était chose assez malsaine. Mon généreux cheval me tira de l'eau en franchissant la rive avec une vigueur surnaturelle, et deux heures après, nous avions mis plusieurs lieues entre l'Avance et nous. Alors je ne sentis plus rien, ni le froid ni le chaud. Il me sembla que je glissais sur ma selle, et que j'étendais sur le sol mes membres privés de sensations.

— C'en est fait ! fut ma dernière pensée. Je vis pendant quelques instants le scintillement d'une étoile au-dessus de ma tête, et puis je ne vis plus rien.

Il y a des choses si extraordinaires et si peu connues de l'homme, que je ne répondrais pas d'avoir été réellement vivant, pendant cette nuit. J'ai vu sur l'Etna des figuiers sauvages qu'une irruption du volcan avait calcinés au point de les laisser dessécher depuis cent ans ; mais un matin ils reverdirent et se couvrirent de fleurs nouvelles. Les plus vieux pasteurs du pays vinrent tristement regarder ce prodige qu'ils n'espéraient pas pour eux-mêmes.

Que ce fût la mort ou le sommeil, j'ouvris les yeux à la chaleur bienfaisante du lendemain. Trempé dans l'eau, baigné de sueur, couvert ensuite par la rosée, j'avais reposé dans une moiteur que les rayons du soleil rendaient maintenant tiède et presque voluptueuse. Mes muscles avaient repris de l'élasticité, et le sang que j'avais vomi, sans m'en apercevoir, avec abondance, avait soulagé ma poitrine... Je cherchai mon cheval : je gagnai avec lui une chaumière où je dévorai une galette de maïs dont la digestion métallique faillit me tuer. Mais le soir, j'avais repris ma course en disant : c'est égal.

— Nous sommes sur la terre classique des métaphores. Pourtant, j'oserai vous déclarer qu'au bout de huit jours de cette vie, je fus guéri ; j'avais retrouvé la volonté de vivre, j'étais sauvé.

Ce fut un étrange spectacle que mon entrée chez moi. Pendant les trois premiers jours, on avait espéré que je serais mort dans un coin. Quand j'arrivai, ma maison était au pillage. Mes cousins, mes amis, ma maîtresse, c'était à qui emprunterait quelque chose à mes gens. L'un, c'était ma voiture et mes chevaux pour me chercher ; l'autre c'était de l'argent pour commander des prières ; un troisième s'emparait des clefs afin de me les rendre.

Lorsque je traversai d'un pas rapide et d'un air assuré les salles de mon manoir, semblable à la statue du commandeur au festin de don Juan, je causai tant d'épouvante et d'effroi que plusieurs en tombèrent malades, et faillirent me constituer leur héritier.

Dès ce jour, j'abandonnai le luxe, les amis, les plaisirs qui épuisent, les médecins qui tuent : je voulus être l'homme de la solitude et de ma volonté. Propriétaire d'une immense étendue de pays, j'embrassai une vie de misère, de fatigue et de privation ; j'y trouvai la santé, le calme, et j'ose dire le bonheur. J'ai vécu ainsi cinquante-cinq ans qui sont derrière moi comme un seul jour pur et beau.

— J'avais entendu raconter votre histoire à peu près comme vous venez de me la dire, répondit Horace. Mais j'attendais un cours de philosophie.

— Désabusé des hommes bien plus que vous ne pouvez l'être, reprit le comte de D***, je formai d'abord le projet qui peut-être vous amène ici. Je voulus les fuir, les oublier. Au bout de deux jours, je sentis que l'homme ne pouvait vivre à part, et je pris le parti d'être utile. J'avais été à même de vérifier que la considération dont je m'étais entouré, n'était que l'effet de ma richesse. Je jetai l'or aux hommes, afin d'acheter le droit de vivre à ma guise : c'était folie. On tolère les crimes, l'originalité ne trouve jamais grâce. On ne me pardonna pas d'avoir un mauvais habit et de gros souliers. Je fis aux villes des présents de cent mille francs ; on accusa la parcimonie de ma nourriture. Quand je vis que les hommes étaient si bêtes, je me mis à les plaindre, et presque à les aimer par compassion. Je m'endurcis avec moi-même au point de devenir insensible à tout le ridicule qu'ils déversaient sur ma bizarrerie. Également indifférent à leur suffrage, je ne les servis plus au gré de leur caprice, mais au gré de ma raison. Je refusai avec avarice le moindre denier à celui qui voulait me tromper ; je donnai sans compter à celui qui avait besoin. Un forçat libéré fut pour moi un homme, et j'osai nourrir l'être qui avait une marque de feu sur l'épaule : il fut décidé que j'étais sans principes. Je repoussai les conseils des intrigants : ils déclarèrent que j'étais fou. J'éteignis dans mon cœur jusqu'à la chimère de l'ostentation : ils prétendirent qu'elle s'était réfugiée dans les guenilles que je porte. Ils me comparent à Diogène qui mendiait son pain, mais qui n'avait pas quatre-vingt mille livres de rente.

— Cette fois, dit Horace, vous m'avez conté l'histoire de la sottise humaine ; mais j'attends encore la vôtre. Permettez-moi de la désirer vivement, car je suis jeune, et si je suis condamné à vivre encore cinquante-cinq ans, je voudrais apprendre d'un homme de bien le secret de les supporter.

— Folie, mon cher ami. Nul ne peut donner son cœur pour mesure. L'espèce humaine mettra toujours en défaut la science de la physiologie. Trouvez-moi dans cette plaine immense deux feuilles de fougère tellement semblables que je puisse prendre l'une pour l'autre !

— Mais l'ennui, monsieur, dit Horace crucifié par son idée fixe, l'ennui ! comment l'avez-vous évité ?

— Et le bonheur, vous, monsieur, dites-moi comment après l'avoir possédé, vous avez fait pour le perdre ?

— Je me portais à merveille, mais une pierre aréolyte s'est détachée du ciel et m'est tombée sur le cerveau ; depuis, je souffre toujours.

— Si je comprends l'apologue, c'est un malheur inévitable qui vous a frappé ?...

— Comme vous voudrez.

— On guérit de tout, même des remords.

— Qu'en savez-vous ?

— Pardon. Vous m'avez appelé à me justifier des travers qu'on m'imputait ; je viens de le faire, c'est à votre tour.

— Soit.

— On vous a longtemps vanté, longtemps estimé ; vous étiez homme de bien et vous jouissiez du rare avantage de n'être ni calomnié ni méconnu. Vous étiez heureux, plus que je ne l'ai jamais été...

— C'est vrai.

— Tout d'un coup, vous êtes devenu bruyant, dissipé, avide de plaisirs, indifférent au scandale, dédaigneux d'une réputation difficile à établir, prompte à perdre... la vôtre, qui a été vraie jusqu'alors, on dit qu'elle a tourné à l'aigre, on dit...

— Que dit-on encore ?

— On dit que dans les accès de l'ivresse, vous devenez sombre et terrible ; on dit qu'au milieu des nuits, comme le Lara de Byron, vous éveillez vos gens aux cris d'un rêve affreux. Enfin de même que je passe pour un lâche, vous passez pour un assassin.

— Eh ! non ! monsieur, s'écria Cazalès, en frappant sur la table avec humeur ; ne le croyez pas. Le crime que j'ai commis n'est qu'une grossière absurdité...

— Parbleu ! j'en suis bien sûr, répondit le vieillard, complètement abusé par le sens de cette réponse.

Chapitre VII
Le Secret

Le soir du même jour, le comte de D*** prit congé de son hôte ; sa vie était un voyage perpétuel ; le premier de ses principes hygiéniques était le mouvement. Il engagea Horace à rester plusieurs jours chez lui, lui montra une misérable tanière qu'il appelait sa ferme et qui devait fournir à tous ses besoins ; puis il l'embrassa, lui souhaita le repos de l'âme et du corps, et partit sans vouloir fixer son retour : un engagement quelconque était pour lui la plus antipathique de ses contrariétés.

— Cœur d'homme, abîme de folie !… s'écria Horace en le voyant s'éloigner au galop sur un vigoureux bidet qu'il nommait Réginald, en commémoration de celui qui figurait en relief dans l'histoire de sa pulmonie.

Il s'endormit en parcourant ce dédale, et reposa passablement sur la couche dure et plate du grand Henri.

Au lever du jour, il se mit à la fenêtre, et s'aperçut du seul avantage que possédait l'ignoble belvédère du comte de D***. C'était de dominer un immense espace de cette bruyère sans fin qui couvre une surface de soixante lieues. Ce spectacle aride avait son genre de beauté, comparable seulement à celui de la mer. La nuit avait été orageuse : le vent soufflait sur cette inutile végétation, et l'ondulait comme des flots. Les différentes teintes de la verdure, les rayons de fleurs qui la traversaient et les tons jaunes de quelques bancs de terre nue et de sable stérile, simulaient, jusqu'à un certain point, l'effet varié des lames sur le fond uniforme de l'Océan. Un seul arbre se dressait à l'horizon, mélancolique et vague comme une voile perdue dans les vapeurs de l'éloignement. En revanche de cette monotonie imposante, le ciel était bigarré de nuages floconneux, de bandes transversales, noires et massives sur des fonds rouges, bleus, gris-de-perle, jaunes ; et dans ce chaos de teintes éclatantes ou ternes, de nuées diaphanes ou pesantes, le soleil se levait sans rayons, livide et terrible, comme un astre prêt à s'éteindre.

— Quel beau spectacle ! s'écria Horace : si Laorens était là !

— Laorens !

Un profond soupir, une profonde impression de douleur suivit cette pensée. Horace fit un mouvement pour retourner vers son lit,… il vit Laorens debout et radieux derrière lui.

Il se jeta à son cou avec une impétueuse effusion de tendresse, de repentir et de reconnaissance. Il pleura comme un enfant que sa mère vient de gronder, et l'embrassa comme un amant qui retrouve sa maîtresse.

— Je n'ai pas pu y tenir, disait Laorens : j'ai couru sur tes traces, j'ai marché jour et nuit, et je t'ai retrouvé…

— Tais-toi, répondit Horace, tu me ferais bénir mes torts, qui me font ressaisir tant de jeunesse et d'amitié…

— C'est toujours toi ! reprenait Laorens, en lui serrant la main.

— Restons ici, s'écria Horace, ne rentrons plus dans la société : disons un éternel adieu aux joies factices et aux plaisirs forcés : faisons-nous ermites.

— Toujours toi ! répéta Laorens, mon pauvre ami, ajouta-t-il, comment fais-tu pour toujours vivre hors du vrai ? Il faut à ton imagination des résolutions extrêmes, à ton cœur des partis désespérés ; eh ! mon dieu, vivons trivialement, comme les autres : la poésie est dans nous-mêmes, elle est dans tout, et n'a pas besoin de vie d'exception et d'ascétisme ; vivons ici, chez toi, à Paris, aujourd'hui dans ton château, demain dans ma mansarde, l'année prochaine dans les Landes, ne nous querellons plus, aimons-nous toujours, et notre bonheur sera plus assuré que dans un exil volontaire dont tu te lasserais plus promptement que moi…

Ils passèrent une journée délicieuse, leur misérable déjeuner fut plus gai, plus animé, qu'un repas ruineux et délirant, leur promenade fut joyeuse comme celle de deux écoliers en vacances ; Horace tua avec un rare bonheur une provision de gibier pour toute la semaine ; Laorens, tout en étudiant les aspects de cette nature étrange et nouvelle, cueillit une quantité de mousserons parfumés, de ceps succulents, et d'oronges d'un rose si vif et si beau, qu'il songeait à les peindre plutôt qu'à les manger ; jamais tant de saillies brûlantes d'esprit et de verve ne furent échangées ; jamais abnégation plus complète et plus réciproque de tous les goûts et de tous les caprices, ne fut apportée à la masse de l'amitié ; le soir, ils s'étendirent tous les deux sur le lit d'Henri IV, riant de leur querelle, de leur situation, de leur hôte, de leurs souffrances, de leur joie actuelle, et riant de tout, ils s'endormirent heureux et fatigués ; grands enfants à qui il fallait des *brouilleries* pour s'aimer, hommes faits, qui n'appréciaient un beau jour que le lendemain d'un jour d'orage.

Le lendemain matin ils étaient assis tous les deux sur le lit, Laorens appuyé contre une des colonnes torses, Horace penché négligemment sur l'épaule de son ami.

— Sais-tu que tu parlais comme un livre, hier, à ton arrivée… je me dégoûte de tout, c'est horrible à penser, je flétris tout ce que je touche.

— C'est que tu creuses trop tes sensations, répondit Laorens ; non content de jouir, tu veux connaître la valeur de tes jouissances, tu les examines, tu les retournes, comme M. Geoffroy de Saint-Hilaire, lorsqu'il a trouvé un sujet, il le dissèque, le pile, l'analyse, le flaire, le goûte, le possède, ainsi fais-tu avec tes plaisirs, tu les dépouilles tant que tu les écorches, et alors tu les jettes avec dégoût, parce que tu en as fait des squelettes.

— C'est absurde, j'en conviens : est-ce que tu te flattes de n'en jamais faire autant ?

— Non ; mais je suis dans le moins, et tu es dans le plus.

— Gronde-moi, dit Horace d'un ton doux et amical, en prenant la main de son ami : je me sens facile à plier. Je me trouve mieux ainsi que fort de mon courage. Il y a si longtemps que je me contrains !

— En ai-je été dupe un seul jour ? J'admirais ta force avec les autres : je souffrais de te voir la conserver avec moi. Que ne t'ai-je pas dit de tendre et de rude, d'amer et de doux pour t'amener à la confiance ! Où diable as-tu pris la féroce énergie de voyager tête-à-tête avec moi pendant toute une saison, sans me dire une seule fois : Laorens, je souffre ?

— Horace, j'aurais eu moins de stoïcisme, mais plus d'amitié…

— Eh bien ! dit Horace après quelques instants de silence, tu la sauras cette maudite aventure !… tu la sauras, mais songe que c'est la plus grande preuve d'amitié que je puisse donner à un homme : mon crime est de ceux que l'impunité et le mystère couvrent d'un voile éternel. Il en est beaucoup ainsi, malgré les procureurs du roi, les galères et les gendarmes.

— Ah ! ça, dit Laorens en se levant et parcourant la chambre à grands pas, deviens-tu fou ? de quels mots te sers-tu ?

— Oui, Laorens, les galères !… répondit Cazalès avec un triste sang-froid.

— En ce cas, tais-toi ; et le peintre alla s'asseoir à l'autre bout de la chambre, sur une chaise de paille. Il y resta quelques instants silencieux, puis il se leva de nouveau.

— Tout cela est stupide, s'écria-t-il : les romans t'ont tourné la cervelle.

— Je n'en lis jamais.

— Alors, tu as trop bu. Les alcools portent au cerveau et le détraquent. Tu as fait quelques mauvais rêves. Voyons, quoi ? As-tu assassiné ?

— Non.

— C'est déjà quelque chose. As-tu volé ?

— Je suis riche.

— Raison de plus. Voyons, as-tu violé une femme ? si ce n'est que cela, toutes les femmes sont prêtes à t'absoudre.

— Écoute, mon crime ne sera peut-être pas si odieux à tes yeux qu'aux miens, mais tu le trouveras bas et ridicule : c'est pourquoi l'ironie est la plus sanglante des punitions que tu puisses m'infliger. Ne ris donc pas, je t'en supplie ; condamne amèrement, frappe-moi, mais ne me foule pas aux pieds, ne crache pas sur moi.

— Dieu m'en préserve ! Je sais qu'un homme comme toi aimerait mieux faire horreur que pitié, mais ce n'est ni l'un ni l'autre ; tu te calomnies ou tu te vantes.

— Demain, je te prouverai le contraire. Laisse-moi ce jour pour rassembler mes souvenirs confus, car le chagrin les a dispersés, et il y a longtemps que je n'ai mis volontairement la main sur les souillures de ma conscience ; ta réponse, qu'elle soit indulgente ou sévère, sentence ou pardon, je la prendrai pour arbitre, car jusqu'ici j'ai été mon seul juge : juge partial, capricieux, irascible, inconstant, tantôt rigide à l'excès, tantôt lâchement tolérant ; j'ai besoin, à la fin, qu'un autre me connaisse, m'examine et prononce.

— Soit, dit Laorens : tu es un pénitent diablement voluptueux, mais tous les moyens sont bons pour arriver au salut. En attendant, puisqu'il est décidé que ton histoire aura ce matin le sort de celles des châteaux du caporal Trimm, viens courir la bruyère et faire ton examen de conscience en tuant quelques lapins.

Lorsqu'ils rentrèrent dans la tour du comte de D***, le soleil était couché depuis longtemps. Laorens, fatigué, se jeta sur le lit et s'y endormit bientôt : Horace écrivit toute la nuit, car il avait trouvé sur un des rayons de l'armoire tout ce qu'il fallait à un écrivain pour faire un chef-d'œuvre ou une sottise ; le soleil se levait, Laorens dormait encore, lorsqu'il s'étendit à son tour sur le lit ; un sommeil bienfaisant ferma presqu'aussitôt ses yeux fatigués d'une aussi longue veille à la clarté douteuse d'une mauvaise lampe ; et lorsque Laorens se réveilla, il reposait, heureux et calme. Laorens aperçut sur la table délabrée, un rouleau de pages écrites ; sur une petite feuille détachée étaient crayonnées ces lignes, surmontées du mot de *préface* :

« J'écris pour un lecteur ennemi du chagrin : je tâcherai d'être dans le mien aussi peu pédant que possible ; mais si je me condamne platement à raconter une turpitude, c'est à condition qu'il ne rira pas de mes remords. »

Laorens prit le manuscrit, alla s'asseoir sur le bord de l'*avance*, et lut la longue histoire qu'Horace avait écrite.

Fin du tome second.

TOME III

Chapitre premier
Denise.

Au mois de juin 1823, un jeune homme riche, que nous nommerons si vous voulez Maurice, pour la commodité du récit, remontait la Gironde sur une chaloupe pontée qu'il avait prise aux bains de mer de Royan pour le ramener à Bordeaux. La rivière était mauvaise, et de violents coups de vent penchaient l'embarcation presque horizontalement sur les flots. Le pilote cargua la voile. Tout son équipage se composait d'un matelot, vieillard robuste que selon les habitudes arbitraires de son état il traitait avec la rudesse la plus grossière. Sur la mer, les hommes sont presque en dehors des lois ; chez eux c'est le droit du plus fort, comme chez nous le droit du plus riche. Dans le port de Bordeaux, un contremaître fait sur son navire châtier à coups de fouet le mousse désobéissant. Vingt pieds d'eau les séparent seulement de la terre où ce traitement inique donnerait lieu à une condamnation judiciaire, et sur la rive d'où vous entendez les rugissements du malheureux qu'on lacère, votre domestique a le droit de vous rendre les coups de canne que vous risqueriez sur ses épaules. Vous trouveriez peut-être moyen de l'envoyer en prison, pour peu que vous eussiez un certain *nom* ; mais vous n'en seriez pas moins ridicule : au lieu qu'à la vue d'un pauvre enfant, mis en lambeaux sous les garcettes, cinquante matelots fument leur pipe ou rient aux éclats.

Lazare, c'était le nom du vieux matelot de la chaloupe, supportait avec une patience imperturbable les torrents d'injures dont l'accablait son patron chaque fois que le vent, venant à tourner, contrariait ses manœuvres. Après avoir exhalé en imprécations sa colère et sa peur, celui-ci, dans un moment de rage, lança un crochet de fer à la tête du matelot ; il aurait eu le crâne brisé sans la promptitude calme avec laquelle il évita le coup. Mais le fer passa assez près de lui pour lui effleurer la joue, qui se couvrit aussitôt de sang. Révolté d'une semblable brutalité, le premier mouvement de Maurice fut de saisir le pilote à la gorge et de le repousser rudement dans la cale où il roula en vomissant un nouveau choix de blasphèmes.

Cependant le grand ennemi commun, le danger, ramena le maître, l'esclave et les passagers à la manœuvre. Au moment où Maurice, debout sur le pont, admirait en frémissant la beauté du ciel, sombre et terrible, la majesté des lames puissantes qui, plus fougueuses et plus resserrées que celles de la mer, s'ouvraient comme des vallées et se relevaient comme des montagnes, un coup de vent sec et brusque jeta la chaloupe sur le flanc. Elle se releva aussitôt ; le pilote, le matelot et deux passagers n'étaient que mouillés de la tête aux pieds. Mais Maurice avait disparu.

En vain il luttait contre la vague lourde et forte. Il eût péri sans le vieux Lazare. Abandonnant aussitôt la manœuvre, malgré les cris et les insultes du patron, il se jeta à la rivière, saisit Maurice d'un bras vigoureux et le ramena sur le pont. Cette fois, le pilote n'osa blâmer Lazare tout haut ; mais au fond de son cœur, il lui promit une rude correction pour l'intervention de Maurice dans leur précédente querelle.

Le vent s'apaisa enfin, et nos voyageurs arrivèrent à Pauillac, d'où le bateau à vapeur devait les ramener le lendemain à Bordeaux.

Le soir, pendant que Maurice soupait dans une chambre d'auberge, Lazare, qu'il avait fait demander, entra fort pâle, fort triste, mais ferme et calme ; car c'était un homme supérieur sous une écorce grossière. Il venait d'être battu, lui, avec ses cheveux blancs que le sang collait sur sa joue, et battu à cause de Maurice, dont il venait de sauver la vie...

Maurice fit mettre une assiette vis-à-vis de lui, et le força de partager son souper.

« Monsieur, dit le matelot après quelques moments d'entretien, je vous remercie ; je suis né sur la mer, et je ne peux pas la quitter. J'ai essayé plus d'une fois ; car n'ayant jamais pu amasser grand' chose, et forcé à la dépense par l'état d'infirmité de ma fille unique, j'ai eu bien des désagréments dans cette vie... Mais la terre et moi, nous sommes brouillés à mort.

« — Chacun son goût et son état, répondit Maurice ; mais je ne veux plus que tu sois matelot sous les ordres d'un tigre ou d'un âne. Tu dois connaître la rivière mieux que ton patron ?

« — Je m'en pique, monsieur. Et c'est pourtant une mauvaise rivière ! voyez-vous, après le port de l'île de France et la rivière aux Galets, il n'y a rien de pire dans le monde que la rivière de Gascogne. Eh bien ! si j'étais pilote, je voudrais faire la route d'une heure plus courte que mon patron. Il ne veut pas me croire, il est enragé pour passer entre le banc de…

« — C'est bon, c'est bon, dit Maurice, tu seras pilote dès demain ; achète ou commande ta chaloupe, d'occasion ou dans le chantier ; qu'elle soit belle et bonne, solide et fine voilière, et à condition que tu me passeras de Pauillac à Royan, si jamais j'y retourne, je me charge de l'emplette. Est-ce arrangé ?…

« — Allons donc ! dit le vieillard, est-ce pour rire ?

« — Une chaloupe pour la vie : quel est le plus généreux ?

« — Ah ! mon Dieu ! dit Lazare, il me semble que je fais un rêve ; et ma fille, ma pauvre fille ! je pourrai peut-être la faire guérir ! du moins je la soignerai mieux, je pourrai la voir plus souvent !… »

Il embrassa Maurice avec une familiarité qui fut ce que le jeune homme avait inspiré de plus flatteur dans sa vie. Le même jour, il paya au pilote de Lazare le dédit de leurs engagements, et laissa son vieil ami dans le chantier, surveillant avec amour la coque de sa jeune chaloupe, courant du matin au soir les ateliers et les magasins pour en faire disposer les agrès. C'était l'homme le plus heureux et le plus riche de la terre sur quelques pieds de bois flottant.

Le lendemain, après avoir déjeuné avec un de ses amis, Maurice passa chez son homme d'affaires, y prit de l'argent, et se rendit rue des Vieux-Remparts, dans une maison d'assez chétive apparence, sur le seuil de laquelle Lazare l'attendait avec impatience. Il lui remit la somme que le bonhomme lui avait demandée la veille pour payer la pension de sa pauvre fille dans une maison de charité où elle était soignée d'un mal qui semblait devoir être incurable. Le jeune homme allait se retirer ; mais Lazare s'obstina à vouloir le faire entrer ; et bien que Maurice fût peu curieux de voir la famille de son protégé, il le suivit dans une grande chambre sale et triste, qu'éclairait à peine une grande croisée, garnie de carreaux de papier huilé. C'était la demeure d'une parente de Lazare qui avait recueilli provisoirement Denise. Maurice y attendit quelques instants le vieux matelot, qui l'avait quitté pour aller chercher sa fille.

« Imaginez-vous, dit celui-ci en rentrant, que je ne peux pas venir à bout de la faire descendre. Elle est en train de s'amuser avec un petit joyau qu'elle a trouvé.

« — Eh bien ! laisse-la tranquille. Elle ne se soucie pas de me voir, c'est tout simple… » Je ne m'en soucie guère non plus, pensa-t-il, en songeant que la *créature infirme* dont on lui parlait pouvait bien être hideuse.

Mais Lazare insista.

« Je veux que vous regardiez ma pauvre enfant et que vous en ayez compassion.

« — Allons ! il y tient, pensa Maurice. Toutes les nourrices ont la manie de faire baiser leur enfant morveux. »

Lazare le tira par le bras, et poussant la porte d'un galetas rempli de bûches, il avança en appelant : « Nise ! où se sera-t-elle fourrée ? Denise ! Nisette ! où es-tu donc ? »

Et il se mit à chercher dans tous les coins. Il eut bientôt découvert l'*enfant* derrière un tas de bois.

« La voilà ! dit-il doucement. Venez, monsieur, venez voir comme elle s'amuse tranquillement, la pauvre innocente. »

Le vieux matelot était debout devant une ouverture que présentait le rempart de bûches où sa fille était retranchée. « Comme c'est simple ; c'te jeunesse ! » disait-il, et il y avait dans son sourire une expression d'amour et de pitié, d'orgueil et de douleur. Il la contemplait silencieusement, joignait de temps en temps les mains avec attendrissement, puis faisait signe à Maurice de s'approcher.

Le jeune homme s'avançait avec répugnance. Par une délicatesse de retenue que tout le monde comprendra, il ne s'était point informé du *piteux cas* de Lazare. En ce moment, il lui vint à l'esprit qu'il allait voir une créature estropiée, repoussante, informe peut-être. Il était peintre, artiste passionné, il adorait le beau ; il avait pour les monstres une horreur insurmontable. Cependant il ne voulait pas déplaire au bonhomme, et cachant son trouble, il allongeait le cou pour regarder, tandis qu'une sueur froide parcourait tout son corps ; car déjà son imagination voyait toutes les horreurs qui avaient paru en dix ans à la foire de Bordeaux.

C'était une fille de seize ans environ, grande, svelte, fraîche comme une rose d'Éden, belle comme un rêve de poète ; ses longs cheveux noirs s'échappaient d'un petit bonnet de velours bleu, tout plat, qui laissait à découvert le plus blanc et le plus pur de tous les fronts. Il fallait peut-être attribuer à la ligne un peu droite de ses noirs et fins sourcils, à la transparence limpide et cristalline de ses grands yeux d'un bleu clair, à la régularité toute grecque des lignes de sa figure, je ne sais quelle immobilité de physionomie, mélangée de douceur, d'indifférence, de calme profond, qu'on ne pouvait contempler sans mélancolie. Il semblait que cette jeune fille n'appartînt pas à la même sphère, n'eût point part à la vie des autres créatures. Son attitude était aussi étrange que le repos pétrifié de ses traits. Assise par terre avec l'abandon apathique d'un enfant de trois ans, elle n'avait pas cherché à être bien ou mal ; on eût dit qu'elle s'était laissée tomber à cette place et qu'elle y restait frappée de paralysie. Et pourtant il y avait de la vie, de la force, de la santé, dans ce coloris si vif et si frais ; de la chaleur dans ce jeune sein mal caché par un madras en désordre. Il y avait du mouvement dans ce laissé aller, de la grâce et de la réalité dans ces formes hardies, complètes. Sa robe de sergette brune, relevée jusqu'au genou, laissait à découvert une jambe dont la vigueur nerveuse et riche se dessinait sous un bas bleu à coins blancs.

Elle tenait un petit bouton de jais taillé, dans une de ses mains rondes et blanches, qui paraissaient ne s'être jamais exercées au travail. Elle le retournait lentement et semblait suivre le rayon mouvant sur ses facettes. À quoi songeait-elle ? on eût dit à son air absorbé qu'elle allait résoudre un problème mathématique.

Elle resta longtemps, longtemps ainsi. Le père souriait. Maurice, frappé d'admiration, respirait à peine. Enfin elle laissa tomber le joyau, ne songea point à le ramasser, et resta la main ouverte, l'œil fixe.

« Qu'a-t-elle ? demanda Maurice au vieillard ; est-elle sourde et muette ? »

Lazare secoua la tête et nomma Denise, qui leva les yeux lentement et arrêta sur les deux personnes qui la contemplaient un regard sans surprise, sans intérêt, un regard qui n'exprimait rien et qui faisait peur.

« Dis donc bonjour, ma petite ! allons, dis bonjour à monsieur. »

Denise ne répondit rien.

« Aveugle ? dit le jeune homme.

« — Hélas ! non, répondit le matelot.

« — Paralytique, en ce cas ?

« — Non plus, monsieur ; » et une larme roula sur la joue hâlée du vieillard. « Après tout, ce qu'elle a, ajouta-t-il en passant la manche de sa veste sur son visage, ce qu'elle a, c'est peu de chose. Cela ne l'empêche pas d'être bonne et aimable pour son vieux père. Mais, ça l'empêche de gagner sa vie, la pauvre chère âme ! et quand son vieux père n'y sera plus, qui prendra soin d'elle ?

« — Moi, » répondit Maurice, en pressant avec effusion la main calleuse du matelot dans la sienne.

Celui-ci s'approcha alors de sa fille et l'engagea doucement à se lever. Comme elle semblait n'y faire aucune attention, il la souleva dans ses bras, et la jeune fille céda sans résistance, montra un peu d'étonnement de se voir sur ses pieds, et puis se mit à marcher dans la chambre, s'arrêtant quelquefois pour ramasser un chiffon, regarder une mouche, ou jouer avec une épingle.

« Dites bonjour à monsieur, Denise ! »

Denise regarda fixement Maurice, et dit : « Bonjour, ma sœur. »

« — Ce n'est pas une religieuse, dit le matelot, c'est un beau jeune homme.

« — Un beau jeune homme, » répéta Denise, sans inflexion dans la voix.

« — C'est lui qui m'a donné de l'argent pour te ramener ici, » dit Lazare.

« — C'est lui, répéta Denise, en imitant le ton de son père, qui m'a donné de l'argent pour te ramener ici. Ainsi soit-il ! » Et elle fit le signe de la croix en regardant son père d'un air de satisfaction caressante.

« Ces dévotes m'avaient dit que c'était la religion qui lui manquait ; elles assuraient qu'on la guérirait en lui faisant apprendre ses prières. Mais la pauvre âme n'a rien compris à leurs patenôtres, et on me l'a rendue pire qu'auparavant.

« — Quel est donc son mal ? dit Maurice ; est-elle folle ? »

Le matelot soupira, fit un effort, et dit :

« Idiote ! »

Ce mot tomba comme un morceau de glace sur l'imagination de Maurice. La folie a plus d'un côté poétique, mais l'imbécillité !

« Je vais l'emmener sur ma chaloupe, dit Lazare ; elle y demeurera. Je lui ai fait arranger dans la cale un coin pour elle seule. Les voyages lui feront du bien, qui sait ! l'air de la mer peut la guérir ! celui de terre est si bête ! elle se mourait d'ennui ici ; la mer l'amusera, et puis, s'il vient un mauvais coup de vent, bonsoir ! La pauvre Denise et son père fileront leurs nœuds ensemble pour l'éternité. Vaut mieux mourir à force de boire que mourir de faim. C'est plus tôt fait.

Maurice revit Lazare le lendemain sur sa chaloupe. Elle était neuve et coquette, peinte en brun-acajou et luisante comme une glace. La voile était rouge, la cale propre et presque élégante ; Denise en avait une à part, saine et close ; et sur la proue on lisait en grosses lettres *l'Horace*.

C'était un des noms du jeune homme dont nous racontons l'histoire, et Lazare considérait comme une surprise agréable pour lui la cérémonie du baptême de son embarcation. Il avait invité ses amis, et un panier de vin fut vidé en l'honneur du parrain. On appelait cela arroser la patente.

Quelques jours après, en se promenant sur la délicieuse côte de Lormont, Horace vit passer à ses pieds Lazare et sa fortune. Le soleil embrasait le couchant et les flots de ses feux vermeils ; la voile écarlate de *l'Horace* étincelait d'un double fard, et s'enflait avec grâce sous une bonne brise. Un joli canot vert-pomme, remorqué par la chaloupe, complétait son équipement improvisé. Lazare avait pris pour pilote Pérès, son meilleur ami. En passant ils reconnurent le *parrain*, et agitèrent leurs chapeaux cirés, dont le soleil faisait des miroirs ardents. Maurice répondit à ce salut affectueux avec son foulard. Denise seule n'eut pour lui ni regard ni sourire. Elle était debout sur la proue et suivait d'un œil stupide et charmé le remous écumeux qui soulevait la poitrine du bâtiment. Avec sa grande taille, son coloris brillant, son attitude ferme et calme, un pied sur la joue de la chaloupe, et les bras croisés sur son sein, elle était belle et mâle comme une divinité sauvage : c'était une nymphe des écueils de l'Océan travestie en fille de marinier.

« Est-il possible que ce beau corps existe vide de cœur et d'esprit ? pensa Maurice en la suivant des yeux aussi loin que sa vue put la distinguer. Cette créature inepte ne peut-elle avoir des sensations qui lui soient propres, un genre de bonheur compris d'elle seule ? Étrangère aux maux de la vie, faut-il lui regretter les passions qui flétrissent, les plaisirs qui dévorent ? Elle végétera, pure et belle comme une fleur, sur les récifs. Pourquoi, de même que la plante qui se dilate au soleil, s'épanouit dans le vent, et s'abreuve des sels de la mer, ne vivrait-elle pas au sein des éléments, riche d'impressions et de jouissances, muette pour les faire partager, mais capable de les ressentir ? »

En ce moment, il vit Denise se baisser sur le pont, et obéir à une impulsion si classique, si triviale, que toute sa poésie croula de fond en comble.

Maurice avait encore deux mois à passer à Bordeaux où il possédait une jolie maison et s'occupait de quelques intérêts commerciaux en litige dans son héritage. Toutes les fois que le pilote Lazare revenait dans le port de

Bordeaux, il ne manquait pas à venir embrasser son jeune ami. C'était un de ces hommes supérieurs à l'éducation, et que le luxe de nos vaines connaissances servirait seulement à déformer ou à gâter. Maurice allait aussi le voir dans le port ; il y trouvait Denise, toujours robuste, toujours inutile, passant sa vie à baigner, dans la rivière, ses pieds dont la blancheur et la beauté eussent mérité de servir de modèle à un peintre. Maurice l'était, mais il ne pouvait se livrer au plaisir d'admirer Denise, sans être saisi de tristesse et de compassion en comparant la richesse de son corps à la pauvreté de son esprit.

Un soir Pérès entra chez Maurice, comme il mettait une cravate blanche pour aller au bal ; la figure du matelot était décomposée. « Lazare se meurt, dit-il d'une voix étouffée ; il veut vous voir. »

Maurice courut au port. Lazare, frappé d'une attaque d'apoplexie séreuse, était à l'agonie depuis une heure. Il avait retrouvé la parole un instant pour demander à voir Maurice ; mais il l'avait reperdue bientôt, et lorsque son jeune ami le pressa dans ses bras avec douleur, il ne put que lui montrer Denise qui jouait tranquillement sur le pied de son lit de mort. Le dernier regard du pilote exprimait tant d'amour pour cette malheureuse enfant, tant de sollicitude pour son avenir, que Maurice comprit les craintes qui l'agitaient. « Je te le jure ! » s'écria-t-il, en couvrant de larmes le front livide et glacé du moribond… Lazare essaya de remercier, sa langue était morte, son œil s'éteignait, sa main se raidit. Une teinte de blancheur imperceptible passa lentement sur son visage décoloré. Il n'était plus.

Maurice, accablé de douleur, régla avec le triste Pérès la cérémonie des obsèques, et emmena Denise qu'il recommanda aux soins de sa nourrice et de son vieux domestique, bons et charitables serviteurs qui méritaient toute sa confiance.

Le lendemain une banderole noire flotta sur *l'Horace*, et Maurice constitua la valeur de cette chaloupe chez un homme de loi, afin d'être libre de faire présent de l'embarcation à Pérès, sans frustrer Denise de son héritage.

Denise vécut dans la maison de Maurice comme un animal domestique ; les gens l'aimaient, car elle était toujours douce et jamais importune. On pouvait l'oublier des jours entiers dans un coin. Elle n'en sortait que pour demander à manger ou pour détacher du cou de la nourrice sa croix d'or, dont elle se parait avec une coquetterie naïve et stupide. Lorsque Maurice passait auprès d'elle, il souriait tristement de la voir s'imaginer qu'elle avait besoin de ce bijou pour être belle, et se pavaner avec une vanité toute féminine et une ignorance toute candide de ses charmes.

Dans les premiers jours, elle avait paru triste et inquiète. Elle cherchait sans cesse quelqu'un ou quelque chose ; c'était l'inquiétude du chien qui a perdu son maître ; mais cherchait-elle son père ou sa chaloupe ? Il était impossible de le savoir. Elle parlait peu et jamais en rapport avec les questions qu'on lui adressait. Elle prenait les questions pour des ordres, et les répétait servilement ; car le seul caractère qu'elle montrât, c'était une disposition à la crainte et quelquefois à la câlinerie.

Maurice semblait lui inspirer une sorte de préférence instinctive, soit qu'elle eût mémoire de l'avoir connu avant les autres, soit que le voyant moins souvent, il se montrât plus empressé, lorsqu'il la trouvait sur son chemin, de l'amuser de quelque jouet ou de quelque friandise ; il était le seul qu'elle ne craignît point, et de son côté il l'aimait comme on aime l'enfant de son portier.

Cependant les affaires qui le retenaient à Bordeaux étaient sur le point de se terminer ; il songea à fixer l'existence de la pauvre idiote. Il avait à Bordeaux une tante religieuse du Sacré-Cœur, une excellente et simple créature, qui aimerait Denise avec cette tendresse maternelle inhérente au cœur de la femme, et que toute nonne déverse sur son chat et sur ses serins. Il lui proposa sa protégée ; elle accepta avec joie. La pension fut réglée une fois pour toutes, et il fut décidé que sous peu de jours Denise entrerait au couvent. Maurice se rappelait bien la répugnance de Lazare pour les dévotes et les religieuses ; mais il ne la partageait pas, bien qu'il fût aussi peu *croyant* que son siècle. Il avait passé sa vie dans une famille extrêmement pieuse, et respectait par habitude et par amitié des préjugés qui ne l'avaient jamais froissé. En outre, il avait pu se convaincre de l'absence totale de raisonnement qui mettait Denise à couvert des impressions qu'on voudrait lui donner.

Maurice était à cette époque éperdument amoureux d'une marquise parfaitement belle, parfaitement spirituelle, parfaitement coquette. Au moment de perdre l'amant qu'elle commençait à encourager, elle lui prouva tout d'un coup par une indifférence grossièrement franche qu'elle était femme à se guérir, quand elle voulait, d'un amour fâcheux ou inutile. Un bel officier de la garde, dont le semestre ne faisait que commencer, fut le préservatif qu'elle opposa d'avance aux chagrins de la séparation et aux ennuis de l'absence. Maurice voulut se donner le plaisir, au dernier bal où il la vit, de payer sa lâcheté par une indifférence insultante ; mais elle ne s'en aperçut pas. Il rentra, navré, passa le reste de la nuit dans une cruelle insomnie, et s'éveilla au matin, torturé par des rêves bizarres et pénibles, plus fatigué que la veille, guéri de son amour, mais non du chagrin amer que laisse une illusion déçue.

Son délassement favori était la peinture. Assez artiste pour donner le nom de passion à cette occupation chérie, il était riche et n'osait parler comme un peintre. Il prit ses pinceaux et voulut travailler. Mais la toile qui couvrait son chevalet était un portrait de la marquise, commencé sous l'empire de l'illusion, sous les inspirations du bonheur. Il allait la mettre en pièces, lorsque G…, son ancien maître et son ami constant, entra chez lui. Il arrêta son bras, et le consola par les plus jolies et les plus cruelles plaisanteries du monde.

Puis examinant le portrait : « Mais, dit-il, il est bien ce masque-là. Je garderais ces cheveux qui sont d'un excellent ton ; le coloris du visage ne me déplaît pas. Quant au buste, mon bon ami, vous l'avez traité en amant, c'est-à-dire en flatteur. Si vous aviez à recommencer, vous seriez plus sincère. Madame De… a les épaules plus larges et des formes plus riches qu'aucune femme qui existe peut-être ; mais il n'y a que dans la Grèce antique des poitrines comme celle-ci. C'est beau, mais c'est idéal, et cela ne vaut rien. C'est là le défaut de tous les bourgeois. Ils font de la peinture en poètes ; c'est léché, c'est adorable, mais c'est faux. »

Maurice n'osait prendre le titre d'artiste, mais il ne pouvait souffrir qu'on le traitât d'amateur. Il se disputa et finit par quereller G…, qui soutint son dire avec obstination.

« Je dis, répéta-t-il vingt fois, que cette poitrine est superbe, d'autant plus qu'elle est impossible. »

Au milieu de la discussion, Denise entra.

« Regardez-moi cette fille, s'écria Maurice, enchanté de trouver sous sa main une preuve convaincante de son système ; croyez-vous que ces épaules soient taillées sur de moindres proportions que celles de mon portrait ?

« — Ah ! si vous l'avez fait poser, parbleu ! tout est dit ; j'ai raison de critiquer ; ce sont de belles épaules, mais ce ne sont pas celles de la marquise De…

« — Critique de mauvaise foi ! vous changez la question en vous voyant battu.

« — Et si les proportions que vous me montrez sont en dehors de toutes les proportions raisonnables ? Je vous demande pardon, mademoiselle ; je me plains de votre beauté qui surpasse mon imagination…

« — Vous lui faites des compliments en pure perte. Elle ne vous comprend pas plus que mon chapeau.

« — Ah ! serait-ce votre idiote ? c'est une histoire qui fait plus d'honneur à votre cœur que le portrait de madame De… n'en fait à votre talent.

« — Entêté ! je vous vends tout l'héroïsme de ma vie pour un mot de justice et de vérité. Regardez cette fille, et dites-moi si c'est un monstre de beauté.

« — Elle est magnifique ! dit le peintre en tournant autour d'elle, comme un maquignon autour d'un cheval. C'est ce que j'ai vu de plus beau dans ma vie.

« — Et moi aussi, répondit Maurice. Quel dommage que ce soit une statue !…

« — … Et que Girodet ne l'ait pas vue avant de faire sa Galatée. Voilà ce qui convenait, une nature de chair et de marbre ! mais un peintre ne trouve pas une fois dans sa vie un modèle comme celui-là… »

Et il se mit à défaire le fichu de l'idiote, du sang-froid avec lequel il eût déshabillé un mannequin. Maurice, qui ne s'était jamais permis cet acte de possession sur la pauvre Denise, eut une vive répugnance à voir porter une main profane sur la fille de Lazare. Mais une fausse honte le retint, et craignant d'être de nouveau traité de bourgeois par le peintre, il laissa mettre à découvert les épaules et la gorge de l'idiote. La pauvre fille avait autour du cou un collier de perles bigarrées, que Maurice lui avait acheté la veille. Elle ne comprit pas qu'on pût regarder autre chose en elle ; elle y porta la main en disant avec un air de satisfaction enfantine : « Mon beau collier ! »

G… se retira et Denise resta dans un coin, oubliée : Maurice ne pensait plus à elle. Elle avait trouvé sur la commode une montre qu'elle avait collée à son oreille, et dont elle écoutait le mouvement avec une avide satisfaction.

Lorsque Maurice se rapprocha du portrait, et l'examina attentivement, il sentit toute sa passion se rallumer. Il tomba dans son fauteuil et ne put retenir des sanglots amers. Il avait caché son visage dans ses mains. Une main douce les écarta, c'était celle de l'idiote.

« Ne pleure pas, Denise, dit-elle (car elle avait l'habitude de donner son nom à tout le monde), ne pleure pas, je vas te faire voir mon beau collier. » En même temps elle ôta son fichu, comme elle l'avait vu ôter le matin, et se montra de nouveau nue, belle et imbécile.

« Pauvre créature ! dit Maurice en la regardant… Si je ne te mettais pas dans un couvent, tu serais bientôt perdue ! » Et sans s'en apercevoir, il se demanda, en examinant la belle organisation de cet être infortuné, jusqu'à quel point on pouvait oublier l'absence de l'être intellectuel. Lorsqu'il se surprit dans cette pensée, il en eut horreur et la repoussa sans effort.

On l'attendait à dîner chez un de ses amis. Tous s'étaient rassemblés pour lui faire *adieu*, comme on dit dans le pays. Quelques-uns des plus intimes l'avaient vu au bal la veille et craignaient que la trahison de la marquise ne le rendît insupportable ; mais il ne pensa pas plus à elle qu'à Denise. De propos en propos, on s'excita, on ne parla que de peintures, des femmes de Rubens, des femmes de Vandick, de la maîtresse de Titien, de la femme de l'Albane ; mais de femmes vivantes, bordelaises, contemporaines, il n'en fut pas plus question que si l'espèce eût été supprimée.

Maurice rentra chez lui d'assez bonne heure. Il avait bu beaucoup, et pris du café outre mesure. Il avait les nerfs très-agacés ; mais il était si loin de l'ivresse, que jamais ses facultés n'avaient été plus nettes et plus vigoureuses.

Nous sommes tellement machines, qu'il nous faut presque toujours des moyens excitants, des causes extérieures pour nous faire jouir de toutes nos capacités à la fois. Tantôt le travail use le corps et enflamme le cerveau ; tantôt la santé tue le cerveau et engraisse le corps. Rarement nous nous trouvons dans cet état de ressort parfait où toutes nos forces matérielles et intellectuelles jouissent de leur entier développement ; mais dans ce moment-là, nous sommes si au-dessus de nous-mêmes que, ne nous reconnaissant plus, nous ne savons plus nous conduire, tant nos *dadas* prennent le mors aux dents ! et nous sommes si ravis de les voir galoper, qu'ils nous emportent où ils veulent, dans le ciel ou dans un bourbier. Certaines nuits de débauche ou de macération, de travail austère ou d'amusement effréné, ont donné des lueurs d'enthousiasme au plus stupide, des instants de délire au plus blasé. Certains héros n'ont été héros dans de certains instants que parce qu'en ces instants l'occasion ne les a pas faits scélérats. Nous sommes rarement prêts à marcher de pair avec notre destinée ; mais elle est toujours sur nous pour s'en moquer, et nous dire comme à des enfants : *À qui tient-il ?*

Maurice se jeta dans son fauteuil et rêva pendant un moment qu'il était Titien. Il fit dans son cerveau une tête belle comme celle du jeune homme habillé de noir qui se trouve dans la grande salle du Musée, et qu'aucune femme bien mise n'a jamais remarquée, parce qu'il est coiffé comme un abbé, et que sa fraise est ridicule. Si la bougie eût été allumée, Maurice jetait sur la toile un chef-d'œuvre plus sublime peut-être… Mais il faisait complètement nuit dans sa chambre ; alors il pensa à Shakespeare, et refit Othello. Il allait faire une république, lorsqu'il sentit quelqu'un sur le dos de son fauteuil, et sauta sur une dague suspendue à la muraille… mais il ne put la saisir, et tandis qu'il tâtonnait, le voleur se mit à pleurer.

« Est-ce toi, Denise ? dit-il.

« — Denise n'a pas mangé ! Denise, donne-moi à manger ! répondit l'idiote.

« — Comment diable ! est-ce que j'aurais laissé sous clef cette malheureuse fille toute la journée ! mais que font donc mes gens ? »

Alors, il se rappela que sa nourrice était partie la veille pour aller voir sa sœur à Langon, et qu'il avait envoyé David à Cubzac, pour voir un cheval. Il avait promis de veiller sur l'idiote durant leur absence, et il l'avait oubliée ! « Je ne saurai jamais soigner des enfants, dit-il, je les oublierais comme des dîners de la veille, je les perdrais comme des parapluies. Et moi qui voulais me marier ! » Il sortit, alluma une bougie, ouvrit toutes les armoires, et réussit à trouver un reste de volaille froide, quelques fruits et du pain.

Lorsque Denise eut fini son repas, Maurice voulut la conduire à sa chambre ; mais la cuisinière qui avait l'habitude de la mettre au lit n'était pas là, et comme les enfants qui ne veulent être servis que par leur bonne, Denise s'obstina à rester où elle était. Par prières ou par menaces, Maurice n'en put venir à bout. « Dors donc où tu pourras, » dit-il avec humeur ; et se remettant dans son fauteuil, il prit un livre ; mais il avait trop d'esprit ce soir-là pour lire deux lignes d'autrui.

Denise prit un coussin, s'assit dessus aux pieds de Maurice, et appuya sa tête sur un de ses genoux.

C'est ainsi qu'elle s'endormait tous les soirs sur les genoux de Mariette. Maurice voulut en vain s'en débarrasser. Il n'est pas si facile de se délivrer d'une fille, quand elle a seize ans, que lorsqu'elle en a trois. Il s'en aperçut, finit par la laisser faire, et plaçant son livre au-dessus de sa tête continua de lire. Mais elle fit un mouvement, et le livre tomba. Maurice regarda la belle tête de vierge qui reposait sur son genou. Les tresses de longs cheveux noirs que la nourrice se plaisait à lisser tous les matins avec un soin extrême et à terminer par des nœuds de rubans, à la manière des Avignonnaises, étaient étalées sur le bras du fauteuil. Maurice les prit, et les toucha d'abord avec distraction ; mais à force de passer ses doigts sur leur tissu soyeux, d'en sentir le poids riche et magnifique, il les admira, il les approcha de son visage ; elles sentaient bon, et il les baisa. Puis, il se pencha pour regarder si elle dormait.

Ses yeux ouverts attendaient le sommeil ; sa figure avait un calme enchanteur. « Quelle adorable création ! se disait-il ; que la nature est vaniteuse dans ses erreurs ! quel front, quelle bouche, quelles paupières ! quelle blancheur de cygne ! Fille ravissante sans une sensation de pudeur, sans une idée de son sexe !… Pauvre fille !…

« Mais pourquoi ? si tu savais comme nous sommes malheureux, nous autres, avec nos passions et notre mémoire, ce serait à toi de nous plaindre. Qui nous a dit que tu ne pensais pas ? peut-être, étrangère à nos fausses combinaisons, comprends-tu les mystères de la vie surnaturelle. En Écosse, tu passerais pour avoir le don de seconde vue. En Suisse, les crétins sont le bonheur et la gloire des familles ; que sais-je, moi ? Je suis prêt à croire qu'en ce moment tu converses avec le ciel ; tu vois peut-être ton père qui te sourit et les anges qui chantent pour te bercer. »

Dans ce moment, Maurice se baissa et imprima sur le front de la jeune fille un baiser qu'elle chercha à lui rendre, le visage rayonnant de joie.

« Ah ! tu dois avoir une âme, une âme angélique que le commerce des hommes n'a pas souillée ! Pauvre ange chassé des cieux, accomplis ta destinée ; et quand tu retourneras là haut, souviens-toi de moi. »

Il parlait tout haut, cette fois ; et ne s'entendait pas, tant il était préoccupé : Denise, en l'entendant déclamer, sourit d'étonnement. Il crut qu'elle le comprenait, qu'elle lui répondait… Mais quand il sentit sous ses lèvres brûlantes ces lèvres, fraîches comme les pétales d'une rose, frémir et brûler aussi ; quand sur ce visage inanimé il vit la rougeur éclore, et la vie se répandre, — du moins il le crut, il le croit presque encore, — il sentit qu'il devenait fou ; il se leva avec effort, et la repoussa avec terreur ; mais elle se cramponna après lui ; elle était d'une vigueur peu commune, et ses bras passés autour de ses genoux le retinrent immobile et le forcèrent à se rasseoir. Voulait-elle dormir encore ? ou la nature s'éveillait-elle d'un long sommeil pour affronter un danger qu'elle ignorait ?

Maurice aurait résisté à l'enthousiasme ; il ne résista pas à la peur. Alors l'idiote trouva l'instinct de la femme : elle se défendit, et elle fut perdue… car ce n'était plus une idiote prête à subir la brutalité d'un vicieux ; c'était une jeune fille dont la pudeur se révoltait, pour que rien ne manquât au crime du forcené !

Les lois humaines ont tant d'influence sur nos principes, que le premier sentiment de Maurice, il faut l'avouer à sa honte, fut, non pas l'horreur de son crime, mais la crainte du châtiment. Il n'avait au milieu de son trouble qu'une idée fixe : cacher sa honte, en assurer l'impunité.

Tout se réduisait pour lui à cette pensée qu'il reproduisait sous toutes ses faces ; il passa le reste de la nuit à s'en pénétrer et à la réaliser.

Lorsque la nourrice rentra, elle trouva Denise couchée sur son lit et endormie profondément. Tout était calme dans la maison ; Maurice était calme dans sa chambre, il avait un visage calme quand la nourrice l'aborda. « Mon Dieu ! lui dit-elle, vous ne savez pas ce qui est arrivé à cette pauvre Denise ! » Maurice frémit de la tête aux pieds, mais son extérieur n'en témoigna rien. « Figurez-vous, monsieur, qu'elle a dormi sur son lit sans se déshabiller ; comment cela se fait-il ? Est-ce que Mathias n'est pas rentré hier soir ?

« — Il n'est pas revenu de Cubzac.

« — Ah ! mon Dieu ! je lui avais recommandé d'aller chercher une voisine pour coucher ma pauvre enfant, et comme cela personne n'y aura pensé ?

« — Je l'ai menée dans sa chambre, je ne pouvais pas deviner qu'elle n'aurait pas l'esprit de se déshabiller.

« — Après tout, dit la nourrice, il n'y a pas de mal, elle n'en dort que mieux. Monsieur veut-il déjeuner ?

« — Non, Mariette, je pars pour la campagne.

« — J'ai cru que monsieur ne partait qu'après-demain.

« — J'ai besoin à la Réole ce soir. Vous, Mariette, dès que Denise sera éveillée, faites son paquet et conduisez-la au Sacré-Cœur. C'est aujourd'hui qu'elle doit y rentrer ; recommandez-la de nouveau aux soins de ma tante, et dites qu'on n'épargne rien pour rendre sa pauvre existence aussi heureuse que possible. Qu'il n'y ait rien de trop cher pour sa santé ; c'est la fille de Lazare qui m'a sauvé la vie. »

Il prononça ce discours édifiant avec le sang-froid d'un scélérat. Puis il fit ses préparatifs avec la plus grande présence d'esprit. Une heure après il roulait en chaise de poste vers Paris.

Lorsque Mariette lui écrivit qu'elle avait laissé Denise au Sacré-Cœur, et quitté Bordeaux le lendemain, il eut un moment de joie frénétique, en s'écriant : « Je suis sauvé aux yeux des hommes ! » mais en retombant sur lui-même, il sentit qu'à ses propres yeux, il était à jamais perdu.

Depuis ce jour, Maurice est misérable. Il a tout fait, tout tenté, pour se raccommoder avec son cœur. Il ne le pourra peut-être jamais. Sa vie est une course forcée, où il ne jouit de rien, impatient qu'il est d'enterrer chaque jour et d'arriver au lendemain. Pour lui, le présent, l'avenir, ne sont bons qu'à combler l'abîme du passé. Tout l'ennuie, l'irrite, ou le froisse. Ne croyez pas qu'il soit poursuivi par l'image de Denise. Non ; l'idiote ne pourra jamais être considérée comme une victime. Ses torts envers cette espèce de femme n'ont pu être les mêmes qu'envers une femme véritable ; il se rappelle bien d'ailleurs qu'au milieu de son délire il retrouva tout d'un coup le sang-froid nécessaire au repos de son avenir. Le meurtrier qui sait que, faute d'un instant de force supérieure, toute sa vie sera compromise, emploie à couper la gorge de son semblable autant d'adresse et de réflexion, sa main est aussi légère, aussi dextre, que s'il s'agissait de découper un poulet sans faire sauter la graisse sur l'habit de son voisin. Maurice avait été maître de lui ; en commettant le crime d'une bête, il avait été supérieur à l'homme. Il s'en méprisait davantage.

Et puis l'idiote ne s'en souviendrait jamais ! elle ne le dirait pas, elle ne le savait pas. Elle s'était endormie au milieu de ses larmes. Elle n'avait pas compris l'offense, elle l'avait oubliée aussitôt qu'elle s'en était irritée. Elle ne trouverait d'ailleurs jamais un mot pour la révéler. Nul ne saurait la profanation, et nul ne se soucierait de la savoir ; car il n'y avait que lui, que lui au monde qui pût faire d'une idiote une femme, violer un enfant, polluer le marbre qui représentait l'innocence. C'est lui qui souffre de son crime, qui en porte la peine, qui en pâlit de honte ! Ce n'est pas Denise : pour elle, le crime sera comme s'il n'eût jamais été. Mais un homme dans toute sa force, dans toute sa raison, un homme qui se croyait vertueux, et qui maintenant n'est pas sûr d'avoir, à la place de Contrafatto, résisté à d'immondes tentations !

Et puis, la plus horrible de ses tortures, c'est la voix éteinte de Lazare, qui l'endort chaque soir de ce triste refrain :

« Qu'as-tu fait de ma fille ? »

Chapitre II
Moralité

Depuis longtemps Laorens ne lisait plus ; les feuilles du manuscrit étaient éparses auprès de lui, et il rêvait à ce récit, dont le secret avait eu sur la vie d'Horace une influence inexplicable. Après avoir marché quelques instants sur le sable de la rive, pour établir son jugement comme il avait promis de le faire, il s'achemina vers la tour du comte de D..., et trouva, à quelques pas du gîte, son ami qui l'attendait avec impatience. Horace, en le voyant venir, trouva que Laorens avait lu bien vite.

« Eh bien ! lui dit Horace avec anxiété.

« — Eh bien ! tu es un être singulier au premier abord, répondit Laorens en riant. Tu parais insaisissable, la première fois qu'on découvre ta tristesse au fond d'une écume de folie et de gaîté extraordinaire. Mais maintenant je crois lire en toi, et posséder le secret de ton âme, comme je possède celui de ta conduite.

« Tu fus vertueux, vertueux par principes, et ta jeunesse pouvait faire honte à la mienne. Autant ma vie était déjà dissipée, quand nous nous trouvâmes à Paris, autant la tienne était froide et retirée. Dans ce temps-là, je ne cherchais point à nier ta supériorité ; je la sentais, mais je n'en étais pas ébloui. Souviens-toi que je te disais d'être en garde contre ta vertu. Ma croyance était qu'on ne s'élève pas impunément au-dessus de ses semblables, et qu'on finit par payer par quelques travers du cœur la tension de l'esprit vers un ordre d'idées trop recherchées. Permets-moi d'être très-franc, et rappelle-toi que tu m'as imposé le devoir de te juger.

L'écueil des hommes à théorie, c'est l'orgueil ; mon ami, ce fut le tien. J'ai souvent cherché la cause de nos dissidences querelleuses, la voici. Tu ne me trouvais pas digne de toi, et tu voulais malgré moi me rendre tel. Peu à peu la vanité enfla ton cœur. Enseveli dans la retraite, tu avais été ignoré ou méconnu toute ta vie. Tu en ressentais quelque aigreur contre la société. Dès que tu fus placé en vue par ta richesse, tu te livras avec volupté aux occasions d'être admiré comme tu le méritais. Mais à mesure que ta réputation croissait, à mesure que tes belles qualités, longtemps enfouies, prenaient leur développement, ta vanité grossit à ton insu et tu devins encore plus cher à toi-même qu'aux autres… conviens-en ?

« Alors vint ton crime. Le hasard le fit, le hasard est un monstre ! Mais moi, homme vulgaire, je ne puis te haïr pour un forfait que j'aurais commis à ta place, et peut-être sans remords ; je suis artiste et libertin, j'ai des passions ardentes et ne raisonne pas : j'obéis à mes penchants. Ils produisent des fautes triviales, mais ils n'égarent pas mon jugement : lui, il est vierge, il n'a jamais servi ; quand j'en aurai besoin, je suis sûr de le trouver sain et intact.

« Pour toi, moraliste estimable, tu ne te vis pas plus tôt redevenu mortel fragile, que tu t'indignas contre toi-même, et la colère te rendit fou. Ton remords, c'est de l'amour-propre blessé. Et puis trop raide et trop orgueilleux pour pleurer, ne voulant point consentir à t'humilier par un repentir franc et sincère, tu cherchas à t'étourdir par tous les moyens possibles. Surpris de ce brusque changement, mais trop frivole pour en pénétrer la cause, je ne songeai d'abord qu'à m'en réjouir et à en profiter. Je riais comme un fou de ta soudaine perversité, j'y aidais de tout mon pouvoir, je te donnais hardiment l'exemple. Mais j'étais moins coupable que toi ; car j'étais scélérat par habitude et par besoin, toi par réflexion et par système. Ensuite j'ai été frappé de l'âcreté de tes joies et de la tristesse de ta gaîté. Je te l'ai dit ; mais nous n'avons jamais pu nous entendre : tu avais trop de fierté, moi pas assez d'empressement.

« Il paraît que la conscience est un ennemi mortel, un vengeur qui ne se lasse pas, un pédagogue qui férule jour et nuit, car tu ne pus jamais l'apaiser. Elle te poursuivit au milieu des plaisirs, au sein de l'ivresse, dont tu recherchais les capiteuses émotions pour fouetter ton sang douloureux. Elle te châtia cruellement, et la conscience, vois-tu, c'est moitié vertu, moitié orgueil ; moitié raison, moitié sottise.

« Puis, tu ne te sentis pas plus tôt malheureux que tu craignis de le paraître. Car avouer ton mal, toi, sublime philosophe, modèle de sérénité, c'était confesser ta chute, et tu aimais mieux devant nous devenir mauvais sujet par calcul que de l'avoir été par surprise. Les efforts que tu fis pour conserver ta réputation te la firent perdre ; car pour cacher une faute, tu en commis cent autres. Tous les vices que tu n'avais pas, tu parvins à les acquérir ; de la gaîté forcée, tu passas à la folie, à l'intempérance, au libertinage, et nous changeâmes de rôle : je fus *le moraliste, le sage* Laorens, et toi, *le débauché, l'immoral* Horace. C'était pure plaisanterie, mais encore y avait-il entre nous la différence d'un fou stupide à un fou furieux.

Enfin, tu essayas de t'absoudre en faussant ton jugement si âpre, en égarant ta conscience si prude ; tu épousas le vice, afin d'en faire l'apologie et d'émousser les remords par la satiété. Tu glissas bien vite sur cette pente fatale ; car tu y débutais avec des passions toutes neuves, toutes brûlantes, qu'à force de les comprimer tu possédais à ton insu ; et tu es arrivé au point d'être criminel pour avoir été homme de bien, tandis que j'arriverai un jour peut-être à être homme de bien, par ennui du métier que je fais maintenant en sens contraire. Amen ! Trouves-tu que je prêche bien ? »

Horace ne répondit point. À la tristesse profonde qui envahissait toutes ses pensées, il comprit que Laorens l'avait bien jugé. Car en ce moment l'amour-propre était en souffrance, et il le sentait. Il eût voulu se disculper, c'était impossible ; ressaisir sa supériorité sur Laorens, c'en était fait pour jamais. Il avait eu alternativement sur lui celle de la sagesse et celle de la folie. Maintenant le masque était tombé, il n'aurait plus le droit de dire : *Fais comme moi !* Car il se sentait tout petit devant le bon sens d'un homme sans mœurs. Tour à tour Caton et Méphistophélès, il n'était plus maintenant qu'un fanfaron de vertu, un bravache de perversité, moins encore : c'était un enfant que son précepteur venait de tancer, et qui boudait, les larmes aux yeux.

Mais après quelques instants de silence, il leva ses regards avec effort sur cet homme, qu'il craignait depuis un instant, et il trouva sur sa figure tant d'aménité, de prévenance et d'affection, qu'il se jeta dans ses bras avec le même abandon, le même transport que la veille.

« Je veux réparer ma faute, dit-il ; enseigne-moi le moyen.

« — Oh ! c'est facile, dit Laorens en l'embrassant. Jette tes faux habits, et redeviens toi-même. Ne sois plus un mauvais sujet, puisque tu n'as plus le courage de l'être avec sécurité ; seulement, en reprenant l'état d'homme de bien, garde la tolérance que tes fautes ont dû te donner. Laisse-moi persévérer dans la mauvaise voie, jusqu'à ce qu'il plaise à Dieu de m'en tirer. Je te pardonnerai ta vertu, si tu veux me passer mes crimes. Soyons ce que nous étions jadis l'un et l'autre, sauf l'indulgence dont l'essai de ta fragilité t'aura doté. Retourne à tes occupations, à tes devoirs, gère tes biens, sois maire de ton village, marguillier de ta paroisse, marie-toi, tâche d'être le père de tes enfants, explique-leur Cornélius Népos ; moi, je leur montrerai à faire des yeux et des oreilles, quand j'aurai le moyen de prendre des vacances. Recommande à ta noble épouse d'avoir de jolies soubrettes ; c'est une précaution excellente pour conserver sa vertu, et je te promets, à cette condition, de respecter religieusement la châtelaine. Voilà la vie qui te convient ; laisse aux pauvres diables comme moi les tripots, les ateliers, les tavernes et les coulisses. *Pardonne-toi*, tout sera réparé.

« — Je tâcherai, » dit Horace.

Ils se mirent en route pour Mortemont quelques jours après.

Chapitre III
La Dévote

« Ah ça ! dit Laorens à son ami, au moment où du fond d'une mauvaise patache, seul véhicule qu'ils eussent trouvé dans le pays, ils aperçurent les tourelles grises du noble castel de Mortemont, parlons de Rose : désormais nous le pouvons sans aigreur. Je n'ai pas le droit d'être susceptible, après la confiance que tu m'as témoignée. Je t'ai dit que j'avais osé me présenter chez ta sœur, parce que j'avais besoin de te voir, de me réconcilier avec toi ; mais je ne t'ai pas dit qu'une plus grande preuve de mon amitié, c'est d'en être parti le lendemain matin.

« — Cela veut dire que tu es encore amoureux de cette petite ?

« — Si je croyais trouver en toi un rival, je n'y songerais plus ; mais la manière dont elle m'a parlé de toi, le peu d'impression qu'elle me paraît avoir fait sur ton cœur...

« — Qui te l'a dit ?

« — Ah !... mais décide-toi donc !

« — Rassure-toi. J'ai eu à Tarbes, le matin qui a suivi le souper, un moment d'enthousiasme pour elle, ou peut-être pour moi. Rose est une adorable fille ; mais je l'estime trop pour l'aimer.

« — Ma foi ! l'un n'empêche pas l'autre. Une maîtresse vertueuse ! j'ai toujours rêvé cela. Si j'avais eu le temps et la patience, j'aurais voulu en chercher une.

« — Tu aurais grand tort ; tu ne l'aimerais pas.

« — Bah ! tu me dis cela pour m'empêcher de songer à ta protégée.

« — Je te demande très-franchement de n'y point songer. Je ne sais pas s'il serait possible de l'égarer maintenant qu'elle dépend d'elle-même ; mais ce serait dommage, en vérité, avec toutes les dispositions qu'elle a pour devenir une honnête femme. Tu ne l'épouserais pas ?

« — Non, que le diable m'emporte !

« — Laisse-la donc entrer au couvent, puisqu'elle dit vouloir prendre ce parti. Une fille comme elle serait malheureuse dans le vice.

« — Pourquoi le vice ? Je me suis promis que, du jour où je rencontrerais (le hasard peut faire ce miracle) une femme honnête qui s'arrangerait de moi pour amant, je lui serais fidèle tant qu'elle voudrait.

« — Et tu t'es persuadé cela ? Pour le coup, tu te calomnies. Autant vaudrait te marier : et dis-moi quel est l'époux qui garderait sa femme, s'il n'y était pas forcé ?

« — Tu ne te marieras donc pas, toi ? il me semble pourtant qu'une vie positive serait le meilleur remède à tes idées creuses.

« — Mais c'est possible ; et quoique je médise encore du mariage comme un nouveau converti qui a des retours de scélératesse, peut-être songerai-je à suivre ton conseil. La vue de ma bonne sœur achèvera peut-être aussi de me guérir. Je lui arrive dans de bonnes dispositions ; elle va me prêcher, cela t'amusera à entendre.

« — Pas trop… je crains… »

Pendant que les deux amis cheminaient vers le château de Mortemont, Rose faisait ses préparatifs pour le quitter. Il avait été décidé qu'elle entrerait au couvent ; l'archevêque avait demandé à mademoiselle Cazalès si sa protégée était bien née. Elle savait que tout l'intérêt de Monseigneur pour Rose dépendait de sa réponse à cette question. Elle l'avait donc fait passer pour la fille naturelle de personnes d'un haut rang, et tout en inventant cet innocent mensonge, la pieuse demoiselle demandait pardon à Dieu de servir son prochain aux dépens de la vérité.

D'après cette assertion, Monseigneur s'était engagé à faire entrer Rose au couvent des Augustines, dont il avait été longtemps le *directeur*, et dont il était le *supérieur*, depuis sa promotion à la dignité épiscopale ; c'est-à-dire qu'après avoir confessé ces saintes âmes, pendant qu'il était simple abbé, il laissait désormais ces soins charitables à des oreilles vulgaires, et conservait seulement un titre honorifique dans la communauté.

Cette maison religieuse était alors une des plus en vogue à Paris pour l'éducation des demoiselles de qualité. Il était difficile d'y faire admettre une jeune personne sans présenter sa généalogie. Mais tout était possible au *supérieur*, et en cette occasion le prélat ne fut pas fâché de dire plusieurs fois très-haut, dans le salon de mademoiselle Cazalès, et même dans ceux de la ville de Nérac, que le couvent des Augustines était la résidence la plus enviée des âmes pieuses, mais qu'on n'y entrait pas sans de puissantes protections. Alors la province fit mille commentaires sur la jolie protégée de mademoiselle Cazalès et de Monseigneur. On se pénétra vivement de son importance dans le monde ; au bout de très-peu de temps elle passa pour une fille naturelle du feu duc de Berry. D'où venait-elle ? On l'ignorait. Qui l'avait confiée à mademoiselle Cazalès ? Dieu seul le savait. Il y avait là-dessous un mystère impénétrable, un pouvoir occulte, mais suprême. Monseigneur de V… n'était venu à Nérac que chargé d'une mission supérieure pour l'emmener : devant le monde, il la traitait comme une personne ordinaire ; mais les domestiques, disait-on, assuraient l'avoir vu lui parler debout et avec toutes les marques d'un profond respect. Elle ne devait sortir du couvent que pour paraître à la cour avec le titre de gouvernante des enfants de France, ou au moins de *dame d'atours* de madame la duchesse de Berry.

Une telle ascension dans l'opinion des sots n'enorgueillit point la jeune comédienne. Elle était fière et non pas vaine, et d'ailleurs elle ignorait à quel point elle occupait l'oisive curiosité des Néraquois. Malgré les égards dont elle se voyait entourée, malgré les bontés de mademoiselle Cazalès, malgré sa volonté d'aimer le genre de vie qui s'ouvrait devant elle, un invincible ennui accablait son âme active. Cet avenir inconnu où elle se lançait la remplissait d'inquiétude. Elle dormait peu et passait les jours dans un insurmontable malaise. Ces conférences de dévotes qui remplissaient la vie de mademoiselle Cazalès l'accablaient de mortels bâillements ; ces figures de laquais qui la servaient avec un respect machinal à la table des maîtres, et qui l'eussent trouvée à peine digne de manger avec eux quelques jours auparavant, lui faisaient autant de mal que la haine servile de la Lenoir. Toute ignorante de la vie, dans l'âge où l'on vit de sensations, elle était forcée de vivre de calculs et de réflexions ; aussi chaque jour était pour elle une année d'expérience : chaque jour l'attristait en l'éclairant.

Mademoiselle Cazalès elle-même, avec sa grâce affectueuse qu'elle prodiguait peut-être un peu trop indistinctement, lui semblait avoir des instants de hauteur et de sécheresse ; elle en repoussait l'idée dans la crainte d'ouvrir son cœur à l'ingratitude ; mais, malgré elle, une sensation de froid traversait ses moments d'illusion et d'épanchement : il lui semblait que chez cette femme la bonté était un système et non un penchant. Un jour qu'elle baisait les mains de sa protectrice, en lui demandant comment elle pourrait se montrer digne de ses bontés : « Ma chère petite, répondit mademoiselle Cazalès, si vous étiez ingrate, Dieu se chargerait de me récompenser. Les avances qu'on fait dans la voie du salut ne sont jamais perdues. »

« Ainsi, pensa Rose, c'est pour gagner le ciel qu'elle veut sauver mon âme : c'est moins pour moi qu'elle travaille que pour elle-même ; et s'il n'y avait pas profit pour elle à m'aimer, elle ne m'aimerait pas… Il n'y a peut-être pas grande différence entre cette amitié-là et celle de ma mère. »

Il y avait quinze jours que Rose était à Mortemont, et son départ pour Paris était fixé à huit jours de là. Mademoiselle Cazalès la prit un matin par le bras et l'emmena au fond du parc. Il y avait dans ses manières une sorte de solennité qui d'avance mit la jeune fille dans la gêne.

« Ma chère enfant, dit-elle, lorsque mon frère m'écrivit pour vous confier à mon amitié, il me prévint que dans la crainte des mauvais propos si faciles à faire naître dans la province, il attendrait votre départ pour rentrer dans sa maison… Ne vous en a-t-il pas prévenue en vous quittant ? »

Rose sentit qu'elle pâlissait.

« Je suis fâchée, répondit-elle, d'être pour M. Cazalès un sujet de dérangement et de contrariété. C'est bien mal payer ses bontés pour moi : mais comment une pauvre fille comme moi pourrait-elle fixer l'attention du public ?

« — C'est précisément pour cela que vous la fixerez. Si vous étiez assez riche pour être recherchée en mariage pour des intérêts *temporels*, vous passeriez peut-être pour ma future belle-sœur, et votre réputation ni la mienne n'en souffriraient. Mais pauvre comme vous l'êtes, le public, toujours porté à juger sans esprit de charité, vous verrait d'un mauvais œil sous le même toit qu'un jeune homme, et je passerais pour imprudente en vous exposant à des jugements défavorables. »

Ce langage choquait Rose.

« Eh bien ! mademoiselle, je partirai dès que vous l'ordonnerez, répondit-elle d'un air respectueux, mais froid.

« — Oh ! ce n'est pas là ce que je veux dire, reprit mademoiselle Cazalès, en reprenant l'expression caressante à l'aide de laquelle elle savait embellir sa laideur. Vous ne partirez qu'à l'époque que nous avons fixée ; seulement permettez à mon amitié une mesure de prudence contre la calomnie. Mon frère arrive demain avec un de ses amis, que vous avez dû voir ici le même jour que Monseigneur. Allez passer le peu de jours qui vous séparent de votre voyage dans ma maison, à Nérac. Vous y serez aussi bien qu'ici. Vous serez servie par Mariette, une digne et excellente femme qui a nourri mon frère et moi, et qui vous soignera comme son enfant.

« — Vos désirs sont des ordres pour moi, répondit Rose, qui avait appris cette phrase dans quelque comédie classique. Je vous dois tout, ajouta-t-elle ; partout, je penserai à vous et à M. Cazalès.

« — Puisque nous allons nous séparer, ma chère enfant, dit mademoiselle Cazalès, écoutez les conseils de mon amitié. Vous allez entrer dans une sainte maison ; vous y serez accueillie avec indulgence et charité. Montrez-vous-en toujours digne, et pour cela évitez de contrarier les principes austères des personnes pures qui vous admettent dans leur sein. Évitez tout retour de parole et de pensée sur votre ancienne vie. Ces excellentes religieuses sauraient apprécier le mérite bien grand et bien réel que vous avez eu à l'abandonner ; mais les jeunes personnes de votre âge, moins éclairées dans leur piété, moins parfaites dans leur vertu, oseraient peut-être douter de la vôtre en apprenant les écueils dont vous êtes sortie victorieuse. Croyez-moi ; ne dites rien de ce qui est derrière vous : ces souvenirs ne peuvent que vous être pénibles ; éludez toute question, ne laissez rien deviner de votre origine, vous vous en repentiriez. Je ne voudrais pas vous voir trahir la vérité par de faux récits ; mais que vos réponses soient prudentes et réservées. Vous allez entrer au couvent sous le nom de mademoiselle Rose de Beaumont ; oubliez à jamais que vous en avez eu un autre.

« — J'avais songé à ce que vous avez la bonté de me dicter, répondit Rose. Permettez-moi de vous embrasser...

« — De tout mon cœur, ma chère enfant ; mais écoutez : soyez pieuse, ma petite, soyez pieuse. Mademoiselle Lenoir m'a dit que vous vous mettiez au lit sans faire votre prière : ce n'est pas bien. Vous êtes excusable en ce que vous n'avez reçu aucune espèce d'instruction chrétienne. Vous allez être à même de réparer le tort de vos parents ; mettez à profit la parole de Dieu, et soyez sûr qu'il n'est point de vertu méritoire devant le Seigneur, si elle n'a pour but de gagner le ciel. »

Il semblait à Rose, au contraire, que cet intérêt personnel en effaçait le mérite. Elle s'éloignait, triste et abattue, lorsque mademoiselle Cazalès la rappela.

« J'ai encore un mot à vous dire, un mot qui a besoin de toute votre délicatesse pour être pris en bonne part. Promettez-moi d'éviter mon frère, si vous le rencontrez à Nérac, pendant les jours qui vont s'écouler avant notre séparation définitive.

« — Je vous le promets, madame, répondit Rose mortellement froissée, mais calme et maîtresse d'elle-même. Je me ferai toujours un devoir de vous obéir, lors même que je ne comprendrais pas le motif de vos ordres.

« — Oh ! ce n'est pas que je craigne la moindre imprudence de votre part, ma chère petite ; mais vous comprenez bien que lorsque toute union légitime est impossible entre deux personnes de sexe différent, on ne saurait avoir trop de prudence vis-à-vis du monde.

« — Je sais cela, madame, » répondit la jeune fille avec une douleur concentrée.

Le lendemain matin, Rose s'éveilla à Nérac, dans une grande maison, triste comme l'abandon. C'était la plus belle de la ville ; il y avait deux glaces dans chaque appartement, et des meubles tout récemment arrivés de Paris. Aussi, pour ménager la fraîcheur du papier, les volets étaient constamment fermés ; les candélabres étaient couverts de toile, pour préserver les dorures de l'humidité ; les fauteuils couverts de housse, pour empêcher les velours de se *piquer*. Les glaces étaient couvertes de gazes, les tableaux avaient des stores de coutil, les cadres étaient garnis de papier de soie ; les chenets de bronze avaient des moules en fer-blanc. Toute cette maison était emballée comme pour un jour de départ. À force de soins, on n'y jouissait de rien : on n'y voyait pas le jour, et on y avait froid au milieu de l'été, sous le ciel de Nérac, comme dans le fond d'une cave. On y était mal à son aise, on n'osait y marcher, on ne savait pas où s'asseoir. Il y avait de quoi faire prendre le luxe en horreur et la propreté en dégoût.

« Si dans mon état, pensa Rose, ma mère ne m'eût pas toujours poussée sur le bord d'un abîme, j'aurais été plus heureuse qu'ici. Le grand air, les voyages, le bruit, le mouvement, tout cela c'était vivre. Maintenant je suis comme un cheval qu'on laisse dans un pré en lui attachant les deux pieds. Je suis prisonnière sur parole, et si je fais un pas, on me menace du mépris public. Je ne suis pas née pour le bonheur, je le vois bien. »

Mais une pensée plus triste encore avait envahi son cœur. Avec des sens muets, Rose avait une tête ardente ; Horace était beau, jeune et généreux ; il l'avait sauvée, elle le trouvait supérieur à Saint-Preux. Elle avait rêvé la vertu dans l'amour, et depuis le jour où elle avait trouvé un protecteur, elle n'avait qu'une seule pensée, sublime et romanesque, celle d'aimer sans retour.

Les dons de son bienfaiteur ne l'avaient point humiliée. Elle n'espérait pas qu'il pût être son époux, elle ne voulait point d'amant ; le seul lien qu'elle pût avoir avec lui, c'étaient ses bienfaits. Elle les aimait, et voulait suivre la route qu'il lui avait indiquée, sinon par goût, du moins par reconnaissance. Tout ce qui était extraordinaire et difficile était du ressort de cette jeune fille, jalouse dès son enfance de s'élever à ses propres yeux, parce que dès son enfance tout avait tendu à la rabaisser aux yeux d'autrui. En cela Rose n'était point un phénomène ; elle avait de l'amour-propre bien entendu, voilà tout. Il n'est pas d'homme dont on ne fasse un brave en l'appelant poltron. Elle avait donc volontairement accepté l'obligation d'être supérieure, et comme c'était le résultat de toutes les idées de sa vie, elle s'empara d'un rôle héroïque presque sans s'en douter. Cette manière d'envisager sa position et ses devoirs ne lui coûtait pas : dans une âme dont la force était aussi neuve, l'amour était un sentiment et non une passion. Elle ne se sentait point au-dessous de sa destinée ; elle avait, si l'on peut parler ainsi, l'instinct des sacrifices.

Aussi, quand mademoiselle Cazalès s'efforça de lui faire comprendre de sa situation tout ce qu'elle aurait compris d'elle-même, elle blessa cette fierté délicate et susceptible ; mais ce dont Rose souffrit le plus, ce fut le soin cruel que prit sa protectrice de lui faire sentir les obstacles qui la séparaient d'Horace ; elle trouva humiliant d'être soupçonnée de les avoir méconnus ; et lorsqu'elle attendait son bienfaiteur avec toute la fermeté de sa raison, toute la puissance de sa volonté, elle fut offensée de la méfiance avec laquelle on l'éloignait de lui.

« Croit-elle donc, disait-elle, que je sois une intrigante, et que j'aie joué la vertu pour me faire épouser ? Pense-t-elle que son frère coure auprès de moi le danger d'être accaparé par une comédienne ? Quoi ! j'ai été en sa puissance, j'en suis sortie pure, et maintenant je dois craindre son regard et fuir son approche ! je n'aurai pas le droit de le remercier, de lui montrer que je mérite son estime ! On m'enferme comme une dangereuse étourdie, qui a été sage un jour par hasard : ma force ne peut subir qu'une épreuve ! »

Elle résolut de lui écrire, de lui dire qu'en évitant sa présence, elle obéissait à des lois qu'elle ne comprenait pas, mais qu'elle l'aimerait toute sa vie ; qu'à cent lieues de lui, au fond d'un couvent, engagée par des vœux éternels (car elle trouvait dans cette feinte résolution une manière de faire comprendre sa fierté sans la dire), elle le placerait entre Dieu et son cœur pour le bénir à tous les instants.

Mais elle ne savait pas un mot d'orthographe, et craignit de faire une lettre de grisette ; elle avait joué ce rôle dans certaines pièces, et elle l'avait trouvé ridicule.

Alors elle pleura de découragement, de colère et de regrets.

Chapitre IV
Du Mariage

Il y avait deux jours qu'Horace faisait, sous le toit paternel, de beaux rêves de vertu souvent égayés par les maximes bouffonnement morales de Laorens, lorsqu'ils reçurent la visite du lieutenant Lespinasse.

« Je viens vous demander conseil, leur dit-il. J'ai mené jusqu'ici la vie d'un fou. Par je ne sais quelle méprise de la providence jésuitique qui nous gouverne, j'ai été oublié dans les anathèmes de la destitution. Pour comble de bonheur, j'ai eu une querelle d'Allemand avec un archevêque qui m'a traité comme un crocheteur, et qui, pour réparer aux yeux de Dieu la faute de s'être mis en colère, m'a promis le grade de capitaine. Comme la réputation de Monseigneur est intéressée à cette preuve de charité chrétienne et de miséricorde apostolique, mon brevet arrivera bientôt, n'en doutez pas. Mais cette élévation m'engage à une conduite un peu plus exemplaire. Tous les maris ne se battent pas en duel ; mais il y en a qui vous appellent en réparation d'honneur devant le tribunal secret de la congrégation. C'est pourquoi je veux désormais respecter la femme d'autrui et n'adorer que la mienne. N'est-ce pas *gentil* de ma part ?

« — Tu es adorable toi-même, répondit Laorens. Tu viens nous demander si tu dois te marier, n'est-ce pas ? mais c'est à condition que nous approuverons l'envie que tu en as. Ah ! Panurge !

« — Si je n'étais pas amoureux, et amoureux pour le bon motif, je n'aurais peut-être pas de si beaux projets de conversion. C'est donc sur mon amour, et non sur mon mariage, que je viens vous consulter ; car mon mariage se fera si mon amour est écouté. Je suis épris, mais tout de bon, d'une jeune personne que j'ai vue ici, et qui m'a paru ravissante. Mademoiselle Cazalès m'a dit qu'elle était fort recommandable et fort intéressante sous tous les rapports, qu'elle était orpheline, sans fortune et sans famille. Pour toutes ces raisons on la met au couvent. Mordieu ! c'est trop dommage ! Je n'ai rien non plus, mais j'ai un état. Une femme aussi modeste, aussi raisonnable qu'elle le paraît, pourrait vivre en province avec moi sur un certain pied. Si j'ai des enfants, les filles entreront à Saint-Denis. Les fils auront des bourses ; le pis-aller serait d'en faire de bons petits gendarmes. En un mot, je veux me ranger. Je cherche une femme. Je veux autant que possible conserver mon indépendance ; par conséquent, la femme qui aura le moins de parents sera celle qui me conviendra le mieux. En outre, je veux qu'elle me fasse un certain honneur dans le monde, et qu'on ne dise pas : Voyez cet imbécile de Lespinasse qui a voulu gagner le ciel ; il a pris une femme pour faire pénitence. Je veux qu'on dise au contraire : Voyez-vous ce diable de Lespinasse, comme il a épousé une jolie femme ! ce gaillard-là n'en fait jamais d'autres ! Enfin je ne puis mieux choisir que mademoiselle de Beaumont. Sous la protection de Monseigneur, ma femme et moi nous pourrons arriver à un joli sort. Il n'y a plus qu'une légère difficulté. Mon mariage est à moitié fait comme le mariage d'Arlequin. Je viens demander à Horace s'il pense que je serai écouté. Je ne veux pas mettre aux pieds de la belle mon cœur et ma main si je prévois un refus.

« — Mais pourquoi pas ? s'écria Horace. Je vais en parler à ma sœur, si tu veux, dès ce soir. Ensuite nous la chargerons d'en faire la proposition à sa protégée.

« — Es-tu fou, dit Laorens, lorsque Lespinasse fut parti ? Tu renonces à toute prétention sur la reconnaissance de cette jolie fille ; c'est très-bien. Il y a là de quoi t'absoudre pour l'éternité de toutes tes fautes passées. Tu t'engages aussi pour ma vertu ; c'est flatteur pour moi, sinon agréable. Mais quelque sûr que tu sois de la persévérance de Rose à fuir la voie de perdition dont tu l'as retirée, crois-tu que Lespinasse aura la même confiance dans l'avenir lorsqu'il saura le passé ? car tu n'imagines pas accepter de la part de Rose le moindre engagement, sans avoir dit au prétendant que mademoiselle de Beaumont descend des planches en ligne directe par la route de Tarbes ?

« — Sans doute ; mais je suis sûr d'une chose : c'est que Rose mérite d'être aimée en dépit de toute présomption, et que Lespinasse est un homme de bon sens.

« — Qui persistera à l'épouser *quand même ?*

« — Oui…

« — Voilà une fameuse bêtise ! si Rose avait été comédienne en Italie seulement, ou à Bruxelles, on pourrait bien l'ignorer longtemps au pied des Pyrénées. Alors ce serait comme n'étant pas. Mais quand on saura que mademoiselle de Beaumont était Rose Primerose, à quarante lieues d'ici, on dira que le malheureux Lespinasse a été pris pour dupe, que tu lui as fait épouser ta maîtresse ; que sais-je ? On dira que la congrégation s'en est mêlée, comme cela arrive souvent ; qu'il a consenti à couvrir une faute de la demoiselle avec son nom, et l'honneur d'un prélat avec le sien ; qu'il ne doit qu'à cette bassesse le grade de capitaine de gendarmerie, et Lespinasse sera déshonoré pour avoir épousé une très-honnête fille.

« — Tout ce que tu dis-là est très-vrai, et je sais qu'en province un homme ne peut passer pour un lâche sans avoir une triste existence. Mais la calomnie est un monstre qui ne naît pas viable. Elle effraie d'abord ; et puis quand tout le monde l'a vue, touchée, examinée, colportée, elle s'éteint d'elle-même, et l'on n'y pense plus. Elle prend comme un incendie, mais elle meurt de même.

« — À ce compte, dit Laorens, tu pourrais épouser Rose !

« — Très-certainement.

« — Allons ! quelle folie ! moi, à la bonne heure, si j'avais de quoi nourrir ses enfants, et si elle entrait au Théâtre-Français ; ce serait un mariage d'artiste. À nous autres, tout est permis. Le mariage est même devenu d'un assez bon genre dans les arts. Mais toi, un respectable provincial, le seigneur de Mortemont ! c'en serait fait à jamais de ton avenir. Il n'y aurait plus moyen d'être le maire de ton endroit et le marguillier de ta paroisse. Ta femme aurait de la peine à trouver des couturières qui voulussent venir en journée chez elle, et les femmes de rats de cave ne voudraient pas manger à sa table.

« — Il y aurait bien moyen d'empêcher tout cela. Ce serait de donner de bons dîners, de n'y pas inviter tout le monde, afin de faire des envieux, et de faire célébrer ton mariage en grand pontificat dans l'église de Nérac par l'archevêque, qui ne demanderait pas mieux, pour peu qu'on sût y intéresser sa vanité.

« — Petites gens ! cela fait mal au cœur. Comment peut-on vivre ailleurs qu'à Paris ?

« — À Paris l'on est moins bête, mais on est peut-être aussi sot. À la place de Lespinasse, voici ce que je ferais. Je ne chercherais nullement à cacher le nom et l'ancien état de ma femme. Je ne laisserais pas à leur stupide malice le plaisir de le deviner. J'en répandrais hautement le bruit ; et même, avant mon mariage, je me mettrais en quatre, en vingt, en mille pour le dire moi-même à tous les passants ; je paierais des sifflets pour me bafouer ; enfin je ferais *mousser* le scandale, et le lendemain de mes noces il n'en serait plus question. La province en serait déjà fatiguée, et, connaissant mon effronterie, ne prendrait point la peine de chercher à m'en faire rougir.

« — Avec un plan si bien tracé, avec une telle force pour résister à l'opinion, comment diable ne l'épouses-tu pas toi-même ?

« — C'est que je ne suis pas décidé à me marier.

« — Je crois que tu veux soutenir un paradoxe. Tu n'épouserais pas une comédienne ambulante, prise sous l'habit flasque et la perruque crasseuse d'un père noble. Pour un mariage légitime, c'est une première entrevue par trop bouffonne ; et pour ceux qui se trouveraient avoir été à la comédie le vingt mai dernier à Tarbes, ce souvenir ferait un singulier contraste avec la robe de blonde et le bouquet de perles de ta virginale épouse.

« — Eh bien ! ce serait piquant, ce serait la manière la moins bête de se marier. En attendant, je veux que Lespinasse voie Rose, qu'il ait le temps de la connaître, de l'apprécier ; et s'il continue à en être amoureux, nous lui dirons la vérité. C'est la seule manière de concilier l'intérêt que je porte à Rose avec l'amitié que j'ai pour le lieutenant. »

Horace consulta sa sœur le soir même. Il ne put la décider à rappeler Rose au château. Quand il s'agissait de ses principes d'austérité, la douceur habituelle de mademoiselle Cazalès se changeait en une fermeté opiniâtre. Horace avait pris l'habitude dès l'enfance de n'écouter dans la maison d'autre volonté que la sienne. Elle avait sur lui l'ascendant de la persévérance dans les idées, supériorité qu'elle devait à la froideur de ses sensations.

Cependant, jusque-là, tant de modération, de concessions mutuelles, d'accord, avaient régné dans leur intimité, que Cazalès croyait impossible qu'il en fût jamais autrement. Pendant deux ans il avait été mauvais sujet, mais au dehors, en voyage, et toujours assez loin pour ménager les principes sévères et la dévotion de sa sœur.

« Ma chère Ursule, lui dit-il, puisque tu ne veux pas revenir sur une détermination prise, entendons-nous pour que, d'une autre manière, Lespinasse ait une entrevue avec Rose. Allons tous demain à la messe, à Nérac. En sortant de l'église, nous irons naturellement déjeuner dans ta maison : Lespinasse viendra t'y rendre ses devoirs, et personne ne soupçonnera la vérité. »

Les choses furent ainsi réglées et mises à exécution.

Le lendemain, Rose vit entrer dans la cour de la grande maison de Nérac la calèche de mademoiselle Cazalès. La famille s'était fait descendre à la porte de l'église, et le cocher prévint Mariette qu'elle eût à préparer le déjeuner. Rose l'entendit de sa chambre nommer les personnes dont il fallait mettre le couvert, et au nom de M. Cazalès son cœur se crispa d'une émotion moitié douloureuse, moitié ravissante. « Je devrais peut-être aller les joindre à la messe, pensa-t-elle, afin de faire plaisir à ma bienfaitrice, qui me gronde de mon impiété. » Mais elle pensa aussitôt qu'elle aurait tort d'aller au devant d'Horace ; et, quoique ce fût la chose que celui-ci aurait peut-être envisagée avec le moins de fatuité, elle n'osa jamais s'y décider.

La messe lui parut horriblement longue. Elle roula dans sa tête l'idée romanesque de s'envelopper de la mante de Mariette, d'entrer par la petite porte de l'église, et d'aller s'agenouiller derrière quelque pilier d'où elle pût le voir sans en être vue. Elle l'avait si peu regardé, et il lui avait semblé si beau au moment où il l'avait confiée à la sœur Olympie !

« Je l'aime, disait-elle, et je connais à peine ses traits ; et cependant je le reconnaîtrais entre mille ; mon cœur battrait à son approche, et me dirait : C'est celui-là ! »

Deux fois la cloche de la paroisse sonna. Elle crut que c'était la fin de la messe, et dans son émotion elle fut forcée de s'asseoir ; mais c'étaient la communion et le *Sanctus* : Rose connaissait fort peu le rite. Enfin la quantité de monde qui défilait dans la rue lui annonça que la messe était dite. Cachée derrière le rideau de sa croisée, et regardant par la fente, elle vit entrer dans la maison mademoiselle Cazalès, à qui Lespinasse donnait le bras. Laorens marchait lentement derrière eux ; il tenait un livre d'église, et avec un crayon il faisait des moustaches aux figures des saintes représentées sur les estampes. Horace n'était point là.

Rose n'en fut pas fâchée. Elle sentit qu'elle avait le temps de reprendre un maintien calme avant son arrivée. Mais il ne vint pas. Au moment de se mettre à table, Mathias vint dire que son maître avait une affaire en ville, et qu'il retournerait à la campagne de son côté avec un de ses amis. Le fait est qu'au sortir de l'église, en voyant la figure radieuse de Lespinasse, il avait été saisi d'un mouvement de chagrin qu'il ne put s'expliquer à lui-même. Résolu à vaincre cette folie, il se décida à ne point voir Rose.

Au moment où elle entendit qu'il ne viendrait pas, elle comprit qu'il la fuyait ; mais elle en interpréta le motif à contre-sens. Elle devint pâle, et faillit laisser tomber la théière qu'elle préparait. Aussitôt elle rencontra les yeux bleus de Laorens, qui semblaient la pénétrer. Elle sentit qu'il fallait de la force ; se laisser deviner eût été pour elle la dernière des humiliations. Elle reprit donc tout son sang-froid. Encouragée par une bienveillance plus recherchée que de coutume de la part de mademoiselle Cazalès, elle prit part à la conversation. Quoique absolument ignorante des règles de la langue, elle s'exprimait purement quand elle voulait s'en donner la peine. Elle devait cette faculté à l'habitude du théâtre, à la lecture de Julie, et aussi à la conversation de sa mère, qui, ayant vu dans sa vie de femme entretenue des jours meilleurs et un monde plus choisi, rendait souvent ses idées les plus viles dans un langage élevé. Laorens fut plus surpris de l'esprit et des manières de Rose que Lespinasse, qui la croyait mademoiselle de Beaumont.

« Il est probable, pensa Laorens, que s'il savait le contraire, elle perdrait dans son esprit ; et cependant c'est le moment d'apprécier ce qu'elle vaut. »

« J'en suis fou, dit le lieutenant, lorsqu'ils se retrouvèrent tous trois le soir à Mortemont. »

Horace lui apprit la vérité. Lespinasse n'avait pas un grand esprit. Cette révélation l'étourdit ; mais il avait beaucoup de bon sens et de caractère ; l'approbation d'Horace le décida. Le lendemain mademoiselle Cazalès, dont il bénit l'obligeance, alla trouver Rose, et lui exposa la demande du lieutenant. Cette proposition n'étonna point la jeune fille. Elle avait une certaine expérience du regard des hommes, et elle avait compris le regard passionné de Lespinasse ; mais sa réponse surprit mademoiselle Cazalès.

« Ma chère dame, lui répondit-elle, il faudrait consulter mademoiselle de Beaumont ; mais je ne la connais pas. »

Mademoiselle Cazalès lui apprit que le lieutenant n'ignorait rien, et persistait dans ses intentions. Ce fut au tour de Rose à s'étonner.

« Eh bien ! dit-elle, après un instant de silence, c'est un homme de cœur, et je l'estime. Veuillez lui dire que je suis reconnaissante et que je me souviendrai toujours de lui ; mais je ne veux point me marier. »

Toutes les représentations de sa protectrice furent inutiles. Elle persista dans la résolution de se faire religieuse. Mais elle voulait qu'Horace fût bien sûr qu'elle n'avait pas la prétention d'être sa femme.

Lorsque cette réponse imprévue vint renverser toutes les espérances de Lespinasse, et, comme de juste, augmenter l'idée qu'il s'était faite de son bonheur, Horace en ce moment, debout contre la cheminée du salon, ne trouva pas une parole. Il devint sérieux, rêveur ; et comme Lespinasse l'était aussi, il trouva moyen d'être *convenable* en lui disant plusieurs fois : « Parbleu ! mon ami, je suis affligé de voir manquer, ton projet. Il me souriait pour toi ; c'est désagréable ! »

Pour Laorens, il déclara que Rose était une petite sotte.

Horace ne dormit pas bien. Il se demanda vingt fois le motif du refus de Rose. Il tenait la réponse, mais il n'osa pas se la faire. Il se persuada qu'il était de son devoir d'éclaircir cette bizarrerie. Il n'aurait pas rempli envers Rose toutes les conditions de l'amitié qu'il lui avait jurée, s'il ne lui représentait pas les avantages du parti qu'on lui offrait, s'il négligeait par indifférence ou par fausse délicatesse de l'éclairer sur ses véritables intérêts.

Le lendemain de bonne heure il fit seller son cheval, et sans rien dire à personne il se rendit à Nérac.

Rose avait passé la nuit dans les larmes ; elle dormait depuis peu d'instants, lorsque Mariette vint lui dire que M. Cazalès la demandait au salon.

À ce nom, elle se dressa sur son lit, et se le fit dire deux fois, croyant rêver. Mais en s'habillant elle se trouva plus blessée que charmée de cette visite. Pourquoi venait-il la voir si matin et comme en cachette, lorsqu'il ne daignait pas la traiter comme une simple connaissance devant le public ? Toute la nuit la douleur avait brisé son âme, sa fierté blessée la releva tout d'un coup. Elle se présenta devant lui digne et froide. Elle tremblait en mettant la main sur le bouton de la porte ; mais en voyant Horace, elle se trouva aussi calme que si c'eût été Lespinasse.

En la voyant si convenablement mise, Horace découvrit en elle plus de grâce et de beauté qu'il n'en avait gardé le souvenir. Sa tournure noble et décente le frappa. Son cœur lui demanda pourquoi il venait parler pour un autre. Il fut donc gauche dans ses remontrances, et la honte qu'il éprouvait malgré lui de jouer un rôle de pédagogue le rendit presque glacial.

Plus habile et plus éloquente parce qu'elle se sentait supérieure à lui dans cet instant, Rose sut lui témoigner sa reconnaissance sans lui laisser soupçonner son amour. Trois jours avant elle eût aimé à le lui laisser deviner. Tout en se sacrifiant, elle eût été fière de lui montrer de quoi elle était capable. Maintenant elle craignait qu'il ne s'en doutât ; elle ne le jugeait plus digne de comprendre toute son âme. Elle parla de religion ; elle sut se rappeler quelques mots de l'argot théologique qu'elle entendait parler à mademoiselle Cazalès et à mademoiselle Lenoir. Elle dit que la grâce avait touché son cœur, et qu'elle voulait prendre Dieu seul pour époux.

Cette manière d'envisager la résolution de Rose déplut à Horace. Il y trouva quelque chose d'étroit qui blessait sa raison et peut-être son amour-propre. Il devint plus froid encore, et lorsqu'il fut sorti, Rose ne l'aimait plus.

« C'est singulier, dit-elle, je l'avais vu plus beau que cela. Il m'avait semblé plus grand de toute la tête. »

Pour lui, il s'étonnait de la trouver extérieurement si supérieure à sa destinée. « Mais elle n'a pas d'âme, pensa-t-il. Elle est née froide, et sa vertu n'est qu'une organisation particulière ; l'éducation affreuse que sa mère a voulu lui donner a produit l'excès contraire. Cela se voit tous les jours ; les avares ont des enfants prodigues. »

Trois jours après, Rose partit pour Paris sous la garde de Mariette.

Chapitre V
Le Couvent

Il faut bien se garder de juger les couvents d'aujourd'hui par ceux d'autrefois. Les livres sont pleins des larmes et des soupirs des recluses. Sans prétendre que le bonheur habite plus spécialement parmi elles que parmi les esclaves de l'opinion, j'oserai avancer sur la parole de Rose que le couvent des Augustines n'était pas plus qu'aucun autre, à l'époque monarchique et religieuse de 1825, *un séjour de douleur, de larmes et de cris*.

Elle en approchait avec terreur, elle frémissait de renoncer à cette liberté errante qui était chez elle une seconde nature, et dont la privation s'était fait si vivement sentir à Nérac et jusque sous les beaux ombrages de Mortemont. Elle ne se faisait d'ailleurs aucune idée distincte de l'existence qui allait s'ouvrir devant elle. Sa mère, pour l'empêcher de quitter le sentier du vice, lui avait peint celui de la vertu sous des couleurs ridiculement terribles. Rose avait pris l'habitude d'être sourde à l'éloquence de mademoiselle Primerose, mais elle n'avait pu s'empêcher de trembler à l'idée de la claustration. Cette terreur d'enfant, toujours mise en avant par sa mère pour la retenir dans sa dépendance, était peut-être la cause de la soumission désespérée que Rose s'était imposée la nuit du souper à Tarbes. Depuis, mademoiselle Cazalès l'avait rassurée, et, sans avoir détruit toutes ses répugnances, lui avait fait comprendre qu'il n'y avait point de milieu pour elle entre le cloître et les coulisses, puisqu'elle n'avait dans le monde ni amis, ni famille. Rose trouvait bien dans ce raisonnement un peu d'égoïsme et de dureté ; il lui semblait que l'amitié de mademoiselle Cazalès, se bornant à quelques jours d'hospitalité et à des conseils de dévote, était loin de répondre à ce qu'Horace lui avait promis de la part de son excellente sœur. À cette réflexion pénible vint se mêler le sentiment des froideurs de l'homme qu'elle avait cru aimer passionnément. Rose n'avait pas espéré plus haut qu'à s'en faire un ami, un protecteur. Le moindre témoignage d'intérêt et de bienveillance l'eût consolée de sa résolution héroïque de l'aimer en silence. Elle eût consenti, malgré sa fierté naturelle, à rester à Mortemont sur le pied de subalterne ; pourvu qu'elle eût pu voir Horace tous les jours et souffrir sous le même toit que lui toutes les épreuves d'un amour méconnu, elle eût servi de femme de chambre à la femme qu'il aurait épousée. Elle lui eût été dévouée, fidèle, soumise ; du moins elle le croyait. Cela était conforme à ses idées de roman. En lui faisant une pension de mille écus et en la reléguant dans un cloître, sous prétexte de lui faire une existence honorable et indépendante, on se débarrassait d'elle et on la jetait dans un affreux isolement. Elle commençait à se sentir humiliée des bienfaits d'Horace. Réduite à 300 francs de gages et à la jouissance d'une petite chambre de domestique au château de Mortemont, ils lui eussent semblé si doux ! Elle eût été plus triste encore si elle eût pu deviner qu'elle ne devait la capricieuse magnificence de son bienfaiteur qu'à un remords de sa conscience dont il cherchait à s'affranchir par des aumônes.

Elle tremblait donc de tous ses membres lorsque le fiacre qui la conduisait s'arrêta devant une porte peinte en jaune sur laquelle était affichée une collection d'*avis aux fidèles* et de *circulaires pastorales*. Des polissons du quartier s'étaient plu à orner les marges de ces pieuses proclamations de certaines devises obscènes que l'on rencontre sur tous les murs de Paris. Rose et Mariette qui l'accompagnait montèrent une vingtaine de marches et se trouvèrent dans une petite cour carrée sur laquelle aucune pièce du bâtiment n'avait vue. Ce carré de murs sans croisées était le seul aspect triste du couvent ; le parloir, quoique sombre, était d'une excessive propreté, et la grille en bois, sans rideaux et à barres fort espacées, vain simulacre des grilles qui servirent de texte à tant de vers pathétiques et de romances sentimentales, semblait vraiment n'être là que pour la forme. Néanmoins Mariette, qui n'avait rien vu de semblable, même au couvent du Sacré-Cœur à Bordeaux, s'écria que cela ressemblait aux loges du Jardin des Plantes, qu'elle avait vu la veille.

Une femme ensevelie sous un grand chapeau de sparterie malpropre vint leur parler de l'autre côté de la grille. Elle louchait de manière à ce que Rose et Mariette, placées à une certaine distance l'une de l'autre, purent croire qu'elle les regardait toutes deux à la fois. Cette figure déplut à Rose. Il y avait dans sa voix quelque chose de doucereux et d'hypocrite, comme la dévotion payée.

« Madame la supérieure est à l'office, leur dit-elle ; veuillez vous asseoir en l'attendant ; dans vingt petites minutes *none* sera terminée, *sexte* vient de sonner. »

Rose, qui ne comprenait rien à cette définition, s'assit tristement ; au même instant elle vit entrer un jeune homme grand, pâle et brun. Il avait la tête pointue, le nez long et les yeux rouges. Quant à sa démarche, Rose ne se souvint pas d'avoir jamais vu marcher ainsi.

« Je demande, dit-il en grasseyant, mademoiselle de Ventadour, ma sœur.

« — Ah ! monsieur, dit la personne louche qui était de l'autre côté, occupée à broder, vous venez pendant la leçon de dessin.

« — J'en suis bien fâché, répondit-il sèchement. Faites-moi le plaisir de l'appeler. »

Quand elle fut sortie, il jeta sur Rose un regard qui la fit rougir de colère, et il s'occupa, pendant le reste du temps qui s'écoula jusqu'à l'arrivée de sa sœur, à réparer le dommage qu'il avait fait à sa cravate en tournant la tête avec trop peu de précaution. C'était un jeune grand seigneur qui n'avait pas encore vu le monde, et qui voulait s'en donner les manières ; livré à lui-même, il aurait eu l'air gauche ; à force de façons, il réussissait à se rendre impertinent.

Lorsque mademoiselle de Ventadour parut, Rose comprit que la première de ses compagnes qui frappait son regard ne lui serait jamais rien. Elle était grande et pâle comme son frère. Quoique jolie, elle lui ressemblait. Tous deux avaient le nez aquilin et des yeux d'oiseau de proie, ronds et fixes.

Ils se firent si peu d'accueil, que Rose crut qu'ils se voyaient tous les jours. Il y avait deux ans qu'ils ne s'étaient vus. Ils semblaient même embarrassés pour se parler, comme deux personnes qui se voient pour la première fois et qui ne trouvent rien à se dire. En effet, ils ne se connaissaient pas. Dès leurs premiers ans, l'éducation les avait séparés.

« Eh bien ! vous plaisez-vous au couvent ?

« — Pas trop. » Cette réponse fut faite des yeux plutôt que des lèvres ; car, au grand étonnement de Rose, le chapeau de sparterie était venu se placer auprès de mademoiselle de Ventadour avec une affectation de curiosité despotique qui révolta l'âme simple de la nouvelle venue.

Peu à peu cependant, malgré la présence glaciale de cet Argus à tant par jour, les deux jeunes gens s'animèrent et en vinrent à se raconter les détails insignifiants de leur vie. Le jeune homme était enchanté d'avoir quitté l'école militaire de Saint-Cyr. Il allait entrer comme sous-lieutenant dans un régiment de chasseurs, et depuis trois jours il courait Paris et s'amusait comme un fou. Il dit cela d'un air froid et ennuyé.

Alors, mademoiselle de Ventadour, le regardant avec un peu plus de finesse que sa physionomie n'en comportait ordinairement, lui demanda en italien s'il avait été au spectacle.

Rose s'étonna de cette précaution. Elle savait bien que le spectacle était interdit aux dévots, mais elle ne croyait pas qu'on en poussât l'horreur jusqu'à n'oser pas en prononcer le mot. Nous avons déjà vu qu'elle comprenait l'italien. Elle entendit malgré elle.

« J'ai été hier à l'Opéra, disait le jeune homme ; on donnait les Danaïdes. C'est admirable. Il y a un enfer qui donnerait envie de se damner.

« — Pourquoi cela ?

« — C'est plein de danseuses charmantes que les diables houspillent en se les renvoyant de l'un à l'autre... »

Le regard oblique de *l'écouteuse* semblait chercher sur les traits de Rose l'explication du dialogue qui répandait tant de gaîté sur ceux de mademoiselle de Ventadour. Mais le fait est que *sœur Écoute* entendait fort bien, et qu'en ce moment c'était mademoiselle de Ventadour qu'elle voyait dans la direction contraire à ses pupilles déjetées. Rose eût pu comprendre alors l'utilité du grand chapeau de sparterie.

« Monsieur, dit-elle tout d'un coup au sous-lieutenant, d'un air de satisfaction méchante, j'entends avec chagrin que vous entretenez mademoiselle votre sœur de choses profanes et abominables. Si vous riez de la religion, qu'au moins l'honnêteté réprime votre langue, et ne vous donnez pas la peine de parler italien, à moins que ce ne soit pour juger du talent de mademoiselle de Ventadour.

« — J'en ferai mes compliments à l'abbesse, dit le jeune homme en riant, tandis que sa sœur rougissait de dépit ; je la féliciterai en même temps d'avoir une personne aussi instruite que vous à son service. »

Ce dernier mot parut révolter l'humilité de la pieuse surveillante. « Je suis au service du Seigneur, dit-elle en jetant un de ses yeux horribles à M. de Ventadour, et vous, monsieur, vous êtes au service de l'esprit des ténèbres.

« — Oui, dit-il en s'adressant à sa sœur, je l'ai vu hier à l'Opéra ; il avait une tunique noir et or, et un diadème de paillon rouge. »

Rose trouvait cette scène ridicule et déplaisante. Elle s'applaudissait déjà de n'avoir pas de parents à soumettre aux tracasseries du parloir, lorsqu'une famille anglaise demanda les demoiselles *Plunket*. Le père était un gros homme joufflu, vermeil, aux cheveux roux, à l'œil brillant. Il avait l'air commun, mais heureux et bon. Sa femme avait six pieds. Quatre garçons de six à dix ans, roux comme leur père et robustes comme leur mère, frais comme de vrais enfants d'Albion, regardaient la grille avec curiosité, et donnaient des marques d'impatience aussi vives que le permettait leur système lymphatique.

Cette famille riche et bourgeoise venait d'outre-mer pour embrasser la branche féminine, composée de sept filles, qui débordèrent bientôt dans le parloir. La couleur éclatante de leurs cheveux, si contraire à nos principes sur la beauté, était pour leur père un témoignage non équivoque de la fidélité de sa compagne. Rien n'était plus flatteur pour son cœur épanoui que ces onze têtes rouges rangées autour de lui, sans compter les petits qu'on avait laissés en nourrice dans le Monmouthshire.

La surveillante tira une clef de sa poche et ouvrit une petite porte pratiquée à la grille. Les jeunes Anglaises se jetèrent dans les bras de leurs parents. Ce fut un moment de confusion. Dans leur empressement, tous se heurtaient. C'étaient des exclamations sur tous les tons : *Ah ! dear Ann ! dearest papa ! my love ! my brother ! where's George ! and Dick ! Sarah ! Mary ! Mama !* Et tout cela de cette voix perçante, de ce timbre éclatant que les provinciaux d'Angleterre possèdent à un plus haut degré encore que les nôtres. Tous ces enfants, beaux de santé, avaient aux joues le brillant incarnat des tulipes. Leurs traits communs avaient cette franchise naïve qui promet une vie de probité et de calme. Cette famille avait dû à la protection d'une tante religieuse aux Augustines la faveur de placer ses filles dans le noble couvent. Rarement les riches industriels étaient admis à jouir de cet avantage. Mais les filles *bien nées*, qui formaient la majorité des pensionnaires, s'en moquaient entre elles par mille sarcasmes. En ce moment mademoiselle de Ventadour trouva le tableau de famille si plaisant, qu'elle cacha son visage dans son mouchoir pour rire à son aise. Rose en fit autant ; mais ce fut pour cacher ses larmes. En voyant l'aînée de ces filles rousses à genoux devant sa mère qui la couvrait de pleurs de joie et la serrait contre son sein, tandis que les autres se disputaient ses mains, et que les petits garçons s'accrochaient aux tabliers de leurs sœurs, pour obtenir un regard et une caresse, la pauvre Rose comprit pour la première fois les transports de l'amour filial et les trésors de cette affection du sang, que dans son cœur étouffait un mépris douloureux. « Jamais, dit-elle, je ne connaîtrai ce bonheur-là ; jamais une mère tendre et vertueuse ne me pressera ainsi sur son cœur. » Elle crut qu'elle allait s'évanouir, tant les sanglots remplissaient sa poitrine.

En ce moment la supérieure entra, suivie de deux religieuses. Elle ne portait d'autre marque distinctive qu'un bout de ruban noir à son voile d'étamine. Mais malgré son embonpoint et le vif coloris de ses joues, à peine ridées par l'âge, malgré la gaîté pétillante de ses petits yeux noirs, son aspect en imposait. Elle inspirait du respect sans aucun mélange de crainte. Il était impossible de ne pas lui reconnaître une supériorité de bonté, et un air de bonheur sans aucun mélange de charlatanisme.

Il y en avait un peu dans l'enjouement de la dépositaire qui l'escortait, grosse vieille femme qui s'efforçait de lui complaire en la copiant. Elle riait comme madame la supérieure ; elle prenait une prise de tabac comme madame la supérieure ; elle attachait son voile comme la supérieure, et elle ne faisait pas une plaisanterie, ne glissait pas un bon mot, ne débitait pas une sentence, sans ajouter : *comme dit madame la supérieure*.

Rose ne put voir la troisième. Son voile était toujours baissé.

Madame de Lancastre (c'était le nom de la supérieure) n'eut pas plus tôt lu la lettre que lui présentait Rose, et qui était signée de monseigneur de V…, supérieur des Augustines, qu'elle s'écria : « Ah ! c'est mademoiselle de Beaumont. Nous vous attendons depuis plusieurs jours. Soyez la bien venue, ma chère enfant. »

Aussitôt la porte de la grille fut ouverte à Rose, qui, en passant le seuil, n'eut pas l'idée de frémir. La supérieure lui tendait les bras avec une affection que personne encore ne lui avait témoignée. Ses larmes coulèrent de nouveau ; mais cette fois elles furent douces. Elle voulut baiser les mains de madame de Lancastre, qui s'en défendit d'un air de douce moquerie pour un témoignage de politesse si profane. La dépositaire embrassa Rose avec la même cordialité, mais avec des démonstrations où il entrait plus de prévenance que d'abandon. Elle n'osait s'approcher de la troisième nonne, grande, droite et voilée. Celle-ci fit un pas vers elle, et se baissa pour lui donner le baiser de paix au travers de son voile. Rose se sentit glacer par cette caresse. « Après tout, dit-elle, c'est peut-être une simple formalité de leur part ; mais celle-ci s'en acquitte à contre-cœur. »

Mariette voulut suivre Rose dans l'intérieur, et déjà elle était sous la grille, lorsque la grande religieuse, retrouvant tout à coup une vivacité colérique, opposée à son maintien raide et grave, la repoussa en posant sur elle une grande main blanche, démesurément longue. « Que faites-vous, ma chère ? dit-elle d'une voix terne, qui ne semblait faite pour exprimer aucune sympathie humaine, personne n'entre ici sans une permission spéciale de Monseigneur.

« — La supérieure se permettra de la donner pour aujourd'hui, dit madame de Lancastre avec une fermeté douce. Laissez, sœur Scholastique, mademoiselle de Beaumont peut avoir besoin de sa bonne pour s'installer. »

Si Rose avait eu un peu d'expérience, elle aurait reconnu dans la sœur Scholastique un de ces êtres qui se croient nécessaires, et dont toute la science politique se réduit, dans tous les gouvernements possibles, *à repousser l'abus*. Classiques stationnaires en morale, en religion ; en industrie, ennemis jurés de toute innovation, de tout progrès, et qui n'ont qu'une règle de conduite stupide, mais puissante : *faire ce qui se fait*, ces êtres rétrogrades, quelque médiocres qu'ils soient, finissent toujours par régner à force d'entêtement. En France, il y en a au moins un par famille.

Au sortir du parloir, Rose se trouva dans une longue galerie qui, dans tous les couvents, porte spécialement le nom de *cloître*. C'était le lieu des sépultures d'honneur, avant la loi qui interdit d'enterrer les morts dans l'intérieur de Paris. Toutes ces tombes formaient un pavé de longues dalles couvertes d'inscriptions latines et anglicanes. Les plus anciennes étaient effacées par le frottement des pieds ; mais sur toutes on voyait la tête de mort et les ossements en croix gravés en tête de l'épitaphe. Malgré ces objets lugubres, ce cloître n'avait rien de triste ; de grandes croisées cintrées y jetaient une clarté joyeuse et laissaient voir un joli parterre regorgeant des plus belles fleurs. Encadré dans le carré du cloître, ce parterre s'appelait, suivant l'usage des couvents et des anciens manoirs, le *préau*. De belles terrasses le dominaient en s'étendant sur les galeries du cloître. Le soir, c'était un endroit délicieux pour respirer le frais et les fleurs.

Rose aperçut au bout du cloître une porte ouverte sur un jardin vaste, aéré, profond, planté de marronniers à la verdure riche et sombre. Elle respira plus librement. « Un couvent n'est point un cachot, pensa-t-elle. En ceci comme en tout, ma mère m'a trompée.

Le reste de la maison, bâtie à différentes époques très-reculées, suivant la convenance de la communauté, et nullement d'après les règles de la symétrie, forme un labyrinthe inextricable au premier abord, et dont il est impossible d'apprécier la vaste étendue et la bizarre disposition. Les différents corps de logis se communiquent entre eux par une suite de détours sombres et froids, où le jour en glissant produit des effets de lumière et de perspective dignes de Rembrandt. Quelques parties gothiques et sévères offrent encore du champ à l'imagination des petites pensionnaires nourries de madame Anne Radcliff. Mais à chaque pas les petits soins de la vie intérieure, la propreté, les fleurs et les rires folâtres, embellissent ce vieux monastère décrépit, qui s'étend comme une petite place forte, avec ses rues, ses différents quartiers, ses fortifications et ses communications souterraines au milieu du faubourg Saint-Marceau.

Au haut d'un escalier en vis, Rose entra, avec ses guides embéguinés, dans une chambre assez *confortable*, qu'on n'osait pas appeler le salon, mais qui n'était pourtant pas autre chose. La supérieure y recevait ses visites particulières, et derrière un rideau d'indienne à grandes fleurs, une grille séparait cette pièce d'une toute semblable, destinée aux personnes extérieures.

Quoique les statuts de l'ordre eussent interdit l'usage des sièges à dossiers, deux fort bons fauteuils de tapisserie, brodés en 1500, furent présentés à la supérieure et à Rose par la dépositaire. En voyant sœur Scholastique sur un tabouret de paille, Rose voulut lui offrir sa place. Mais cette politesse intempestive fut sèchement repoussée par la réponse : « Cela nous est défendu. »

La supérieure relut attentivement la lettre de Monseigneur. « Vous voulez donc être *en chambre ?* dit-elle après avoir fini.

« — Monseigneur m'a autorisée à vous faire cette demande, répondit Rose ; il m'a dit que j'y jouirais d'un peu plus de liberté que dans une cellule.

« — Ah ! vous voilà bien toutes ! dit madame de Lancastre en souriant, vous venez chercher de la liberté au couvent.

« — C'est une singulière idée, dit la religieuse voilée, d'un ton amer et caustique qui sembla répandre de la tristesse sur le front des deux autres.

« — Savez-vous, ma chère enfant, dit la supérieure après un instant de silence, que vous nous demandez là une grande faveur ? Si vous aviez *notre* âge. (Le pronom possessif de la première personne du singulier est interdit aux religieuses, chez qui tout est censé en communauté.) Si vous aviez comme *nous* soixante et dix bonnes années de réclusion, cela ne souffrirait pas de difficulté ; mais vous entrez aujourd'hui, et vous avez… combien ?

« — Vingt ans, madame, répondit Rose qui jugea important de se vieillir un peu.

« — Vingt ans ! dit la vieille abbesse avec un soupir ; et vous croyez que cela vous rend bien raisonnable !

« — J'ai si peu l'intention d'abuser de la confiance qu'on m'accorderait, répondit Rose, que je sais à peine en quoi consistent les avantages que je sollicite ; si j'ai osé le faire, c'est d'après l'avis de Monseigneur : il m'a dit que ne venant point faire mon éducation pour un temps limité dans cette maison honorable (*honorable* parut un mot de très mauvais goût à sœur Scholastique), mais me destinant à y passer peut-être une bonne partie de ma vie, je devais m'y installer de manière à m'attacher le plus possible à ma situation.

« — C'est très-bien raisonné, répondit la supérieure. » Sœur Scholastique ne pensait pas de même. « Si j'étais supérieure, pensait-elle (et elle avait pris l'habitude de cette supposition au point de dire parfois, *quand je serai supérieure*), je ne souffrirais point qu'une maison religieuse fût transformée en maison à louer pour les exigences et les fantaisies de ces mondaines désœuvrées qui viennent ici chercher les mérites de la retraite sans en avoir les ennuis.

« — Allons, dit la supérieure après un peu de réflexion, puisque Monseigneur l'approuve, c'est de tout mon cœur ; mais vous ne vous considérerez point comme *locataire*, entendez-vous ? vous serez *pensionnaire chambrée*, voilà tout. Vous ne serez point tenue aux exercices de la classe...

« — Je vous en demande pardon, madame...

« — Il faut dire *ma mère*, interrompit Scholastique ; il n'y a point de *madame* ici. »

Ce mot de *mère* résonnait mal dans le cœur de Rose ; il lui rappelait tous les maux de sa vie. Elle ne répondit rien à Scholastique, et continuant à s'adresser à madame de Lancastre :

« Je ne désire point m'affranchir des études de la classe, dit-elle, je suis fort ignorante.

« — Eh bien ! cette franchise me plaît, dit la supérieure ; je prendrai confiance en vous, je vois cela ; vous irez à la classe quand vous voudrez, et votre chambre ne sera point soumise à l'inspection, pourvu que vous me promettiez de n'y recevoir jamais aucune pensionnaire, et de bien éteindre votre lumière à la cloche du couvre-feu.

« — Je vous le jure, madame.

« — On ne jure qu'à Dieu, grogna Scholastique.

« — Et… ne pourrai-je pas sortir quelquefois ? » dit Rose timidement.

Scholastique fit un mouvement d'horreur ; la dépositaire regarda la supérieure pour savoir comment on devait accueillir une demande si hardie, et celle-ci fit un geste de colère enjouée qui signifiait qu'elle eût voulu n'avoir jamais rien à refuser.

« Cette femme est excellente, pensa Rose en la quittant ; mais ne jamais sortir !… »

Chapitre VI
Croquis de jeunes filles

La dépositaire fut chargée de conduire Rose à sa chambre. Il y en avait deux ou trois de vacantes dans la partie du bâtiment désignée par madame de Lancastre. La dépositaire, qui s'appelait sœur Marthe, lui expliqua que les bâtiments en-deçà du jardin étaient soumis à la juridiction immédiate de la supérieure, mais que les bâtiments au-delà, étant propriété du couvent, on les louait à des personnes d'une moralité éprouvée, qui désiraient passer leur vie dans la retraite sans dire un éternel adieu au monde. Elles avaient le droit de sortir et de rentrer à toutes les heures ; en un mot, elles n'avaient rien de commun avec le reste du couvent, quoiqu'elles en fissent partie ; elles étaient simplement locataires d'une partie de la maison mise en spéculation pour les intérêts temporels de la communauté qui se montaient à 50 mille francs de rente. « On m'avait dit, observa Rose ingénument, que les religieuses faisaient vœu de pauvreté.

« — Certainement, ma chère enfant, reprit sœur Marthe, nos vœux portent que nous ne devons pas posséder plus de vingt-cinq centimes chacune.

« — Oui, pensa Rose, mais cela ne vous empêche pas d'entendre très-bien vos affaires en commun ; toutes en masse, vous avez des biens à gérer, des capitaux à placer, des intérêts à discuter, des fonds à faire valoir. C'est de la cupidité mondaine en famille ; vous vous mettez quarante pour faire un péché. »

Cela rappelait à Rose l'histoire de l'abbesse des Andouillettes, que Laorens avait racontée au déjeuner de Nérac.

Sœur Marthe mit une obligeance affectée à détailler à mademoiselle de Beaumont les divers agréments des chambres où elle la promenait ; celle-ci était mieux close et plus chaude pour l'hiver ; cette autre avait la vue du jardin ; une troisième était plus éloignée de la grosse cloche ; Rose y dormirait plus tranquillement. Elle vit percer dans toutes ces prévenances l'envie de jaser et de connaître ses goûts et son caractère. Elle était en garde contre la curiosité d'autrui, et se hâta de choisir sa chambre pour en finir ; c'était la plus élevée, une espèce de mansarde ; mais elle dominait un coup d'œil magnifique. Le jardin occupait le premier plan ; au-dessus des masses vigoureuses des grands marronniers, le Panthéon élevait sa riche coupole et sa croix étincelante. Plus loin, Notre-Dame semblait porter tout entière sur ses légers arceaux et se tenir suspendue par enchantement sur la cité brumeuse. Le reste n'était plus qu'un pittoresque mélange de blanc, de jaune et de brun, que parsemaient quelques bouquets de verdure, et que la Seine coupait de son écharpe bleue, jetée en plis capricieux sur cette carte géographique.

Le ciel vaporeux et riche, le ciel de Paris avec tous ses caprices, ses couleurs multipliées, ses nuances infinies, son jaune safran et son rouge cerise, son fond bleu-lilas et ses nuages gris de perle ; le ciel le plus changeant et le plus joli, sinon le plus beau de la terre ; toujours bas, toujours peint, toujours fardé, semblait reposer sur les toits comme une vaste tente. Rose, fille de l'air et des voyages, jeta un cri d'admiration à la vue de ce tableau magique.

« Avouez, dit sœur Marthe, que cela est plus joli à voir qu'à toucher. »

Cette réflexion ramena Rose au sentiment de la captivité. Le tableau prit à ses yeux un aspect mélancolique. « Il faudra courir avec les yeux, » pensa-t-elle.

Sœur Marthe lui expliqua qu'elle paierait 500 francs de plus que la pension ordinaire, à cause de cette chambre.

« Oh ! pensa-t-elle, si, en offrant 500 francs encore, on voulait me laisser sortir quelquefois. »

Mais elle n'osa pas ; elle était si simple ! En retournant au guichet avec Mariette pour faire entrer sa malle, elles virent passer une religieuse dont le costume différait de tous les autres. Rose ne remarqua point sa figure, mais Mariette fit une exclamation de surprise. La religieuse ne tourna pas la tête ; elle marchait sur les dalles funéraires du cloître. En ce lieu il était défendu de s'arrêter et de parler, par respect pour les morts.

« Qu'est-ce donc ? dit Rose à la nourrice d'Horace.

« — Rien, dit celle-ci ; une ressemblance ; mais cette personne-ci est bien plus maigre, et d'ailleurs c'est impossible. »

Une heure après, Rose embrassa la bonne Mariette, qui, après l'avoir aidée à s'installer dans sa petite chambre, se disposa à repartir bientôt pour Mortemont. Cette femme était simple et affectueuse. « C'est la seconde fois, lui dit-elle, que je suis chargée de conduire une jeune fille au couvent ; eh bien ! cela me fait autant de peine que si je les descendais dans le tombeau. » Rose sourit les larmes aux yeux ; et quand elle eut vu la lourde porte se refermer entre elle et tout ce qui lui restait d'Horace : « C'est fini, dit-elle, me voici seule au monde. »

Elle vit alors venir à elle, dans le cloître, une jeune personne dont la démarche et la physionomie avaient quelque chose de singulier. Sa figure longue et plate était d'une laideur remarquable ; son nez, recourbé et rentrant comme celui de certaines perruches, offrait à peine une saillie en profil, et sa lèvre inférieure formait un triangle avec la supérieure, complètement droite et sans mouvement ; toute la physionomie était dans les yeux, ronds et divergents, mais mobiles et expressifs. On était embarrassé de trouver au premier abord la pensée de ce masque. Les yeux avaient de l'ironie, et la bouche infirme souriait avec une gaîté niaise ; le tout avait un aspect grotesque. La personne semblait se moquer d'elle-même. C'était une des plus nobles héritières de France, mademoiselle de Vermandois.

« On m'envoie vous chercher pour *la classe*, dit-elle à Rose d'un ton qui cherchait évidemment à se rendre affable ; vous êtes bien mademoiselle de Beaumont ? »

Rose la suivit. L'assurance de son maintien plut à sa noble compagne. Elle y vit une preuve irrécusable d'usage du monde, et les illustres demoiselles, qui formaient dans la classe une majorité de quarante sur vingt, partagèrent cette bonne opinion en voyant la nouvelle pensionnaire traverser leurs rangs sans gaucherie et sans embarras, comme une personne du monde entrant dans un salon de bonne compagnie. Rose sentait pourtant bien un malaise intérieur sur ce nouveau théâtre ; mais elle donnait, en termes de coulisses de province, *le coup de collier*.

« Elle est fort bien, je vous jure, dit Béatrix de Vermandois à Émilie de Longueville. Elle a l'air fort peu provincial ; je suis même sûre que dans le monde elle ferait beaucoup d'effet. »

Béatrix était remplie d'amour-propre et ne manquait pas de bon sens. Elle avait celui de connaître sa figure et d'apprécier l'immense désavantage de la laideur pour une femme. Elle avait donc cherché à s'instruire, et s'efforçait de réparer ce malheur par beaucoup de frais dans la conversation. Elle mettait généralement plus de profondeur dans son entretien qu'il n'est d'usage dans le monde où elle vivait ; c'est pourquoi elle y passait pour infiniment originale. Pauvre et subalterne on l'eût déclarée ridicule ; riche et bien née, elle parut supérieure ; il n'en était pourtant rien. Béatrix avait de la singularité par système et non par instinct. Elle cherchait le génie, et avait tout au plus de l'esprit. Au fond de son cœur, elle n'aimait qu'elle-même, et jouait la bienveillance universelle. Si elle l'eût osé dans sa famille monarchique, elle se fût déclarée philanthrope. Quelquefois elle feignait le mépris des préjugés ; mais personne moins qu'elle ne pouvait se passer de naissance et de fortune. Elle avait assujetti ses traits et sa voix à toutes les apparences d'une admiration généreuse et désintéressée pour la beauté des femmes ; elle allait sous ce rapport jusqu'à l'enthousiasme d'artiste ; mais elle était insensible aux arts, et cette abnégation apparente de vanité féminine était le genre de coquetterie qu'elle avait adopté.

Émilie de Longueville était fraîche et jolie. Un peu d'embonpoint ôtait à sa taille cette élégance diaphane, qui seule est de *mise* dans le monde parisien. Celui d'Émilie eût fait même le désespoir d'une grisette de la Chaussée d'Antin. Mais sa figure un peu busquée, ses longs yeux voilés et nonchalants, son sourire malicieux et doux comme une caresse de chat, son coloris fin comme celui d'une rose du Bengale, rachetaient le tort que sa santé lui faisait aux yeux des gens de goût ; c'était aussi une supériorité que mademoiselle de Longueville. Personne ne chantait avec plus de grâce, sans jamais s'écarter des règles de la convenance qui proscrivent l'enthousiasme. Personne ne dessinait plus proprement une tête de vierge d'après Raphaël. Personne ne faisait des fleurs artificielles plus fraîches ; c'est ce qu'on appelle *des talents* dans le monde ; elle avait toujours un mot fin et exquis à placer à tout propos. Elle maniait la raillerie avec un art qui rendait ses attaques imperceptibles et cruelles, comme des coups d'épingles. C'était une de ces femmes accomplies que personne n'aime et que tout le monde vante, qui jouent sur tout, qui voient tout au travers de leurs dentelles, qui jugent les passions des hommes en faisant du parfilage, et qui trouvent une plaisanterie délicieuse à faire sur les plus sombres drames de la vie réelle.

« Elle fait assez bien son entrée en scène, dit-elle à Béatrix, sans se douter de la justesse de cette réflexion.

« — Elle a le pied très-bien, dit mademoiselle de Craon ; c'est étonnant pour une provinciale.

« — Ce sont d'assez beaux yeux pour des yeux de province, dit Émilie de Longueville, qui aimait beaucoup à persiffler mademoiselle de Craon.

« — A-t-elle salué en entrant ? dit mademoiselle de Vergennes.

« — Non, dit Béatrix, elle a été très-convenable, pas la moindre terreur, pas la plus petite marque d'humilité.

« — Ah ! dit mademoiselle de Craon, les *Plunket* et les *Vigneau* vont la détester.

« — Alors, dit mademoiselle Wilhelmina Graboska, grande étrangère, forte, carrée, blonde et flegmatique, nous serons obligées de la mettre de notre société.

« — Ah ! bah ! dit mademoiselle de Craon, ne sommes-nous pas déjà trop ? Et puis, ce n'est qu'une gentilhommerie de campagne, un pigeonnier sur les bords de la Garonne, des aïeux en *crac* ? Laissons-la aux *de Presles* et aux *Rocheville*.

« — Vous n'y songez pas, dit mademoiselle de Vergennes, une descendante de l'archevêque de Paris !

« — Et qui nous le prouvera ? dit Émilie de Longueville ; vous ne savez donc pas le proverbe méridional : « *Battez un buisson, il en sortira un Villeneuve ou un Beaumont.* »

« — Eh bien ! il faudra au moins l'interroger, dit Béatrix ; nous verrons ce que c'est ; pour moi je me sens prévenue en sa faveur. Laissez faire à Longueville, dit-elle aux autres. Personne ne s'entend mieux à confesser les arrivantes.

« — Non, dit mademoiselle de Longueville, confions cette mission délicate à Graboska. » Une envie de rire réprimée fit pincer toutes les bouches. Mademoiselle de Graboska fut la seule qui ne se douta point qu'on la raillait.

« Que faudra-t-il lui demander ? dit-elle avec un sang-froid imperturbable.

« — Vous aurez soin de lui faire prononcer certains mots, dit Émilie de Longueville. On connaît la qualité des gens à l'*r* et à l'*s*.

« — Je ne peux pas m'apercevoir de ces petites distinctions, reprit Wilhelmina avec la même confiance. Je suis étrangère, moi. »

Mademoiselle de Vermandois se leva et attira Rose dans leur cercle. Dès les premières questions, elle comprit, malgré l'extrême politesse dont cette curiosité était enveloppée, qu'il fallait faire usage de toute son adresse et de toute sa prudence. Elle avait beaucoup réfléchi à sa situation depuis plusieurs jours. Des mémoires sur l'ancienne cour, qu'elle avait feuilletés à la bibliothèque de Mortemont, lui avaient fait comprendre à quel genre d'investigations il fallait se dérober pour se maintenir en paix avec ses futures compagnes ; certaines aventures de naissances mystérieuses et d'éducation romanesque l'avaient vivement frappée. Elle eut l'esprit de s'en servir habilement, et de jeter dans toutes ses réponses une obscurité toute pleine d'importance, et une naïveté affectée qui laissèrent son auditoire dans le plus grand embarras. La fine Émilie de Longueville échoua complètement auprès d'elle.

Rose était revenue s'asseoir auprès de la religieuse chargée de donner une leçon de français à la *première division*. Tandis que cette leçon occupait vingt-cinq jeunes personnes, l'autre moitié préparait son travail à une autre table. La grandeur de la salle permettait que le bruit de ces deux divisions ne se couvrit pas mutuellement, et on a vu que les études n'étaient pas assez consciencieuses pour empêcher des conversations fort étrangères à l'analyse classique et à l'aride décomposition de la pensée humaine.

La religieuse qui donnait cette leçon était madame Adèle. C'était une femme de trente ans, dont la beauté se trahissait sous les amples vêtements par lesquels les religieuses s'étudient à déformer leurs tailles et à cacher leurs traits. Un fort grand nez était le seul défaut de ce beau visage, et lui donnait une expression de rigidité glaciale ; mais ses yeux bleus bordés de longues paupières noires avaient un éclat extraordinaire qu'il était impossible de soutenir. Rose fut peut-être la première et la seule dont l'âme assez franche, dont la conscience assez forte, eût affronté sans rougir cet examen austère, et toute la classe remarqua que madame Adèle n'avait jamais examiné aucune arrivante avec une ténacité aussi sévère et aussi désespérante.

Elle avait fait placer la prétendue mademoiselle de Beaumont presque sous son voile. Au lieu de lui adresser les questions préliminaires comme aux autres, « Que savez-vous ? lui dit-elle à voix basse, mais sans aucune démonstration de bienveillance.

« — Rien, répondit Rose nettement.

« — Parlez plus bas, dit la religieuse ; écrivez-moi cette phrase sur le cahier que voici. » Elle lui dicta une phrase à voix basse.

« — Mademoiselle de Bresse, ajouta-t-elle à haute voix, éloignez-vous de mademoiselle, et ne lisez point sur son cahier. C'est à vous de répondre… » Et elle continua sa leçon. Lorsque Rose lui remit son cahier : « C'est bon, dit-elle, vous allez écouter ce qui se fait ici, et quand je quitterai la classe vous me suivrez. »

En effet, la classe levée, Rose suivit la religieuse sous le péristyle.

« Quel âge avez-vous donc ? lui dit madame Adèle d'un ton froid et brusque.

« — Vingt ans, madame.

« — Où avez-vous appris le français ?

« — Nulle part.

« — Avez-vous appris quelque autre chose ?

« — Absolument rien.

« — C'est étrange ! et vous avez demandé à madame la supérieure d'assister aux classes ?

« — Précisément pour apprendre tout ce que j'ignore.

« — Mais vous parlez comme tout le monde, et vous écrivez comme une cuisinière ; je n'y conçois rien. Écoutez, vous êtes fort imprudente de vous exposer aux railleries de vos compagnes ; vous ne savez pas combien elles seraient amères si je ne prenais soin de vous les épargner. Montez à ma cellule tous les matins à sept heures ; je vous mettrai au courant de la leçon du jour, et outre que vous apprendrez deux fois plus vite, vous ne serez point exposée à d'injustes mépris. »

Sans attendre la réponse de Rose, elle s'éloigna. Rose sentit qu'elle aurait une amie dans cette femme, ou une ennemie ; une amie, si elle agissait par bonté de cœur ; une ennemie, si elle obéissait à ses principes religieux. « C'est un cœur généreux sous un extérieur froid, pensa-t-elle, ou un cœur froid avec des manières froides. » Cependant elle remarqua que madame Adèle ne disait point *notre cellule*, mais *ma cellule*. Était-elle au-dessus ou au-dessous de ses compagnes ?

Chapitre VII
L'Abbesse et la Sœur de charité

Le soir même, comme Rose arrivait au haut d'un escalier en spirale qui conduisait à un des mille détours dont il fallait trouver l'issue pour gagner sa chambre, elle fut frappée d'un spectacle étrange. Toutes les religieuses, au nombre de quarante, étaient rangées sur deux files le long d'un corridor appelé *dortoir*, parce que toutes les cellules y donnaient. À l'extrémité de ce *dortoir* était une petite statue de Vierge, enfoncée dans une niche gothique et éclairée par une lampe dont la clarté bleue vacillait sur les détails de cette scène nocturne. En tête de la première file, la supérieure était debout, les mains croisées sur sa poitrine ; son voile tombait jusqu'à la moitié de son visage. À son côté était sœur Scholastique ; vis-à-vis, la dépositaire Marthe, ayant pour aide de camp madame Adèle, secrétaire de la communauté, conduisait la seconde file. Après ces religieuses en blanc et noir venaient les sœurs converses ; c'étaient celles qui remplissaient les fonctions les plus humbles de la maison. Elles faisaient la cuisine, les lessives et les autres gros ouvrages. Leurs prières étaient moins longues que celles des religieuses de première classe, qu'on appelait *dames de chœur* ; mais leurs vœux étaient également à perpétuité. Elles étaient vêtues en violet ; après elles venaient quatre novices tout en blanc ; puis enfin, une grande et svelte personne dont Rose avait remarqué dans la journée la taille élégante et le costume noble : c'était une postulante pour le noviciat. Sa robe noire avait la forme de celles des dames du moyen âge ; au lieu de la guimpe des nonnes, une fraise large et raide rappelait ces portraits de *tante* qu'on remarque dans toutes les galeries de famille.

Cette grave assemblée, debout, immobile, les bras en croix, le voile baissé, et gardant le plus profond silence, offrait un spectacle presque effrayant. On eût dit une réunion de spectres attendant le départ d'une âme pour l'autre vie, afin de s'en emparer.

Rose s'arrêta, posa son flambeau sur la rampe, et attendit la fin de cette scène. Alors la supérieure dit en latin quelques paroles, et à ce signal, toutes se mirent à psalmodier d'un ton sourd, nasillard et lamentable. Rose eut envie de rire et se retira derrière un angle du mur. Cette fâcheuse mélodie dura près d'un quart d'heure. Ensuite, chacune, adressant un profond salut à la supérieure, disparut comme par enchantement, et Rose se trouva face à face avec la dernière des nonnes : c'était la postulante. Rose fit un cri de joie, l'autre un cri de surprise : c'était sœur Blanche.

Rose voulait parler, mais la postulante lui mit la main sur la bouche, et l'entraîna dans une autre partie du bâtiment où la cellule transitoire était située. « Vous me faites débuter ici par une infraction aux règles, lui dit-elle après avoir fermé la porte ; la prière du soir achevée, il nous est défendu de prononcer une seule parole pour quelque motif que ce soit ; mais je ne puis résister au désir de savoir comment vous êtes ici. »

Lorsqu'elles furent seules, Rose raconta son histoire et interrogea à son tour la jeune sœur.

« Je suis arrivée à Paris très-souffrante et très-fatiguée, dit celle-ci ; en me voyant, la congrégation des sœurs de la Charité m'a rejetée unanimement, comme n'étant pas de force à faire le service des malades. J'étais désespérée et ne savais que devenir ; c'était avec beaucoup de peine que j'avais décidé les sœurs du couvent de Bordeaux, où j'ai passé ma vie, à me laisser partir pour entrer dans un ordre plus austère. Je n'avais pas le moyen de retourner parmi elles, et je n'ai à Paris que la sœur Olympie qui me connaisse et s'intéresse à moi ; à force de me chercher un asile, elle est parvenue à me faire entrer ici par la protection de l'archevêque de Paris, Monseigneur de Quélen, qui a beaucoup d'estime et de vénération pour elle. Depuis trois jours seulement je suis dans cette maison ; il n'est pas encore décidé que j'y serai admise. Je dois être interrogée demain, et sœur Olympie m'a promis de venir ici pour témoigner en ma faveur et se porter garant de mes dispositions ; maintenant que vous y êtes établie, j'ai grand désir que cette négociation réussisse.

« — Eh quoi ! vous songeriez à vous enfermer ici toute votre vie ? dit Rose en l'embrassant.

« — Sans doute, ma vocation est bien manifeste ; j'ai un an de postulat et deux ans de noviciat à faire avant d'atteindre à l'âge de vingt et un ans, époque à laquelle je prononcerai mes vœux.

« — Ces trois ans d'épreuve me tranquillisent, dit Rose ; vous aurez le temps de réfléchir, et peut-être changerez-vous d'avis.

« — Je ne le pense pas, reprit sœur Blanche ; je suis toute faite à cette vie de couvent. Depuis que je suis au monde, je nourris cette idée et je contemple cet avenir ; je ne connais rien de ces plaisirs auxquels on m'exhorte à renoncer ; je n'en aurai nul regret, je vous assure, et l'on dit qu'il faut les payer de tant de peines et les expier par tant de regrets, qu'il me tarde d'avoir mis entre eux et moi une barrière éternelle.

« — Je ne connais pas plus que vous les plaisirs de la vie, dit Rose. Jusqu'ici j'ai vécu pourtant au milieu de ce que vos nonnes appellent les pompes de Satan ; je n'y ai trouvé qu'ennui et chagrin ; mais je n'oserais m'engager pour toute ma vie à me tenir dans cette cage ; l'idée seule d'y passer quelques années m'épouvante, quoique le bonheur de vous rencontrer m'ait bien réconciliée avec elle. »

Les deux jeunes filles se séparèrent en se promettant de se revoir le lendemain, à l'issue des délibérations qui devaient décider du sort de la postulante.

Le lendemain, après le dîner, c'est-à-dire vers deux heures, la communauté était réunie dans une grande salle appelée l'*Ouvroir*, parce que les religieuses s'y rassemblaient pour travailler à de petits ouvrages, jaser et prendre le thé trois fois par jour ; coutume que madame de Lancastre avait apportée d'Angleterre, sa patrie, et qui aidait ces recluses à absorber une bonne partie de leur vie monotone.

L'ouvroir, dit *Work-Room*, était tenu avec toute la propreté des *parloirs* anglais. Il était orné de tableaux d'un assez grand prix.

Entre autres le portrait de Jacques II, le dernier des Stuarts, réfugié et mort en France. Il avait eu beaucoup de dévotion pour la chapelle de nos Augustines, et Voltaire rapporte qu'il y toucha mainte fois les écrouelles ; mais l'histoire ne nous dit point comment le saint roi procédait.

Lorsque le thé fut servi, une cloche qui sonnait un nombre de coups fixés par une convention particulière pour chaque religieuse, frappa 1 et 1 : c'était le signal pour la supérieure. « Oh ! oh ! dit-elle avec un peu d'humeur, déjà cette bonne sœur Olympie ? elle *nous* laissera bien prendre *notre* première tasse, j'imagine, pendant que le thé est chaud. » Mais avaler une tasse de thé suivant la méthode anglaise n'est pas, comme vous l'imaginez peut-être en France, l'affaire d'un instant ; il faut au moins un quart d'heure de façons. C'est pourquoi sœur Olympie, qui n'était pas patiente de son naturel, et qui n'avait pas de temps à perdre, après avoir sonné en vain une seconde fois, demanda à la tourière où se tenait la supérieure à cette heure-là, et, sur ses indications, se dirigea hardiment jusqu'à la porte de l'ouvroir, qu'elle ouvrit sans frapper, comme une personne pour qui la vie humaine n'a point de secret.

Son apparition dans ce lieu contraria vivement madame de Lancastre. Quelque vraie que puisse être la dévotion (et certes celle de la supérieure était des plus sincères), il s'y mêle toujours je ne sais quel sentiment d'orgueil dont l'essence est intimement liée à toute vertu humaine.

Il y a sans doute beaucoup de mérite dans le métier d'une vénérable abbesse, qui passe sa vie à psalmodier, à prendre du thé, à se chauffer à un foyer brillant, au milieu du caquet enjoué de ses jeunes novices, à régir à tête reposée son petit empire, en chargeant de tous les soins pénibles les têtes fortes et habiles, et se réservant le droit de vouloir et de commander, tout en découpant de jolies collerettes de papier vélin pour les grands cierges de la chapelle, et en se faisant compter le produit de ses riches dépendances ; mais il y a plus de mérite encore à n'être qu'une pauvre sœur de charité, tenant la chandelle devant une amputation hideuse, contemplant des chairs pantelantes, respirant des corruptions infectes et passant des nuits au chevet des moribonds. Madame de Lancastre comprenait cette différence, et malgré elle souffrait de se sentir si peu de chose aux yeux de Dieu auprès de sœur Olympie, lorsqu'aux yeux des hommes la supérieure des Augustines, avec sa fortune, son rang, sa grande naissance et son éducation distinguée, avait tant d'avantage sur la sœur hospitalière. Elle sentait que cette comparaison devait naturellement s'offrir au bon sens de sœur Olympie, et pour l'atténuer autant que possible, elle l'avait reçue la première fois dans sa cellule, où, suivant la règle, régnait une grande simplicité ; mais être surprise à table, devant un repas de friandises complètement inutiles, dans un salon splendide, et au milieu de sa petite cour, c'était presque une leçon, et, à coup sûr, c'était un contre-temps. Madame de Lancastre poussa son bol de thé en soupirant. « Il est dit que nous n'aurons pas un instant de repos aujourd'hui, murmura-t-elle. » Sœur Marthe comprit la contrariété de la supérieure, et prit un visage fâché qui ne lui était pas ordinaire pour aller à la rencontre de sœur Olympie.

Celle-ci fit un salut masculin, et ne fléchit point le genou, comme les Augustines avaient coutume de faire en présence de leur supérieure. Elle ne parut faire aucune attention à l'élégance de la salle, ni à la richesse du déjeuner en porcelaine du Japon étalé sur la table.

« Ma bonne mère, dit-elle à madame de Lancastre, avec cet air de hâte qui lui était habituel, je viens savoir votre réponse. Ma novice vous convient-elle ? vous en chargez-vous ?

« — Doucement, doucement, ma chère sœur, dit madame de Lancastre, avec la lenteur de son accent étranger, vous ne nous donnez pas le temps de respirer. Il n'y a que trois jours que nous avons reçu votre novice. Nous ne pouvons pas encore la juger comme vous êtes en état de le faire.

« — Parbleu ! dit la sœur Olympie sans prendre garde au mouvement d'horreur que ce mot cavalier imprima à son auditoire, il ne faut pas tant de jours pour juger une fille. N'avez-vous pas devant vous trois ans pour l'éprouver et pour la renvoyer si elle ne vous plaît pas ?

« — Vous vous servez, ma bonne sœur, d'une expression qui, nous vous en demandons pardon, ne nous paraît pas exprimer notre pensée. Plaire à nous, ce n'est pas une affaire ; il s'agit de savoir si elle plaira au Seigneur pour épouse.

« — Oh ! laissez faire à notre Seigneur, dit sœur Olympie ; il n'est pas fier, lui ! il s'arrange des pauvres filles tout comme des nobles héritières. Il ne fait attention qu'aux bons sentiments, et je garantis ceux de ma petite Blanche. Quel dommage que cela ne soit pas robuste ! Ça aurait fait une très-bonne servante du bon Dieu ! mais il n'y faut pas songer. Prenez-la dans votre couvent, c'est ce qu'il vous faut pour chanter et pour broder.

« — Il ne faut pas croire, dit la supérieure un peu blessée du ton de la sœur de charité, que ce soit chose si facile que de bien réussir dans notre ordre. Il nous faut une certaine santé… Ne vous imaginez pas que nous couchions sur le duvet et que nous dormions la grasse matinée…

« — Comme il vous plaira ; mais enfin vous vous couchez toutes les nuits, et nous autres, nous nous couchons quand nous pouvons. Blanche n'est pas maladive ; elle n'est que délicate, et cela par suite d'une maladie grave qu'elle a faite il y a deux ans, comme je vous l'ai dit, ma bonne mère. On m'a assuré qu'auparavant elle était d'une santé robuste, et il ne faut pas désespérer que cette santé revienne. Ici elle se reposera, elle aura une vie douce, réglée…

« — Mais… pas tant que vous croyez, ma sœur ; notre noviciat est fort sévère ; et puis les qualités que nous exigeons dans une religieuse sont autres que chez vous ; il n'est pas si facile de trouver une bonne éducation qu'une santé de fer.

« — Ah ! pour l'éducation, je n'y entends rien, reprit naïvement la bonne Olympie ; je conviens que je ne peux pas être juge des talents de ma novice ; mais c'est à vous, ma bonne mère, de les examiner ; depuis trois jours qu'elle est ici, vous avez eu tout le temps de le faire. Est-ce que vous n'êtes pas contente d'elle ?

« — Je ne dis pas cela, ma sœur ; nous ne l'avons point encore interrogée ; il ne faut pas croire que nous soyons absolument sans occupations, et que le métier de supérieure nous laisse tant de loisirs…

« — Eh bien ! accordez-moi donc tout de suite de la faire venir et de l'interroger ; car je suis forcée de repartir demain pour le Havre, et si vous refusez ma novice, je ne peux pas la laisser sur le pavé, la pauvre enfant.

« — Soyez certaine, répondit madame de Lancastre, revenant à toute sa bonté naturelle, que s'il ne s'agissait que de donner l'hospitalité à cette jeune personne, nous le ferions avec plaisir aussi longtemps que cela vous serait agréable. Sœur Marthe, faites-nous l'amitié d'appeler la postulante, pendant que sœur Olympie prendra une tasse de thé avec nous. »

Sœur Olympie s'assit sans façon à la place que la dépositaire quittait, prit un bol, et, tout en parlant, le laissa remplir et préparer par la supérieure. Mais à peine eut-elle porté à ses lèvres ce thé vert, d'une âcreté que notre goût français est loin de priser, qu'elle repoussa le poison en faisant une affreuse grimace : sa moustache grise se hérissa, et ses grosses verrues devinrent écarlates. Ce fut en vain qu'elle y ajouta du sucre et du lait à plusieurs reprises, elle ne put jamais en avaler une gorgée. Les novices s'amusaient assez de ses manières ; mais leur gaîté se changea en stupeur lorsque sœur Olympie, regardant sur la table en fronçant ses gros sourcils, demanda s'il n'y avait point là un peu d'eau-de-vie pour l'aider à se défaire de ce mauvais thé en manière de punch. Sœur Scholastique, qui depuis l'arrivée de la supérieure se résignait avec beaucoup de peine à garder le silence, se tourna vers elle à ce propos, et lui dit d'un ton ironique : « Nous ne nous en servons qu'en frictions pour les douleurs de rhumatisme.

« — Eh bien ! dit sœur Olympie sans se déconcerter, si vous en avez qui n'ait point encore servi, faites-moi le plaisir de m'en verser un petit verre.

« — Il faut pour cela, répondit Scholastique, une permission spéciale de notre supérieur, Monseigneur de V… La première fois qu'il viendra ici, nous lui demanderons une fois pour toutes qu'il nous autorise à avoir des liqueurs sur notre table les jours où nous aurons le plaisir de recevoir des sœurs de l'ordre de Saint-Vincent de Paul. »

Sœur Olympie comprit très-bien qu'on la raillait, mais elle ne se déconcerta point. Les personnes en santé n'étaient point des êtres de son ressort, et toute la vivacité qui n'était point utile à ses malades devenait une faute réelle à ses yeux. Elle ne leva donc pas même ses regards sur Scholastique, et se tournant vers la supérieure, elle insista pour avoir de l'eau-de-vie, en disant que dans son ordre toute espèce de nourriture et de boisson était permise pour réparer les forces épuisées. Madame de Lancastre ordonna à Scholastique de servir à la sœur de charité tout ce qu'elle demanderait.

Enfin la postulante parut : elle était pâle de crainte et de timidité. « Sœur Adèle de Borgia, dit la supérieure à l'institutrice, interrogez cette bonne âme sur ses connaissances temporelles. Dieu seul peut être juge de la vocation ; mais dans notre ordre nous sommes consacrées à l'éducation de la jeunesse, il faut donc l'instruction religieuse et profane. »

Madame Adèle prit son maintien froid et sévère ; mais en voyant le trouble de la pauvre Blanche, elle donna aussitôt à sa figure et à sa voix une expression de bonté dont on ne l'eût pas crue susceptible au premier abord. Peu à peu la postulante se rassura et répondit à toutes les questions de théologie, d'histoire profane et sacrée, de géographie, d'arithmétique et de langue française, avec une justesse et une intelligence remarquables.

« — Ma chère, lui dit madame Adèle d'un ton franc et amical, je crois que vous en savez beaucoup plus que moi. Quand nous serons toutes mortes, vous pourrez être supérieure de ce couvent.

« — Oh ! oh ! dit la supérieure, qui avait écouté d'un air d'admiration le cours de science universelle qui venait d'avoir lieu en sa présence, et auquel, nous sommes forcés de l'avouer, elle n'avait pas compris grand'chose, c'est donc un aigle que sœur Olympie nous amène ? »

Sœur Olympie n'avait rien écouté ; elle avait un profond mépris pour le vain savoir, et n'estimait qu'une étude au monde, celle de la médecine. « Du diable si j'y comprends goutte ! » dit-elle, en versant une rasade dans la tasse de Scholastique, qui fit un grand signe de croix pour le mot *diable* et pour l'action inconvenante. « Au reste, reprit l'hospitalière, on m'avait bien dit au Sacré-Cœur de Bordeaux que ça avait de l'esprit comme quatre : moi je m'en moque, ce n'est pas de cela que nous avons besoin ; mais puisque c'est une fille savante qu'il vous faut, c'est une affaire faite ; *prenez mon ours*, comme disait avant-hier à l'infirmerie un militaire qui nous faisait rire en nous racontant des farces.

« — C'est abominable ! dit Scholastique entre ses dents, et elle quitta la place.

« — Un instant ! dit la supérieure, notre jeune aspirante a beaucoup d'instruction, cela est clair ; mais, ma sœur, vous portez-vous garant de son bon esprit ?

« — De son bon esprit ? dit sœur Olympie, en cherchant à comprendre.

« — Vous savez ce qu'en religion nous appelons bon esprit. Ce ne sont pas de ces grands esprits qui, dans le monde, étalent des boutiques de vanité ; ces esprits-là, dit notre grand saint François de Sales, viennent en religion, non pour s'humilier, mais pour tout conduire et gouverner comme s'ils voulaient faire des leçons de philosophie. Il faut, dit encore le même saint, « qu'un esprit bon soit un esprit bien fait et bien sensé, qui ne soit ni trop grand ni trop petit ; car de tels esprits font toujours beaucoup, sans que pour cela ils le sachent ; ils sont traitables et faciles à conduire ; enfin ils sont disposés à vivre dans une pleine et entière obéissance. »

« — Je ne comprends pas beaucoup toutes ces subtilités religieuses, reprit Olympie ; je confesse que je ne suis pas instruite, je n'ai pas le temps d'étudier les livres ; ma besogne est plus pressée que tout cela. Si je ne me trompe pas, vous voulez que la postulante soit douce et humble ; je ne l'ai pas trouvée une seule fois en défaut depuis que nous sommes parties de Bordeaux, car notre connaissance ne date pas de plus loin. Je crois que vous en serez contente, parce que j'ai vu toutes les dames du Sacré-Cœur pleurer en la quittant, et dire que leur communauté perdait un trésor. Maintenant, si vous n'en voulez pas, je la remmène, je trouverai bien à la placer quelque autre part.

« — Nous l'admettons parmi nous, dit la supérieure, puisque vous nous répondez qu'elle ne sera point pour notre maison un sujet de trouble et de scandale, et que rien de sa part ne viendra gâter la bonne intelligence où Dieu permet que nous vivions avec nos chères sœurs. »

Une inclination de toutes les nonnes répondit à ce compliment parti du cœur. La bonne madame de Lancastre embrassa la postulante, qui fit le tour de la table pour recevoir la même faveur de toutes les autres. Sœur Olympie la pressa dans ses bras robustes avec une brusquerie de tendresse vraiment maternelle. Comme elle allait sortir, une jolie petite fille de huit ans vint à la porte de l'ouvroir pour demander quelque chose à une religieuse. On la fit entrer, et sœur Olympie, qui aimait les enfants comme un vieux soldat, s'amusa un instant des grands yeux et de la mine espiègle de la petite Suzanne. La supérieure voulant montrer à la sœur de charité les précoces talents de ses petites pensionnaires, ordonna à Suzanne de réciter la dernière fable qu'on lui avait apprise. Alors l'enfant, d'un ton de catéchisme dont la niaiserie contrastait avec la vivacité de ses traits, récita avec volubilité la fable de *la Mouche et la fourmi*. Pendant cette tirade assez longue, sœur Olympie, qui s'endormait volontiers quand elle était inactive, bourra son gros nez de plusieurs prises de tabac pour se tenir éveillée ; les deux derniers vers la firent sourire.

> Ni mon grenier, ni mon armoire
> Ne se remplit à babiller.

« Eh bien ! celui qui a trouvé cela n'était pas si bête ! » dit-elle en remettant sa tabatière dans la poche de son tablier bleu ; et elle se hâta de quitter l'ouvroir.

« Écoute, mon enfant, dit-elle à sœur Blanche, qui l'avait accompagnée jusqu'au guichet, essaie de cette maison ; si ta vocation est sincère, tu te trouveras bien partout. Mais si tu t'y déplaisais par trop, ne fais pas la bêtise d'y prononcer tes vœux ; écris à monseigneur de Quélen ou au Sacré-Cœur de Bordeaux, et sois sûre que si la sœur Olympie n'est pas au bout du monde, elle sera bientôt près de toi. »

Fin du troisième volume.

TOME IV

Chapitre premier
Le Magnificat

Au bout de trois mois, Rose paraissait accoutumée au couvent, et ne songeait plus à un autre bonheur que celui d'être aimée de deux ou trois personnes que son cœur y avait choisies.

La première était sœur Blanche, douce et angélique créature, d'une beauté céleste, d'un caractère humble et craintif, d'un cœur pur et affectueux ; la seconde était mademoiselle Adèle, dont l'intérieur rigide cachait une âme forte et chaleureuse ; la troisième était la supérieure, dont la bonté vraie et constante commandait la vénération. Parmi ses compagnes, Rose n'en trouva pas une seule à qui elle osât se fier ; les unes étaient d'une simplicité et d'une ignorance dans les choses de la vie, qui les eût empêché de comprendre et d'apprécier la sienne ; les autres avaient déjà le cœur gâté par l'orgueil des préjugés, et Rose ne cherchait de leur part qu'un échange de politesse froide, se tenant toujours sur ses gardes pour n'en être ni repoussée, ni recherchée. La dignité d'une âme noble est un si bon conseiller, que la jeune fille se conduisit dans cette position délicate avec une prudence et un bon sens qui eussent fait honneur à une plus vieille expérience. Elle maintint toutes ces vanités insolentes à une certaine distance d'elle, et ne laissa rien percer des secrets de sa vie qui pût donner prise à la malignité. Entre cette classe de filles illustres et de provinciales bornées, il y avait bien la fleur de la Chaussée d'Antin ; mais Rose eut bientôt découvert que l'orgueil de l'argent était le plus insupportable de tous ; ces filles, si riches, ne parlaient que de leurs voitures, de leurs salons, de leurs parures ; quand elles voulaient se venger du jeune faubourg Saint-Germain, rangé en bataille sur les bancs de la classe, elles affectaient de parler tout haut entre elles du beau duc de Guiche, du chevalier de Grammont, et d'autres jeunes seigneurs, qui rendaient à leur dot un culte bien plus empressé qu'aux généalogies de leurs rivales.

— Eh bien ! ma chère, elles ont raison, disait Béatrix de Vermandois à Mademoiselle de Craon : nous vivons dans un temps où la finance cherche à s'élever sur nos blasons vermoulus ; un jour, cette figure commune, qui s'appelle, je crois, Georgette Morin, et que vous voyez faire des fautes de français, au dernier rang de la division, s'appellera madame de Mortemart, ou madame de La Trémouille ; elle aura un tabouret, et vous, vous serez trop heureuse d'être madame Hocquart, ou madame Ternaux.

— Jamais ! s'écria mademoiselle de Craon, j'aime cent fois mieux être chanoinesse.

— Pas moi, disait Émilie de Longueville, j'aime mieux être la femme d'un bourgeois que *dame de papier* ; et j'en connais qui sont réellement très-supportables. Soyez sûre que l'orgueil ne nous sert de rien ; celui de ces pauvres filles sert bien mieux notre vanité que tout ce que nous pourrions faire ; mésallions-nous donc, si cela nous amuse, et ne craignons pas qu'elles s'élèvent au-dessus de nous : elles crèveront toujours de jalousie, et deviendront plates sitôt que nous nous montrerons polies.

— Sans doute, dit mademoiselle de Graboska, les sœurs de Bonaparte, toutes reines qu'elles étaient, souffraient de se sentir au-dessous de la dernière de leurs femmes.

— Voulez-vous, dit Émilie, que je fasse quelques avances à Clélie Ledru ? Ce soir vous verrez qu'elle sera brouillée avec toutes ses pareilles, afin d'être bien avec une de nous.

— Tais-toi donc, dit mademoiselle de Vergennes ; elle aura cinquante mille francs de rente en se mariant et trois fois autant par la suite. Mon frère fait beaucoup de dettes : son régiment le ruine. Tu verras que pour avoir un frère colonel de lanciers, il faudra que j'accepte Clélie Ledru pour belle-sœur.

— Alors, dit l'ironique Béatrix, tu feras comme Mathilde de Deuxponts, qui, pour faire acheter le silence à sa belle-sœur Justine Flagois, sur certaines anecdotes ridicules arrivées au couvent, s'est fait donner une parure de dix mille francs en cadeau de noces.

— Fi donc ! dit mademoiselle de Vergennes, c'est une platitude. Mon frère épousera qui bon lui semble ; je ne serai pas forcée de voir sa femme, si elle ne me convient pas.

Rose vivait loin de toutes ces puérilités. Elle préféra bientôt la solitude à cette société si étrangère à son cœur. Mademoiselle Adèle avait reconnu que son éducation était trop arriérée pour marcher avec celles des élèves de son âge, et mademoiselle Adèle respectait trop l'amour-propre de ses amies pour placer Rose avec les enfants, au dernier banc de la classe. Elle entreprit donc son éducation particulière de concert avec sœur Blanche. Ces trois femmes passaient leur vie dans la cellule de madame Adèle, et lorsque celle-ci la quittait pour assister aux offices ou descendre à la classe, la postulante y restait et continuait la leçon donnée à Rose. Mais il faut avouer qu'à peine la religieuse avait passé le seuil, les deux jeunes filles oubliaient l'étude et se mettaient à babiller avec l'abandon et la gaîté de leur âge. Presqu'également étrangères à tous les intérêts qui remplissaient la vie des autres, toutes deux isolées dans le monde, sans parents, sans appui, sans fortune, elles avaient subi la sympathie du malheur et s'aidaient mutuellement à l'oublier. La différence de leur caractère entretenait encore cette sympathie : elles avaient besoin l'une de l'autre. Rose vive, impressionnable, romanesque, avait dans l'imagination une activité nécessaire pour fouetter la douceur mélancolique de sa compagne. Il y avait en elle quelque chose de plus encore : c'était une âme forte, entreprenante, passionnée, une âme de fer et de feu ; mais elle n'en savait rien : cette âme n'avait point encore trouvé d'aliments et n'avait pu prendre son essor.

Cette force morale manquait complètement à Blanche ; élevée dans les principes de la dévotion austère, on l'avait habituée à vaincre et à comprimer tous les mouvements de son cœur. Mais ce travail n'étant dû qu'à l'influence d'autrui, et n'étant pas secondé par sa nature, il arrivait que la jeune religieuse n'y songeait souvent que lorsqu'il n'en était plus temps. Rien n'était moins propre sans doute à la vie du couvent que ce cœur tendre et confiant qui cherchait partout un appui et qui sentait la douloureuse nécessité de se refuser, au moment de se donner. C'était là sa position vis-vis de Rose : elle se reprochait même l'amitié pure et naïve qu'elle lui portait, et souvent au milieu de leurs chastes épanchements, la jeune sœur effrayée demandait pardon à Dieu d'avoir laissé pénétrer une affection terrestre trop vive dans ce cœur dévoué à lui seul. Alors Rose la consolait ; Rose qui n'était pas dévote et qui croyait tout au plus en Dieu, trouvait dans son jugement sain et dans son esprit ferme, des raisonnements si justes et des encouragements si chaleureux que Blanche en subissait l'ascendant, et bannissant ses terreurs superstitieuses, offrait à Dieu comme un pur encens le doux sentiment d'amitié qui élevait ses pensées et réchauffait son cœur. Dieu sans doute acceptait cet hommage, car au lieu des reproches d'une conscience timorée, Blanche ne sentait dans la sienne qu'une joie pure en revenant à son amie.

De son côté Rose, quoique bien supérieure à Blanche par l'énergie et la résolution, manquait souvent de cette force d'inertie qu'on appelle la patience ; elle savait souffrir sans se plaindre, mais elle ne savait pas s'empêcher de souffrir, et Blanche parvenait à lui rendre le calme par des soins et des consolations d'une nature moins éloquente, moins exaltée, mais plus paisible et plus insinuante. Rose sentait alors le besoin de se laisser persuader ; elle ne croyait point à tout ce qui constituait la foi de son amie, mais son esprit fier, son caractère âpre, avaient besoin de céder à ce joug caressant et faible : c'était le cheval impétueux qui subit le frein d'un enfant.

Madame Adèle avait vu naître cette amitié, et loin de s'y opposer, comme eût fait toute autre religieuse à sa place, elle s'était plue à l'encourager ; madame Adèle était peut-être la seule personne au monde capable de comprendre et de deviner Rose ; c'était un de ces êtres supérieurs que la destinée bizarre se plait à enfouir dans une vie d'obstacles et d'oubli, mais dont l'essence trop subtile pour être comprimée, s'élève au-dessus de la vie, dégagée de toutes les entraves de l'habitude et du préjugé. Que cette femme eût embrassé la vie religieuse par entraînement ou par calcul, par enthousiasme ou par réflexion, c'est ce que ses plus intimes amies, c'est ce que Rose elle-même, avec toute la hardiesse de sa pénétration, ne purent jamais deviner. Que ses idées eussent changé depuis cet engagement irrévocable, que ses yeux se fussent ouverts aux lumières de la raison, que son cœur eût grandi dans le cercueil où il s'était enfermé vivant, jusqu'à comprendre et juger les passions humaines, c'est ce dont nulle marque extérieure ne fournit jamais la preuve. Elle avait trop d'empire sur elle-même, trop de prudence et de réserve, pour laisser voir un changement en elle, ou pour avouer qu'elle n'avait pas donné sa volonté toute entière en adoptant les lois du cloître. Mais vous, qui vous laissant entraîner comme moi au courant de la vie commune, n'avez jamais tremblé de vous sentir un mouvement généreux dans le cœur, ou une pensée vraie dans le cerveau, essayez de comprendre ce qu'il faut de constance et d'inflexibilité dans l'âme, pour vivre ainsi en soi-même toute une vie, depuis l'adolescence jusqu'à la mort ? pour se contenter d'une enceinte de murailles froides comme la tombe, quand la tête ardente parcourt l'univers et le résume tout entier dans une pulsation ? pour se soumettre à un millier de pratiques étroites et puériles qu'on méprise, pour obéir en silence et sans le plus léger pli du front aux ordres absolus des êtres les plus inférieurs et les plus petits ? et surtout pour ne jamais dire, une seule fois dans sa vie, à un être de sa nature, j'ai souffert dix ans, vingt ans, cinquante ans !

Eh bien ! imaginez ce courage stoïque dans le cœur d'une femme, et puis comprenez-en bien l'étendue, voyez bien qu'il n'aura jamais sa récompense dans ce monde : car une religieuse est tout aussi morte sous les dalles du sépulcre qu'elle l'a été dans les murs de sa cellule. Elle ne laisse ni héritiers pour porter son deuil, ni descendants pour perpétuer son nom. C'est une génération qui finit, c'est un anneau de la chaîne des êtres qui se rompt à jamais ; nul ne saura quelles vertus surhumaines ont marqué le cours de cet astre effacé. Sa mémoire restera tout au plus dans quelques rêves de novices et s'éteindra avec elle. Il ne se trouvera pas une créature humaine qui même sur la tombe de cette femme accorde un juste éloge à sa vie : les compagnes qui lui survivent diront que c'était une *bonne âme*. Son épitaphe sera comme celle des êtres vulgaires qui auront végété autour d'elle, — *requiescat in pace*.

Oui, repose en paix, âme héroïque ! mais vous que j'appelle ici pour la juger, dites-moi si cette âme aura une récompense dans le ciel, dites-moi ce que c'est que la foi ? Une chimère ? une vertu ? un espoir ? Mais non : ne me dites pas ce que c'est ; dites-moi où cela se trouve.

Rose ne descendait presque plus à la classe. Elle avait loué un piano et s'exerçait dans sa chambre, pendant les heures que la postulante était forcée de consacrer à la règle de son état.

Rose avait une voix remarquablement souple et étendue : déjà elle l'avait cultivée, et le maître de chant du couvent, surpris et charmé de trouver un talent tout développé, suivit ses progrès avec un zèle particulier. En peu de mois Rose acquit une méthode excellente, et sa voix brisée aux études et aux roulades, prit encore plus d'extension et de légèreté.

Si j'en avais le temps, c'est-à-dire, si les détails ne nous pressaient en foule, je vous ferais bien le portrait de M. L… le maître de chant. Je vous dirais ses manières d'artiste à l'eau de rose, ses prétentions surannées, ses discours recherchés dans le goût de Philaminte et de Vadius. Je vous dirais sa perruque fantastique, son jabot de dentelle, son habit vigogne, son lorgnon et ses petits vers. Ah ! pour le coup, Dieu vous en préserve ! Vous avez rencontré plus d'une fois ce personnage diaphane, effleurant le pavé en fredonnant quelque jolie phrase improvisée sur *Cloris* ou sur *Églé*, car depuis soixante ans M. L… vit au milieu des bergères, des troubadours et des bachelettes. Sa figure et son esprit vous en dégoûteraient à tout jamais, si vous ne l'étiez déjà, par l'abus qu'on en fait de nos jours en la boutique de Gaveaux, Meyssonnier frères, Leduc et consors. Mais les suaves et délicieuses romances de M. L…, ses chants si purs, si vrais et si moelleux, demandent grâce pour sa perruque et ses poésies légères. Le divin Rossini n'a rien fait en ce genre qu'on puisse préférer au chant bien connu de cette romance de Millevoie :

De ma Céline amant modeste, etc.

Cependant, il manquait encore à Rose la seule chose qu'un maître ne peut donner, et sans laquelle la voix humaine la mieux organisée n'est qu'un instrument correct ; il lui manquait ce feu sacré qui fait de la musique un langage de l'âme bien plus qu'un plaisir des sens : L… le sentait bien, et il disait souvent à Kreutzer et à Pradher, ses collègues, qui donnaient des leçons de musique instrumentale aux mêmes élèves : Que voulez-vous qu'on tire du cerveau de ces petites pensionnaires ? ce sont des oiseaux qu'on dresse avec une serinette ; mais où trouver leur âme ? elle est noyée dans le fond du bénitier.

Un jour, le feu sacré se révéla à Rose lorsqu'elle s'y attendait le moins. C'était une des principales fêtes de l'année ; les chœurs de jeunes filles qui chantaient les cantiques sacrés au salut du Saint-Sacrement étaient renommés pour leur précision et leur pureté, et, ce jour-là, il était permis à quelques personnes profanes, même du sexe masculin, d'assister à la cérémonie, dans des tribunes d'où elles pouvaient voir et entendre sans être vues ; c'était une petite infraction au règlement, que se permettait madame de Lancastre, pour accréditer la maison et faire ressortir les talents qu'on y cultivait. Il n'était pas nécessaire d'avoir de grandes recommandations pour obtenir cette faveur ; le sacristain du couvent, avant d'ouvrir la porte des travées, demandait simplement le nom des personnes qui se présentaient : c'était une pure formalité, comme on la pratique dans ces forteresses démantelées que personne ne se soucie de prendre et que personne ne se soucie de garder.

Mademoiselle Brasse, espèce d'artiste amphibie, moitié nonne, moitié chanteuse, qui donnait des leçons de plain-chant aux novices, et qui chantait le latin avec assez de dignité, dirigeait ordinairement les chœurs, Pradher tenait l'orgue, bien contre le gré de sœur Scholastique, qui prétendait que sa présence souillait le couvent, depuis son mariage avec une des plus jolies et des plus vertueuses actrices de Paris. Le *Magnificat* et quelques autres motets de circonstance devaient être chantés par mademoiselle Brasse et M. Canscalmon, gros abbé breton, dont les classiques intonations eussent fait frémir toutes les vitres d'une cathédrale. Ce jour-là, mademoiselle Brasse, qui avait plus d'un genre d'industrie, avait été donner une leçon d'armes dans un autre couvent, à la fille d'un vieux général ; mais en démontrant une passe, la monastique amazone s'était donné une entorse si grave, qu'il lui fut impossible de se faire transporter aux Augustines ; elle prit le parti d'aller se reposer chez un de ses amis, qui chantait les vêpres à Saint-Sulpice, et qui le soir était comparse à l'Odéon, tandis qu'on dépêcha un enfant de chœur à madame de Lancastre, pour lui annoncer l'accident arrivé à sa première choriste.

Grande fut la déconvenue. Comment remplacer cette partie importante du programme ? Lady Gillibrand, lady Cadogan, lady Holland, le duc de Montmorency et le prince Jules de Polignac, et l'honorable M. Canning devaient assister à la cérémonie, sans compter que monseigneur de V… avait promis de faire son possible pour amener monseigneur de Latil, évêque de Chartres, et monseigneur l'évêque d'Hermopolis. Déjà on avait fini complies ; monseigneur Feutrier, évêque de Beauvais, était au second point de son sermon ; un grand empressement de mouchoirs annonçait que monseigneur était au moment pathétique, et que la conclusion ne tarderait pas, lorsque la fâcheuse missive arriva. Presque au même instant le souffleur d'orgues déclara par signes que les éminents personnages séculiers et ecclésiastiques que l'on attendait, venaient de prendre place dans leur tribune. Les autres travées se remplissaient d'auditeurs vulgaires ; c'étaient des étudiants en médecine, employés au Val-de-Grace, des élèves de l'école polytechnique, des séminaristes du collège des Irlandais, quelques bonnes femmes du quartier, un fabricant de couvertures de la rue Mouffetard, un pépiniériste de la rue Clopin, un inspecteur de la fabrique de M. Challamel, marchand cartier du roi ; enfin, parmi tous ces voisins de la maison, deux ou trois de ces jolies femmes *bien mises*, qui se glissent partout, et auxquelles tout sert de prétexte.

La dépositaire était sortie de sa stalle, allait et venait de l'orgue au sanctuaire, du chœur au chapitre, cherchait un moyen, un conseil, une personne de bonne volonté.

— Si ma femme était ici, disait malignement Pradher, en se frottant les mains, on ne ferait pas tant de façons ; on l'embrasserait de grand cœur pour qu'elle ne fît pas manquer la *représentation*. Et j'ose dire, ajoutait-il, en se tournant vers son élève Kreutzer, qu'elle s'en tirerait mieux que cette salope de Brasse… mais L… m'a parlé d'une élève remarquable qu'il a ici : eh ! parbleu, le motet n'est pas si diable à déchiffrer, nous l'aiderons,… et vite, qu'on l'envoie chercher !…

La négociation fut l'affaire d'un instant ; mais l'évêque de Beauvais arrivait à la péroraison au moment où Rose toute essoufflée montait à la tribune de l'orgue :

— Courez, dit sœur Marthe au sacristain, priez monseigneur de prolonger son discours de cinq minutes.

Le prédicateur avait la main levée pour donner sa bénédiction finale, lorsque le sacristain le tirant par son aube, et glissant sa tête grise au-dessus des marches de la chaire, lui présenta la requête à voix basse. L'auditoire resta en suspens.

Puis le prédicateur, avec une admirable présence d'esprit :

Avant de vous quitter, dit-il, mes chères sœurs et mes chères filles, je veux vous dire quelques mots de cette grande avocate du genre humain, cette très-sainte vierge dont l'Église célèbre aujourd'hui la gloire…

Pendant que monseigneur recousait avec art une pièce improvisée à son sermon, en manière d'intermède, Rose toute étourdie, regardait avec effroi la feuille criblée de noir, que Pradher venait de mettre entre ses mains ; elle ne pouvait pas reculer lâchement devant une tâche si importante, mais elle se sentait incapable de la bien remplir ; le chant sacré veut une étude toute particulière qu'elle n'avait point encore faite, elle savait à peine lire le latin, et il s'en fallait de beaucoup qu'elle fût déjà assez musicienne pour déchiffrer sans efforts et sans négliger son chant : interdite, tremblante, elle regardait le papier sans le voir, elle avait la tête en feu, les mains glacées, des tintements dans les oreilles.

— Je ne pourrai jamais, pensa-t-elle, je me trouverai mal.

Cependant la force de sa volonté l'emporta, elle ne s'évanouit point, et elle entendit la première mesure du prélude de l'orgue. Alors l'abbé Canscalmon entonna sa phrase, Rose plus morte que vive, oublia de regarder son feuillet, et regarda le chanteur, c'était une de ces belles têtes de prêtre, devenues si rares depuis que le clergé n'offrant plus de carrières aux nombreuses ambitions des cadets de famille, se recrute dans les derniers rangs de la société ; il était dans la force de l'âge, son front demi-chauve, luisait couronné de cheveux bien poudrés et frisés à grosses boucles, il avait le teint frais, l'œil vif et noir, mais rien d'inconvenant, rien de trivial dans sa santé, toute sa personne était digne et bien placée, sa toilette d'abbé était d'une propreté exquise ; debout sur l'estrade, d'où sa voix dominait la nef, l'air fervent et inspiré, il se tenait un peu renversé, les épaules très-basses, la poitrine bien développée, pour tirer tout le parti possible de ses poumons ; son regard était levé au ciel. Y avait-il de l'enthousiasme ou du goût dans sa physionomie et dans sa pose ? Rose ne vit que de l'enthousiasme.

L'assurance mordante avec laquelle il jeta à la voûte, au milieu des soupirs chromatiques de l'orgue, la première note de sa prière harmonieuse, fit passer un frisson de plaisir dans les nerfs de l'auditoire, Rose en frémit comme une feuille de sensitive au toucher : c'était la première fois qu'elle entendait et *voyait* chanter ; il y avait tant de différence entre la dignité pieuse de ce prêtre, et les ridicules minauderies de M. L*** ! entre la pureté sonore de ce chant d'église et les adroites gargouillades qu'elle étudiait à son piano ! Tout d'un coup elle chanta ! ce fut pour elle un prodige, jamais elle n'a compris depuis comment il s'est opéré ; elle ne voyait pas clair, elle tremblait ; pourtant elle n'altéra pas une note du thème qu'elle ne connaissait pas, et sa voix fut forte, étendue, pleine et vibrante. Quoique peu disposée à la superstition, elle pensa un instant qu'un ange descendu des cieux pour la secourir dans ce moment critique, chantait dans sa poitrine et respirait dans ses modulations, un instant elle vit le ciel ouvert, les harpes d'or des élus et les chœurs des chérubins radieux ; un instant la foi, ce sentiment exalté produit par tous les sentiments élevés dont il est le délire et l'extase, la foi merveilleuse parla à son imagination, elle se crut transportée hors d'elle-même, elle ne sentait plus son être, elle avait des ailes et se soutenait dans l'espace, elle rêvait, chantait, elle s'entendait avec ivresse, et s'éveillait à peine pour se demander si c'était elle qui chantait ainsi. — Et cet enthousiasme, ce triomphe, ce chant divin, ne se produisirent pas seulement dans les organes de sa pensée, tout ce qui l'entendait en partagea le ravissement : les âmes vraiment pieuses tombèrent dans l'extase ; Adèle de Borgia cacha sous son voile des larmes de bonheur céleste, Scholastique ne pensa plus à l'humeur que toutes ces comédies religieuses lui inspiraient, la supérieure faillit danser dans sa stalle ; monseigneur de V*** oublia qu'il était archevêque et se ressouvint qu'il était prêtre, les jolies femmes un peu équivoques qui s'étaient glissées dans les tribunes se sentirent pénétrées d'un tel accès de dévotion, qu'elles résolurent d'aller à confesse le lendemain. Lady Gillibrand dit à plusieurs reprises :

— *C'était très-jolé.* — Et les carabins faillirent battre des mains comme au spectacle.

Mademoiselle de Vermandois dit, avec sa voix du nez :

— Mais qu'est-ce qui chante donc comme cela ? Personne ne put le lui dire. En effet ce n'était pas mademoiselle de Beaumont, c'était un être créé depuis cinq minutes et qui devait finir cinq minutes après ; car au moment où l'orgue laissa expirer ses derniers accords, la vibration enchantée fut tout à coup traversée, déchirée, mutilée par la psalmodie de sœur Scholastique, *Adjutorium nostrum in nomine Domini,*… Rose frappée au cœur par ce son aigre et discordant tomba évanouie, froide comme la mort dans les bras d'une femme inconnue qui se trouvait je ne sais comment auprès d'elle.

Lorsqu'elle reprit ses sens, elle était dans une des galeries supérieures attenant à la chapelle, auprès d'une croisée ouverte. Deux de ses compagnes étaient à ses côtés ; mais elle chercha vainement à reconnaître la personne qui la soutenait avec sollicitude, et qui lui faisait respirer des sels dans un flacon d'or guilloché. C'était une femme jeune et jolie, plutôt petite que grande, mais dont la taille semblait s'élever à son gré par la noblesse et l'élégance de son maintien. Sa toilette était simple et de bon goût, ses traits réguliers et purs étincelaient d'une vivacité que tempérait en ce moment la plus douce sensibilité. Rose lui prit affectueusement la main.

— Qui êtes-vous, lui dit-elle, vous qui êtes si belle et si bonne ?

— Qui je suis ? dit la jeune femme. Dites-moi d'abord si vous êtes dévote ?

— Je viens de l'être pour la première fois de ma vie, répondit Rose en regardant autour d'elle avec un peu d'égarement.

— Et moi aussi en vous écoutant, reprit l'inconnue. Oh ! vous m'avez fait bien du plaisir ! vous m'avez rappelé les couvents d'Italie.

— Vous êtes artiste ? s'écria Rose en la regardant fixement.

— Je suis Judith Pasta, répondit la jeune femme.

— Vous ! s'écria Rose, madame Pasta ! cette cantatrice célèbre, cette tragédienne sublime, et je ne vous ai jamais entendue !… Mais, ajouta-t-elle tristement, vous êtes une actrice… quel métier !

— Je m'attendais à cela, dit la cantatrice en s'éloignant avec un sourire.

— Ah ! vous ne me comprenez pas, dit Rose en se levant et en courant vers elle. Donnez-moi quelque chose de vous pour que je le garde.

Madame Pasta l'embrassa et lui donna son mouchoir de baptiste richement brodé et garni de dentelle. Rose le mit dans son sein sans le regarder ; elle était dans un moment d'enthousiasme et ne savait pas ce qui la faisait agir et parler.

— Je me souviendrai de vous toute ma vie, lui dit-elle : si un jour nous nous retrouvons, ne m'aurez-vous point oubliée ?

— Si cela était possible, dit la belle cantatrice, ce gage me rappellerait un des plus doux instants de ma vie.

Elle disparut dans le couloir qui conduisait aux tribunes publiques ; Rose la suivit des yeux, et quand elle ne la vit plus, elle retomba sur sa chaise, émue, stupéfaite.

C'est là une actrice ! dit-elle ; je n'aurais jamais cru qu'une actrice pût être si belle, si bonne et si aimable… Elle se rappela enfin que cette scène étrange avait eu deux témoins, et leva les yeux sur les deux compagnes qui l'avaient assistée. C'étaient deux sœurs espagnoles qui n'avaient rien compris à la conversation. Elle les remercia par ses caresses et rentra avec elles dans l'église. Du reste, elle se doutait si peu de son triomphe qu'elle regardait avec surprise ses compagnes qui l'entourèrent au sortir des offices pour la féliciter sincèrement. Les femmes sont envieuses du triomphe d'autrui, mais c'est lorsque ce triomphe blesse leur amour-propre particulier. En masse elles sont susceptibles d'enthousiasme pour le talent d'une autre femme, et si leurs applaudissements n'enlèvent pas les succès des Malibran et des Dorval, leur opinion les établit. Mademoiselle de Vermandois trouvait là d'ailleurs une bonne occasion pour étaler son caractère de magnanimité ; toutes suivirent son exemple, et Émilie de Longueville n'osa pas placer une raillerie.

Mais sœur Marthe vint bientôt arracher Rose à ce triomphe pour la présenter à des suffrages plus éclatants. En entrant dans le parloir particulier de la supérieure, elle fut éblouie de se trouver dans un cercle nombreux. Le rideau était levé ; une table demi-circulaire était dressée à l'intérieur pour les nonnes, et de l'autre côté de la grille une table pareille chargée de fruits, de confitures, de friandises de toute espèce et d'excellents vins vieux, était appuyée contre la grille de manière à ce que la communauté et les personnes de l'extérieur pussent manger et causer pour ainsi dire à la même table, sans manquer aux règles de la claustration : c'était une manière d'éluder le règlement tout en ayant l'air de le respecter. Une ouverture assez large pour passer les plats était pratiquée à la grille ; vis-à-vis de la supérieure, à la place d'honneur, était monseigneur de V… Lady Cadogan, une des plus jolies femmes de l'Angleterre, était entre l'évêque d'Hermopolis et monseigneur de Latil. Cinq ou six jeunes prêtres anglais, parents des religieuses, s'étaient groupés timidement à un bout de la table. Mistress Plunket s'efforçait de se rendre agréable à lady Clifford qu'elle dépassait de toute la tête. L'honorable M. Canning parlait tolérance avec l'abbé de P… directeur du couvent, jésuite aimable et vertueux. L'abbé Canscalmon parlait musique avec Pradher et les autres artistes qui donnaient des leçons au couvent, et le joli abbé de R*** que nous avons vu au château de Mortemont, s'était glissé à la dernière place du demi-cercle de manière à n'être séparé que par la grille des beaux yeux de madame Adèle. Mais la dignité froide de cette femme en eût imposé au duc de Richelieu lui-même. Rose était un peu embarrassée de se trouver seule admise à cette solennelle collation, d'autant plus qu'à son entrée, toute l'attention se porta sur elle, et chacun voulut lui témoigner son admiration pour sa belle voix et son beau talent, depuis monseigneur de V*** qui lui dit une impertinence, en voulant lui faire un compliment, jusqu'à mistress Plunket qui lui en fit un en anglais auquel elle ne comprit rien. L'abbé de R*** avait commencé une très-jolie phrase, lorsque l'abbé de P*** dit à Rose d'un ton paternel et vrai :

— Il n'est pas besoin d'être musicien pour vous admirer, mademoiselle ; vous chantez avec le cœur, et tous les cœurs vous comprennent.

L'aînée des demoiselles Plunket vint diminuer l'embarras de Rose en se plaçant auprès d'elle avec deux ou trois pensionnaires dont les parents étaient de l'autre côté de la grille. Le repas fut égayé par un bon missionnaire, frère de sœur Marthe, qui arrivait du pays des Natchez, et qui raconta plusieurs particularités de ses voyages avec beaucoup d'esprit et de bonhomie. L'abbé de Janson décrivit la Jérusalem moderne et monseigneur de Latil raconta la mort du duc de Berry. La conversation allait redevenir sérieuse et politique, lorsqu'on demanda l'abbé de R*** à la porte extérieure. Il rentra bientôt et dit à madame de Lancastre que c'était le nouveau maître de dessin qu'elle avait bien voulu accepter pour le couvent sur ses recommandations, et qu'il voulait lui présenter.

— L'occasion est d'autant meilleure, répondit-elle, que notre supérieur est présent et nous aidera à juger de sa bonne tenue.

— Du moment que c'est notre cher abbé de R*** qui nous le présente, répondit monseigneur de V***, je crois que nous pouvons nous en rapporter à lui ; qu'il soit donc le bienvenu.

Le maître de dessin entra : Rose reconnut avec surprise Laorens Armagnac. Elle était en train de retrouver ses anciennes connaissances. L'assemblée où il se voyait introduit était si nouvelle pour les yeux de l'artiste, qu'il fut un instant embarrassé de sa personne ; mais dès qu'il se fut mis au fait des causeries et des manières de cette macédoine dévote, il s'en amusa beaucoup intérieurement, et grava dans sa mémoire certaines figures de vieilles nonnes et de jeunes novices, qui lui offraient des types opposés très-remarquables ; mais comme son regard de jeune homme et de peintre cherchait à soulever le mystère d'un voile blanc demi-baissé, il retrouva dans sa mémoire de quoi l'aider dans son admiration pour la belle postulante. Avec quelques efforts, il se rappela enfin distinctement la jeune sœur de l'hôpital de Tarbes. Il ne lui restait plus qu'à s'en assurer ; mais c'était impossible ce jour-là, et plus d'une fois le sourire de Rose l'avertit de modérer la vivacité de son regard.

Chapitre II
L'artiste au Couvent

Le lendemain, la première figure qui frappa mademoiselle de Beaumont, en entrant dans la classe, à l'heure de la leçon de dessin, fut Laorens debout auprès du pupitre de mademoiselle de Longueville. Il cherchait à se donner de l'assurance tout en démontrant les principes de son art ; mais quelque fanfaron de scélératesse qu'il se plût à se faire parfois, il était dans ce moment fort troublé au milieu de soixante jeunes filles fraîches ou jolies pour la plupart ; car si le couvent des Augustines était renommé pour l'éducation brillante et les grands noms, il ne l'était pas moins pour les rares beautés de tous climats qu'il renfermait, ainsi qu'une serre chaude enferme dans ses vitraux jaloux les plus belles plantes des deux mondes.

C'est peut-être la plus téméraire de toutes les entreprises humaines pour un garçon capable de ressentir l'amour et de l'inspirer, que de s'introduire, en qualité d'instituteur, dans un couvent de femmes. Je ne parle point d'un pensionnat dont le régime diffère peu de celui du monde, et où la réclusion étant dépouillée de toute sa solennité, ne donne aucun attrait, aucun aiguillon aux pensées de coquetterie et de liberté. Mais dans un couvent cloîtré, dans un vrai couvent d'Italie, avec toutes ses fausses rigueurs, toutes ses apparences d'austérités menteuses et sa captivité réelle, absolue, qui fait rêver tant d'avenirs et divaguer tant d'imaginations ; passer une grille, un tour, un guichet, franchir de lourdes portes en fer, ouvertes lentement, avec précaution, avec solennité, moyennant des dispenses du haut clergé, après des chuchotements de tourière, le regard d'une antique sybille, qui vient vous reconnaître, et vous introduit avec toutes les formalités d'une prudence féminine, avec toute l'importance qu'il est possible de donner à une faveur dont on veut faire sentir le prix ; puis traverser ces cloîtres tout embaumés de fleurs et de femmes ; marcher sur ces tombes de vierges usées par le frottement des petits pieds ; se sentir dans le sanctuaire de la pudeur craintive ; respirer un air plein d'un mystique encens, que le souffle d'un autre homme ne profane jamais ; apercevoir derrière les vitraux de l'ogive les novices rieuses et folâtres qui jouent avec une jeune chatte doucereuse et blanche comme elles, ou se poursuivent en se jetant des roses effeuillées toutes chargées de pluie ; s'avancer tout recueilli, tout ému, tout palpitant sous ces galeries sonores ; lire sur tous les murs des noms si jolis, si poétiques, qu'on rêve déjà celles qui les portent ; épier et découvrir sur ces murailles, comme sur de mystérieuses tablettes, le secret de plus d'un jeune cœur révélé dans une inscription naïve ou malicieuse ; entendre derrière soi le frôlement d'une longue robe de nonnette, ou la course irrégulière d'une jeune fille, déjà femme pour la beauté, encore enfant dans ses manières ; la voir passer près de soi, rouge comme une cerise, farouche comme un oiseau, s'efforçant de prendre un air grave en vous coudoyant dans le passage étroit, et fuyant aussitôt comme une perdrix, longtemps tenue en arrêt, et laissant tomber de sa ceinture une fleur brûlante et flétrie, que vous ramassez, que vous cachez dans votre sein ; car c'est le seul larcin que vous ferez en ce lieu, songez-y bien !...

Puis enfin se diriger vers un bruit de rire frais et joyeux, de voix pénétrantes et suaves, entrer dans une classe ! voir autour de soi tout un harem de vierges qui rougissent, se troublent, se cachent les unes derrière les autres, se rassurent, s'enhardissent, se rapprochent, sourient, prennent l'air railleur, agaçant, curieux, vous regardent, vous interrogent, vous consultent, et vous appellent ; leur parler, être si près d'elles, s'asseoir à la place qu'elles viennent de quitter, effleurer leurs mains en prenant leur crayon, effleurer leur robe en passant près d'elles, effleurer leurs cheveux en vous penchant sur leur ouvrage, respirer leur haleine quand elles vous écoutent, avoir le droit de les gronder, être leur surveillant, leur maître,... et ne rien oser au-delà ; avoir sans cesse autour de soi, une surveillante dont l'oreille vous écoute, dont l'œil vous pénètre, dont la pensée vous devine, dont la présence vous glace et vous pétrifie ! être là comme un roi, comme un sultan, comme un musulman dans le paradis de Mahomet, et n'en avoir que la vue ! être forcé de réprimer un regard brûlant, sa voix émue, sa main tremblante, affecter le calme, l'indifférence, la gaîté même, car les pensionnaires espiègles et moqueuses, veulent vous faire rire sous peine de rire à vos dépens si vous vous y refusez ; il semble qu'elles se fassent un jeu des tortures qu'elles vous causent : imprudentes et cruelles, elles sont coquettes avec vous ; elles s'occupent de vous par ennui et par désœuvrement ; mais hors du couvent vous ne seriez plus un homme pour elles. Ici, elles vous attirent ; là-bas, elles vous mépriseront : elles veulent vous plaire, mais jamais vous aimer. Allez donc ! vous marchez sur des charbons ardents, et comme une mouche étourdie et stupide, vous ne braverez pas cette flamme attractive sans vous y brûler cruellement.

Laorens, né sous le ciel dévorant du midi, jeune, ardent, accoutumé à une vie d'artiste, libre, folle, capricieuse, aujourd'hui toute de travail et de retraite, demain toute de plaisir et de paresse ; Laorens qui aimait la peinture à cause des femmes, et non les femmes à cause de la peinture, condamné à la dangereuse volupté de voir en amateur l'élite des jeunes beautés de la terre, faillit plusieurs fois succomber à cette première épreuve. Audacieux en imagination, timide en réalité, il faillit sortir avant la fin de la leçon. Mais il sentit que tout prétexte serait ridicule : combien n'eût-il pas béni le ciel de lui envoyer un saignement de nez !

Cependant il reprit courage auprès de Rose ; elle s'était isolée, suivant sa coutume, dans un coin de la salle : ils purent causer sans être entendus. Seule, parmi toutes ses compagnes, Rose n'inspirait rien de pénible à Laorens ; elle n'avait plus pour lui cet attrait piquant de la coquetterie naïve ; elle n'était ni coquette ni niaise. Il l'avait vue ailleurs, il avait appris à la respecter ; il l'estimait et ne la désirait point.

Par quelle bizarrerie vous retrouvé-je ici ? lui dit-elle.

— Par ma faute, *meâ maximâ culpâ*, répondit-il. J'ai fait des dettes, et je n'ai pas travaillé assez pour les payer sans sortir de ma chambre. L'abbé de R*** que je continuais à voir de temps en temps, m'a offert ce moyen d'existence, et je l'ai accepté avec empressement, croyant y trouver de l'avantage et du plaisir en même temps… mais je me suis trompé de moitié.

— En vérité ? dit Rose en souriant, ce n'est pas galant pour mes compagnes et ce n'est pas aimable pour moi.

— Vous ne me comprenez pas : leur mine railleuse m'intimide, me gêne… Cela vous fait rire ? ne vous moquez pas de ma piteuse figure, car vous êtes ici mon seul appui : ce n'est qu'auprès de vous que je me sens à l'aise. Vous auriez cependant plus que personne le droit de me railler ; mais je vous sais bonne et j'ai confiance en vous.

— Et vous avez raison. Causons… Monsieur Cazalès ?

Rose avait abordé ce sujet avec la hardiesse et la franchise de son caractère ; malgré elle pourtant une vive rougeur colora ses joues au moment où ce nom sortait de sa bouche. Laorens qui tenait un crayon et faisait un croquis pour se donner une contenance, ne s'en aperçut pas.

— Je l'ai laissé à Mortemont, dit-il, en bonne santé et de meilleure humeur que je ne l'avais vu depuis longtemps ; en vérité, bonne Rose, je crois que c'est vous qui l'avez guéri…

Rose sentit battre violemment son cœur dans sa poitrine…

— Comment l'aurais-je guéri ? dit-elle, à peine si nous nous connaissons.

— Oh ! c'est qu'Horace n'est pas facile à connaître, c'est l'être le plus original ! ce qu'il y a de sûr, c'est qu'il menait depuis longtemps une vie folle pour échapper à l'ennui, et que depuis l'époque où nous avons eu le bonheur de vous rencontrer, il a changé entièrement : il ne s'ennuie plus et ne fait plus enrager la province par désœuvrement.

— Oh ! mon dieu, pensa Rose, est-ce qu'il m'aimerait ?

— La meilleure preuve que je puisse vous donner de sa conversion, c'est qu'il va se marier.

Rose pâlit :

— Est-ce avec une personne que je connais ? dit-elle.

— Nullement, il ne la connaît pas lui-même. C'est-à-dire qu'il n'a pas fait un choix, et comme il ne trouve aucun parti qui lui convienne dans son pays, il va venir à Paris, et voir le monde pour y chercher son Égérie.

— Puisse-t-il être heureux et trouver une compagne digne de lui !

— Je le désire autant que vous, c'est un si bon ami !

— Et je lui dois tout.

— Vous en étiez digne ; maintenant, répondez à une question ; comment nommez-vous une grande et belle novice qui, seule dans la communauté, porte une robe noire et un voile blanc ?

— C'est notre postulante, sa beauté vous a frappé ? elle s'appelle Blanche.

— Tout court ?

— Comme je m'appelle Rose ; nous n'avons pas plus de famille l'une que l'autre ; elle est ma sœur et je suis la sienne, nous nous sommes fait ainsi à chacune une parenté de notre choix.

— Et… d'où vient-elle ?

— De Bordeaux, le hasard nous fit rencontrer à Tarbes, précisément le jour…

— C'est bien elle ! je l'ai vue dans une église et je l'ai trouvée adorable. Est-ce qu'elle ne vient jamais à la classe ?

— Elle y viendra demain ; la supérieure veut qu'elle apprenne le dessin, pour le montrer par la suite aux pensionnaires ; elle a tant d'intelligence et de facilité que nos religieuses fondent sur elle de hautes espérances d'économie pour l'avenir : elle remplacera la moitié des maîtres qu'on paye maintenant, et que les parents ne payeront pas moins alors ; ainsi ne vous hâtez point trop de lui donner votre talent, car elle vous supplantera bientôt ; je vous en avertis.

— Je meurs d'envie de la voir…

— Ah ! ne parlez pas si haut, pour rester ici, il faut de la prudence.

En effet, le lendemain sœur Blanche assistait à la leçon de dessin ; quoiqu'elle fût bien rouge, bien troublée, bien timide, elle saisit les principes que Laorens lui démontra avec une rapidité d'intelligence et une facilité d'exécution qui le frappèrent vivement : Blanche réussissait toujours à ce qu'elle entreprenait ; il n'en était pas ainsi de Rose, elle n'avait ni patience, ni résolution, sa volonté, rude et active dans les grandes choses, ne daignait pas s'appliquer aux petites. Nous l'avouons avec chagrin, hors la musique, elle ne savait rien, et au bout de huit mois, ne mettait guère mieux l'orthographe que le premier jour ; elle parlait bien à force d'entendre parler ; elle parlait déjà l'anglais de routine, mais elle ne pouvait en lire une ligne, elle n'apprenait rien que par mémoire ou par sentiment ; dès qu'il fallait assujettir l'étude à des règles, c'en était fait de son intelligence.

Quand elles remontèrent à leur cellule :

— Explique-moi donc, dit Blanche, comment tu connais ce maître de dessin ; moi aussi, je le connais un peu, par un hasard singulier ; et elle raconta sa petite aventure de Tarbes, mais timidement et rougissant toujours au souvenir de ce jeune homme si pâle, à l'air si doux, au regard si tendre.

— Il est mieux portant, maintenant, ajouta-t-elle ; mais il a toujours l'air bon et honnête, je suis sûre que c'est un jeune homme pieux et sage.

— Pas mal trouvé ! dit Rose, en éclatant de rire, c'est Laorens !

— Ô ciel ! s'écria la novice en joignant les mains avec un sentiment d'horreur qui fit rire sa compagne encore plus fort, c'est cet affreux Laorens dont tu m'as parlé en me contant ton histoire ! ce libertin qui voulait t'acheter comme on achète une esclave, cet impie qui se moquait de son ami, parce que celui-là valait mieux que lui, et voulait te sauver du péché ! oh ! qu'on a raison de nous dire de fuir les hommes ! comme il faut se méfier de leur air sage et hypocrite !

— Ce qu'il y a de plus drôle, dit Rose en riant toujours, c'est que tu l'as secouru et soigné comme un jeune poitrinaire bien intéressant, tandis que le mauvais sujet était malade des suites de l'ivresse.

— Ô quelle horreur ! joindre l'intempérance à tant de vices ! mon Dieu, préservez-moi de jamais rencontrer d'autres hommes ! puissé-je ne jamais en voir un seul ! Chère Rose, comment es-tu assez indifférente au bien et au mal, pour parler à ce misérable endurci ! à ta place, je ne voudrais pas lever les yeux sur lui.

— Et tu aurais tort : tu lui ferais penser que tu le crains, et loin d'en être humilié, il s'en vanterait. Chère amie, tu sais beaucoup de choses que je n'apprendrai jamais, j'en ai peur ; mais tu ne connais pas la vie, tu t'es instruite dans les livres, tu ne te doutes pas de ce qu'est la société ; les crimes y sont moins grands que tu ne l'imagines, parce que les passions et les besoins sont plus puissants que tu ne peux t'en douter, au fond de la retraite où tu as toujours vécu. Vraiment, je crois maintenant que tu feras une excellente nonne, et que dans le monde tu serais malheureuse : reste donc ici, il y a apparence que je ne te quitterai pas.

— Oh ! si tu entrais un jour en *religion*, comme je l'espère toujours, quel bonheur de passer notre vie, toute notre vie ensemble !

— Entrer en religion ! pour cela il faudrait commencer par devenir dévote, et je ne l'espère pas. Mais rester ici longtemps, toujours même, c'est possible. Qu'irais-je chercher dans le monde ? une famille ? je n'en ai pas ; un mari ? je n'ai pas de dot ; une mère ?…

— Je ne comprends rien à la conduite de M. Cazalès… il ose se marier !

— Cela t'étonne ? pourquoi ?

— Je ne sais ; mais si j'étais à sa place, Rose !…

— Ah ! toi, pauvre nonnette, tu ne sais pas ce que c'est que la valeur d'un mot qui gouverne le monde ; *considération*, c'est un grand mot.

— Que le monde est petit !

— C'est ton Dieu qui l'a fait !

— Beaumont ! Beaumont ! s'écria la voix nasillarde de mademoiselle de

Vermandois derrière la porte ; descendez donc à la classe ; vous verrez la corbeille de mariage d'Alix de Fiesque. C'est magnifique !

— Que t'importe ? n'y va pas, dit Blanche, qui craignait les réflexions de son amie.

— Tu es enfant, reprit Rose. Tu crains que ces babioles ne me fassent envie ?

Elles descendirent toutes trois. La postulante regarda les broderies en connaisseur, et tandis que toutes les pensionnaires se disputaient le plaisir de toucher les cachemires, d'essayer les parures, Rose examina avec curiosité le visage et la contenance de la jeune fiancée. Elle avait à peine seize ans ; elle épousait son cousin qui n'en avait pas vingt. C'était un mariage de convenance et d'inclination tout ensemble. Vive, pétulante, enfant gâté, mademoiselle de Fiesque était heureuse dans toute la naïveté de son cœur. La joie la rendait encore plus jolie : ses yeux noirs lançaient des flammes, et ses joues animées respiraient le plaisir, la confiance et le triomphe. Qu'elle est heureuse, disait-on, autour d'elle ! son cousin l'adore, et il a cent mille livres de rente.

— Ne vantez pas sa fortune, disait mademoiselle de Fiesque ; sais-je si Olivier est riche ! cela regarde nos parents ; mais, nous, notre richesse est de nous aimer.

Rose remonta dans sa chambre, et se promena quelque temps avec agitation. — Elle est jeune, elle est belle, pensa-t-elle, elle est aimée !... Mais moi aussi ! s'écria-t-elle, tout d'un coup en s'arrêtant devant une glace, et voyant s'y répéter sa taille si noble, sa beauté si poétique et sa physionomie si passionnée et si dédaigneuse dans ce moment. Moi aussi ! je suis belle, je suis jeune, et j'ai un cœur ardent ! moi aussi, je ferais le bonheur d'un homme, je l'aimerais !... Il pourrait me promener dans Paris, belle et parée, et se glorifier d'être mon époux, et voir envier son sort... Si j'étais bien née !... mais je suis la fille de la Primerose, et personne ne m'aimera. J'ai un stigmate au front, on ne m'aime point !...

Elle frappa de son pied le parquet avec colère, et, regardant toujours la glace, vit couler lentement deux grosses larmes sur ses joues brûlantes.

— Je suis très belle, dit-elle encore, je n'y avais jamais songé. Quand ma mère me le disait, j'en étais irritée ; maintenant je m'en aperçois, et cela me décourage. Ce n'est donc rien que cela ! eh ! je suis plus riche qu'elles toutes. J'ai dans mon cœur la puissance d'aimer, d'aimer éternellement, d'un amour généreux, d'un amour enthousiaste ! Eh bien ! mon cœur séchera dans ma

poitrine, avant que j'aie rencontré un être qui veuille partager cet amour !...
— Oh non ! c'est humiliant, s'écria-t-elle, je ne me plaindrai pas...

— Qu'as-tu donc ? dit sœur Blanche, en se jetant à son cou ; on dirait que tu as pleuré.

— Non, dit Rose, chantons. Et elle se mit au piano.

Mais, dès cet instant, tout fut rompu entre elle et cette société qui la repoussait. Sa fierté lui défendait de l'implorer ; elle lui jura une haine éternelle et ne lui demanda plus rien.

Cependant au bout de quelques semaines, madame Adèle déclara que les progrès rapides de sœur Blanche méritaient de l'attention : il fut décidé qu'elle prendrait une leçon particulière tous les deux jours, et l'on obtint de monseigneur une nouvelle permission pour le jeune maître, de pénétrer plus avant dans le sanctuaire. La chambre de mademoiselle de Beaumont fut assignée de son consentement à cette leçon, et madame Adèle prit l'engagement d'y assister.

Cette faveur transporta de joie notre jeune peintre ; quoiqu'il se fût aguerri contre l'humeur agaçante et maligne de ses nobles élèves, jusqu'à prendre un certain ascendant sur elles, il ne se sentait pas heureux au milieu de cette jeune milice, avec laquelle il fallait toujours se tenir sur ses gardes, toujours avoir de l'esprit et de la froideur, et toujours se défendre de l'humeur et de l'admiration, comme de deux choses également ridicules et inconvenantes. Chaque jour au contraire lui inspirait pour Rose une amitié fondée sur l'estime la plus vraie : mais s'il faut tout dire, il était amoureux, amoureux comme un fou, pour la première fois de sa vie. Sœur Blanche ressemblait si peu à toutes les femmes qu'il avait connues, qu'il éprouvait en la voyant des sensations toutes différentes de ce qu'il avait éprouvé jusqu'alors. Tant de facilité, d'instruction et de talent, avec tant de douceur et de crainte, tant de beauté et de jeunesse sous ce voile blanc qui en marquait l'abnégation ou l'ignorance, tant de grâce timide dans les mouvements, tant de suavité dans la voix, tant de simplicité dans les pensées et de bonté affectueuse dans les manières, faisaient de la jeune novice, un être à part, une création toute céleste, toute idéale, toute romanesque. Laorens se mit à aimer comme à vingt ans il n'avait su le faire. Il ne se défendit point de cette passion fraîche et naïve qui naissait dans son cœur d'homme, comme une jeune branche sur un vieux tronc. D'ailleurs, Horace n'était point là pour le railler, pour lui dire *tu changes*, et il se laissait changer par ce sentiment qui rajeunit et ranime, qui transforme et qui retrempe.

Ce fut un secret pour lui tout seul, un secret qu'il aimait à caresser, à renfermer dans son sein comme un trésor, pour l'en tirer et le contempler en cachette avec charme, avec délices ; jusque-là, ses amis avaient connu ses amours avant lui ; maintenant il se taisait et dans l'exaltation même de cette vie folle, à laquelle il renonçait lentement, jamais le nom de Blanche, jamais l'aveu d'un amour vrai, ne lui échappait ; il eût craint de le profaner au milieu de ses frivoles plaisirs et de ses compagnons étourdis. Il portait au milieu d'eux un front toujours épanoui, des paroles toujours sceptiques ; mais il leur cachait une âme toute neuve et toute confiante. Puis, quand il arrivait, le matin, au couvent, quand il trouvait sa belle Héloïse doucement penchée sur son ouvrage, douce, rêveuse, mais toujours sereine dans sa mélancolie, toujours pure à son réveil, il rejetait avec remords tout souvenir de sa vie passée, il redevenait un jeune homme timide et palpitant, chaste et embrasé. Pour une heure, il se faisait ange à côté de l'ange qui l'élevait jusqu'à son empyrée.

Puis, en sortant, il souriait, mais pour s'applaudir et non pour se railler ; car il était heureux depuis qu'il aimait ainsi. Il ne songeait point à détourner cette vierge de la voie du ciel : il ne savait même pas s'il l'eût aimée sans son voile, sans ses vœux, sans l'impossibilité de la posséder. Cette barrière qui les séparait était la seule chose qui avait pu changer ainsi tous ses systèmes, toutes ses émotions. Il l'aimait sans espoir, et presque sans désirs ; la présence continuelle de madame Adèle et de Rose, la réserve de Blanche et leurs douces causeries, si pures, si intimes, si candides, l'empêchaient d'avoir auprès d'elles une pensée à réprimer, une souffrance à endurer. C'était pour lui une vie si nouvelle, si fraîche, si enivrante, qu'il eût frémi de rompre le charme en y touchant.

De son côté, Blanche le traitait avec une douceur miséricordieuse pour ses erreurs, avec une reconnaissance dévote pour ses leçons. Mais dès qu'il était sorti, Rose était surprise de l'espèce de dédain avec lequel la jeune religieuse parlait de son maître de dessin. Elle secouait la tête lorsqu'elle entendait faire à madame Adèle l'éloge de son talent et de son esprit, à Rose, l'éloge de son cœur. Elle niait toutes ses qualités autant qu'elle le pouvait sans manquer à la charité chrétienne ; elle allait même jusqu'à lui refuser une jolie figure et des manières douces et affectueuses.

Chapitre III
Un Amour de Dévote

Un jour elle se jeta dans les bras de son amie.

— Écoute, lui dit-elle, je suis bien malheureuse ! je succombe à mon mal, j'en mourrai.

— Quoi donc, s'écria Rose épouvantée !

— Dieu me refuse la grâce.

— Ah ! voilà encore quelque scrupule absurde !

— Non, Rose ; ce n'est pas un scrupule, c'est un mal affreux, c'est un combat perpétuel que j'affronte depuis six mois, et aujourd'hui la force me manque. Elle fondit en larmes.

Rose l'avait souvent vue pleurer pour des maux bien petits qu'elle se faisait très-grands. Elle ne s'inquiéta donc pas beaucoup de ses larmes, mais elle s'en affligea.

— Qui donc sera heureuse, si ce n'est toi, lui dit-elle ? Toi dont l'âme est si pure, le passé si calme, la vie si douce, l'avenir si sublime ; le ciel si assuré ! que te manque-t-il ?…

La grâce ! la grâce me manque, Dieu m'abandonne…

— Quelle folie ! ce jésuite qui te confesse te fera perdre l'esprit…

— Non, Rose, c'est un saint homme, et comme tu dirais dans tes idées un brave homme ; non ce n'est pas lui. Il s'efforce de me consoler, de me rassurer, mais c'est impossible, l'esprit du mal triomphe… Ah ! comment te l'avouerais-je ! j'ai eu tant de peine à m'en confesser ! je ne savais comment exprimer ce que j'éprouvais ; grand Dieu ! suis-je donc coupable à ce point qu'il me faille rougir de mes pensées ?

— Parle, et ne crains rien ; tu vaux toujours mieux que moi.

— Hélas ! non, Dieu me punit de mon orgueil. Souvent j'ai osé te blâmer ; souvent je l'ai prié de te convertir, comme si tu n'étais pas digne de mon amitié ; insensée que j'étais ! ton cœur était cent fois plus pur que le mien…

— Allons dépêche-toi ; enfant ! voici l'heure de la leçon de dessin qui approche, dis-moi vite ton grand crime ; comme à l'ordinaire, il me fera sourire, et j'essuierai tes larmes afin que Laorens ne te voie pas ainsi. Les belles vierges du Guide, auxquelles il te compare toujours, n'ont pas les yeux rouges…

— Tais-toi ! s'écria Blanche en frémissant de tout son corps ; ne prononce pas ce nom… il me fait mal… Heureusement je ne le verrai plus… Dieu soit béni !… Elle cacha sa tête sur l'épaule de Rose et pleura amèrement ; enfin elle fit un effort… Apprends donc, dit-elle, que je ne le verrai plus, je me suis confessée, j'ai tout dit. L'abbé de P. a parlé à madame la supérieure, et sans trahir ma confession, l'a priée de faire cesser ces dangereuses leçons de dessin. Il viendra toujours à la classe, mais il ne montera plus ici… Dans ce moment peut-être… Elle se leva avec vivacité, courut à la fenêtre de sa cellule qui donnait sur le préau : Laorens traversait le cloître, sœur Marthe l'accompagnait, et ils se dirigeaient ensemble vers la classe. Blanche tomba accablée sur une chaise, et devint pâle comme son voile. C'en est fait, dit-elle, je ne le verrai plus !… Mon Dieu ! je vous remercie : et elle cacha son visage dans ses mains.

Puis se jetant à genoux et cachant sa tête dans les vêtements de son amie : Ah ! je suis indigne d'être l'épouse du Seigneur et l'amie de Rose, dit-elle, et pourtant j'ai bien combattu ; ah ! si tu savais ce que j'ai souffert ! et d'ailleurs c'est le démon : le démon tout seul qui a fait le mal ; pour moi, je n'y ai jamais consenti. Était-ce ma faute, si je sentais mon cœur battre et mon front brûler au seul bruit de ses pas ! Dieu m'est témoin que j'eusse voulu alors m'enfuir et me cacher. Je souffrais tant : je craignais tant qu'il me devinât ! et puis quand sa voix me faisait frissonner, était-ce ma faute ? quand sa main effleurait la mienne… Ah ! c'est là un grand crime de pensée, je le sais bien ! tout mon sang refluait à mon cœur, il me semblait que j'allais mourir, et pourtant je retirais ma main avec empressement, avec effroi ; j'aurais mieux aimé prendre un serpent que de prendre sa main. Pourquoi donc la nuit, dans tous mes rêves, me semblait-il sentir encore le contact de cette main brûlante sur la mienne ? tu vois bien que c'est l'œuvre de Satan. Pourquoi, dès qu'il était parti, avais-je tant de mépris pour sa vaine existence, toute consacrée à un art frivole, à des pensées mondaines ? j'avais bien alors tout l'exercice de ma raison. Je le condamnais, il me semblait que je l'aurais haï, si Dieu ne nous défendait de haïr qui que ce soit. Eh bien, lorsqu'il revenait, d'où vient qu'il m'était impossible d'avoir pour lui un regard froid, des paroles sévères et un maintien dédaigneux ? Non, mon Dieu ! je ne le pouvais pas, vous le savez bien, Seigneur mon Dieu ! je ne le pouvais pas.

— Chère Blanche, dit Rose en l'embrassant, toute en larmes, assez, assez, je comprends maintenant, n'en parle plus, cela te fait mal. Viens à l'église, nous prierons toutes deux. Oui, je prierai avec toi, tu sais bien que je crois en Dieu, surtout lorsque j'ai à l'implorer pour ton bonheur.

— Non, Rose, je veux tout te dire, je veux m'accuser devant toi, devant Dieu qui m'entend, car le mal est plus grand que tu ne l'imagines… Un jour… hélas ! que je me sens de honte dans le cœur ! il était là… derrière moi,… madame Adèle était sortie un instant, et toi, tu venais de te mettre à la fenêtre ; il osa bien, l'impie ! prendre le bout de mon voile et le presser contre ses lèvres ! Il crut que je ne le voyais pas ; en effet, je ne pouvais le voir, mais bien qu'il n'eût touché qu'à mon voile, je l'avais senti, ce baiser, il était tombé sur mon cœur… Ah ! misérable ! qu'est-ce que je dis ?… c'est une parole coupable…

— Tais-toi donc…

— Non, non, écoute le pire de tous mes crimes… : à peine l'abbé de P*** m'eut-il entendue en confession, qu'il me promit de me soustraire à cette tentation. Eh bien, au lieu d'en être joyeuse, mon cœur fut brisé. Hier, toute la journée, tu m'as demandé la cause de ma tristesse… Et lui, lui, il a remarqué avec inquiétude comme j'étais pâle… de quoi se mêle-t-il ? Pourquoi ose-t-il regarder la figure d'une personne consacrée à Dieu ?

— Eh bien ! encore tout à l'heure… quand madame la supérieure m'a fait appeler pour me dire que je ne prendrais plus de leçons de dessin, j'ai cru que j'allais tomber morte. J'ai eu froid, j'aurais voulu pleurer, mais j'avais trop peur. Et puis la supérieure m'a dit : Mon enfant, l'année de votre postulat est expirée, quand voulez-vous *prendre l'habit ?*

— Tout de suite, ma mère, ai-je répondu, ce ne sera jamais assez tôt. Eh bien, je mentais, car ce moment que j'ai tant désiré, cette solennité que j'attendais avec impatience, je ne la vois plus sans effroi, sans douleur… Au lieu de me réjouir, je pleure ; au lieu de m'en occuper, je ne songe qu'à cet homme, je ne puis prier, son nom se mêle dans toutes mes prières, son image funeste est toujours entre le ciel et moi. Oh ! c'est une épreuve bien cruelle que je souffre… ma vocation est ébranlée.

— Eh bien ! s'écria Rose avec véhémence, et cherchant à lui arracher son voile, ôte ceci, et ne le reprends jamais ! tu souffres, tu trembles, et tu veux avec des larmes dans les yeux et le froid de la crainte dans le cœur, faire un nouvel engagement pour deux ans ? non, je ne le souffrirai pas, tu ne seras pas religieuse, tu ne seras même pas novice ; ces combats te tuent, et dans deux ans ta force serait épuisée, ta raison subjuguée, tu n'aurais plus l'énergie de reprendre ta liberté, tu te laisserais entraîner dans le tombeau… non, je ne le veux pas…

Et puis elle s'arrêta, incertaine, irrésolue, elle se promena pensive et inquiète ; elle revint à son amie, la pressa dans ses bras, l'arrosa de ses larmes, essaya vainement de la consoler, puis s'assit, triste et sombre, cherchant à comprendre sa situation et à juger l'état de son cœur.

Enfin, au moment où elle vit Laorens repasser dans le cloître, elle s'élança impétueusement hors de sa cellule, et d'une course rapide, l'atteignit au moment où il allait sonner la tourière pour qu'elle le fît sortir.

— Écoutez, lui dit-elle, ce que je fais nous fera peut-être chasser vous et moi, mais il faut que je vous parle, suivez-moi.

Ô que j'avais besoin de vous voir ! s'écria Laorens. Il était pâle et consterné, ils entrèrent dans le préau et s'assirent sur un banc de gazon entouré d'un berceau de jasmin impénétrable aux regards ; Blanche les y vit entrer ; palpitante, elle appuya son front sur les barreaux de sa cellule, et attendit la fin de leur entretien avec anxiété. Qu'en attendait-elle ? elle l'ignorait ; mais il devait repasser le préau, elle avait encore l'occasion de le voir pendant quelques secondes, elle aurait attendu un an, elle n'avait plus de remords, ou du moins elle était supérieure au remords ; il était là, elle ne songeait plus à combattre, elle s'enivrait de l'espoir de le regarder un instant, résolue à expier ce péché ensuite, par les larmes les plus amères et les pénitences les plus rudes.

Lorsqu'elle le vit repasser un quart d'heure après, et qu'elle remarqua son abattement, sa consternation, des cris étouffés la prirent à la gorge, Rose la retrouva évanouie, mourante.

Le soir elle pria longtemps ; agenouillée dans sa stalle, elle arrosa le pavé de ses larmes ; épuisée de fatigue, elle se crut calmée et remonta à sa cellule, Rose l'y attendait ; elle était grave.

— Cet amour est une folie du cerveau, lui dit-elle, je t'approuve de vouloir l'étouffer, sois sûre que tu y parviendras, et que dans quelques jours tu souffriras moins. Tu as bien fait de renoncer à le voir ; va, ma Blanche, cet homme est un homme comme les autres, et ne te rendrait pas le bonheur que tu lui sacrifierais.

Eh quoi ! Rose, tu aurais eu l'imprudence de lui dire…

— Rien, pas un mot de ce qui se passe dans ton cœur ; il n'est pas digne de le savoir, mais j'ai interrogé le sien. Il est vrai, m'a-t-il dit, je l'aime comme jamais je n'ai aimé aucune femme, c'est un amour que je ne croyais point possible avant de l'éprouver ; je mourrai si je ne la vois plus… Quelle folie ! lui ai-je dit, avez-vous donc espéré qu'elle renoncerait pour vous à prononcer ses vœux ?

— Non, je n'ai rien espéré, m'a-t-il répondu, quand même elle y renoncerait, je ne pourrais l'épouser.

— Pourquoi pas, ai-je dit.

— Elle est sans fortune et moi aussi, je ne puis, *dans ma position*, épouser qu'une femme qui m'apportera de quoi vivre… Vois-tu, Blanche ; c'est un argument sans réplique, c'est la vie positive : nos faibles cœurs de femmes s'y briseront toujours ; vivons au couvent, tu vois bien que la société ne veut pas de nous : le pauvre est maudit parmi les hommes, et si le ciel ne s'en chargeait, il lui faudrait mourir.

De ce moment, Rose reprit le stoïcisme de sa haine pour le monde, elle travailla de toute son âme à raffermir les résolutions de son amie, elle y réussit sans peine. Blanche ne s'était pas arrêtée un instant à l'idée de quitter le cloître ; l'espérance d'un autre bonheur ne s'était pas dévoilée assez clairement à ses yeux, pour lui laisser des regrets qu'elle pût comprendre. Douce et triste, elle voyait s'écouler les jours mélancoliques sans avoir la force de les compter. Elle se sentit plus calme à force d'avoir souffert et pleuré ; huit jours après, elle vit faire les apprêts de la cérémonie de sa prise d'habit.

Chapitre IV
Le Manuscrit

Lorsqu'elle fut seule dans sa cellule, elle s'y enferma. Elle se sentait presque forte, il lui restait un sacrifice à accomplir. Derrière son prie-Dieu, était un carton à dessins qui appartenait à Laorens, il s'en servait pour lui apporter des modèles. Le jour de sa dernière leçon il l'avait laissé dans la chambre de Rose, et la postulante, après son départ, s'en était emparée furtivement. C'est la seule chose qui me restera de lui, s'était-elle dit. Je puis bien garder, sans crime, ce carton tout usé, et ces esquisses de vierges d'Italie qu'il fit pour moi, j'aurai encore du plaisir à les voir, à les toucher. Elle avait emporté le carton dans sa cellule ; mais aussitôt, le remords l'avait glacée, et n'osant ouvrir le dernier gage d'un attachement criminel, elle l'avait jeté avec terreur dans un coin.

Depuis elle n'avait jamais osé y toucher, et jamais elle n'avait eu le courage de dire à Rose de l'emporter. Enfin, en ce moment, elle se décida à le lui remettre, mais auparavant elle voulut jeter un dernier regard sur les dessins qu'il contenait. Il y avait une tête d'ange qu'elle n'avait jamais regardée sans ferveur et sans attendrissement. Sa douce expression de béatitude la ramenait à des pensées célestes…

Elle l'ouvrit d'une main tremblante et remarqua un cahier d'études qu'elle ne connaissait pas ; apparemment il l'avait apporté le matin même de ce jour qui les avait séparés à jamais. C'étaient des études d'arbres et de broussailles, dont les marges portaient pour inscription : *Landes de l'avance* 1825 ; le papier en était vieux et flétri. Blanche en tourna lentement les feuilles, elles étaient couvertes de poussière, et exhalaient cette odeur de vieux livres qu'on n'a pas ouverts depuis longtemps… Un paquet de feuilles écrites tomba d'entre les feuillets dessinés, c'était un manuscrit d'une écriture inconnue. Elle en rassembla les pages éparses et lut en tête de la première, *Denise*, histoire dédiée à Laorens ; Denise ! ce nom la fit tressaillir d'une manière indéfinissable ; qui donc s'appelle ainsi ? dit-elle, en passant la main sur son front. Denise ! j'ai connu quelqu'un qui s'appelait Denise… c'était au *sacré-cœur* à Bordeaux.… Ah ! je ne peux pas m'en souvenir ! Elle tourna quelques pages. Un autre nom la frappa, celui de Lazare : Lazare ! elle avait toujours eu une grande dévotion à Saint-Lazare, les religieuses qui l'avaient élevée, lui avaient mis au cou une petite image de ce saint, cousue dans de la soie, comme un scapulaire, et lui avaient recommandé de le prier tous les jours. Elle n'y avait jamais manqué.

Enfin plusieurs phrases qu'elle parcourait au hasard dans ce manuscrit, éveillèrent en elle une curiosité inexplicable pour elle-même. Un invincible attrait l'enchaîna à cette lecture. Elle dévora l'étrange récit qu'elle avait entre les mains. Chaque ligne se gravait dans son cerveau comme une image, elle croyait voir, autour d'elle, tous les objets, tous les tableaux de cette histoire. La chaloupe lui apparaissait sur la Garonne jaunâtre, sur les flots verts de la côte maritime. Le ciel, les rochers, les remous, les lames, les grèves, elle voyait toute une contrée, tout un ciel, tout un océan. Un instant elle s'imagina sentir le balancement d'un canot sous ses pieds ; et pourtant, elle n'avait jamais rien vu que les murs de son couvent. Malheureuse tête ! dit-elle en posant le manuscrit, quelle étrange facilité d'impression ! la moindre chose me bouleverse ! Hélas ! c'est que je n'ai rien vu. Rose n'est pas ainsi. Ah ! que la mer doit être belle à voir, et qu'une chaloupe doit être légère et pittoresque !

Elle reprit le manuscrit… Idiote ! s'écria-t-elle au bout d'un instant de lecture. Cela est affreux, une idiote ! j'en ai vu une à l'hôpital d'Auch, elle m'a fait horreur. J'ai pensé m'évanouir, et toute la nuit j'en ai rêvé. Être idiote ; ne pas connaître Dieu, ne pas se comprendre soi-même ! quelle misère !

Elle continua et acheva rapidement le récit. Puis elle le laissa tomber et resta quelque temps immobile, les yeux fixes, glacée de terreur et de surprise. Elle ne comprenait pas, mais elle frémissait involontairement.

Quel monstre ! dit-elle enfin, est-il possible qu'il y ait des hommes aussi affreux que celui-là ! quelle histoire révoltante ! serait-ce un fait véritable ?

Oh fi ! c'est impossible, c'est un roman. On dit que les romans sont des livres abominables. Ô ciel ! et je viens d'en lire un ! malheureuse que je suis ! j'étais en état de grâce, et j'ai déjà péché ! Brûlons cet ouvrage dangereux, pour qu'il ne trouble plus l'esprit de personne. Mais non, mon devoir est de le remettre à mon confesseur pour qu'il en dispose. Elle le mit dans sa guimpe, porta le carton dans la chambre de Rose et descendit à l'église où son amie l'attendait.

Un usage cruel et perfide, condamne la postulante à passer en prison toute la nuit qui précède sa prise d'habit. À genoux, dans l'église, entièrement seule, elle doit méditer pendant douze heures, sur sa résolution, et c'est à la suite d'une épreuve aussi fatigante pour le corps, que terrible pour l'imagination d'une faible femme, qu'elle doit décider librement de son sort. Les religieuses vinrent allumer la bougie attachée à son prie-Dieu. La supérieure lui mit sur la tête une couronne de roses fraîchement cueillies, et l'embrassa au front, puis la communauté chanta l'hymne *Veni Creator*, et sortit de l'église en défilant une par une devant elle. Rose s'était cachée derrière un confessionnal ; elle savait que Blanche était *peureuse* à la manière des enfants, elle redoutait beaucoup pour ses organes délicats, les terreurs de la solitude et de la nuit ; mais elle ne put échapper aux perquisitions de la rigide sœur Scholastique. En vain, elle se jeta aux pieds de la supérieure pour la conjurer de lui laisser faire la veillée avec sœur Blanche. Madame de Lancastre n'osa pas accorder cette grâce, et Blanche entendit, en frémissant, les lourds battants de la porte retomber sur elle. Scholastique, fidèle au plaisir de contrister l'âme d'autrui, se chargea de tirer, d'une main implacable, les gonds criards qui s'enchâssaient dans d'énormes verrous.

Et ! si elle meurt cette nuit, s'écria Rose avec colère, vous m'en répondrez devant Dieu !

— Si elle meurt cette nuit ? répondit froidement Scholastique, ce sera une fort belle mort, elle a reçu l'absolution ce matin.

Rose remonta dans sa chambre, mais aussitôt qu'elle eut entendu fermer les portes des cellules, elle voulut retourner à celle de l'église ; hélas ! elle ne put seulement pénétrer à la salle du chapitre dont les verrous fermaient au cadenas. Elle brisa alors une vitre à l'ogive du cloître, et réussit après s'être écorché les mains, à ouvrir la croisée et à sauter dans le jardin ; la porte du fond de l'église y donnait, mais c'est en vain qu'elle essaya de l'ébranler, elle erra dans l'allée de marronniers avec humeur. La lune était brillante, la nuit claire et fraîche ; Rose n'avait pas même un châle, mais elle ne pensa pas un instant à en aller chercher un, on l'eût rencontrée peut-être et empêchée de redescendre.

Il y avait deux heures environ qu'elle marchait pour se réchauffer ; accablée de lassitude, elle se laissa tomber sur un banc de violettes qui servait de piédestal à une petite statue de vierge en marbre blanc. Un berceau de chèvrefeuille et de jasmin l'entourait d'une chapelle de fleurs. L'air était embaumé, les oiseaux chantaient gaîment dans les branches argentées par la lune. Le bonheur n'est-il pas dans cette retraite délicieuse ? pensa-t-elle ; pourquoi tremblais-je par fois pour l'avenir de mon amie ? Ah ! sans doute, elle sera plus heureuse que moi !…

En ce moment un léger bruit lui fit lever les yeux, elle vit distinctement la tête d'un homme dépasser le mur de clôture qui se détachait en noir sur le bleu pur du ciel. Elle était intrépide devant toutes les fantastiques terreurs des couvents. Mais il y avait là plus qu'un danger imaginaire. Si c'était un voleur, elle ne pouvait faire un pas sans qu'il l'aperçût, et il pouvait l'assassiner pour l'empêcher de crier ; elle resta immobile, tremblante ; mais conservant toute sa présence d'esprit, elle le vit descendre avec précaution le long du mur.

Chapitre V
La Confession

Mais la clarté de la lune était si vive, que Rose reconnut le voleur au moment où il mettait le pied sur le territoire sacré. Elle s'élança et lui saisissant le bras,

— où allez-vous ? lui dit-elle d'un ton sévère.

— Hélas ! répondit Laorens, je ne sais. Vous êtes mon ange tutélaire, puisqu'ici encore je vous trouve, prenez pitié de moi.

— Fuyez, dit Rose, vous ne songez pas au danger… Mais non, restez, qu'importe ce qui en résultera ? Parlez, qu'espériez-vous en venant ici ?

Ils entrèrent ensemble sous le berceau de la madone blanche :

— Je suis fou, dit Laorens, j'ai la tête perdue. Ne plus la voir est au-dessus de mes forces. En vain je me suis flatté de surmonter mon désespoir, je ne le pourrai jamais. J'ai appris hier à la classe qu'elle devait passer la nuit seule dans l'église, j'ai juré que je parviendrais à la voir, ne fût-ce qu'un instant. Rose, conduisez-moi…

— Vous y comptez ? dit-elle avec un sourire amer. Moi que j'aille troubler sa raison, effrayer son cœur timide ? que je lui crée une année de tourments et de remords pour satisfaire un besoin d'aventure qui passe par le cerveau décrépit d'un libertin blasé sur l'amour facile ? vous comptez sur moi !…

— Votre froide raison me tue… Ô ! vous n'avez jamais aimé !

— Laorens, l'épouseriez-vous, c'est la seconde fois que je vous le demande ?

— Eh bien ! oui, s'il le fallait… si je ne pouvais la soustraire autrement à cette fatale résolution.

— Depuis quand la trouvez-vous si fatale ? Pendant six mois vous l'avez trouvée sublime et *poétique*. C'est votre mot.

— Ah ! je ne croyais pas qu'on m'empêcherait de la voir.

— Voilà, vous craignez pour son bonheur, depuis seulement qu'on vous arrache le vôtre ; il s'agit, pour vous, du plaisir de la voir, le reste ne vous regarde pas ;… allez, j'ai réfléchi depuis notre dernier entretien, et je vois les choses comme elles sont : amoureux et indépendant, vous passiez ici d'agréables matinées, le bonheur s'arrangeait avec vos plaisirs sans les gêner ; vous seriez bien fâché maintenant s'il vous fallait embrasser une vie nouvelle, travailler nuit et jour pour nourrir une femme et des enfants, cette idée seule d'une vie rangée, ce mot de ménage vous fait sourire au fond du cœur… Convenez-en ?…

Laorens se tordit les mains, et ne répondit point : si elle m'aimait ! dit-il enfin, tout serait changé, elle renoncerait à ce voile qui va me l'enlever à jamais.

— Et s'enfuirait avec vous ?

— Elle pourrait rester ici comme institutrice, ou entrer dans une autre maison d'éducation ; ses talents ne valent-ils pas une fortune ?

— Eh bien, épousez-la donc ?

— Eh ! nous ne sommes pas assez riches pour deux ! séparés, notre travail peut nous faire vivre, mais vous parliez tout à l'heure d'élever une famille… Est-ce possible ?

— Oui, c'est possible pour tout autre que pour vous ; mais avec vos goûts et votre dissipation…

— Ah ! si vous saviez comme je me suis corrigé depuis que j'aime !

— Oui, parce que vous n'y étiez pas forcé ; mais je vous connais assez pour savoir que bientôt, chez vous, le devoir tuerait l'amour. Chassez donc ces idées de roman qui ne vous vont point du tout ; partez, mon pauvre ami, et si vous m'en croyez, donnez quelques jours de congé à vos élèves, allez passer cette semaine à la campagne pour votre santé, vous verrez qu'au retour vous serez mieux.

— Eh bien ! dit Laorens, auparavant faites-moi voir Blanche ; n'y a-t-il pas une serrure, une vitre où je puisse coller mon front pour jeter un dernier regard sur cet ange ? qu'elle doit être belle dans la prière, à la lueur d'une lampe, et la couronne de roses sur le front !… laissez-moi la voir ainsi, pour que cette image céleste se grave dans mon cerveau et n'en sorte jamais, pour que je la retrace dans toutes mes compositions, pour qu'elle donne de l'âme à mon pinceau…

— Allez ! dit Rose en le poussant, allez faire le peintre partout ailleurs. Voilà bien votre amour ! un instant de bonheur pour vous, et le sacrifice de toute une vie de femme ! partez, vous me faites pitié.

— Vous êtes dure et impitoyable ; Horace vous a jugée dès le premier jour ; vous avez le cœur froid comme vos sens…

— Horace a dit cela ?

— Eh ! si vous aviez l'âme de Blanche, il eût mis sa fortune à vos pieds !

— Je saurai résister à ces reproches. Vous ne verrez pas Blanche, vous ne méritez pas un seul de ses regards, vous n'êtes pas digne d'une des larmes que sa conscience timorée lui ferait verser.

— Je la verrai ! s'écria Laorens en se rapprochant de l'église, le treillage m'aidera à atteindre la croisée ; je ne suis pas venu à travers tant d'obstacles, pour m'en retourner sans l'avoir vue.

— Sans doute… dit Rose en lui prenant le bras, il s'agit du succès d'une aventure piquante. La nuit dans un couvent ! c'est très-joli en 1826, c'est du neuf comme on en fait de nos jours ; mais, croyez-moi, la mode aura peine à reprendre.

— Partez-vous ?

— Non, je la verrai.

— Eh bien ! dit Rose en s'approchant d'une campanille, dont les piliers torses étaient entrelacés de pampres, je sonne la cloche et j'éveille tout le couvent… Ne me touchez pas, je tiens la corde et le moindre choc peut l'ébranler… partez, je ne la lâcherai qu'en vous voyant au haut du mur.

Laorens avait vu déjà, quoiqu'en de moindres occasions, de quelle opiniâtreté cette jeune fille était douée. Il lui fallut se résigner à escalader la muraille et à s'éloigner du couvent, tout en maudissant sa sévère amie ; mais, au bout de deux heures de promenade dans les rues de Paris, lorsque le lever du jour rendit l'air froid et son cerveau calme, il rendit justice à tant de bon sens, et rentra chez lui pour écrire à la supérieure des Augustines qu'il était indisposé, et n'irait point au couvent le lendemain ; après avoir jeté son billet à la poste il partit pour Soisy, un des plus jolis villages de la vallée de Montmorency. Une actrice charmante dont il avait été amoureux selon son ancienne méthode, y avait une jolie *villa* ; on le trouva d'abord un peu ours, un peu morose, mais peu à peu… Retournons au couvent, ce n'est plus de Laorens qu'il s'agit.

Rose en le voyant disparaître, se rapprocha de l'église et colla son visage contre la porte qui donnait au fond du chœur. Un profond silence y régnait, la nuit était si calme, qu'elle s'imagina pouvoir entendre la respiration de son amie et s'effraya de ne l'entendre pas ; une sueur froide parcourait son corps, elle se rappela le mot bénignement atroce de Scholastique en l'enfermant.

Torturée par l'inquiétude, elle se décida à l'appeler avec précaution par la fente de la porte ; un léger cri de surprise et d'effroi lui témoigna qu'elle avait été entendue. N'aie pas peur, s'écria-t-elle avec empressement, c'est Rose, c'est ton amie qui ne peut entrer, mais qui passera la nuit sur ces marches.

Blanche quitta son prie-Dieu placé un peu en avant du cintre formé par les stalles, et vint s'agenouiller contre la porte, séparée de son amie par ce seul obstacle ; elle pouvait l'entendre, lui parler, sentir presque la chaleur de son souffle au travers de la fente.

— Chère amie ! que tu me fais de bien ! dit la jeune sœur, il m'est impossible de prier, les plus misérables terreurs, les plus extravagantes illusions me poursuivent. Ah ! que la peur fait de mal !

— Tranquillise-toi, dit Rose, je suis là ; que tu dois être fatiguée ! allons, dors un peu, appuye-toi contre la stalle de la supérieure.

— Oh non ! c'est défendu ! dormir la veille de ma prise d'habit !

— Puisque tu ne peux prier, il vaut mieux dormir que de battre la campagne ; allons, dormons toutes les deux, ne sens-tu pas que je suis à tes côtés, et qu'il faudrait me marcher sur le corps pour arriver jusqu'à toi ?

— Rose, retire-toi, tu as froid, et je ne puis te passer mon manteau ?

— Non, je n'ai pas froid.

— Tu seras fatiguée, malade.

— Je te jure que non, je suis plus forte que toi.

— Mais si l'on te découvre ici, tu seras grondée, punie.

— Eh ! qu'est-ce que cela me fait !

— C'est une faute, et j'en suis la cause.

— Je la prends sur moi toute entière.

Vers les neuf heures du matin, l'abbé de P*** se rendit au couvent pour aider aux préparatifs de la cérémonie. On vint lui dire que la postulante le demandait, et il passa au confessionnal.

— Mon père, lui dit Blanche en tombant à genoux, je suis plus malheureuse que jamais : le démon s'acharne à me poursuivre, il trouble mes sens, il égare ma raison ; en vain j'ai voulu prier : cette nuit, j'ai été la proie des plus criminelles hallucinations, vous me voyez accablée de terreur, de dégoûts et de fatigue.

— Je m'y attendais, dit le bon abbé tristement, cette épreuve de la veillée est trop rude pour de jeunes cerveaux, et surtout pour le vôtre, qui est si impressionnable ; mais rassurez-vous, mon enfant, et tâchez de prendre une heure de repos avant la cérémonie ; je l'exige et je me charge de faire respecter votre sommeil. Allez, il est important que vous ayez le libre exercice de toutes vos facultés pour accomplir une résolution si importante.

— Hélas ! mon père, je ne suis pas si fatiguée que vous croyez ; j'ai dormi, je viens m'en confesser, je n'ai pu m'en défendre…

— Eh bien ! vous avez bien fait, Dieu ne nous a pas faits de fer, et c'est une prétention que toutes ces rigueurs inutiles. Allez dormir encore un peu.

— Oh ! je ne le pourrais plus. Hélas ! mes scrupules, mes souffrances morales vous fatiguent, vous importunent ; je suis une ouaille bien ennuyeuse pour le pasteur.

— Eh ! mon enfant, dit le bon vieillard, c'est mon devoir de vous consoler, si je puis. Voyons, qu'est-ce qui vous tourmente encore ?

— Aidez-moi à vous le dire, ou je ne pourrai jamais.

— Allons ! allons, encore quelque enfantillage ! Non, ma chère fille, vous n'êtes pas si coupable que vous vous plaisez à le croire. Votre cœur est chaste, votre conduite exemplaire ; tout le monde ici vous aime et la supérieure se loue de vos vertus… Pourquoi donc cette tristesse et ce découragement continuels ?

— Eh bien ! dit la postulante avec l'énergie du désespoir, je vous le dirai, puisque vous ne voulez pas le comprendre. J'ai commis le crime d'impureté !...

— En imagination ! s'écria le vieux prêtre avec vivacité.

— Je ne sais pas, répondit-elle en fondant en larmes.

— Quelle pauvre tête de fille ! dit le confesseur. Vous ne savez pas ! et comment le saurai-je, moi ?

— Écoutez, dit-elle, en relevant son visage inondé de pleurs, ma vie est un mystère impénétrable pour moi-même. Je crois… je crains d'être folle.

— Et moi aussi ! dit l'abbé avec un peu d'humeur.

— Je vous ai dit que j'avais passé toute ma vie au couvent, reprit-elle, eh bien, j'ai peur d'avoir menti !

— Hé bien ! une fois pour toutes, confessez-vous donc de tout ce qui vous tourmente. Que craignez-vous ? suis-je un directeur trop rude et trop emporté ?

— Oh, trop indulgent, au contraire !

— Toutes les dévotes scrupuleuses disent comme cela. Leurs confesseurs ne sont jamais assez austères, assez parfaits. Songez donc que toute cette grande vertu, c'est de l'orgueil.

— Dieu m'en préserve ! mais, par pitié, écoutez-moi attentivement et jugez le cas où je me trouve. C'est peut-être un cas réservé, et dont il n'est pas en votre pouvoir de m'absoudre.

— Bah ! je ne crois pas aux cas réservés. La conscience d'un vieux bonhomme comme moi vaut bien celle d'un évêque et d'un pape. Parlez.

Hé bien, mon père, vous savez qu'à seize ans, je fis une maladie très-longue et très-grave, à la suite de laquelle je me réveillai un soir ayant perdu absolument la mémoire du passé ; je ne savais plus rien, ni le nom de mon père, ni le mien, ni ma figure, ni celle des autres : il fallut m'apprendre à lire, et me dire que je m'appelais Blanche, que j'étais orpheline, et qu'on ne savait pas le nom de mes parents. J'avais bien quelques idées confuses d'avoir vu un vieillard auprès de moi ; mais les médecins me défendirent de faire aucun effort de mémoire, et, comme chaque fois que j'essayais à me rappeler, je retombais dans la maladie, on m'interdit de faire la moindre question, et toute la communauté s'entendit pour ne jamais me répondre. Je pourrais donc dire que c'est seulement depuis trois ans que j'existe.

— Je sais tout cela, ma chère fille, sœur Olympie l'a dit à la supérieure.

— Ô mon père ! n'a-t-elle dit rien de plus ! ne sait-elle rien de mon existence passée ?

— Absolument rien ; mais qu'importe ? vous n'êtes jamais sortie du sacré-cœur avant de venir à Paris.

— En êtes-vous bien sûr ?

— Et que vous importe, encore une fois ?

— C'est qu'il me semble,… et j'en suis presque sûre, j'ai commis le crime ;… il me semble que je m'en souviens ! Mon Dieu ! comment cela se fait-il ! la seule idée du péché me fait horreur.

— Et vous ne l'avez pas commis ! s'écria l'abbé en frappant sur son genou anguleux, avec impatience. Vous avez l'esprit frappé, de je ne sais quelle fantaisie.

— Mais si je l'ai commis, dit-elle, avec l'obstination d'un cœur dévoré d'inquiétude, si je l'ai commis sans le savoir, étant malade, dans le délire de la fièvre, je suis en état de péché mortel ! et je vais prendre l'habit, sans être en état de grâce.

— Eh bien ! dit l'abbé, que vous l'ayez commis ou non, je prends sur moi de vous donner l'absolution, faites un acte de contrition de tout votre cœur.

— Tout à l'heure ! mon père, je ne vous ai pas tout dit.

L'abbé réprima un profond soupir de résignation.

— Ah ! que j'aime bien mieux, pensa-t-il, confesser des dévotes moins parfaites, que les dévotes *timorées* !

— Hier au soir, dit Rose, un mauvais livre m'est tombé sous la main, et je l'ai lu.

— En êtes-vous sûre au moins cette fois ?

— Que trop, mon père.

— Mais était-ce un *mauvais* livre ? Comment auriez-vous pu vous le procurer dans cette maison ?

Blanche conta l'affaire et tira le manuscrit d'Horace de son sein.

— C'est bon, dit l'abbé de P. en le mettant dans sa poche. Je le brûlerai ; votre ignorance vous excuse, et d'ailleurs votre repentir expie toujours vos fautes au-delà de leur valeur. Avec une conscience aussi rigide qu'est la vôtre, un confesseur n'a rien à faire.

— Mais cet affreux manuscrit, dit-elle, m'a tourmentée toute la nuit, il a sali mon imagination, et je ne puis dire jusqu'à quel point je me suis livrée aux rêves bizarres et affreux que Satan m'a présentés au milieu de mes prières. Oh j'ai bien souffert ! cette nuit, dans l'obscurité de l'église, j'ai eu peur. Des fantômes m'ont poursuivie, ah ! je n'oserai pas vous dire de quelles illusions j'ai été le jouet misérable.

— Dites donc tout, et que cela finisse.

— Eh bien, dit-elle en frissonnant, j'ai cru me rappeler tout ce que j'avais lu dans le manuscrit, comme si c'était à moi que le malheur et le crime fussent arrivés, j'ai cru voir la figure d'un homme auprès de la mienne, j'ai cru sentir ses mains de feu me saisir, ses bras de fer m'enlacer, son souffle cuisant sur mes lèvres, et j'ai entendu son rire féroce, oui, je l'ai entendu, je l'entends encore, je vois ses traits, je les vois, je me les rappelle, je les reconnaîtrais comme si c'était hier, je les reconnaîtrais entre mille.

— Décidément, ma chère enfant, votre raison est troublée par la fatigue, allez vous mettre au lit, je vous l'ordonne. Dans quelques heures je vous verrai, allez, obéissez à votre directeur.

Blanche obéit, l'abbé de P. demanda la dépositaire, lui déclara que la postulante avait besoin de repos, et l'engagea à la faire coucher. Ensuite il sortit dans le jardin, et choisissant l'allée la plus sombre, il prit connaissance du manuscrit. Pour le coup, pensa-t-il, il y a là-dessous quelque chose d'extraordinaire. Ne précipitons rien.

Il demanda à parler à la supérieure et l'interrogea sur l'existence passée de sa jeune postulante. La sœur Olympie n'avait rien dit de plus que ce que Rose savait elle-même.

Alors l'abbé de P. pria la supérieure de lui donner entrée au chapitre qui venait de s'assembler, suivant l'usage, relativement à l'admission de la postulante.

La supérieure se tint debout au milieu de toutes les religieuses assises sur deux lignes. Le supérieur, M. de V., avait un fauteuil, et autour de lui plusieurs prélats que nous connaissons déjà. L'archevêque de Besançon, l'évêque de Chartres, celui de Beauvais, et enfin, sur un fauteuil d'honneur, un jeune homme d'une taille élégante, d'une figure agréable ; c'était monseigneur de Quélen, tour à tour évêque de Samosate, de Trajanopolis, coadjuteur et archevêque de Paris. Invités à la cérémonie, ces grands dignitaires de l'Église avaient été priés de vouloir bien assister le chapitre de leurs conseils. C'était pure affaire de forme ; car dès le premier tour de scrutin, l'admission de la postulante avait passé à l'unanimité ; et lorsque l'abbé de P. entra, on commençait à s'entretenir de choses étrangères à l'objet de la réunion.

— Monseigneur, dit-il en s'inclinant, et vous, mes bonnes mères et mes chères sœurs, je viens dans la sincérité de mon cœur vous engager à retarder la cérémonie qui doit avoir lieu aujourd'hui : je ne trouve pas la postulante suffisamment préparée.

Cette déclaration jeta une grande surprise et une vive contrariété dans la communauté :

— Comment ! mon père, dit la supérieure avec une sorte de courroux que la bonté du directeur tolérait souvent de la part de ses pénitentes, est-il possible que depuis six mois cette jeune fille nous tourmente pour prendre l'habit, et qu'après avoir fixé vous-même le jour d'une cérémonie, qui, vous le savez, n'est pas un petit embarras, vous reculiez ainsi tout d'un coup... au dernier moment ?...

— Ma bonne mère en Jésus-Christ, dit l'abbé avec douceur, vous savez que je ne suis jamais pressé de hâter les années du postulat, encore moins celles du noviciat. Je dis aujourd'hui, comme je l'ai toujours dit, que, pour votre bonheur, autant que pour celui de la postulante, il faut y regarder à deux fois, à trois, à quatre fois plutôt qu'à une seule. Je vous ai dit aussi que la vocation de sœur Blanche ne se présentait pas à moi d'une allure bien franche. Il en est malheureusement de cette fille si instruite, si fervente et si exemplaire, comme de tous les esprits trop délicats et trop sensibles, leurs résolutions sont plus changeantes, leur caractère plus orageux que ceux des esprits simples et froids. Il n'est pas encore prouvé pour moi que sœur Blanche soit véritablement propre à l'état religieux, son noviciat nous éclairera à ce sujet ; mais je vous déclare d'avance que si la veille de sa profession, elle n'est pas plus ferme qu'aujourd'hui, je m'y opposerai formellement.

Ce ton énergique déplut beaucoup à monseigneur de V*** ; peut-être avait-il mal digéré son chocolat :

— Mon cher abbé, dit-il en s'efforçant de prendre un ton à la fois bienveillant et digne, nous admirons de tout notre cœur la délicatesse de votre prudence, mais nous pensons que vous avez trop d'égard aux faiblesses de vos pénitentes ; nous avons été directeur de cette sainte maison et de plusieurs autres dont nous sommes aujourd'hui supérieur électif. Nous osons donc nous croire compétent pour ces sortes de cas de conscience, et dire que nous avons quelque expérience de la vocation, des marques qui la font reconnaître, et des malices que le démon invente pour les ébranler. Nous ne sommes pas d'avis qu'il faille s'arrêter à de petites irrésolutions, lorsque d'ailleurs la conduite a été bonne durant le postulat. Écoutez ce qu'a dit un grand saint : « Il y en a qui sont bien appelés de Dieu en religion, et qui ne sont pas fidèles à correspondre à la grâce. Il y en a d'autres qui ne sont pas bien appelés et qui par leur fidélité rectifient leur vocation. Ainsi en voyons-nous qui y viennent par dépit et ennui, d'autres par quelque infortune qui leur est arrivée dans le monde, et d'autres par le défaut de santé ou de beauté corporelle. Et quoiqu'il semble que ces vocations ne soient pas bonnes, on en a vu qui, étant ainsi venues, ont fort bien réussi au service de Dieu. » « Et remarquez, dit le même saint, quelques lignes plus loin, que quand je dis une volonté ferme et constante de servir Dieu, je ne dis pas qu'elle doive avoir, dès le commencement, une constance si grande, qu'elle soit exempte de toute répugnance, difficulté ou dégoût, ni qu'elle ne vienne à chanceler et à varier dans son entreprise ; non, ce n'est pas ce que je veux dire, tout homme est sujet à passion, changement et vicissitude. Et tel aimera aujourd'hui une chose qui en aimera demain une autre. Il n'est donc pas nécessaire qu'en la vocation on ait une constance *sensible*, mais une constance qui soit en la partie supérieure de l'esprit, et qui soit *effective*. »

— Ce sont des distinctions bien subtiles, dit l'abbé avec un peu d'humeur ; pour moi, je ne suis pas assez versé dans la controverse pour m'abuser sur mes sensations ; il me semble que sœur Blanche est fatiguée de corps et d'esprit, qu'elle a le cerveau troublé de plusieurs idées étranges, et dont il m'est impossible d'apprécier l'importance et la réalité. Telle que je viens de l'entendre en confession, je déclare en mon âme et conscience que je ne la crois point capable de disposer bien librement aujourd'hui de son sort.

— Nous l'interrogerons nous-même, dit l'archevêque assez froidement ; qu'on la laisse reposer une heure ou deux.

La tourière entra toute effarée. À la porte ! s'écria-t-elle, à la porte ! une voiture aux armes de France ! deux voitures, trois ! quatre ! un cortège magnifique ! un prince vient assister à la cérémonie !

Toutes les nonnes baissèrent brusquement leur voile.

Un prince, dit madame de Lancastre toute émue !

— Non pas un prince, mais une princesse, dit monseigneur de Paris, en se levant avec un sourire paternel ; j'ai gardé le secret qu'on m'avait recommandé. Son altesse royale a voulu venir incognito rendre visite à cette sainte maison, que madame la comtesse Yzquierdo de Ribeira, sous-gouvernante des enfants de France, avait beaucoup recommandée à sa protection…

Courons à sa rencontre,… s'écria madame de Lancastre… Elle n'en eut pas le temps ; l'altesse royale parut, suivie de son cortège d'illustres dames, et s'avança dignement vers la supérieure, ne répondit point à son humble salut, toucha son voile et sa guimpe avec curiosité, dit, d'une voix douce et flûtée : Cela est bien laid, ce costume !

L'altesse royale était âgée de cinq ans.

Toutes les religieuses étaient debout, tous les prélats avaient quitté leur fauteuil ; ils suivirent la princesse dans le jardin et dans toute la maison, le chapeau à la main, et dans un respectueux silence.

L'auguste princesse fut bonne et affable ; elle voulut bien courir sous les marronniers, remplir sa jupe de marrons-d'inde, courir après la grosse chatte de mère Étheldrita, entrer dans toutes les cellules, sauter à califourchon sur le lit de la supérieure, parcourir la classe, dire à mademoiselle de Vermandois qu'elle était bien laide, et à mademoiselle Plunket qu'elle était bien rousse : enfin, son altesse royale daigna accepter des dragées, des fruits et des confitures, et les manger de fort bon appétit.

Comme pendant sa collation les archevêques restaient debout autour d'elle, la regardant manger avec admiration et attendrissement, madame de Gontaut s'approcha de l'oreille de *mademoiselle*, et lui dit que l'usage empêchait ces messieurs de s'asseoir sans sa permission.

— Eh bien, messieurs les archevêques, dit la petite princesse en se tournant vers eux, vous ne vous asseyez donc pas ?

— Excellente princesse ! dit monseigneur de V. les larmes aux yeux, c'est bien la bonté de son illustre race.

— Et l'esprit des Bourbons ! dit le jeune évêque de Nicopolis.

— Et la beauté de sa mère ! dit un troisième.

La cérémonie de la prise d'habit fut fort belle et conduite avec *ensemble* ; depuis huit jours, on faisait chaque matin la répétition dans l'église même ; une religieuse représentait l'officiant, une autre le prédicateur, etc.

Blanche avait été confessée, absoute et exhortée par monseigneur. Elle avait dormi un peu, et le regard affectueux du bon abbé de P. l'encourageait ;

elle se retira dans sa cellule, beaucoup plus calme et plus joyeuse qu'elle ne s'y attendait. Elle éprouvait le bien-être qui suit les grandes résolutions accomplies. Rose l'embrassait avec amour et lui disait, en lui montrant un miroir : Vois comme tu es belle, comme ce costume de novice te sied bien, tu es aussi blanche que ton nom et ton vêtement.

— Fi ! dit la novice, cache ce miroir ; à partir d'aujourd'hui, je dois ignorer l'usage de ce meuble et oublier ma figure.

Son altesse royale se retira fort satisfaite.

Chapitre VI
Tancredi

Lorsque Laorens eut épuisé le chapitre des consolations auprès de sa belle actrice, il s'aperçut qu'il avait dépassé de quinze jours le délai raisonnable que la supérieure lui avait accordé, et tout en se rendant au couvent, il cherchait de quelle maladie subite il devait se déclarer affligé, pour expliquer une si longue absence ; mais il n'eut pas la peine de se justifier, l'*écouteuse* lui déclara que madame de Lancastre ne pouvait le voir, attendu qu'elle était à l'office. Elle lui remit en même temps de la part de la dépositaire, le prix des leçons qu'il avait données au couvent. Est-ce mon congé ? dit Laorens stupéfait.

— Il me semble que oui, dit *sœur Écoute*, d'un air triomphant de méchanceté, car je ne suppose pas qu'on ait pris un remplaçant par intérim.

— Ainsi je n'ai plus qu'à remercier et à m'en aller ?

— C'est vous, monsieur, qu'on remercie.

— Ne pourrais-je du moins voir mademoiselle de Beaumont ?

— Vous ne pouvez plus entrer.

— Je le sais, mais elle peut venir au parloir.

— Votre demande a été prévue, on m'a chargée de vous dire que c'était impossible.

— Madame Adèle, au moins ?...

— Toutes ces dames sont à l'office, revenez un autre jour.

— Allons ! dit Laorens en s'en allant, encore une folie ! encore un pas en arrière de la fortune !

Quelques jours après, un de ses amis, qui jouissait d'une certaine aisance, l'emmena en Italie.

Le calme rentra donc peu à peu dans l'âme de la novice ; un calme profond, espèce de bonheur comme on l'envisage dans les couvents.

Un soir, elle était assise avec Rose sur la terrasse qui dominait le préau. C'était, nous l'avons déjà dit, un repos délicieux au lever de la lune, lorsque son rayon oblique venait tomber pâle et mystérieux, sur les vitraux en losange, et sur la cime des grands dahlias de mille couleurs, qui regardaient coquettement au travers des croisées du préau.

— Qu'as-tu, dit la jeune sœur à son amie ? depuis quelque temps tu maigris, tu perds ta fraîcheur ; tu souffres, chère Rose, dis-le-moi ?

— Je ne souffre pas, répondit-elle, mais je ne me sens pas bien. Je suis languissante, tout me fatigue, je perds mes forces, ma voix, ma gaîté ; je ne sais ce que j'ai.

— Cela m'inquiète, dit sœur Blanche, il faut consulter le médecin.

— Oui, dit Rose, le médecin anglais qui ne veut pas s'apercevoir de la douceur de notre climat, et nous traite toutes comme des scrophuleuses, avec de l'aloès, du gingembre, et des drogues à tuer les chevaux du Yorkshire.

— Oh toi ! tu ne crois à rien !

— Je t'avoue, chère amie, qu'en cette circonstance, je n'ai point foi au docteur O***. Ce n'est point le corps qui est malade chez moi, c'est l'esprit.

— Ô ciel ! qu'as-tu donc qui te trouble ? serais-tu comme moi poursuivie par la tentation ?

— Je ne sais, mais à coup sûr, ce n'est point notre nouveau maître de dessin que le diable me présente pour me tenter, car le pauvre homme a l'air si piteux et si malade, que chacun de ses regards semble dire : Priez pour le repos de mon âme.

— Méchante ! mais dis-moi donc ton chagrin, je prierai pour toi.

— Prie, mon bon ange ; si cela ne me guérit pas, ce me sera du moins une preuve de ton amitié ; et ton amitié est la chose la plus nécessaire à mon bonheur ; sans elle, je sens que je serais bien à plaindre.

Les yeux de Rose se remplirent de larmes ; la lune dardait alors en plein sur son visage, Blanche s'aperçut de son trouble, et lui jetant ses bras autour du cou :

— Ah ! tu es bien malade, lui dit-elle, tu perds ta force, je ne t'avais jamais vue pleurer.

— Il faut que je te dise la vérité, dit Rose, en l'embrassant, cette vie de couvent ne me réussit pas.

— Hélas ! regretterais-tu le monde ?

— Je n'en ai pas sujet, je ne regrette qu'une chose, la liberté.

— Qu'en ferais-tu, sage et froide comme tu l'es ?

— J'en ferais ? ce qu'on fait de la liberté, rien, mais on sent qu'on la possède et cela suffit ; dès qu'on en est privé, on la regrette. Quand on dort, on ne fait pas usage de ses yeux, mais si l'on devient aveugle, le chagrin ôte le sommeil.

— Sois sûre, ma chère, que c'est là une illusion.

— Je le sais bien, qu'importe ? une illusion est souvent un mal réel.

— Mais l'esprit a de la puissance sur le corps ; en faisant un effort sur toi-même, tu ne laisserais pas ainsi ta santé se détruire. Cette souffrance morale passera d'elle-même, j'en suis sûre, mais la maladie sera peut-être plus difficile à combattre.

— Cela ne dépend pas plus de moi, que d'avoir la foi qui te rend heureuse, et qui te donne la force dont ton caractère est dépourvu. Tiens, Blanche, je m'ennuie, voilà le grand mot lâché ; n'accuse pas mon cœur, tu sais bien qu'auprès de toi, je suis bien et je ne souffre pas. Mais maintenant, ton noviciat nous permet moins souvent d'être ensemble. Nous avons, désormais, deux vies différentes l'une de l'autre ; pendant que tu pries, tu ne t'ennuies pas, moi je ne peux pas prier ; je réfléchis et la réflexion m'attriste. Je la repousse, je l'éteins de tout mon pouvoir. Alors je ne sais plus à quoi m'occuper. J'aimerais à lire, mais la science me fatigue, je ne la comprends pas. Les romans me serrent le cœur, ils parlent de choses que j'ai rêvées, et qui m'ont laissé un triste réveil. Je crois qu'ils montrent la vie à faux. L'histoire est trop vraie, trop crue, elle m'indigne et me révolte contre mes semblables. Je n'aimais qu'à chanter, mais ma poitrine s'affaiblit ; je n'ai plus de plaisir à travailler à l'aiguille, depuis que j'ai le moyen de payer une couturière ; alors, je m'ennuie, et j'erre dans la maison pour me distraire, pour tuer le temps. Quand la cloche du souper m'avertit que la journée va bientôt finir, je suis heureuse un instant, mais la promenade du soir n'est pas plutôt commencée, que j'appelle avec anxiété la cloche de la prière ; chaque heure qui s'écoule me déchargerait d'une peine, si chaque heure qui commence ne m'en apportait une nouvelle. Je ne vis plus dans le présent, je voudrais toujours m'élancer dans l'avenir, sans savoir pourquoi, car l'avenir ne me promet rien. Je voudrais dormir toujours, ne rien sentir, ne pas penser, être idiote plutôt que de m'ennuyer.

— Idiote ! dit Blanche en tressaillant, ne parle pas ainsi, j'ai peur des idiots, c'est une infirmité effrayante. Heureusement que Dieu est bon, et qu'il n'exauce pas les souhaits fantasques et téméraires que nous lui adressons tous les jours.

— Heureusement aussi, il a l'oreille un peu dure, ou il est logé un peu haut. — Va, la réclusion est une vertu hors nature. Elle ne sert à rien, et Dieu ne peut pas nous en faire un mérite. Je voudrais sortir ! ah ! sortir un jour, une heure ! parcourir en courant cette ville si belle, si pittoresque que je vois de ma fenêtre, rouler dans ces voitures dont les roues ébranlent au loin le pavé, et dont le bruit vient mourir au pied de ces murs inexorables ! être sur un de ces chevaux rapides, que j'aperçois comme des points noirs, sur les ponts qu'ils franchissent comme l'éclair. Sillonner l'eau verdâtre de la Seine sur un de ces batelets, monter sur ces grands clochers qui percent les nuages, changer de place, remplir ma poitrine oppressée de cet air de la liberté, si suave, si pénétrant, si nécessaire, marcher, agir, remuer enfin et n'être pas là, enfermée comme l'oiseau qui, de sa cage, contemple les vastes plaines de l'air, et sent ses ailes s'engourdir et se paralyser faute d'en faire usage. Ah ! tu ne sais pas ce que c'est que la liberté, toi ! tu ne l'as pas connue !

Blanche ne pouvait que gémir des souffrances de son amie, chaque jour elles augmentaient. Bientôt, cette inquiétude vague devint un tourment réel. Rose devint incapable de s'occuper, et de profiter des avantages de sa demeure. En vain, Blanche s'emparait de son bras et la forçait de marcher, pour entretenir le peu de forces qui lui restait, une apathie affreuse, une insouciance morne lui rendaient la paresse nécessaire, sans la lui rendre douce. Une fièvre lente dévorait sa vie. C'était un mal sans nom, une attente inexplicable de tous les instants qui n'étaient point encore, un dégoût amer de tous ceux qui n'étaient plus. Elle désirait la liberté, pour donner un corps à ses pensées, un but à ses désirs. Car après tout, la liberté ne lui représentait rien, c'était une image confuse, une fantaisie de mouvement qui tourbillonnait devant ses yeux affaiblis, un caprice d'enfant, dont la possession ne devait lui apporter qu'une joie passagère, mais dont la privation lui causait des maux réels ; toujours forte, même dans sa faiblesse, Rose, en voyant les inquiétudes de son amie, cherchait encore à se rendre gaie, mais c'était une gaîté vive, amère, comme celle du malheur ; et à chaque instant, le secret de sa souffrance se trahissait dans ses moindres sensations. Un jour, Blanche lui montrait de belles jacinthes épanouies sur la fenêtre de sa cellule.

— Ce sont des plantes, lui dit Rose, elles sont faites pour végéter, mais un être qui pense doit agir et ne pas être planté comme une jacinthe sur un coin de terre pour y éclore et pour y mourir.

Assise sur cette fenêtre des jours entiers, elle regardait le ciel d'un regard fixe et découragé. Chaque fois qu'une hirondelle ou un pigeon le traversait de ses bonds souples et prolongés, elle tressaillait et semblait vouloir s'élancer avec lui dans l'espace.

Elle jetait des feuilles, et se plaisait à les suivre des yeux, emportées, balancées, poussées par les caprices des vents. Elle enviait leur sort, son âme s'attachait avec toute sa passion, toute son énergie, à ces frêles jouets de l'ennui et du chagrin. Elle eût donné tout le reste de sa vie, pour être un instant la feuille séchée, que la brise enlevait au dessus du mur abhorré, qui comprimait sa vie et oppressait sa respiration.

On élevait des oiseaux domestiques dans une petite cour plantée de lilas et de noisetiers. Au milieu, quelques canards musqués se baignaient dans un bassin d'eau vive. Parmi ces beaux oiseaux qui plongeaient gaîment leur cou d'émeraude dans les petites vagues que leurs palmes faisaient jaillir autour d'eux, elle en remarqua un qui ne jouait point ; son plumage était semblable à celui des autres ; mais il avait une autre attitude, d'autres manières, quelque chose d'inquiet, de triste et d'irritable.

— Voyez qu'il est bête ! lui dit la sœur converse qui prenait soin de ces volatiles ; il ne veut pas manger et s'amuser comme les autres. Je vous demande s'il n'est pas plus heureux ici, où il ne manque de rien, que dans ses marécages, où il pêchait de mauvaises grenouilles !

— D'où vient-il donc ? demanda Rose.

— Ah ! que sais-je, dit la sœur. Il a peut-être fait le tour du monde ; c'est un canard sauvage que le jardinier a rapporté de la campagne, et que nous avons tâché d'apprivoiser ; mais j'ai peur qu'il nous paie de nos soins en prenant la volée, si on lui laisse pousser les ailes. Il s'ennuie avec nous : c'est un ingrat.

— Hélas non ! dit Rose, c'est un prisonnier.

Pauvre oiseau ! pensa-t-elle en le regardant ; le bonheur dont tu es comblé ici te fera mourir de chagrin ! que tu dois souffrir quand vers l'automne, tu vois passer dans les nuages des troupes de ton espèce, qui émigrent gaîment, et vont chercher d'autres cieux et d'autres climats ! Toi, tu restes ici, toujours isolé, méconnu, tourmenté par les autres, glacé par l'inaction, tu dépéris ! Pauvre malheureux ! que ne puis-je te rendre tes ailes ! Comme tu fuirais vers tes montagnes ignorées ! vers tes lacs où doivent croître de si belles fleurs ! sur tes vagues qui doivent te bercer si mollement, et ruisseler en perles si limpides sur ton duvet poli ! Que cette cage infecte doit te déplaire et te gêner !

— Qu'avez-vous donc à le regarder ainsi ? dit la sœur.

— Rien, dit Rose, je pensais qu'il avait peut-être vu ma patrie, peut-être aussi la vôtre.

— L'Écosse ? dit la sœur converse, c'est possible… Mon père est un propriétaire de troupeaux dans les monts Grampians. C'est un beau pays, si vert, si frais ! et mon père est un brave homme. Ma sœur a douze beaux enfants. Ah ! comme ils m'aimaient, comme ils ont pleuré quand je les ai quittés pour toujours !

— Et vous les regrettez bien ! dit Rose attendrie en lui prenant le bras.

— Moi ! dit-elle avec un mouvement de surprise, je ne regrette rien, je suis au service du Seigneur.

— Ah ! dit Rose en la quittant, j'oubliais que je parlais à une religieuse !

Un soir elle était à sa fenêtre, plus triste, plus souffrante que de coutume, elle avait voulu marcher et s'était évanouie dans le jardin. Blanche après lui avoir prodigué ses soins, avait été forcée de suivre la communauté à l'office de la Vierge qui se disait au coucher du soleil. Depuis quelques instants le crépuscule grisâtre luttait avec les dernières rougeurs du couchant. La Seine prenait des tons lilas, et de moelleuses vapeurs étendaient leurs rideaux sur les toits. Elle avait appuyé son front sur la barre transversale de la croisée. Le bruit confus de la grande cité montait jusqu'à elle, et les mille clameurs de cette immense population s'entrecroisaient dans l'air. Chaque soir au moment où les flambeaux s'allument, Paris prend un air de fête : il semble que le mouvement augmente, les voitures volent plus vite, chacun court à ses plaisirs. Les boutiques s'éclairent par enchantement. Le gaz verse ses flots de lumière blanche et vivace. Notre jeune captive voyait autour des quais se former de longs cordons de réverbères semblables, dans l'ombre, à d'immenses guirlandes d'étoiles. Les lumières mouvantes des voitures couraient en tous sens comme des feux follets, et se reflétaient dans l'eau comme des météores capricieux.

Oh le mouvement ! la vie ! s'écria-t-elle avec angoisse… Elle avait la fièvre, une sorte de délire lui rendait une force factice ; elle appuya sa faible main sur la barre de fer, avec un transport d'impatience, et la fit presque ployer. Surprise de cette vigueur inattendue, elle se leva brusquement : J'en ferai usage ! s'écria-t-elle, quelle stupidité que de se laisser mourir ainsi !

Elle descendit les escaliers rapidement, mais elle les remonta aussitôt, s'habilla décemment, jeta un schall de barège sur sa robe de soie bleue, noua son petit chapeau de gros de naples blanc, et courut à la chambre de la supérieure. Il n'y avait personne, on était à l'office ; alors elle s'efforça de ressaisir sa raison et se demanda ce qu'elle espérait… Sortir, lui répondit l'esprit de liberté qui fermentait dans son cerveau malade. Eh bien, sortons ! dit-elle, en portant la main à son front brûlant.

Elle se présenta hardiment à la porte et sonna la tourière, décidée à la tromper ou à sortir malgré elle, mais par hasard la tourière ne se trouvait pas à son poste. Elle sonna deux fois. Personne ne vint au guichet. Elle n'osa sonner une troisième.

Alors, elle se rappela qu'au bout du jardin, il y avait une petite porte qu'on ouvrait seulement pour le service du jardin.

Une grille ouverte se présentait devant elle. C'était celle du verger, il était toujours fermé pour défendre les beaux fruits qu'on y cultivait, des larcins des petites pensionnaires. Par hasard, le jardinier taillait les arbres ce jour-là, sa brouette était chargée de branches et placée en travers de la grille. Rose prit la bride du cheval, le fit reculer et entra.

— Il y a une autre petite porte au bout du verger, pensa-t-elle : si François en avait la clef ? mais de quel droit la lui demander ? Elle avançait toujours parmi les buissons de tournesol et les palissades de pois grimpants ; son œil inquiet cherchait le jardinier. Tout à coup, elle l'aperçut, mais dans la rue, à dix pas du mur, la petite porte était ouverte ; le saint homme de jardinier, qui ne mettait pas une graine en terre sans l'asperger d'eau bénite et qui ne terminait pas une raie de semence sans faire le signe de la croix, le pieux François, dans ce moment, vendait en fraude les belles pêches du couvent à la fruitière du coin. Il jetait de temps en temps un regard furtif sur la porte, craignant d'être pris sur le fait. Mais Rose passa si vite qu'il ne l'aperçut point. Dix minutes après, la fugitive traversait d'un pas léger le pont Saint-Michel.

Elle s'arrêta dans la cour du Louvre. Jusque-là, les

connaissances topographiques qu'elle avait pu acquérir en plongeant de sa fenêtre sur Paris, lui avaient suffi pour la diriger ; mais lorsqu'elle eut quitté la rivière qui lui servait de point de concours, elle craignit de s'égarer. Elle n'avait d'ailleurs pas d'autre but que celui de courir, de regarder, de respirer, de se sentir libre un instant ; l'air était si bon ! Pour elle, Paris était la campagne embaumée à l'oiseau qui s'échappe. Tout lui semblait enchanteur, et cependant elle s'arrêtait à peine pour regarder les merveilles des boutiques étincelantes ; elle marchait, le pavé fuyait sous ses pieds, personne ne prenait garde à elle, elle prenait tranquillement, joyeusement sa part de l'existence agitée de la multitude.

Elle essaya donc de retourner vers les ponts ; mais c'était se rapprocher du couvent, c'était déjà retourner sur ses pas ; et à peine avait-elle été dehors un quart d'heure :

— Bah ! s'écria-t-elle en entrant dans la rue Saint-Honoré, il n'y a que les sots qui aient peur, et que les poltrons qui se perdent.

Le hasard la conduisit à la porte d'un théâtre : Quelle musique ! disait à haute voix un jeune homme en gants blancs, au milieu d'un groupe, c'est sublime ! quel talent d'exécution et quel *ton exquis* !

— Un spectacle ! pensa Rose, et moi qui n'y pensais pas ! Voyons comment on joue la comédie à Paris…

Elle prit un billet de baignoire, et, moyennant une légère gratification à l'ouvreuse, s'installa dans une loge prétendue louée où elle put être seule.

Elle connaissait assez bien tous les usages d'un théâtre, mais ce qu'elle était loin d'avoir rêvé, c'était la magnificence de la salle, la fraîcheur des peintures, l'éclat du lustre, la foule des spectateurs. Elle joignit les mains avec enthousiasme et promena des regards avides autour d'elle.

Tout d'un coup, un religieux silence s'établit, le rideau se lève aux sons d'une musique enivrante. Le théâtre représente une plage, la mer roule au loin ses flots dorés sous un ciel chaud et vaste ; jamais décors aussi frais n'avaient ébloui les yeux de la jeune fille ; alors une légère barque glisse mollement sur l'onde, un jeune garçon à peine adolescent, mais beau comme les anges du Tasse et de Milton, s'élance légèrement sur la grève ; son armure de satin imite parfaitement l'acier brillant ; il est impossible de ne pas s'y tromper ; aussi comme il porte avec aisance ces lourds attributs de la guerre ! sur cette armure, une tunique blanche est décorée de la croix rouge des vaillants et des preux ; sur son armet, un beau panache blanc se balance avec grâce : que de noblesse dans sa marche ! que de fierté dans son attitude ! c'est bien là le jeune croisé, enthousiaste, généreux, brave comme son épée, inspiré comme un saint ; mais quelle sensibilité suave et entraînante déploie tout-à-coup le héros en s'écriant d'une voix émue : *Ô patria* !

Ses transports trouvent un écho dans tous les cœurs ; mais avec quelle violence le cœur neuf et jeune de Rose palpite en regardant le jeune croisé, le charmant, l'héroïque Tancrède ! quelle voix nerveuse et vibrante ! quels accents graves et pleins, caressants et suaves ! quelle majesté brille sur ce front encore paré des grâces naïves de l'enfance ! que de vérité et de chaleur dans tous les gestes ! et dans un âge si tendre, avec des formes si délicates, une taille si souple et si frêle !

Au moment où il tira son glaive en s'écriant avec une flamme sublime dans les yeux, un sourire d'exaltation céleste sur les lèvres...

Al vivo lampo di quella spada,

Rose, transportée, se pencha vers la scène, en laissant échapper une exclamation d'enthousiasme ; tous les yeux se tournèrent vers elle, le jeune Tancrède lui-même s'aperçut de ce témoignage d'admiration naïve, et à la fin d'un duo avec Argirio, se rapprocha de l'avant-scène, pour jeter un coup-d'œil dans la loge d'où était parti ce cri de l'âme ; Rose confuse s'était jetée tout au fond, rougissant de n'avoir pu réprimer son transport.

Au commencement du dernier acte, Tancrède était seul dans une forêt sauvage, son armet était suspendu à un arbre ; assis sur le gazon, il était plongé dans une sombre rêverie, ses beaux cheveux tombaient en désordre sur son front et sur son cou ; mais lorsqu'il releva la tête et montra ses traits nobles et fins qu'une mélancolie profonde rendait plus beaux encore, Rose fit un nouveau cri de surprise ; ce beau guerrier était la jeune femme qui avait secouru Rose évanouie, après le *magnificat*, Tancrède était Judith Pasta.

Chapitre VII
La Fièvre

Onze heures sonnaient à l'horloge des Tuileries, lorsque Rose traversait une seconde fois le palais du Louvre, pour retourner à son couvent. Avait-on remarqué son absence ? serait-elle réprimandée, punie ? pourrait-elle seulement, à une heure si avancée, se faire ouvrir les portes de sa prison, et se glisser, furtive et inaperçue, jusqu'à sa cellule abandonnée ?... Rose n'y songeait pas : Rose avait la fièvre, elle était brûlante ; elle marchait sans but, sans projet, guidée seulement par je ne sais quel instinct qui la ramenait, aveugle et folle, aux lieux qu'elle avait quittés. Il n'y avait plus de couvent, plus de supérieure, plus de réclusion : les murs qui l'avaient tenue si longtemps triste et maladive s'étaient écroulés ; elle était jeune, elle était libre ; elle avait retrouvé la vie qu'elle avait tant de fois rêvée, et qui toujours avait fui devant elle, une vie enthousiaste et forte, avec ses agitations et ses émotions enivrantes. Elle marchait sans savoir, sans se demander combien d'instants ou combien d'années elle avait consumés dans cette vie nouvelle, sans s'inquiéter s'il était jour ou nuit, si elle avançait à la clarté du jour, ou sous la lumière du gaz, heureuse, imprévoyante, sans un souvenir du passé, sans une appréhension d'avenir, née de tout à l'heure, vivant toute sa vie dans la sensation qui l'exaltait, dans l'extase qui l'enlevait au ciel. Adieu la haine du monde, le dégoût de ses plaisirs, le dédain de ses fêtes ! le monde lui semblait beau, ses fêtes étaient belles, ses plaisirs étaient purs : le monde, c'était le théâtre qu'elle venait de quitter, palpitante, embrassée, avec son lustre étincelant, avec ses femmes élégamment parées, avec son éclat et ses pompes : ses fêtes, ses plaisirs, c'était Pasta, la sublime Pasta, qui tenait toute une foule émue dans une note de sa poitrine, comme un grain de sable dans sa main ! elle allait, et Pasta marchait avec elle ; Pasta la poursuivait de son chant, de sa voix, de sa gloire ; plongée avec avidité dans ces émotions qui embrassaient sa tête, elle entendait encore les longs cris d'enthousiasme qui bourdonnaient à ses oreilles, l'harmonie qui inondait son âme, elle tendait encore avec amour ses bras, ses yeux, tout son être vers ce Tancrède, si jeune et si beau, qui revenait s'incliner sur la scène sous une pluie de couronnes et de fleurs. Oh ! comme elle s'enivrait à plaisir de ces applaudissements ; comme elle s'emparait de cette gloire, comme elle se couronnait de ces fleurs ! c'était son bien, c'était à elle ! elle se faisait Pasta pour maîtriser la foule : elle était la foule agenouillée devant Pasta, tout à la fois l'idole et le peuple prosterné devant elle ! oh ! une existence plus large à cette âme qui vient de s'élargir ! un air plus libre, à ces jeunes poumons qui viennent de respirer librement, du mouvement, du bruit, de l'agitation à cette jeune fille dont l'enfance fut toute de soleil, de grand air, et de voyages ! oh ! ne la laissez pas mourir ! cherchez des cœurs faibles et timides qui fléchiront sous le joug, et n'en seront pas meurtris : le sien est trop fort, trop vivace ; il romprait plutôt que de ployer !... Pauvre fille, elle courait joyeuse, insouciante, s'enchaîner sous le toit où elle languissait la veille, elle courait reprendre ses ennuis, ses travaux, ses entraves : elle ne songeait pas que le souvenir de cette soirée serait toujours veillant à son chevet, pour lui dire jusque dans ses rêves, que la liberté est douce, la gloire enivrante, et la servitude mortelle.

Rose, fatiguée, n'en pouvant plus, s'arrêta quelques instants sur la petite place qui se trouve entre le Louvre et le pont des Arts, et s'approcha d'un cercle de curieux qui entouraient un spectacle en plein vent. C'était une jeune fille, une Italienne qui chantait des barcaroles de son pays, et que sa mère, assise auprès d'elle, accompagnait des sons d'une guitare ; elle chantait avec goût, mais sans âme ; comme Rose chantait, lorsqu'Horace la rencontra à Tarbes.

— Bon courage, jeune fille ! se dit Rose en jetant son aumône sur les débris d'un tapis autour duquel brûlaient quelques chandelles, bon courage ! Sois pauvre, sois misérable, sois battue des vents et de la pluie ; s'il le faut, souffre de la faim, mais garde tes chansons sous le ciel, ta guitare et ta liberté ! J'étais pauvre aussi : j'étais ta sœur ; je voulus en finir avec la misère, et je t'ai laissée plus riche que moi, jeune fille… souffre et combats, la misère est bonne, tant qu'on peut aller se chauffer partout où il fait du soleil ; sois heureuse, ne rêve pas une destinée meilleure, mange ton pain sans le trouver amer, je connais ta vie et je l'aime, je l'ai perdue et je la pleure ; comme toi j'allais, je courais, je me promenais de ville en ville ; le monde était à moi, comme Paris à toi.

Quelle existence ! garde-la bien ! Si l'on t'offre de l'or, refuse ; de l'instruction ? refuse encore ; reste pauvre, reste avec ta mère, tant qu'elle ne s'apercevra pas que tu es belle ; quand ta mère voudra te vendre, crois-moi, il vaut mieux mourir !

Et puis, disait Rose, en marchant rapidement sur le quai désert sans s'apercevoir qu'une pluie fine lui fouettait le visage et qu'une brise glacée soufflait sur son front brûlant, si tu viens comme moi à quitter un jour ta guitare et tes barcaroles pour monter sur les planches de quelque théâtre et pour amuser la province, ne succombe pas aux ennuis, ne te rebute pas des affronts ; sois forte, il faut des luttes au talent pour grandir ; sois fière aussi, plus fière sur tes planches qu'une reine, trônant dans son palais. Ah ! je te le dis, jeune fille, ne rougis pas d'être comédienne ; quand tu seras actrice, lève haut la tête ! Je suis fière de l'avoir été, je rougis ce soir de ne l'être plus.

Rose pleurait ; elle couvrait de baisers et de larmes le mouchoir de baptiste que lui avait donné la célèbre cantatrice, et qu'elle ne quittait jamais, elle revenait avec amertume sur sa première vie, qu'elle avait tant de fois maudite, et qu'alors elle trouvait si belle, sur cette destinée d'actrice qu'elle avait crue vile, et que Pasta venait d'ennoblir à jamais dans son cœur. Cette existence dont elle n'avait vu que le dégoût et la misère, ne lui apparaissait plus que sous son côté poétique, parée de tout ce que le talent a de pouvoir et de charmes, de tout ce que la gloire a de doux et de séduisant ; elle se rêvait sur la scène, belle, enthousiaste, adorée, elle frémissait de bonheur au bruit des longs bravos qui retentissaient dans la salle, elle versait des larmes en s'inclinant devant tant d'hommages, lorsqu'elle s'arrêta tout à coup devant la porte de son couvent.

Le bruit aigu de la sonnette dans le silence de la nuit, lorsqu'elle eut tiré machinalement le cordon, la fit tressaillir et rompit tout à coup le charme sous l'influence duquel elle était arrivée là sans réfléchir aux conséquences de son escapade. Il n'était plus temps de chercher une excuse, il fallait payer d'audace, l'un était plus facile que l'autre ; elle avait sonné dix fois, elle était là depuis vingt minutes, exposée au froid, à la pluie, lorsque le portier coiffé d'un ignoble bonnet de coton vint enfin ouvrir le guichet et montrer derrière le grillage sa vieille et hideuse figure éclairée par une chandelle tremblotante.

— Et qui êtes-vous, pour oser rentrer à cette heure-ci ? dit-il d'une voix enrouée par le chant des psaumes et l'usage des alcools.

— Je suis une pensionnaire chambrée, j'ai droit de sortie, j'ai une permission de…

— Tout cela est fort bon, je m'importe peu que vous sortiez, mais je m'importe que vous rentriez comme tout le monde. À minuit ! jour de Dieu ! ce serait la première fois que j'aurais ouvert à cette heure-là.

— Eh bien, il y a commencement à tout, dit Rose impatientée. Ouvrez donc, il pleut.

— Ah bien oui ! ouvrez ! on n'a que cela à faire ! ouvrez ! comme si j'allais me faire chasser de la maison, pour complaire aux fantaisies de ces petites demoiselles !

— Fonvielle, mon bon Fonvielle, dit Rose, en essayant de l'adoucir, j'ai froid, je suis malade, vous le savez bien, ne me faites pas attendre ainsi ; si je suis coupable de rentrer trop tard, c'est à la supérieure de me reprendre ; mais vous, vous ne pouvez pas me laisser coucher dehors.

— Est-ce que vous êtes toute seule ? dit le Cerbère, en entre-baillant la porte.

— Eh que vous importe ! dit Rose vivement, en saisissant le battant de vive force au moment où le vieux grondeur l'entr'ouvrait. Elle rentra ainsi moitié malgré lui, et, sans écouter ses récriminations, franchit lestement l'escalier ; mais arrivée à la porte du cloître, elle s'arrêta découragée.

— Ah oui, nous y voilà, dit Fonvielle avec une joie méchante ; vous croyez que l'on vous recevra ; passez si vous pouvez par le trou de la serrure, car certainement la tourière ne se lèvera pas à cette heure-ci pour vous, sonnez, sonnez donc ! Et en parlant ainsi, il la regardait en ricanant, toujours éclairé par sa chandelle, dont le reflet pâle et humide le rendait encore plus laid.

Rose savait bien que son plan n'était pas de sonner, elle voulait rentrer sans être aperçue, et ce n'était pas le cas de réveiller la tourière. Fonvielle avait la clef des parloirs ; si elle pouvait y pénétrer, elle savait que la grille du fond était facile à enfoncer, le ressort de la serrure étant vieux et usé ; depuis si longtemps elle promenait avec amour ses yeux et ses pensées sur tous les moyens de s'échapper, que son entreprise n'était que hardie, mais point impossible.

La grande difficulté était de gagner ce repoussant concierge : — Si je lui offrais de l'argent ? pensa-t-elle, ma mère disait que c'était la clef de l'univers. Elle mit la main dans son sac, et roula une pièce de cinq francs dans ses doigts :

— Oserai-je ? se disait-elle naïvement, ne l'offenserai-je point, au lieu de l'adoucir ? un homme si dévot ! il communie tous les dimanches… Oh ! oui !

mais il remet des billets doux… et même, quelquefois il porte la réponse… Comment faire !…

Tandis qu'elle restait confuse, incertaine sur les marches du cloître :

— J'aime bien ça, disait le revêche vieillard, ne vous gênez pas ! rentrer à minuit, faire lever un homme de mon âge, par ce mauvais temps ! avec une pituite comme la mienne ! Eh ! mais vraiment, autant vaudrait être concierge dans un hôtel de la Chaussée d'Antin ! Voyez donc ces dévotes, qui passent la moitié de la nuit dehors ! Vous aurez de jolies distractions dans votre prière demain matin !

Rose, découragée, remit l'argent dans son sac.

— Encore si l'on savait reconnaître les complaisances d'un vieillard vraiment trop faible… mais on s'imagine qu'il fait son devoir en ouvrant la porte, tandis que d'un mot il pourrait peut-être bien…

— Fonvielle, dit Rose en faisant un effort désespéré pour lui glisser les cinq francs dans la main, soyez sûr que je n'oublierai pas votre obligeance, si vous voulez me faire rentrer sans bruit…

Le concierge n'eut pas plutôt senti la bienfaisante chaleur de ce métal, que les doigts de Rose avaient tourmenté avant d'oser le mettre en rapport avec les siens, qu'il se radoucit, grommela :

— Allons, allons, et baissant la voix à mesure qu'il approchait du couvent. Il ouvrit le parloir. Rose n'eut pas de peine à pousser la grille. Elle traversa le cloître, monta l'escalier en vis qui conduisait vers sa chambre ; mais, au bout du dortoir des religieuses, une grosse porte, bardée de fer, qu'elle n'avait jamais remarquée parce que, dans le jour, elle se trouvait cachée dans un enfoncement, fermait la communication du bâtiment des religieuses avec celui qu'elle occupait. Forcée de revenir sur ses pas, elle chercha un autre couloir : il était fermé par une porte toute semblable. Que devenir !

Elle mourait de froid, l'enthousiasme s'était calmé ; la fatigue, la souffrance et la crainte avaient pris sa place. Elle s'assit découragée sur les dalles du cloître, et promena ses regards sous la profondeur de ces longues galeries, qu'éclairait une petite lampe placée dans la main d'une statue enfoncée dans une niche. Cette statue représentait une des sept vierges sages ou des sept vertus personnifiées dans une des poétiques et naïves allégories des paraboles évangéliques. Une figure couchée derrière celle-ci représentait l'une des sept vierges folles qui laissèrent éteindre leur lampe, et s'endormirent au lieu d'aller au-devant de l'*époux*. Sur le bord de la niche, on lisait cette inscription : *Veillez et priez afin de n'être point surprise par la tentation*. Rose était auprès de cette statue comme la vierge folle ; l'impassible expression de calme de la vierge sage semblait lui dire, bien mieux que l'inscription : *Veillez et priez*.

Elle se leva impatientée, et marcha sur les dalles funéraires. Elle fit ainsi plusieurs fois le tour du préau, tantôt dans une obscurité complète, tantôt éclairée par le rayon mystérieux de cette petite lampe, qui, de loin, se glissait incertain comme une blanche vapeur sous les cintres de la galerie. Rien n'était plus solennel et plus lugubre que cette solitude muette et froide, après les heures de transport et d'enivrement qui venaient de s'écouler. Rose trouva le couvent hideux ; son cœur se serra, un sentiment d'effroi inexplicable s'empara d'elle toute entière :

— Vivre ici ! s'écria-t-elle, vivre toute ma vie dans ce tombeau ! dans cet oubli terrible ! dans cet affreux silence ! Et là-bas, des plaisirs, des chants ! de la lumière à flots ! du bruit à en mourir de joie ! des voitures qui volent, des femmes resplendissantes, un théâtre, une Pasta !... et rentrer le soir au couvent, s'éveiller d'un rêve si enchanteur, et se trouver froide et seule sur des tombes !...

C'était horrible. Rose sentit ses dents se serrer. Mille fantômes se dressèrent autour d'elle ; il lui sembla que les dalles du cloître se soulevaient, et qu'elle voyait des têtes blanchies sortir de terre, et la regarder avec des yeux ternes et vitreux. Des lambeaux de voiles blancs et noirs couronnaient ces crânes desséchés. Une voix grêle et cassée disait : J'ai vécu quatre-vingts ans derrière ces grilles, et la mort seule a fini ce long supplice. Ah ! combien de fois je l'ai appelée en vain ! Jeune fille, fuis cette prison ; car on n'en sort plus quand on a vingt et un ans. Une autre voix douce et faible comme la brise qui soufflait sur les vitraux, disait : Moi, je suis morte à quinze ans ; on m'a tuée à force de jeûnes et d'austérités. Voyez, j'ai une couronne de roses blanches sur les os. C'est une amère dérision. On me l'a mise au front en me descendant au caveau des morts. Puis du milieu de ces têtes hideuses, de ces voix plaintives, un spectre se dressa, une voix se fit entendre, Rose le vit distinctement marcher, venir à elle ; il portait un flambeau dont la vive lumière inondait les sépulcres découverts, les ossements et les linceuls. Alors tous ces cadavres épouvantés sortirent de leurs tombes, traînant après eux les haillons de la sépulture, et se pressant en foule pour fuir et gagner la porte, en criant de leurs mille voix confuses :

— Fuis, jeune fille, fuis... Rose voulut courir aussi ; leurs ossements froids et hideux craquèrent : elle sentait le contact de leurs mains glacées : quelques-uns voulaient s'enfuir par les fenêtres, et faisaient trembler les vitraux… Rose pénétrée d'horreur tomba évanouie sur le pavé.

Le spectre la prit dans ses bras, et l'emporta.

Le fait est qu'un orage affreux bouleversait les fleurs du préau ; qu'une croisée ouverte battait avec bruit, tourmentée par le vent ; que sœur Adèle s'était levée pour venir la fermer, et que Rose avait la fièvre et le délire.

Chapitre VIII
La Primerose

Quelques jours après, une femme coiffée d'une capote de taffetas usé, les épaules couvertes d'un schall qui jouait le cachemire, l'air effronté, la tournure cavalière, se présenta au parloir, et d'un ton hardi et décidé, demanda à l'écouteuse mademoiselle Rose de Beaumont.

— Et que lui voulez-vous, à mademoiselle Rose de Beaumont ? dit l'écouteuse, scandalisée de l'allure qu'elle avait sous les yeux, et de la voix qui frappait ses oreilles.

— Ce que je lui veux !... s'écria la nouvelle arrivée, eh bien ! j'aime bien ça, ce que je lui veux ! je veux la voir ; le reste ne vous regarde pas, la sœur... Allons, faites-la venir, et dépêchons, je n'ai pas de temps à perdre ; qu'elle chante Dieu ou les saints, je passe avant tous ces gens-là ; qu'elle vienne... allons donc, la nonne !... vous avez beau me regarder et faire de grands signes de croix ; ni vos signes, ni vos regards ne feront tomber Rose dans mes bras... de l'activité ; que diable ! ou j'irai la chercher moi-même...

Et tout en parlant de la sorte sous ce plafond, entre ces murs habitués à n'entendre que de saintes paroles, la dame jetait des regards de dédain et de surprise sur tout ce qui l'entourait, et se promenait en se donnant des airs de princesse, et en faisant voler au nez de l'écouteuse, les pointes de son schall dont elle se drapait à la Romaine. Pour l'écouteuse, elle ne répondait pas ; stupéfaite qu'elle était de tant d'impiété et d'audace ; son étonnement approchait de l'extase, et elle était là, les bras pendants, la bouche béante, comme si elle avait eu devant elle une apparition de l'enfer.

— Que faites-vous donc ? s'écria l'autre, en lui éclatant de rire au nez : vous avez l'air d'une pétrification… Allons ! allons ! la mère, ajouta-t-elle, en lui secouant violemment le bras, c'est Rose, Rose de Beaumont que je vous demande : si vous êtes paralytique, pas de cérémonie, ne vous gênez pas : où est-elle ? dites-le-moi, j'y cours…

— Vous ne pouvez pas la voir, dit enfin l'écouteuse d'une voix tremblante d'indignation et de colère : mademoiselle Rose de Beaumont se meurt.

Ce fut comme un coup de foudre. Cette femme, si hardie, si étrange dans la maison du Seigneur, si fille de costume, de manière et de ton, devint pâle comme un linceul, agitée, presque suppliante.

— Se meurt ! s'écria-t-elle, en saisissant avec effusion les mains ridées de l'écouteuse, se meurt, dites-vous !… oh ! bien sûr, vous vous trompez, bonne femme… ce n'est pas Rose, Rose de Beaumont, une fille si jeune, si forte, si fraîche, une fille si belle !… Quand je l'ai quittée, elle était brillante de santé, elle avait de la santé pour un siècle : Rose ne se meurt pas, c'est une autre !

— Où avez-vous vu, dit aigrement la sœur, que la mort laissait les jeunes, et ne s'en prenait qu'aux vieilles ? où avez-vous vu que les filles fortes et belles étaient destinées à vieillir ? hélas ! hélas, ce sont celles-là que le Seigneur appelle : mademoiselle de Beaumont se meurt.

— Eh bien ! s'écria l'autre d'une voix de tonnerre qui fit tressaillir l'écouteuse ; Rose se meurt, et vous me laissez là ; elle se meurt, et je ne suis pas près d'elle !… Ouvrez cette porte, ouvrez-la, je le veux, je veux la voir… qui m'en empêchera…

Elle s'élança vers la porte du parloir ; en vain l'écouteuse voulut-elle s'opposer à sa résolution, prévenir le scandale que la présence d'une telle femme allait produire dans le couvent ; elle s'épuisa en prières ; en menaces, en objections, tout fut inutile ; la serrure céda à ses violents efforts, la porte s'ouvrit devant elle, et pendant que la sœur gémissait, s'indignait et criait, elle traversait les salles, les cours, les longs corridors, pâle, échevelée, sans schall ni chapeau : car elle avait perdu sa parure dans la lutte qu'elle dut soutenir avec l'écouteuse ; et à la voir si négligée, si rapide, l'air égaré et les yeux hagards, on l'eût prise pour une folle qui venait de rompre ses liens.

— Où allez-vous, madame ? lui demanda Émilie de Longueville, au bout du cloître où la pauvre femme s'était arrêtée ne sachant plus que devenir.

— Au nom du ciel, conduisez-moi vers Rose ! s'écria-t-elle, toute essoufflée ; vous êtes jeune ; entendez-moi !

— Rose de Beaumont ? demanda mademoiselle de Longueville, surprise de découvrir à un titre si noble, une connaissance si équivoque et si roturière.

— Rose de Beaumont, Rose qui va mourir ; au nom de Dieu, conduisez-moi vers elle !

L'écouteuse n'avait pas trompé l'étrangère, en lui disant que Rose était mourante ; minée depuis longtemps par l'ennui, consumée à petit feu par la solitude, rongée par une fièvre lente qui desséchait sa jeunesse dans sa sève, et la flétrissait dans sa fleur, la pauvre enfant avait trouvé la mort dans cette soirée qui avait embrasé son âme de tout ce que la servitude et l'amour de la liberté y couvaient d'ennui et d'exaltation. Tant d'émotions l'avaient tuée : échappée, brûlante, aux enivrements du théâtre, glacée par la bise et la pluie, glacée surtout par la solitude mortelle qui l'avait saisie au cœur dans le cloître, au milieu de cette vie nouvelle qui ne faisait que d'éclore, et qui s'éteignait comme un rêve au matin, la malheureuse avait perdu sa raison dans les bras de madame Adèle, et en moins de quelques jours la maladie l'avait conduite, jeune et belle, de la tombe où elle était écrouée vivante, dans la tombe où elle allait entrer morte. Le docteur O*** la quittait rarement, madame Adèle la soignait avec toute la tendresse d'une mère ; sœur Blanche, avec toute celle d'une amie, d'une sœur : le cœur de madame de Lancastre se brisa, en apprenant cette fatale nouvelle ; mais tant de soins, tant d'affection, tant d'amour n'arrêtaient pas les progrès du mal, plus effrayants de jour en jour, et de toutes les personnes qui approchaient de l'infortunée, sœur Blanche était la seule qui s'abusât sur son sort ; créature faible et timide, sans appui et sans protection, que la mort de Rose allait laisser seule, avec un amour sans espoir, qu'elle voulait étouffer comme un crime, Blanche avait besoin de croire à cette existence qui soutenait la sienne, à cette vie qui nourrissait sa vie ; elle y croyait comme en Dieu ; Rose était tout pour elle, une sœur, une amie, une mère, c'était sa famille, son présent, son espoir : elle s'appuyait sur elle, dans ce monde où la providence l'avait jetée sans passé ni avenir, pauvre fille abandonnée, qui ne se sentit pas grandir, dont l'enfance fut toute de sommeil, et qui s'éveilla un matin au milieu de la route entre le berceau et la tombe, ignorante des lieux qu'elle allait parcourir, oublieuse de ceux qu'elle avait parcourus.

Une nuit qu'elle était seule auprès de son amie, et qu'agenouillée au pied de son lit, elle priait Dieu pour elle, pendant que la lampe veillait et que Rose dormait d'un sommeil lourd et profond, elle sentit une main chaude et humide qui glissa comme un souffle embrassé sur sa tête, et une voix faible l'appela par son nom : c'était Rose que le délire laissait un instant plus calme, et qui venait de s'éveiller ; Blanche se jeta dans ses bras, et la couvrit de ses baisers et de ses larmes. La malade se souleva avec effort sur le bras de son amie, et, lorsqu'après avoir promené lentement ses yeux pesants autour d'elle, elle se fut assurée qu'elles étaient seules dans sa chambre :

— Chère âme, dit-elle à Blanche en la regardant avec une expression de tendresse indéfinissable, et en tâchant d'essuyer ses pleurs de ses mains amaigries et tremblantes, chère âme, me pardonnes-tu de partir la première de cette terre d'exil où tu vas rester seule ? Hélas ! ne m'en veux pas ; je voulais vivre et ton amitié m'était douce : mais ils m'ont tuée, les cruels ! ils sont tous sans pitié, et c'est toi qu'ils ont frappée, pauvre ange ! Blanche, Blanche, c'est sur toi que je pleure ; de ce monde, que je vais quitter, je ne regretterai que toi.

— Est-ce que tu vas mourir ? s'écria Blanche épouvantée ; ah ! méchante !… Et elle tomba désolée à genoux, la tête appuyée sur le lit qu'elle arrosait de ses larmes.

— Que veux-tu ? lui dit Rose, en passant ses doigts caressants dans les plis de son voile, ils m'ont étouffée, ils m'ont laissé manquer d'air… Si jamais tu vois Horace, tu lui diras que ses bienfaits donnent la mort… Oh ! je voudrais bien le voir, ajouta-t-elle, d'une voix suppliante, le voir, lui dire que je l'aimais ! Oh ! tu ne l'as pas vu toi ! tu ne sais pas comme il est beau !…

— Tais-toi, tais-toi, s'écria Blanche en lui fermant la bouche avec ses lèvres ; ne me dis pas de ces paroles qui font mal et qui sont des crimes. Calme-toi ; dans ton délire, tu prononces sans cesse le nom d'Horace ; tu l'appelles, tu maudis ta mère… Rose, calme-toi, ne te trahis pas !…

— Enfant ! répondit Rose, lorsqu'on est si près de les quitter, qu'importe le nom qu'on a porté et l'habit dont on s'est couvert ? Qu'importe à celui qui dort pour toujours le scandale qui vient s'asseoir à son chevet ? C'est Rose Primerose, ajouta-t-elle avec tendresse, c'est la petite actrice de Tarbes, que tu as aimée ; Rose de Beaumont a trop souffert : enfant, ne m'en parle plus, je ne la connais pas. Dis-moi, te rappelles-tu le jour où je te vis pour la première fois, notre causerie sur la route, la couronne de bleuets que je jetai sur ta tête ? Dieu ! qu'il faisait beau ce jour-là ! c'est le lendemain que je vis Horace, qu'il me sauva, que je l'aimai… J'étais jeune alors, j'étais gaie, j'étais libre, et pour m'ôter tant de biens, que je n'appréciais pas, mais dont la privation est mortelle une fois qu'on les a goûtés, il n'a fallu qu'une heure !… Oh ! ma mère, ma mère, vous m'avez fait bien du mal !

— Calme-toi, je t'en prie, disait Blanche effrayée de l'exaltation de Rose, ton pouls bat plus vite, tu deviens plus brûlante ; il te faut du calme, du repos ; pense à moi qui t'aime, à Dieu qui peut nous sauver.

— Je serai calme, je serai tranquille, dit Rose, je t'obéirai, mon ange… Écoute, ajouta-t-elle d'un air mystérieux, nous sommes seules, personne ne nous voit ; mademoiselle de Beaumont est morte, laisse-moi ressaisir de ma première vie ce qu'il me reste encore à vivre.

Blanche la regarda d'un air douloureux et étonné : elle ne la comprenait pas, elle la croyait de nouveau plongée dans le délire qui, depuis deux jours, ne la quittait plus.

— Tu veux bien, n'est-ce pas ? ajouta Rose… Eh bien, ouvre ma malle ; tu y trouveras un petit coffre que je ne t'ai jamais montré, et que je n'ai jamais ouvert depuis que je suis au couvent… va, Blanche, va, chère petite… je prierai Dieu pour toi, là-haut, s'il consent à me recevoir…

Alors elle prit dessous son oreiller le mouchoir brodé qu'elle y avait caché, dénoua l'un des coins où se trouvait une petite clef, et les yeux brillants, la figure radieuse, elle ouvrit avec une joie d'enfant le coffret que Blanche avait placé près d'elle ; elle resta longtemps comme plongée dans une silencieuse extase, puis se tournant vers sa compagne qui la contemplait tristement :

— Tiens, dit-elle, avec une mélancolie profonde, voilà mon costume de fille errante, ma robe fanée, le tablier de taffetas rose, que je portais le soir où je vis Horace ; voilà le petit schall qu'il arracha de mes épaules et qu'il y replaça lui-même ; vois que tout cela est froissé ! usé, flétri ; eh bien ! là-dessous, j'étais heureuse, je riais, je chantais… Hélas ! je ne pensais pas que mes joies, mes rires, mon bonheur, ma jeunesse, j'avais tout renfermé là… Allons ! ajouta-t-elle, en y jetant le mouchoir de Pasta, après l'avoir baisé et pressé sur son cœur, voilà toute ma vie ! un passé que j'ai renié, un avenir que j'ai rêvé tout un soir : souvenirs qui tuent, ambition qui dévore !

Rose et Blanche passèrent le reste de la nuit, l'une dans le délire, l'autre dans la prière. Madame Adèle et madame de Lancastre se rendirent le matin près d'elle, et le docteur O*** déclara qu'elle n'irait pas jusqu'au bout de la journée ; madame de Lancastre fondit en larmes, la douleur de madame Adèle fut froide et calme ; sœur Blanche resta agenouillée les mains jointes, l'âme et les yeux élevés au ciel ; c'était quelques heures avant l'arrivée de la femme inconnue au parloir.

Plusieurs sœurs, quelques élèves étaient rangées autour du lit de la mourante, et l'abbé de P*** venait de s'approcher d'elle : l'assemblée était muette, et quelques sanglots interrompaient seuls le silence de mort qui commençait déjà, lorsque la porte s'ouvrit avec fracas, et une femme échevelée se précipita dans la chambre, sans schall, sans chapeau, pâle, égarée, comme folle, coudoyant brusquement tout ce qui gênait son passage.

— Ma fille ! ma fille ! s'écria-t-elle d'une voix déchirante, qu'avez-vous fait de mon enfant ! Et elle dévorait de caresses, elle inondait de larmes la figure plombée de Rose.

— Mon enfant ! disait-elle, ma Rose, qu'as-tu fait de tes yeux si vifs, de ton teint si brillant, de ta beauté si fraîche ? et vous, s'écria-t-elle en se tournant vers madame de Lancastre stupéfaite, et vous, pourquoi avez-vous tué ma fille ? une fille si belle, qu'on l'applaudissait en la voyant, si belle que tous les théâtres se la disputaient comme un trésor, que les villes se réjouissaient de la posséder ; si belle, vous dis-je, que sur vos théâtres de Paris vous n'avez pas sa pareille !

— Mais, madame, lui dit madame de Lancastre qui ne comprenait rien à cette scène étrange, il y a erreur, on vous aura trompée ; il est impossible… Madame, que demandez-vous ?…

Mais l'étonnement fut à son comble, lorsque Rose, ouvrant les yeux, poussa un cri terrible en apercevant la Primerose, et la repoussa loin d'elle.

— Ma mère ! s'écria-t-elle, qu'on éloigne ma mère ! c'est ma mère qui m'a perdue !

— Comment, madame, dit la supérieure à la Primerose qui ne s'éloignait pas, et qui, étreignant dans ses bras le faible corps de sa fille, semblait vouloir le disputer à la mort, comment ! vous seriez madame de Beaumont !…

— Je suis la Primerose, s'écria-t-elle en se dressant de toute sa taille, et je ne suis grande dame que le soir, quand le veut mon rôle. Gardez vos beaux noms pour vous, et rendez-moi ma fille.

— Mais, madame, mademoiselle de Beaumont nous a été confiée par mademoiselle Cazalès, et c'est à elle seule que nous devons en rendre compte.

— Mademoiselle Cazalès n'a pas de droits sur elle : j'avais cédé les miens à son frère, mais c'était à condition qu'il rendrait ma fille heureuse…

— Assez, madame, assez, s'empressa d'ajouter madame de Lancastre, qui craignait une explication plus scandaleuse encore que la scène qui se jouait devant elle : nous en reparlerons.

— Et il la laisse dépérir ! continuait la Primerose : elle se meurt, et il l'abandonne ! Viens, Rose, viens, ma fille : tant que je verrai le jour, il y aura du pain pour toi, et un toit pour abriter ta tête. J'étais pauvre, je venais implorer ta fortune ; tu es plus misérable que moi : eh bien ! je t'offre ma richesse, tu la connais ?... ce sont les champs où tu folâtrais, les campagnes que tu aimais, les haltes sous les grands arbres ; tout cela te plaisait, c'est à toi, viens : tu seras sage, si tu veux, je ne te tourmenterai plus ; mais viens, que je te voie encore belle et fraîche, rieuse et courant de ville en ville.

Rose ne répondait pas ; une révolution soudaine venait de s'opérer en elle, et le docteur O*** déclara qu'elle était sauvée si elle passait la journée. La Primerose s'installa au chevet du lit de sa fille : c'est en vain qu'on voulut s'opposer à sa volonté ; elle signifia qu'elle resterait tant que Rose serait malade, qu'elle l'emmènerait avec elle aussitôt qu'elle pourrait le faire ; prières, menaces, tout fut inutile : le scandale fut grand dans la maison sacrée ; et la pitié s'éloigna bien vite, dès qu'on fut convaincu que mademoiselle de Beaumont n'était plus : Blanche resta seule, avec madame Adèle, agenouillée près de la comédienne.

— Eh bien ! c'est agréable ! dit mademoiselle de Longueville, le soir à la classe, nous avons eu pour compagne une actrice de province !

— La malheureuse ! dit mademoiselle de Vermandois, elle n'a qu'un parti à prendre : c'est de mourir ou de s'en aller.

Fin du quatrième volume.

TOME V

Chapitre premier
Trois ans d'entr'acte

Trois mois après l'époque dont nous venons de retracer les événements, un homme qui descendait la rivière de Langon à Bordeaux sur le bateau à vapeur, excitait parmi les nombreux passagers un sentiment où entrait plus de curiosité que d'intérêt. Renommé dans le haut et bas pays pour sa bienfaisance et son originalité, pour ses erreurs et ses vertus, Horace Cazalès causait en général plus de surprise que d'affection. Ses bonnes actions avaient toutes un caractère de bizarrerie, et ses bizarreries ne trouvaient pas toujours l'indulgence que ses grandes qualités lui donnaient le droit d'inspirer. Telle est l'opinion en province ; on ne vous pardonne pas de faire autrement que le vulgaire, pas même lorsqu'en faisant autrement vous faites mieux. Cependant on rendait à M. Cazalès la justice de reconnaître que ses mœurs privées étaient devenues beaucoup plus régulières depuis quelques années. Ses idées en revanche étaient plus hardies, plus absolues dans leur libre allure, et si l'on osait le blâmer, du moins n'osait-on guère le contredire. On attribuait l'amélioration de sa conduite et l'augmentation de ses caprices systématiques, à la liaison qu'il avait formée avec le vieux solitaire des Landes, le marquis de Carabas, le comte de D. Cet homme que la sagesse des sots qualifiait d'extravagant, avait été apprécié enfin par un homme de mérite. Horace recherchait sa société autant que les habitudes vagabondes du vieillard pouvaient le permettre, et les idées fortes de cet être singulier passaient comme survivance dans l'esprit ferme et entreprenant de son jeune ami.

Un cercle de curieux s'était donc formé autour de lui dans le bateau à vapeur. Il y avait cinq ans que M. Cazalès avait semblé dire un éternel adieu à cette ville, où ses parents, ses amis et ses intérêts réclamaient en vain sa présence. Il avait dit indiscrètement plusieurs fois devant de petites gens, qu'il avait horreur de Bordeaux, de son vin, de ses femmes, de ses habitants et de son climat. Or, tout provincial se croit blessé dans son honneur quand on dénigre sa province, par la raison que les hommes médiocres se consolent de n'être rien individuellement en se flattant d'être quelque chose en masse. Quiconque est né au sein d'une belle nature se pique d'en être une belle production. Tous les gascons sont avantageux parce qu'ils ont en général une réputation d'esprit assez méritée. On n'imagine pas ce que les succès et le talent des Martignac et des Peyronnet ont donné d'impudence aux prolétaires de leur patrie.

Aussi on interrogeait M. Cazalès, chacun était sur ses gardes ; on attendait impatiemment qu'il osât se permettre de répéter le blasphème, et on lui parlait des embellissements des théâtres, des progrès de l'éducation, et des richesses du vignoble, espérant que son dédain ouvrirait une de ces orageuses discussions dont la fougue plaît aux méridionaux. Mais M. Cazalès écouta, questionna, approuva et admira de si bonne grâce ; applaudit avec tant d'aisance et de si bonne foi, qu'on l'eut bientôt déclaré homme estimable et *bon enfant*. Plus d'un gros négociant chargé de famille pensa qu'un tel gendre lui conviendrait fort et plus d'un armateur lui proposa de prendre des actions sur son bâtiment.

Au bout de huit jours, Horace était un homme très-répandu dans le monde, fêté partout, dans les grands *routs* du commerce, dans les rares salons de la noblesse, mais surtout dans ces douces soirées de famille, où l'on dépense en quelques heures tant d'union touchante, de naturel exquis et de vertus domestiques, qu'il n'en reste plus pour le cours de la vie, et que le bonheur intérieur disparaît avec les bougies qu'on éteint, et s'envole avec les invités qui se retirent. Dans ces vertueuses familles, il y avait des filles à marier, dont les talents modestes, l'esprit ingénu et les grâces naïves dégoûtèrent singulièrement notre ami du mariage.

Ce ne furent donc pas les charmes de cette vie dissipée qui empêchèrent Horace, pendant huit jours, d'aller embrasser sa bonne vieille tante, religieuse au sacré cœur de Jésus. Un sentiment de répugnance inouïe, et que vous devinez sans doute, détournait ses pas chaque fois qu'ils se dirigeaient vers le faubourg où ce couvent est situé. Il ne faut pas croire pourtant que le remords pesât sur cette âme délicate avec autant d'intensité qu'aux jours où nous l'avons vu souffrir si cruellement. Trois années ne passent pas sur nos têtes, sans emporter quelqu'une de nos félicités ou quelqu'un de nos soucis. Ceux d'Horace s'étaient insensiblement effacés ;

mais ils se réveillèrent à la vue des lieux qui les lui rappelaient, et, un jour qu'il se promenait sur la côte de Lormont, une mélancolie insurmontable s'empara de toutes ses pensées. Sa vie se déroula encore devant lui, et il lui sembla qu'elle avait duré cent ans.

Oui, je le sens, se dit-il, je n'ai jamais été heureux depuis cet instant fatal. Cette misérable chute m'a porté malheur, je n'ai pu aimer aucune femme sans faire un douloureux retour sur moi-même. Ce remords a empoisonné mes plus belles années et je n'ai joui de rien. À présent l'âge de la raison est venu, tout est refroidi pour moi dans cet horizon brûlant de l'avenir et de l'espérance. Je n'ai plus cette surabondance de sensations, qui fait qu'on prête son cœur aux autres et qu'on aime avec passion, parce qu'on aime sans discernement. Affreuse expérience ! Comme tu fais payer cher les leçons que tu nous donnes !

Elle était là,… dit-il tout d'un coup, en s'arrêtant sous un massif de coudriers, qui lui laissait apercevoir au travers des branches, la Garonne, embrassée des rayons du couchant et jetée comme une nappe d'or sur le riche paysage… Elle était là ! au coin de cette rade ; c'était une jolie chaloupe et elle portait mon nom… pauvre vieux matelot ! c'était peut-être mon meilleur ami. Que n'eût-il pas fait pour moi ? Et sa pauvre fille idiote ! Qu'elle était belle un soir, quand je la vis debout sur la proue, et livrant au vent ses longues tresses noires ! Lazare en était fier, de cette beauté si parfaite qu'elle n'avait pas besoin d'un rayon d'intelligence pour éblouir ! Il disait souvent que c'était un bonheur peut-être pour elle, d'être ainsi privée de sensations. Sans cela, disait-il, sa beauté lui eût porté malheur… Ah ! misérable, s'écria-t-il tout d'un coup, en se frappant le front contre un arbre auquel il s'appuyait. De quoi lui a servi sa fatale organisation ! de quoi l'a-t-elle préservée ?… Les matelots grossiers la respectaient, je m'en souviens ; lorsque le soir, les jeunes gens de la ville s'arrêtaient sur la grève, frappés de la beauté de cette grande fille, qui baignait ses pieds blancs devant eux et se laissait admirer sans rougir ! Alors les confrères de Lazare leur faisaient signe de s'éloigner. C'est une pauvre innocente, disaient-ils ; laissez-la s'amuser et ne vous moquez pas d'elle, et ils ramenaient la pauvre idiote à son vieux père. Il passa brusquement la main sur son front, et chassant un pénible retour sur lui-même, il quitta la campagne et se rendit au bal.

Le lendemain il se décida pourtant à voir sa tante. Conformément à la règle de son état, cette vieille religieuse n'écrivait à personne, et c'est indirectement que, depuis cinq ans, Horace avait quelquefois appris de ses nouvelles. Il la trouva extrêmement sourde, et si affaiblie par l'âge, que sa mémoire s'égarait à chaque instant. Elle en retrouva assez cependant pour lui dire que la communauté dont elle faisait partie avait été transférée dans un couvent du même ordre à Toulouse. Elle seule avait été jugée trop faible pour supporter le voyage et les inconvénients d'un changement de séjour. En considération de ses infirmités, on l'avait laissée dans cette maison qu'elle habitait depuis cinquante ans. Mais les compagnes, parmi lesquelles sa vie paisible s'était écoulée, lui ayant toutes été enlevées, la pauvre vieille femme se sentait bien triste et bien isolée dans une communauté nouvelle. Elle n'y retrouvait plus ces égards et ces mille petits soins si nécessaires à son âge, qu'une longue intimité avec ses anciennes compagnes l'avait habituée à recevoir sans les demander. Horace sentit son cœur se serrer à la vue de cette triste existence prête à s'éteindre dans l'abandon et la douleur ; il baisa les mains ridées de sa vieille parente en pleurant. Elle était sourde, et ces muettes consolations étaient les seules qu'elle pût entendre.

Cependant, après des efforts bien cruels pour son âme blessée, Horace parvint à faire entendre le nom de Denise.

— Denise ? dit la religieuse, d'un air surpris, qu'est-ce que Denise ? Je ne connais personne qui s'appelle ainsi.

— Ne vous rappelez-vous plus la fille du pauvre Lazare qui m'a sauvé la vie ?

— Lazare, le vieux pêcheur ? ah ! oui, il se porte bien.

L'infortunée ne comprend plus ! dit Horace. Et il tourna les yeux avec terreur vers une porte qui s'ouvrit lentement derrière sa tante. Une sueur froide parcourut son corps. Il s'attendait à voir paraître Denise ; mais ce n'était qu'une religieuse inconnue qui apportait un verre de tisane à la doyenne du couvent.

Si vous avez quelque question à faire, dit celle-ci à Horace, adressez-vous à cette bonne sœur, elle n'est pas sourde comme *nous*.

La personne chargée de répondre ne put éclairer M. Cazalès.

— J'ai bien entendu parler, dit-elle, d'une fille qui s'appelait Denise, mais je n'ai pas ouï dire qu'elle fût idiote. Ce qu'il y a de certain, c'est que depuis bien longtemps elle n'est plus dans cette maison, soit qu'elle l'ait quittée pour rentrer dans le monde, soit qu'elle ait fait partie de quelque translation d'une partie de notre ordre, ainsi qu'il arrive quelquefois.

Personne ne put donner d'autres détails. Le portier de la maison n'était là que depuis quatre ans. La vénérable doyenne avait eu pour amie, et pour protégée particulière, une jeune novice ; mais elle ne s'appelait point Denise, et n'était pas idiote. Horace se retira avec la seule certitude que Denise n'était point à Bordeaux. Il se décida à interroger son homme d'affaires. C'était un jeune homme, récemment appelé à succéder à son père, qui venait de mourir. Il ouvrit bien des cartons, feuilleta bien des papiers, et ne trouva nulle trace de Denise, depuis l'année 1825 : jusque-là sa pension avait été payée ; mais depuis lors, personne n'était venu réclamer de sa part. Ainsi, se dit Horace, lorsqu'il se trouva seul, ce n'était pas assez de l'avoir flétrie, je l'ai abandonnée. Elle est peut-être morte de misère, et moi, je suis riche, et je vis ! De quoi m'ont servi ces remords cuisants qui ont fané ma jeunesse ? Remords stériles ; vous n'avez pas produit une heure de force et de vertu ! Vous m'avez déchiré, sans me rendre meilleur, vous m'avez donné le dégoût de moi-même, et non pas le courage de réparer le passé !

Jamais Horace n'avait pu se décider à entendre prononcer le nom de l'infortunée. Une insurmontable répugnance lui avait rendu odieuse la seule pensée de revoir la pauvre Denise. Il avait recommandé à son homme d'affaires de donner pour elle de l'argent à pleines mains, mais une fois cette mesure prise, il avait rompu avec tout ce qui eût pu le mettre en rapport avec sa victime. Il avait perdu l'habitude de causer avec sa nourrice, parce que la bonne femme gardait un tendre souvenir à Denise, et se plaisait à l'interroger sur son compte. Horace répondait brièvement, embrassait Mariette et se hâtait de la fuir. Une sorte d'instinct avait fini par imposer silence à la nourrice, et le nom de la pauvre fille semblait s'être effacé de la mémoire de ses protecteurs.

Chapitre II
Tony

Profondément affligé de voir se réveiller un nouveau remords qu'il croyait depuis longtemps assoupi, Horace se promit de ne rien négliger pour découvrir ce que Denise était devenue. Il écrivit à plusieurs des religieuses transférées de Bordeaux dans diverses villes de France.

« Ainsi, écrivait-il à Laorens, alors à Rome, j'ai porté malheur à tout ce que j'ai voulu protéger, Denise est perdue ; Rose !… Rose a repoussé la main maudite ; elle a soustrait son existence au contact fatal de la mienne… Elle a mieux aimé suivre sa mère qu'elle méprisait, que de profiter de mon intérêt. Car j'ai été coupable aussi envers elle… Mon cœur l'avait adoptée, et cette fois j'espérais retrouver ma propre estime. Peu confiant dans ma force, j'avais éloigné Rose : je m'étais interdit toute relation avec elle ; mais, afin de ne jamais songer à devenir son amant, j'ai négligé de devenir son ami, et Rose a détesté mes bienfaits ; elle s'est jetée dans l'abîme d'où je l'avais tirée, plutôt que de me devoir de la reconnaissance. C'est que, vois-tu, la reconnaissance n'est plus un sentiment dès qu'elle devient un devoir, et je n'ai pas su inspirer d'affection, je n'étais pas digne de confiance. Je n'osais plus en demander, ayant perdu la mienne propre. Rose m'a puni de mes torts envers Denise, c'était justice. »

Il est nécessaire de montrer à la suite de ces réflexions d'Horace, la lettre que, trois ans auparavant, il avait reçue de Rose, et qu'il relisait souvent avec amertume. Nous en avons soigneusement conservé l'orthographe.

« Monsieur,

» Je vous dois une éternelle reconnaissance, et ce n'est pas pour m'en affranchir que je renonce aujourd'hui à vos dons. Ils m'eussent été précieux, si vous ussiez daigné m'accorder un peu d'estime ou de bienveillance. Mais vous m'avez fait du bien, parce que vous étiez généreux, et non parce que j'avais excité votre intérêt. J'ai bien reconnu depuis que je n'en était pas digne, car vous m'avez oublié dans un moment où, malgré l'amitié de personnes bien chers, l'ennui et l'inaxion me tuait. Ma mère que j'avais abandonné pour confier tout mon avenir à votre sœur, ma mère que je croyais indigne de mon amour, est la seule qui se soit souvenu de moi dans le moment où j'avais besoin de secours. Elle est venu me chercher ; elle m'a soustrait à la captivité ; elle m'a soigné jour et nuit ; elle a dépensé pour ma guérison tout ce qu'elle possédait ; elle a réparé tous ses torts envers moi. Pauvre mère ! elle les a expié ! car elle est morte pour moi. À peine était-je rétablie qu'attinte du même mal que moi épuisée de fièvre, d'inquiétude et de tristesse, elle a succombé victime de son dévouement pour sa fille. Ô ma mère ! tu es morte lorsque j'allais t'aimer ! Tout le passé était effacé ; je n'avais plus le droit de m'en souvenir, et tu m'as été enlevé, afin que j'accomplisse ma destinée, qui est de vivre seule et abandonnée !

» Mintenant, Monsieur, je suis libre et j'ai cherment acheté cette liberté que j'avais tant souaitée. Elle me coûte la considération que j'avais obtenue, elle me coûte mes amies qu'il me faut fuir à jamais, elle me coûte ma mère ! Tout le couvent sait qui je suis, et je suis trop fiere pour y rentrer couverte de mépris, que je ne mérite pas. D'ailleurs, la réclusion me dévorait et je sentais dans cette prison combien j'étais pauvre et délaicée ? D'ailleurs aussi, j'ai bien changé d'opinion sur mon encien état. Une personne du plus haut talent, une artiste célèbre, me l'a fait envisager sous son véritable point de vue et si je n'ai pas la vanité d'aspirer à la même gloire, j'espère du moins trouver une existence honorable et *suportable*, dans la même carière, grâce à sa protection. Je pars, je quiterai la France, si je puis, je dérobe désormais mon nom à la prévention défavorable qui pèse sur le théâtre, et pour que mademoiselle Cazalès et vous, Monsieur, n'ayez point à rougir de votre protégée, je vous jure que vous n'entendrez plus parler d'elle. Je m'avilirais à mes propres yeux si, en embrassant un état que vous n'approuvés pas, je conservais les moyens d'existence que je tien de vous. Je veux ne devoir désormais mon sort qu'à mon énergie et je vous renvoie la donation que vous m'avez faite d'un capital de rentes sur l'état. Je vous bénirai toute ma vie, parce que vous êtes grand et noble, vertueux et juste, mais je dois vous fuir, car votre indifférence, et peut-être votre défiance m'ont blessé au cœur.

Vous étiez si bon avec tout le monde, pourquoi donc fûtes-vous si fier avec moi ? Ah ! monsieur, vous ne m'avez jamais comprise et vous m'avez fait enfermer loin de vous, comme une insensée, dont il fallait prévenir les folles ambitions. Monsieur, je ne méritais pas vos bienfaits, mais je ne méritais pas non plus cet afront ! Agréez le respect de celle qui signe pour la dernière fois,

Rose Primerose. »

Tant de fierté dans l'expression, jointe à une si humble ignorance de la langue écrite, avaient vivement frappé Horace. Il avait commencé à soupçonner dans la pauvre Rose une âme plus ardente qu'il ne l'avait cru jusque-là, et pourtant il ne savait encore s'il devait l'accuser d'ingratitude ou admirer l'élévation de son caractère. Lorsqu'il parlait d'elle avec sa sœur, celle-ci lui prouvait clairement que Rose était une fille sans principes, sage par froideur ou par sentiment romanesque, et mademoiselle Lenoir terminait le panégyrique en disant d'un air d'horreur : Et qu'est-elle maintenant ? Dieu le sait ! Mais lorsque Cazalès était seul et relisait cette lettre, il lui prenait des remords de n'avoir pas cherché à mieux connaître celle qui se montrait si jalouse de son estime.

Dans ses lettres, Laorens le blâmait sérieusement de n'avoir point épousé Rose. « C'était une personne du plus haut mérite, lui écrivait-il, et tu cherchais une femme ! toi qui ne fais pas du mariage une affaire de commerce, toi qui es riche pour deux, et que j'ai vu fouler aux pieds le préjugé, tu as passé auprès de celle qui te convenait, sans daigner la regarder. Elle était d'un caractère froid, j'en conviens ; du moins elle m'a toujours paru telle ; mais c'est précisément ce qu'il te fallait. Sa raison eût été à ton niveau, lorsque tu te serais mêlé d'en avoir aussi ; en d'autres moments, elle eût réprimé ou excusé tes accès de folie. Elle eût été toujours égale ou supérieure à toi, jamais inférieure. Et toi qui veux adorer ta femme, que trouveras-tu de mieux ? Après tout, je ne blâme nullement Rose d'être retournée au théâtre ; je ne sais pas plus que toi ce qu'elle est devenue, mais j'aime à croire qu'elle tournera bien ; car de la déclarer perdue pour être remontée sur les planches, c'est un préjugé de ta part, permets-moi de te le dire, et un préjugé joliment *perruque*. »

Telle était la position d'Horace, lorsqu'un soir, il se laissa entraîner au spectacle, malgré la mauvaise opinion qu'il avait de l'opéra en province.

— C'est une prévention injuste, lui dit un de ses amis. Il y a six semaines, j'étais à Lima, on y exécuta la *Donna del Lago* avec un plein succès, et je ne crois pas que les Bouffes de Paris m'eussent fait autant de plaisir. D'ailleurs, d'où vous viennent tous vos grands talents ? n'est-ce pas nous, provinciaux, qui vous les formons ? Vous n'avez pas entendu la Coronari : l'année prochaine, cette cantatrice admirable que vous dédaignez d'entendre à Bordeaux, vous vous vanterez à Paris de l'avoir appréciée le premier. Au balcon, tous les dandys dilettanti vous presseront de questions avant le lever de la toile. Venez donc apprendre ce que vous pourrez promettre alors d'un air de suffisance aux amateurs parisiens.

La signora Coronari avait relevé le théâtre de Bordeaux. Autant l'Opéra était tiède et languissant depuis plusieurs années, autant, depuis quelques semaines, il était florissant. Cette jeune cantatrice parlait aussi bien le français que l'italien, et chantait nos opéras avec un goût exquis. Elle joignait à une voix admirable, un talent sublime, comme actrice dans l'opéra sérieux ; vive et piquante dans le comique, elle faisait les délices de la ville, et depuis son arrivée, Horace n'entendait parler que d'elle. Il la vit ce soir-là remplir le rôle d'Amazéli, dans *Fernand Cortez*. Placé dans une loge de face, il ne put distinguer ses traits, que l'enthousiasme de ses amis lui disait parfaits ; mais il admira la beauté de sa taille et de ses attitudes, la chaleur entraînante de sa pantomime, et le naturel plein de verve de ses gestes. Quant à sa voix et à sa méthode, il fut forcé de déclarer qu'il n'avait rien entendu de plus suave, de plus flatteur et de plus pathétique. Sans doute ce jeune talent avait beaucoup à acquérir, Horace avait vu des actrices plus consommées, mais lorsque la signora Coronari s'abandonnait à la chaleur de ses inspirations, elle était supérieure aux plus grands talents, et ne ressemblait à aucun ; le lendemain, placé dans la même loge, il la revit dans un des rôles les plus enjoués des vieux opéras de Grétry. Sa voix fraîche vainquit avec hardiesse les difficultés de cette musique originale et périlleuse, elle en rajeunit les grâces surannées, et en fit valoir le langage spirituel et mordant. Mais son triomphe fut dans *le Barbier de Séville*, de Rossini, quelques jours après ; jamais si malicieuse et si perfidement ingénue Rosine n'avait paru devant le public.

Si ce n'était pas une actrice, dit Horace en sortant à ses amis, je lui ferais la cour, car j'en suis amoureux.

Ah ! il y en a bien d'autres, lui répondit-on, mais qu'est-ce à dire, *si ce n'était pas une actrice ?* il est probable qu'en ce cas vous n'en seriez pas amoureux, puisque c'est comme actrice qu'elle vous a charmé.

Et puis, dit un autre, c'est du meilleur genre, de faire la cour à une actrice : un dandy est au grand complet quand il a des gants jaune-serin, un tilbury bien incommode, un cheval bien dangereux, un chien bien impertinent, et une danseuse du grand théâtre, bien mal élevée et bien effrontée. Voilà, mon cher, tout ce qui vous manque, et tout ce que vous devez acquérir, si vous voulez passer pour un charmant garçon dans notre ville.

— Eh bien ! je ne serai jamais qu'un rustre, car la dernière condition, surtout, est tout-à-fait contraire à mes goûts présents. Ne croyez pas, messieurs, que je veuille me faire meilleur que vous. J'ai été pire, j'en réponds. Mais me voilà vieux…

— Tu n'as pas trente ans.

— N'importe, je ne me sens plus assez jeune pour chercher le plaisir sans l'amour, et tel que je suis aujourd'hui, je ne les conçois plus bien l'un sans l'autre.

— Allons donc, le voilà redevenu philosophe ! Avec un léger effort de mémoire, tu pourrais, cependant…

— On oublie ce qu'on n'aime plus.

— À la bonne heure. D'ailleurs, avec la belle Coronari, il est bon de dire : *ils sont trop verts*, c'est une vertu…

— Eh ! bien, voilà précisément ce que je n'aime pas. J'aime qu'une femme, qui sait peindre la passion avec tant d'ardeur, soit réellement ce qu'elle paraît. Et s'il n'y avait pas tant de passé et tant d'avenir dans la vie d'une telle femme, le moment où elle vous presserait en secret dans ses bras, avec la même énergie qu'elle déploie sur la scène, serait le plus beau moment de la vie d'un homme. Mais si elle n'a d'âme que par vanité, si elle n'est amoureuse que du public qui l'applaudit, adieu l'illusion, ne la voyons jamais que sous la magie du fard et des quinquets.

— Bien dit ! s'écria un des jeunes gens en frappant de son bambou ses éperons avec un plaisir d'enfant, à bas les comédiennes à principes ! J'aime cent fois mieux les pirouettes de ma Clorine.

— Comme vous voudrez, reprit un jeune avocat, moi je déclare que vous ne connaissez pas mademoiselle Coronari, car vous en seriez amoureux.

— Vous l'êtes donc !

— Je le confesse, et ce qui est bien plus ridicule encore, je le suis sans espoir. Mais sa société m'est si précieuse que je suis prêt à faire le sacrifice de mon amour, pourvu qu'elle me témoigne de l'amitié.

— Est-il bête, celui-là ! dirent les autres, en riant.

— Allons au fait, dit Horace, cette actrice n'a donc pas d'amant ?

— On ne lui en connaît pas.

— Pas dans le public, mais parmi ses camarades ?

— Pas davantage.

— C'est édifiant, dit le jeune dandy. Il ne lui manque plus que d'être dévote.

— Elle ne l'est pas, s'écria vivement l'avocat.

— Alors, dit un autre, elle est fort dangereuse, et les mères de famille feront bien de prendre garde à leurs plus jeunes fils. C'est une vertu qui ne se donne pas, qui se *prête* encore moins, mais qui se…

— N'achevez pas, dit l'avocat avec véhémence, c'est une calomnie.

— Ne nous querellons pas, dit Horace. J'attesterai ici quand on voudra, qu'il y a, même dans les derniers rangs de cette classe, des femmes vertueuses pour le plaisir de l'être. Tout ce que notre cher avocat nous dit des rares qualités de la dona Coronari me donne envie de la connaître. Voulez-vous me conduire chez elle demain ?

— Je lui en demanderai la permission, répondit-il.

— Quand ? dit le jeune amant de la danseuse. Cette nuit ?

L'avocat vint dire à Horace, le lendemain matin, qu'il n'avait pu obtenir le consentement de mademoiselle Coronari. Elle avait peu de temps à rester à Bordeaux, et ne désirait pas faire de nouvelles connaissances.

— Allons, vous êtes jaloux, dit Horace.

— Je n'en ai pas le droit, mon ami, je vous le jure, et pour vous le prouver, je ferai demain de nouvelles instances. La bonne Coronari était mal disposée ce matin.

— Mais venez faire une course à cheval dans la campagne. J'ai donné rendez-vous à plusieurs de mes amis. Ils sont liés avec mademoiselle Coronari, et leurs recommandations vous serviront peut-être mieux que les miennes.

— Ma foi ! je ne tiens pas assez à ce projet, pour insister après un refus. Mais j'accepte la partie de promenade et la connaissance de vos amis avec plaisir.

Ils erraient depuis une demi-heure sur la bruyère d'une vaste plaine.

Plusieurs jeunes gens, qui les avaient rejoints, semblaient attendre avec impatience l'arrivée d'un nouveau compagnon. Enfin un cavalier parut comme un point sur l'horizon, et, à la rapidité de sa course, tous s'écrièrent : c'est lui, le voilà, il vient vers nous.

— Qui donc ? demanda Horace à l'avocat.

— Mon jeune frère, répondit celui-ci en souriant. C'est un jeune drôle, tout frais échappé du collège, étourdi, mauvaise tête, grand coureur de coulisses, grand destructeur de chevaux. Voyez comme il ménage les jambes du mien.

— C'est fort bien courir, Tony, dit-il au jeune homme lorsqu'il les eut atteints ; mais si vous galopez souvent de la sorte, envoyez-moi des clients qui me fassent gagner de quoi vous prêter un nouveau cheval tous les jours.

— Allons ! allons ! grognon, dit Tony en allongeant un coup de cravache sur le cheval de son frère, voulez-vous pas amasser une dot pour la mettre aux pieds de mademoiselle Coronari ? Ah ! ma foi, halte-là ; je vous aiderai si bien à manger votre fortune, qu'il faudra bien du désintéressement à la pécore pour vous épouser. Bonjour, Amédée, bonjour, extravagant de Menvil. Salut à vous, noble Francis, comment se portent vos chiens ?

En parlant ainsi, le jeune étourdi donnait des poignées de main à ses amis, il faisait piaffer son cheval ruisselant de sueur et blanc d'écume.

C'était un joli garçon, dont la peau fine et brune eût fait honneur à une femme ; sa taille délicate était souple et gracieuse. Il maniait son cheval avec adresse, et surtout avec audace. Il sautait les fossés, se hasardait dans les marécages, franchissait les buissons ; on eût dit qu'à voir la vie si belle, cet heureux enfant ne croyait pas à la mort.

Sa figure n'était pas nouvelle à Horace ; il ressemblait prodigieusement à Rose ; mais sa pétulante vivacité contrastait tellement avec l'expression calme des traits de celle-ci, que la ressemblance n'était que fugitive. Elle émut Horace au premier regard, mais bientôt il l'oublia. Cet étourdi qui, avec une voix d'enfant et des traits de femme, parlait de ses maîtresses, de ses dettes et de ses duels, avait besoin d'une grande dépense d'esprit pour faire supporter le ridicule de ses folies précoces. Mais il était absurde avec tant de naturel, de verve et de gaîté, qu'il était impossible de ne pas l'aimer en le grondant.

— Vous m'aviez promis un philosophe, dit Tony en cherchant des yeux Horace, qui était descendu de cheval pour rajuster une courroie de sa selle. Puis en apercevant celui dont il parlait, il rougit et parut embarrassé ; mais

Horace lui tendit la main, et la connaissance fut faite.

Grâce à Tony, qui prétendait que toutes les montres avançaient, on s'engagea dans un bois où, au bout d'un quart d'heure, le malicieux garçon réussit à les égarer, en prétendant leur servir de guide. Quand il fut bien décidé qu'on était perdu : Eh bien ! dit-il, tant pis, nous bivouaquerons ici, et si vous avez faim, messieurs, vous mangerez de l'herbe.

Cette impertinence n'irrita personne. Tout semblait permis à Tony, c'était l'enfant gâté de la société. Il sauta sur le gazon, passa ses doigts dans les boucles épaisses de ses cheveux noirs, essuya son front couvert de sueur, et ses joues animées par le mouvement et le plaisir, débita mille folies, dit beaucoup de mal de mademoiselle Coronari, se moqua d'Horace qui voulait la connaître, et déclara que c'était une intrigante fort prude et fort ennuyeuse. Heureusement, dit-il, mon frère est encore plus ennuyeux qu'elle, sans cela j'aurais fort à craindre d'être condamné à l'avoir pour belle-sœur, car il lui fait la cour en vers ; mais c'est là précisément ce qui me sauve.

L'avocat parut assez offensé de ces plaisanteries ; tous les autres les accueillirent avec des rires inextinguibles. Tous s'écrièrent qu'ils étaient amoureux aussi de la Coronari, et chargèrent Tony de les aider à supplanter son frère. Mais leur tour vint aussi d'être persifflés. Vous, disait Tony à l'un d'eux, vous ne réussirez jamais auprès d'elle. Vous êtes si habitué au succès avec les femmes, que vous ne prenez plus la peine d'être amoureux ou de faire semblant. Vous entrez en conquérant dans un boudoir d'actrice, et vous ne songez plus que l'esprit de contradiction est plus fort chez les femmes que l'amour et que l'ambition. Ah ! maladroit que vous êtes, il ne faut jamais dire à une femme vous m'aimerez ; il faut toujours dire vous ne m'aimez pas.

Quel don Juan imberbe ! s'écria un autre. Eh bien ! moi, Tony, je ne suis pas mieux traité, et pourtant je me plains sans cesse, je suis amoureux tout de bon et humble jusqu'à l'excès. On n'en tient nul compte.

Ah ! c'est que peut-être vous faites la cour à une actrice comme vous la feriez à une héritière ; et vos grands airs jurent dans le sans-gêne de cette vie de coulisses. Pauvre Coronari ! que tous vos hommages doivent l'ennuyer ! que ne faites-vous comme moi ? que n'êtes-vous ses amis, ses camarades, ses compagnons de fête, et rien de plus ? Si cette fille n'est pas de nature amoureuse, pourquoi diable vous acharnez-vous à sa poursuite ? Est-elle la seule fille au monde ? Allons, convenez qu'il y a moitié amour-propre dans vos beaux sentiments. Si la Coronari n'était pas la cantatrice à la mode, si elle ne montait pas tous les soirs sur un théâtre, pour être admirée de la foule, vous ne prendriez pas plus garde à elle qu'à tant de jolies et honnêtes grisettes que vous croyez tout au plus dignes des clercs de notaire et des employés à la douane ?

Allons, allons, Tony, dit l'avocat, vous bavardez trop pour un jeune homme ; il est temps de rentrer.

Eh ! qui vous presse, mon noble frère ? dit Tony en riant ; ne savez-vous pas que la Coronari ne joue pas ce soir ?

En vérité ? dit Horace, tant pis : c'est une belle soirée de moins pour moi.

Il faisait nuit lorsque cette troupe joyeuse retrouva le chemin de la ville. Horace était resté en arrière. La lune se montrait pâle derrière les nuages gris d'une soirée d'automne, l'air était froid, les pieds des chevaux soulevaient des amas de feuilles sèches, dont le bruit mélancolique provoquait la rêverie. Il traversait ainsi un joli massif de pins d'Italie, lorsque les pas d'un autre cheval firent tressaillir le sien.

— Eh bien ! dit la voix du jeune Tony, à quoi pensez-vous donc là tout seul ? Je croyais qu'il n'était permis qu'à Tony d'être triste avec le rire sur les lèvres et des fous à ses côtés.

— Vous êtes un singulier jeune homme, dit Horace, et il entama la conversation avec Tony en mettant son cheval au pas, tandis que leurs compagnons les devançaient vers la ville, et que la nuit s'épaississait autour d'eux.

— Ne parlons pas de moi, dit l'enfant, je suis si jeune que je n'ai rien à raconter. Je m'ennuie de la vie, voilà tout ; je trouve qu'elle va trop lentement.

— Vous devriez trouver qu'elle va trop vite.

— Eh bien ! je l'avoue, j'ai déjà connu le chagrin. À mon âge on sent vivement, et si les maux sont moindres, le cœur est plus impressionnable.

— C'est quelque peine d'amour ?

— Un amour malheureux, absurde, qui m'a fait souffrir, que j'ai su renfermer dans mon sein et que j'ai oublié. Parlons de vous, j'ai envie de vous connaître. Tout ce qu'on me dit de vous, pique ma curiosité et enflamme mon imagination. Fiez-vous au jeune Tony, il a besoin de connaître la vie, révélez-lui la vôtre ; vous êtes un homme supérieur, on le dit. Eh bien ! apprenez-lui si le bonheur existe et si l'homme sage y parvient.

Surpris de cette question, de ce langage étrange, après les folies que le jeune écolier avait débitées tout le jour ; subjugué par le charme de cette voix un peu voilée, qui n'était ni celle d'une femme, ni celle d'un homme, et qui résonnait douce et caressante comme le vent du soir, Horace chercha la main de son jeune compagnon, et la pressant dans la sienne : Enfant ! lui dit-il, quels mystères voulez-vous percer ? et comment me demandez-vous à moi, homme médiocre et fautif, la solution d'un problème débattu depuis le commencement du monde ? Le bonheur ! mot vide de sens pour tout homme de sang-froid, image profanée par les passions dans l'ivresse d'un jour, vague espérance plantée comme un phare sur les orages de la vie, météore capricieux qui fuit à mesure qu'on en approche !

— Et vous aussi ! dit Tony avec un soupir. Vous si calme, si fort, si raisonneur, vous, toujours supérieur à vous-même, philosophe au milieu du délire de la jeunesse, prévoyant au sein des prospérités ; vous qui marchez au milieu des précipices sans frémir et sans broncher…

— Arrêtez, je ne sais qui vous a fait de moi un portrait si étrange et si peu ressemblant. Tony, on vous a bien trompé. Je suis le plus impressionnable de tous les hommes, le plus facile à égarer, le moins puissant sur lui-même ; ne me regardez donc pas comme un type de sagesse et de raison, et ne désespérez pas du bonheur parce que je ne l'ai pas trouvé.

— Eh quoi ! dit Tony, ces passions que vous dites avoir connues, elles ne vous ont même pas donné de beaux jours, fugitifs et rapides, mais enivrants et purs ! Alors, qu'est-ce que l'homme a reçu de Dieu, pour supporter tant de maux dont se compose sa pitoyable existence ?

— Je suis une exception, cher Tony, mes passions m'ont rendu malheureux, c'est ma faute. Mais cela ne vous regarde pas. Vous connaîtrez ces biens que je n'ai pas su apprécier ; vous aimerez, vous serez aimé et vous connaîtrez du bonheur tout ce qu'il est permis à l'homme d'en connaître.

Est-ce que vous n'avez pas été aimé, vous ? dit Tony, avec vivacité.

Aimé de quelques amis, d'un entr'autres… c'est beaucoup, sans doute, un ami, et je n'ai pas le droit de me plaindre.

— Mais d'une femme, reprit Tony ému, d'une femme !

— Je ne le crois pas, répondit Horace avec quelque aigreur. Toutes ont la prétention d'aimer, très-peu en ont la faculté.

Tony tomba dans la rêverie, Horace était devenu triste aussi. Hâtons-nous un peu, dit-il, après un long silence ; nos compagnons nous attendent peut-être.

— Oh ! ils sont déjà arrivés, répondit Tony. Ils me croient en avant. J'étais le premier en effet à galoper ; mais j'ai pris un sentier dans le bois, et je vous ai rejoint à leur insu. J'étais bien aise de vous parler. Maintenant, marchons, si vous voulez ; le souper est prêt, sans doute.

— Où donc soupons-nous ?

— Chez la Coronari, ne le savez-vous pas ?

— Non ; et j'avoue qu'après le refus qu'elle a fait ce matin de me recevoir, je ne me soucie pas de vous suivre.

— Il le faut, pourtant ; elle compte sur vous, et m'a chargé de vous dire qu'elle vous expliquerait ce soir la réponse de ce matin ; avant que nous soyons en sa présence, dites-moi : que pensez-vous de son talent ?

— J'en suis enthousiaste. Comment ne l'êtes-vous pas ?

— Oh moi, c'est différent !

— Craignez-vous qu'en effet votre frère l'épouse !

Oh non ! je ne le crains pas du tout, répondit Tony, en éclatant de rire. Il n'est pas si fou.

— En effet, c'est toujours une folie d'épouser une actrice, quelque belle et estimable qu'elle soit.

— N'est-ce pas ? dit Tony, avec une expression de voix étrange et solennelle.

— Allons, marchons donc, dit Horace ; vous vous arrêtez.

— Marchons donc, dit Tony, en enfonçant les éperons au ventre de son cheval.

Ils arrivèrent comme un trait, jusqu'à la porte d'une maison qu'Horace ne connaissait point. Un laquais vint prendre les chevaux, et un autre les éclaira jusqu'à un salon plein d'élégance et de goût, qu'éclairaient de petits globes de verre mat, d'un rose pâle. Des fleurs par profusion, embaumaient ce sanctuaire, et sur de moelleux divans les convives s'entretenaient des nouvelles du jour, du cours de la rente, et de la représentation du lendemain. À ses compagnons de la journée, Horace vit se joindre quelques beaux Anglais, en costume de chasse ; des artistes en négligé, mais pas une femme. Le frère de Tony vint à sa rencontre, et d'un air de dépit singulier lui demanda s'il était content de sa promenade ?

— Pas tant que vous l'imaginez, dit Tony brusquement et avec aigreur.

— Il ne paraît pas, reprit l'avocat, que vous vous soyez ennuyés ensemble ; car il y a longtemps que nous vous attendons.

Tony lui tourna le dos ; Horace voulut demander l'explication de ce dialogue ; mais on lui répondit, en souriant, qu'il jouait très-bien son rôle. Quel rôle, s'écria-t-il avec impatience ?

— Vous faites semblant d'être notre dupe, lui répondit-on ; mais c'est nous qui sommes les vôtres.

Il fut persifflé pendant quelques minutes avec une sorte de dépit, qui commençait à exciter le sien, lorsqu'une petite porte s'ouvrit, et la signora Coronari, vêtue simplement, mais dans le meilleur goût, s'avança vers lui d'un air riant et ouvert.

Oh ! s'écria-t-il bouleversé de surprise ; qui êtes-vous ? Tony ou Rose ?

— Je ne suis plus ni l'un ni l'autre, lui répondit-elle, je suis désormais Rosina Coronari ; mais vous serez toujours pour moi Horace Cazalès, mon bienfaiteur.

Chapitre III
L'amour d'un homme

Votre bienfaiteur ! dit Horace, lorsqu'il put lui parler sans être entendu que d'elle seule, ne direz-vous pas plutôt votre ami ?

— J'y consens avec joie, dit-elle, d'autant plus qu'il y a si longtemps que j'ambitionne ce titre auprès de vous.

— Hélas ! dit Horace, je souffre d'en avoir été si peu digne. Je suis votre ami qui vous a méconnue, votre bienfaiteur qui vous a abandonnée.

— Je ne me rappelle rien de tout cela, reprit-elle, je ne me souviens que du souper de Tarbes. Mais nous nous reverrons, j'espère. Me pardonnez-vous de vous avoir trompé toute la journée ?

— Je suis trop heureux pour appeler cela une mystification.

— Mon intention était toute opposée à ce mot-là, dit Rose. Il est vrai que parmi les amis qui s'y sont prêtés, plusieurs n'y voyaient qu'une folie de campagne. Mais moi, quand j'ai su ce matin que, sans me reconnaître, vous demandiez à m'être présenté, j'ai voulu essayer de vous voir, en conservant toujours mon incognito. Je pensais que ce déguisement me cacherait pendant quelques instants ; mais votre erreur a duré toute la journée. Cela prouve que je suis bonne comédienne, ou que vous aviez complètement oublié ma figure.

Rose dit ces derniers mots avec une espèce d'indifférence ; mais sa fierté y cachait un reproche. Horace le comprit et il eût voulu se justifier, mais elle se leva et s'approcha de ce cercle de gens que, par usage ou par ton, les actrices appellent leurs amis, adorateurs fastidieux et pourtant nécessaires, qui ne se rebutent point des froideurs qu'ils appellent caprices, et qui se consolent de ne rien obtenir, pourvu qu'ils aient l'air d'être heureux.

Ceux-là aidaient Rose à vivre sans affection. Ils l'y aidaient merveilleusement sans s'en douter, par la froideur exquise de leur galanterie. Au milieu d'eux, elle restait sage malgré elle, car elle eût voulu aimer et ne le pouvait pas. Ils la forçaient à l'indifférence ; et en retour, elle les forçait au respect.

L'avocat, réellement amoureux, était jaloux ; mais la dignité de mademoiselle Coronari lui fit sentir le ridicule de cette prétention, et bientôt la gaîté régna facile et légère parmi tous les convives. Rose faisait les honneurs de chez elle avec l'aisance et la grâce d'une femme du monde. Horace retrouvait en elle la même décence dans les manières, la même élévation dans les idées, avec un esprit formé par l'expérience et l'aplomb que lui donnaient son talent et sa célébrité. Cette jeune fille qu'il avait cru perdue par le vice et par la misère, il la retrouvait brillante, entourée d'hommages, de gloire et de fortune. Il l'écoutait parler avec surprise, avec enchantement. Il se demandait si c'était bien la même qu'il avait vue pour la première fois, jouant le rôle de *père noble*, sous les auspices de l'infâme Primerose.

À la fin du souper, on pria Rose de chanter. Elle fit donner une guitare à un de ses camarades, dont la figure ombragée d'une barbe épaisse, frappait depuis quelque temps la mémoire d'Horace d'un souvenir confus. C'était le signor Firenzuola, basse-taille remarquable, jadis soprano, maintenant premier sujet au théâtre de Bordeaux. Il accompagna la cantatrice, qui choisit précisément la barcarole qu'elle avait chantée devant Horace au souper de Tarbes. Une profonde émotion s'empara de M. Cazalès. Dans la confusion qui suivit la sortie de table, il pressa vivement la main de mademoiselle Coronari contre ses lèvres. Bonne Rose ! lui dit-il, vous m'avez rajeuni de quatre ans.

— Vous n'avez donc rien oublié de ce temps-là, lui dit-elle ?

— Je n'ai rien oublié de vous, et vous l'avez cru pourtant.

— Ne revenons pas trop sur le passé, dit-elle, j'étais jeune et romanesque.

Le lendemain, Horace eut un long entretien avec Rose. Elle lui raconta comment après la mort de sa mère elle s'était exposée seule aux hasards de la fortune. La protection de plusieurs artistes célèbres auxquels madame Pasta l'avait recommandée en Italie, lui avait fourni les moyens de perfectionner son talent ; douée des plus rares dispositions, et complètement absorbée par la passion de son art, elle avait fait d'assez rapides progrès pour être bientôt à même de s'acquitter envers ses amis, et de ne plus rien devoir qu'à elle-même.

Cependant, quelques jours après cet entretien, son avenir prit à ses yeux une teinte plus vague ; les triomphes de la scène ne lui apparurent plus que comme des accessoires à son bonheur. Une autre destinée, incertaine, trompeuse peut-être, mais enivrante et large, s'offrait à ses yeux éblouis. Cet homme, le premier, le seul qu'elle eût aimé, elle le voyait tous les jours ; il la suivait partout ; à la promenade, au théâtre, dans les salons, où elle était appelée à recueillir de nouveaux hommages ; partout Horace Cazalès, qu'elle avait toujours contemplé de si loin et à travers tant d'obstacles, l'objet de tant de rêves amers et de découragements cruels, était maintenant à ses côtés, fier de ses triomphes, enivré de sa gloire, heureux des applaudissements qu'elle recueillait. Que de fois, derrière les murs de glace de son couvent, Rose avait appelé sa fierté à son secours pour réprimer les mouvements de son âme ardente prête à s'élancer vers le libérateur de sa vie ! Mais que de souffrances dans cette pensée qui venait toujours glacer son cœur : *Il me méprise !...*

Aujourd'hui, il m'estime, il m'honore, il me recherche, disait mademoiselle Coronari. Il se glorifie d'être mon soutien, mon ami. Devant toute une ville, devant toute une province, il m'offre sa voiture, son bras, ses services et ses hommages. Il m'aime peut-être ! oh ! s'il m'aimait d'amour, comme je l'aime depuis quatre ans, si un jour il était à mes pieds, s'il me disait : Rose, donne-moi du bonheur, donne-moi ton existence, ta gloire, tes triomphes, ta vie, avec quel bonheur je lui sacrifierais tout !

Horace s'abandonnait de son côté au charme entraînant de la société de Rose. Maintenant il n'était plus retenu par toutes ces considérations sociales qui l'avaient jadis empêché de la connaître et de l'apprécier. Jeune, riche et libre comme elle, il ne froissait personne, il n'exposait aucune réputation ; il ne contrarierait aucun préjugé en consacrant tous ses instants à son aimable et généreuse amie. Mais Horace avait l'âme trop grande pour accepter un sacrifice qu'il n'eût pas récompensé d'un sacrifice semblable. Il ne voulait pas être l'amant de la femme qu'il aimait, non qu'il respectât beaucoup ces préjugés qui, dans la position indépendante de Rose, eussent eu moins de force encore que dans toute autre, mais parce que son cœur noble et large ne concevait pas l'amour autrement que comme un échange de dévouement et de preuves. Si Rose se donnait à lui, lui aussi voulait se donner à elle, avec son nom, sa fortune et sa considération. Les inconvénients du scandale disparaissaient avec elle : en thèse générale, c'était imprudence et folie que d'épouser une actrice. Rose était une exception.

Mais un événement inattendu vint jeter, au milieu de cette vie d'enchantements, les froides considérations de la vie réelle. Sa sœur, mademoiselle Cazalès, arriva un matin inopinément, et avec sa douceur et sa grâce accoutumée, le pria de l'accompagner dans ses nombreuses visites. Ce fut l'affaire de plusieurs jours, pendant lesquels Horace n'eut pas un moment à consacrer à ses connaissances de théâtre. Le contraste de la société de sa sœur avec celle qu'il avait depuis quelque temps adoptée, se fit alors vivement sentir, et il semblait que le génie inventif de mademoiselle Cazalès sût amener et multiplier pour lui les occasions d'en souffrir. Les efforts qu'elle faisait pour le ramener à des goûts plus conformes aux siens devinrent bientôt une persécution occulte dirigée avec tant d'art et de finesse, que M. Cazalès ne pouvait s'en irriter. Quelque soin qu'il prît d'y échapper, une influence plus habile que la sienne, une volonté de femme, infatigable, perfide, insinuante, savait toujours ramener à son but les moindres circonstances de sa vie, et l'envelopper comme d'un réseau. Froissé, tourmenté par les mille contrariétés de chaque jour, Horace n'avait pourtant pas le droit de réclamer hautement sa liberté, car il avait accoutumé sa sœur à régner sur lui. Elle n'en avait jamais abusé, et maintenant, pour lui prouver qu'elle en abusait, il fallait se trahir, nommer Rose, avouer qu'il n'avait plus de bonheur qu'auprès d'elle, et que la vie de famille où il s'était montré jusque-là si religieusement aimable, si rigoureusement soumis, ne lui offrait plus qu'impatience et dégoût.

Horace ne manquait pas de caractère ; mais de quel droit blesser et affliger des parents si tendres, une sœur si affectueuse et si douce, des connaissances si respectables et si bienveillantes ! Tous ces gens-là étaient-ils coupables de l'aimer, de l'enlacer dans leurs caresses, de l'entourer d'attentions fatigantes, cruelles, mais chaudes et irrésistibles ? Tout était concerté avec un art incroyable, pour le rattacher à ces affections saintes qu'il avait tant négligées. Voulait-il accompagner Rose à la promenade, sa sœur lui demandait de la conduire dans sa voiture à une maison de campagne tout opposée où une vieille amie les attendait. Horace cédait avec la rage au cœur et le sourire sur les lèvres. Il arrivait préparé à un ennui mortel ; mais au lieu des reproches qu'il s'attendait à essuyer sur sa longue indifférence, il était reçu à bras ouverts, accablé de petits soins, de questions obligeantes et jamais indiscrètes. On faisait des frais pour lui plaire, on éloignait de la conversation tout ce qui pouvait le blesser, on s'emparait habilement de son amour-propre, on l'écoutait comme un oracle ; on le faisait valoir à ses propres yeux, et lorsqu'Horace quittait ces braves gens, il comprimait avec peine un sentiment de regret amer, en songeant que son hymen avec Rose lui aliénerait à jamais tant d'amitiés nées avec lui, et jusque-là fidèles et généreuses. Malgré lui, il frémissait de penser qu'il faudrait repeupler son existence, recommencer une carrière d'affections nouvelles, essayer des amis, lui qui en avait de si éprouvés et de si anciens : et où les prendrait-il, ces amis nouveaux, lorsqu'il serait l'époux de Rose ?

Il y avait sans doute bien du dévouement pour son frère, dans la conduite de mademoiselle Cazalès. Elle savait tout ; elle avait été prévenue à temps. Elle arrivait résolue à déjouer les imprudents projets d'Horace. Il fallait une grande fermeté sans doute pour y parvenir sans qu'il s'en doutât ; mais mademoiselle Cazalès était dévote, et nous n'osons pas affirmer que tant d'efforts fussent faits dans l'intérêt seul de son frère. Il s'agissait bien de l'empêcher de se perdre dans l'opinion publique ; mais il s'agissait encore plus de ne pas devenir la belle-sœur d'une comédienne excommuniée.

De son côté, Rose était trop fière pour lutter ouvertement contre cet ascendant légitime. Dans les premiers jours, elle ne comprit pas ce qui se tramait contre elle, et s'affligea de la rareté de son ami, sans en être effrayée.

En apprenant l'arrivée de mademoiselle Cazalès, l'effroi de la famille, et la ligue défensive qui s'était formée contre ses prétendues intrigues ambitieuses, au lieu de s'en affliger, elle en tressaillit de joie. Les terreurs de mademoiselle Cazalès lui apprenaient ce qu'elle ignorait, l'amour et le dévouement d'Horace : jusque-là, elle n'avait fait que soupçonner ses intentions, et maintenant elle le tenait quitte de cette haute marque d'estime ; elle en était reconnaissante et glorieuse comme si elle l'avait reçue.

Mais sa joie fut de courte durée. L'embarras d'Horace, l'espèce de faiblesse avec laquelle il se laissait circonvenir et éloigner d'elle, le changement qui, grâce à tant de menées habiles, s'opérait dans ses idées, n'échappèrent point à Rose. N'étant point sur le théâtre de cette guerre mystérieuse qu'il soutenait à tâtons, contre des attaques si bien cachées, elle fut peut-être injuste envers lui, en l'accusant de tiédeur et d'irrésolution. Il est vrai que, depuis cet instant, Rose était devenue si malheureuse ! ses journées si longues et ses joies si pâles et si insuffisantes. Elle était désormais sans plaisir et sans orgueil sur la scène. Horace n'était plus là pour partager sa gloire, et la recevoir toute émue, toute tremblante, brisée de fatigue et d'applaudissements, s'appuyant sur son bras et reposant son cœur dans le sien ! Ah ! c'en était fait. Cette vie d'extase n'avait duré qu'un jour, et au milieu des hommages qui s'empressaient autour d'elle, Rose était seule et abandonnée. Quand venait le soir, les jours où elle ne paraissait point en public, elle se flattait qu'il échapperait plus facilement aux investigations et à la surveillance de ses proches. De la terrasse de sa maison, elle dominait le port, la Garonne jaune et rapide, avec ses rives de saules et de maisons, ses forêts de navires et sa population sur les eaux. D'abord cette ville active et belle lui avait semblé un séjour de plaisir et de fêtes. Et puis Horace avait encore embelli ce ciel, réchauffé ce climat, arrêté l'hiver qui s'en approchait. Tout était riant et suave, depuis qu'elle aimait et qu'elle était aimée. De cette terrasse, elle le voyait venir plusieurs fois le jour ; et le soir, lorsqu'il était resté le dernier près d'elle, longtemps encore elle le suivait des yeux dans la brume grisâtre des nuits, longtemps elle entendait ses pas retentir sur la grève. Mais maintenant, il ne venait plus. Elle passait des jours sans espoir, des nuits sans sommeil, sur cette terrasse où tant de fois, à son approche, son cœur avait battu d'une joie délirante, où toutes ses fibres s'étaient émues en respirant dans l'air, je ne sais quel parfum mystérieux qui le lui révélait avant que ses yeux pussent l'apercevoir. Cette ville si belle, sous un ciel enchanté, c'était pour elle une prison, un désert ; c'était pis encore, c'était le lieu où son cœur s'était brisé aux portes de l'espérance. Elle haïssait tout ce qui l'avait charmée et les cris des matelots toujours agités, et les saluts du canon, et les mille bruits du soir, quand les lumières, s'allumant sur les embarcations et brillant parmi les cordages, se mirent en tremblant dans l'eau sillonnée de feux. Collant durant des heures entières son front à la balustrade du balcon, respirant à peine, elle cherchait avec angoisse à reconnaître sa démarche et ses mouvements dans cette foule d'indifférents, qu'elle voyait se presser au loin sur le chemin par lequel il venait jadis. Mais il ne venait pas. Ce n'était jamais lui. Combien alors, du sein de cette atroce souffrance de l'espoir trompé, son cœur s'élançait avec regret vers la liberté qu'elle avait perdue ! Combien elle s'affligeait de l'avoir rencontré de nouveau, cet homme qui deux fois avait gâté sa vie, et qui, semblable pour elle au génie du mal, venait la saisir au milieu d'une vie d'art, de mouvement et de plaisir, pour l'empoisonner encore des tourments d'un misérable amour ! Elle le maudissait, elle l'accablait de reproches. Mais si, au fort de son désespoir et de sa colère, elle l'apercevait au loin, son cœur, palpitant de joie, était prêt à se briser. Elle était toute prête à se jeter à genoux et à tendre les bras vers lui, pour l'implorer, pour obtenir de lui un instant, un regard. Quelquefois il passait à ses pieds, mais il n'était pas seul. Il était accompagné de plusieurs amis sceptiques et railleurs, auxiliaires précieux que mademoiselle Cazalès employait, à leur propre insu, pour détourner Horace d'une folie qui les révoltait. Ou bien c'était une cousine nouvellement mariée, belle et pieuse personne, à qui on lui imposait de donner le bras à la promenade, tandis qu'une armée de neveux, d'arrière-cousins et de grands-oncles le circonvenaient de tous côtés et l'empêchaient de lever les yeux vers la maison où Rose souffrait et attendait. Sans doute, il souffrait amèrement lui-même ; mais Rose ne lui en tenait pas compte. Elle ne comprenait pas ces liens de la société qui jamais n'avaient pesé sur elle. Elle se sentait si forte, si ardente quand il s'agissait de lui ! Rien ne l'eût retenue, elle, la pauvre enfant. Elle eût tout quitté, sacrifié sa réputation, offensé toute une famille, révolté toutes les opinions, brisé toute espèce de liens, pour courir à lui, pour lui donner un instant de ce bonheur qu'il lui avait si cruellement retiré. Combien Rose souffrait, elle ne le voyait plus et elle le croyait coupable !

Ne l'était-il pas en effet cet homme, qui montrait une volonté forte dans les petites choses de la vie et qui n'en faisait point usage dans les grandes ? Chacun vantait son noble caractère, et Rose trouvait son cœur en défaut. Tous disaient : Il est grand et généreux. Elle seule le trouvait impitoyable et parjure. Une femme pardonne les torts dont elle ne souffre point ; le bandit a sa fiancée, le forçat conserve sa maîtresse, parce que la générosité de l'amour est une sorte d'égoïsme, parce que l'amour est de l'égoïsme à deux. Mais qu'importe à l'amante d'un héros qu'elle voie l'univers se courber devant lui, si elle ne trouve dans sa gloire qu'une rivale préférée ? c'est alors qu'elle commence à haïr tout ce qui l'avait séduite et qu'elle regrette d'aimer celui que la foule lui dispute et lui enlève.

Quelquefois encore il lui parlait de son amour, mais ce langage ne la rassurait plus. Elle avait perdu confiance en son cœur, et l'écoutait d'un air sombre qu'il prenait pour du dépit. De quel front venait-il lui jurer un attachement éternel, lorsqu'elle sentait tant de différence entre eux deux et qu'elle le voyait faiblir à la première épreuve ? Toutes les raisons qu'il lui donnait comme des excuses à sa négligence, le rendaient plus coupable à ses yeux. Tous les mots qu'il employait la blessaient. Lorsqu'il parlait de ses parents, de sa sœur, Rose était révoltée de voir combien il lui nommait d'obstacles entre elle et lui. Comment pourriez-vous m'aimer avec tant d'affections dans le cœur, lui disait-elle ? Quel besoin avez-vous de moi, vous dont la vie est si pleine et les amis si nombreux ? Je ne serais dans votre existence qu'un plaisir de plus, au lieu que moi je suis orpheline, je suis seule. Je n'aurais que vous à aimer, vous seriez ma famille, mon univers, et quand vous me négligeriez, l'ennui me dévorerait, le chagrin me tuerait, je vous serais un fardeau ; car vous avez trop d'amitiés à soigner pour vous consacrer exclusivement à une seule. Vous voyez bien que la mesure ne serait pas égale entre nous, et que pour me rendre heureuse il vous faudrait renoncer à tout le bonheur qui ne viendrait pas de moi.

Une fois, Horace passa huit jours entiers sans la voir, et il demeurait à dix minutes de chemin ! et tous les soirs, il allait dans le monde. Elle le voyait passer, elle le rencontrait, il vivait, il avait du temps, et pas de volonté pour venir jusqu'à elle. Mademoiselle Cazalès se disait malade, la promenade en voiture lui était prescrite, Horace l'accompagnait et ne la quittait pas. Mais la nuit, lui dit Rose, lorsqu'elle le vit, la nuit ne pouviez-vous venir frapper ici ? Vous savez bien qu'il n'est pas d'heure indue chez une actrice, qu'elle n'a autour d'elle ni parents, ni société à principes qui s'effarouche de voir entrer chez elle une visite après minuit ? Tout au plus quelques jaloux peuvent le trouver mauvais, mais elle n'a de comptes à rendre qu'à l'homme qu'elle préfère.

— Ma chère Rose, répondit Horace, vous ne prenez pas assez de soin de votre réputation…

Rose frémit de colère. Qu'avez-vous entendu dire de moi, monsieur, avant de me revoir ?

— Oh ! rien que du bien.

— En ce cas, si l'on en dit du mal aujourd'hui, c'est vous qui en êtes cause, et quand je vous sacrifie joyeusement cette vaine gloire, vous repoussez mon sacrifice et vous m'en faites un reproche.

Horace voulut la convaincre. Il lui dit à cet égard d'excellentes choses qui ne firent qu'aigrir sa blessure. Le langage de la froide raison à un cœur si passionné ! Les considérations sociales rappelées à une pauvre fille qui n'avait rien de commun avec la société ! Horace lui disait de la respecter, d'aimer ses lois qui l'arrachaient à elle, qui brisaient son âme désolée ! il le lui demandait au nom de sa sœur dont l'inquiétude détruisait le repos et altérait la santé de sa sœur, qu'il lui préférait, et à qui il n'osait pas demander d'épargner le repos et la santé de Rose !

Elle l'écouta en silence, les lèvres pâles, les mains serrées l'une contre l'autre. Et quand il eut fini cette exhortation qu'il se persuadait être faite dans un sentiment d'amour et de générosité pour elle, elle se leva et le reconduisit jusqu'à la porte. C'est bien, lui dit-elle ; je vois que vous ne m'aimerez jamais, car vous ne me comprenez pas encore. Adieu, monsieur, vivez tranquille, et n'ayez pas de remords ; je ne vous aime pas. J'avais rêvé en vous un autre homme, dont l'idéalité était dans ma tête. Mais je m'étais trompée. Adieu, pour jamais…

Il voulut répondre ; elle avait refermé la porte sur lui. Le lendemain, elle eut le rhume de circonstance, pour le directeur du théâtre, et quitta Bordeaux pour un voyage de quelques jours. Quand elle revint, sa porte fut défendue à toutes ses connaissances, et les lettres d'Horace furent renvoyées sans être ouvertes. Dans un moment de préoccupation douloureuse, elle en décacheta une qui commençait ainsi :

« Rose, vous m'aimez encore, je le crois, je le sais. J'espère toujours ; vous m'entendrez ce soir ; je serai à vos pieds ; vous ne me chasserez pas ».

Elle jeta la lettre au feu, écrivit à ses amis de venir la prendre pour la promenade ; et le soir, comme Horace se rendait chez elle, il la rencontra en voiture découverte, au milieu de ses adorateurs. Elle avait du rouge et paraissait fraîche et animée. Quand elle l'aperçut, elle affecta une gaîté vive ; mais quand elle eut assez joué le rôle que sa fierté outragée lui dictait, elle faillit s'évanouir.

Horace furieux de cette vengeance lutta de fierté avec elle, mais il n'était pas le plus offensé des deux, et il eût cédé, si Rose lui eût offert son pardon. Mais elle était forte, plus qu'une femme ordinaire. Elle avait le sentiment de sa propre dignité ; elle soutint son personnage jusqu'au bout. Souvent la nuit, en proie à d'horribles convulsions, elle se roula sur le parquet de sa chambre. Mais sa suivante vit seule ses souffrances, et eut ordre d'en garder le secret.

Horace, brisé de colère et de douleur, quitta Bordeaux sans avoir obtenu un regard ; et quand il fut parti, Rose tomba sérieusement malade ; mais elle donna à ses souffrances une toute autre cause que la véritable, et nul ne put dire à Horace qu'elle avait failli mourir en accomplissant le rigoureux sacrifice de leur rupture.

Chapitre IV
La Profession

Les années du noviciat de sœur Blanche étaient écoulées. Le temps avait calmé les douleurs de cette âme pure et résignée, mais rien n'avait effacé le souvenir cher et douloureux de Rose. Son départ avait d'abord laissé un vide si affreux dans sa vie, qu'elle avait presque renoncé à sa vocation, et que roulant dans sa jeune tête mille projets romanesques, elle avait écrit plusieurs fois à son amie pour lui promettre de la suivre et de renoncer au couvent pourvu qu'elle renonçât au théâtre. Mais grâce à la surveillance de Scholastique ces lettres n'étaient point parties ; toute la communauté les avait commentées, en secret de madame Adèle, de qui on se cachait toujours lorsqu'il s'agissait de commettre quelque petitesse qu'elle eût désapprouvée. Alors comme on savait bien que Blanche était libre et pouvait quitter le couvent, au lieu de l'effrayer par des reproches et des menaces, on s'entendit pour lui rendre la vie douce et belle ; on l'entoura de petits soins, on intéressa même la conscience de l'abbé de P., en lui disant que Blanche avait envie de quitter le cloître pour suivre son amie dans le monde, et que celle-ci devenue comédienne ne manquerait pas de la perdre. Alors le bon directeur, qui n'était point cagot, mais crédule, et qui, en véritable prêtre français, haïssait le théâtre, s'efforça de rattacher sa pénitente à ses premières affections. Son influence fut plus puissante que les petites intrigues de l'intérieur, et bientôt Blanche, plus fervente que jamais, s'efforça d'oublier la seule personne qu'elle eût aimée avec passion ; car dans ce cœur timide et craintif l'amitié était plus forte, plus réelle que l'amour, et Laorens n'était qu'une inquiétude de l'imagination, qu'un besoin de l'âme, au lieu que Rose était sa vie de tous les jours, et le seul bonheur qu'elle se fût permis de goûter.

 Le jour arriva donc où elle devait prononcer ses vœux et s'enchaîner par des liens indissolubles. Ce jour-là, l'église parquetée et cirée comme un salon, resplendissante comme un miroir, fut parée de fleurs comme aux plus belles fêtes. Les murs étaient tapissés de guirlandes, les dalles du chœur jonchées de roses effeuillées, la voûte imprégnée d'encens ; les grands chandeliers d'argent, les angles d'or du tabernacle et de la croix, les rosettes des cadres gothiques étincelaient de jour et de soleil, et les fleurs de métal, entassées sur les châsses, faisaient rayonner l'autel de l'éclat projeté de leurs lames brillantes. L'orgue versait à flots son harmonie vibrante et pleine ; la cloche bondissait joyeuse et cadencée dans la campanille italienne, les voix métalliques et pénétrantes des jeunes filles allaient mourir d'arcade en arcade au milieu des nuages d'encens et de mélodie ; et à voir la chapelle si éblouissante, à respirer tant de parfums, à s'enivrer de l'humidité mystique qui saisissait l'âme au pied des colonnes, à se plonger dans l'extase qui en faisait tressaillir toutes les fibres et en inondait tous les replis, il eût été difficile de deviner qu'une pauvre fille, dans toute la force de l'âge, dans les premiers jours de sa beauté, allait être fiancée à une réclusion éternelle. Il y avait de l'amour, de la passion dans l'air, et lorsque quatre jeunes filles, les plus jolies de la Grande-Bretagne, s'avancèrent sous leur vêtement blanc, fraîches comme les fleurs de leurs corbeilles, roses comme la ceinture de moire qui serrait leur taille d'enfant, ailées comme les chérubins de l'Albane, on eût dit des amours de l'opéra fourvoyés dans le lieu saint, plutôt que des anges échappés du ciel. L'église aussi a ses dangers, ses faiblesses, ses séductions ; les extases célestes assouplissent le cœur à toutes les sympathies, à toutes les tendresses, et la jeune âme qui s'est longtemps abreuvée de l'amour divin au milieu des pompes et des mystères du catholicisme, est ouverte, faible et candide à l'amour qui voudrait s'y glisser, non moins pur, mais plus terrestre : c'est que l'amour sans doute est une parcelle du ciel émanée de Dieu même. Le clergé, invité à la fête, meublait le chœur de tout le luxe de sa richesse et de tout l'éclat de sa gloire. En contemplant les étoles de soie brodées d'or, les robes de satin dont les longs plis balayaient le parquet, les chasubles de velours cramoisi plaquées d'or et d'argent, les soutanes de moire violette, on se demandait avec amertume combien d'existences heureuses absorbaient tant de vanités puériles et de rivalités mondaines. Les nombreux amis de la communauté encombraient les tribunes, semblables aux amis dont l'auteur a peuplé le parterre pour applaudir sa pièce ; le fond de la chapelle était occupé par les religieuses en longs manteaux noirs ; les pensionnaires et les locataires se tenaient dans la partie du milieu que des grilles séparaient des deux autres, et la foule qui n'avait pu pénétrer dans les tribunes, se pressait vers cette partie de l'église, d'où les yeux profanes ne pouvaient percer le voile qui les séparait des religieuses.

Mais à un signal donné, après les chants d'usage et une courte exhortation du directeur, l'abbé de P., le rideau noir glissa rapidement sur ses tringles, et l'on vit tout le chapitre des Augustines, rangé dans un demi-cercle de stalles. Seule sur un prie-Dieu, la novice, richement vêtue, enveloppée d'un cachemire blanc et d'un voile lamé d'argent, attendait *ses parents* représentés, suivant l'usage, par deux personnes de bonne volonté. L'abbé Canscalmon, avec sa bonne tenue et sa figure vénérable, était invariablement chargé du rôle de père. Il se leva gravement, alla offrir la main à une grande sœur de charité, agenouillée parmi les spectateurs, et tous deux traversant la nef, s'approchèrent de la novice. Accoutumé à cette sorte de représentation, le digne abbé marchait avec toute la lenteur convenable. Il n'en était pas ainsi de sœur Olympie, impatiente de voir finir un vain cérémonial ; elle tirait l'abbé par le bras, et en le contraignant de marcher aussi vite qu'elle, elle dérangeait tout le système politique de sa coiffure et de son rabbat. Cela contrariait un peu le bon abbé, qui avait la jambe fort belle sous son bas de soie, et dont le pied, couvert d'une large boucle en argent, faisait crier le parquet, avec une majesté vraiment théâtrale.

Malgré son air toujours pressé, sœur Olympie pleurait. Elle n'aimait pas la claustration et n'en comprenant pas l'utilité, elle plaignait de tout son cœur les personnes qui s'y vouaient. Elle-même confessait hautement qu'une *profession* était le plus lugubre spectacle qu'on pût offrir aux vivants, et qu'elle n'avait jamais pu y assister sans un profond sentiment de tristesse.

Le *père* et la *mère* prirent donc chacun une main de la novice, et traversant de nouveau la nef, ils la conduisirent au maître-autel où l'attendait monseigneur de V, assis sur un riche fauteuil, le dos tourné au *Saint des Saints*, devant lequel s'agenouillait la foule.

Parée comme pour un jour de noces, étincelante de diamants, de satin, de dentelles et de fleurs, la novice, tremblante comme une feuille battue des vents, s'avança avec peine jusqu'à un carreau, placé aux pieds de monseigneur. Cette riche toilette que l'on ne tirait que pour de semblables occasions, du chartrier du couvent, faisait ressortir l'élégance de sa grande taille, timidement voûtée, et la blancheur prestigieuse de ses bras et de ses épaules nues ; son cœur ému, palpitait sous sa ceinture de perles, le sang avait abandonné ses joues, et lorsque sœur Olympie releva gauchement le voile qui cachait ce beau visage à tous les regards, on eût dit d'une belle vierge d'albâtre, sortie de la main de Canova ou de Foyatier. Un murmure d'admiration, de regret et de pitié s'éleva dans la foule qui se pressait pour la voir.

Ma chère fille, dit l'archevêque, que demandez-vous ?

Le *père* et la *mère* prirent la parole.

Nous présentons notre chère fille au ministre du Seigneur, pour que de fiancée de Jésus-Christ, elle en devienne l'épouse.

— C'est bien, répondit l'archevêque ; qu'elle approche, et que le Seigneur exauce ses vœux.

La novice se leva.

— Vous êtes fiancée avec le Seigneur, ma chère fille.

— Oui, mon père, répondit sœur Blanche, si bas et si timidement, qu'à peine entendit-on le son de sa voix.

— Depuis quand ?

— Depuis trois ans et plus.

— Avez-vous atteint l'âge où vous pouvez disposer de vous-même ?

— J'ai plus de vingt-un ans.

— Comment vous nommez-vous, ma chère sœur ?

— Sœur Blanche.

— C'est votre nom de religion ; mais votre nom parmi les hommes ?

— Blanche…, je ne sais pas…

— Denise Lazare, reprit à voix haute sœur Olympie.

L'effet de ce nom eut quelque chose de magique sur plusieurs des personnages qui environnaient l'autel. L'abbé de P…, debout sur les dernières marches, fit une exclamation de surprise, et se rapprocha de la novice avec une vivacité qui n'était plus de son âge. Sœur Blanche tressaillit comme si un fer rouge l'eût touchée ; une rougeur éclatante anima ce visage si pâle. Elle se leva à demi comme pour protester contre l'arrêt de sœur Olympie. Mais tout-à-coup, promenant autour d'elle ses yeux égarés, elle saisit le bras de l'abbé de P., et s'y cramponnant de toute sa force, elle étendit son autre main vers un homme livide de pâleur, qui s'était détaché de la foule et se tenait immobile devant elle, les cheveux hérissés, les lèvres bleues. Alors, rassemblant tout le courage que lui donnait la peur et l'égarement : C'est lui, c'est lui, s'écria-t-elle en cherchant à se cacher sous les plis de l'aube de son confesseur ; et elle tomba sans connaissance sur le riche tapis fleuronné de l'autel.

L'homme pâle, en qui le lecteur a pu déjà reconnaître Horace Cazalès, était resté comme pétrifié au moment où le voile de la novice était tombé. Mais dès qu'elle l'eut reconnu, dès que son regard terrible l'eut foudroyé, il s'élança vers elle, et eût suivi sœur Olympie qui l'emportait vers le chœur, dans ses bras robustes, si l'abbé de P, avec son air doux et sévère à la fois, n'eût saisi fortement son habit :

— Pas de scandale, monsieur, lui dit-il à demi-voix, je sais tout ; j'aurai l'honneur de vous voir aujourd'hui, retirez-vous.

Horace troublé, anéanti, fouilla machinalement dans sa poche, y prit son adresse qu'il glissa dans la main de l'abbé, et se retourna vers les spectateurs de cette scène étrange, parmi lesquels régnait une incroyable confusion. Les prêtres écumaient d'indignation, les bedeaux se signaient, les jeunes gens riaient aux éclats, les dandys lorgnaient le fond de l'église où un pareil scandale venait de s'élever ; à la vue de Blanche qu'on rapportait évanouie, mourante, les petites pensionnaires, enchantées de cet incident de roman, se poussaient et se haussaient sur la pointe du pied, pour mieux voir ; elles se questionnaient et se répondaient en frappant leurs mains avec un étonnement naïf mêlé de joie malicieuse. Les maîtresses de classe s'efforçaient en vain de rassembler leur troupeau en désordre, et de le soustraire à ce qu'elles regardaient comme un dangereux exemple. Le rideau noir retomba lourdement sur la grille, et toutes les curiosités se retirèrent mal satisfaites et toutes prêtes à demander la fin du spectacle qu'elles s'étaient promis.

Sur l'escalier extérieur un nouvel incident vint à propos compléter l'amusement des oisifs du beau monde qui étaient venus là *tuer* leur matinée. Une jeune femme petite et bossue, et dont la timidité provinciale avait quelque chose de triste et d'intéressant, s'efforçait, avec un vieux domestique, d'entraîner le héros de l'aventure jusqu'à un remise qui les attendait au bas des degrés. Mais Horace tremblant, égaré, ne pouvait plus se soutenir, et sans l'aide du concierge Fonvielle, mademoiselle Cazalès et le bon Mathias, n'eussent pas réussi à le transporter plus loin.

Horace passa la nuit dans des convulsions assez inquiétantes. Le matin il se sentit plus calme. La première personne qu'il reconnut à son chevet fut l'abbé de P… Il y avait une expression d'intérêt si sincère sur le front rigide du jésuite, que le malade lui tendit la main et le remercia de sa visite. Puis il lui témoigna l'impatience d'être seul avec lui et avec sa sœur qui ne l'avait pas quitté de la nuit, et dont les soins chaleureux l'avaient pénétré d'une vive reconnaissance.

Mais quand ils furent tous trois enfermés, ce fut à qui n'entamerait point l'explication délicate. Horace était timide, l'abbé discret, et mademoiselle Cazalès, avide de comprendre l'étrange événement qui venait de la bouleverser.

Monsieur l'abbé, dit enfin Horace, vous m'avez témoigné hier l'intention de me voir ; sans doute vous m'apportez des éclaircissements sur une rencontre intéressante pour moi…

— Monsieur, dit l'abbé avec douceur et dignité, votre santé vous permet-elle d'entrer sur-le-champ en explication sur cette affaire importante et… difficile à traiter ?

— Oui, Monsieur, je veux en avoir la force. Elle m'a manqué trop longtemps ; je serai franc avec vous, afin que vous le soyez avec moi ; je vous dirai tout…

Épargnez-vous ce soin, Monsieur ; je ne suis pas venu ici pour vous confesser, je sais tout, je vous l'ai déjà dit… Ce manuscrit est-il de votre écriture ? le reconnaissez-vous ?

— Ô ciel ! oui, je le reconnais, s'écria Horace en prenant le manuscrit des mains de l'abbé et en le remettant à sa sœur, dont l'œil attentif semblait demander l'aveu de cet étrange secret. M'expliquerez-vous, Monsieur, comment il se trouve entre vos mains ?

Oui ! monsieur, et quoique jésuite, moi, je serai franc ; cet écrit fut oublié dans un carton de dessins, par un jeune homme, qui donnait des leçons au couvent, et notamment à sœur Blanche. Celle-ci, après l'avoir lu, me le remit sous le sceau de la confession, et il n'est sorti de mes mains, que pour retourner dans les vôtres. Avez-vous confiance en ma parole ?

— Oui, monsieur, puisque je n'ai plus rien à vous apprendre, c'est donc à moi de vous interroger ; cette personne infortunée que vous appelez sœur Blanche…

— Et qui s'appelle Denise… interrompit le jésuite, froidement.

— Eh bien, oui, monsieur, Denise ; Denise Lazare ; comment est-il possible qu'on abuse ainsi de la faiblesse de son esprit ? comment accepte-t-on le sacrifice d'une vie qui s'ignore elle-même !… Dites-moi aussi, monsieur, car je l'avoue, ma curiosité l'emporte sur ma répugnance à en parler ; dites-moi comment on a réussi à lui ôter toutes les apparences de son infirmité morale pour lui faire accomplir ce sacrifice bizarre ; dites-moi comment… ma tête s'y perd !… Elle m'a regardé ; elle m'a désigné, elle m'a reconnu… ou j'ai fait un rêve terrible, ou lorsqu'elle s'est évanouie entre vos bras, monsieur, c'est moi qu'elle vous montrait avec terreur, avec désespoir !… Parlez, monsieur ; il y a dans tout cela quelque chose d'étrange ; ou j'ai perdu l'esprit…

Tout cela est étrange, en effet, dit l'abbé ; cependant ce qu'il y a de certain, c'est que je n'ai jamais connu sœur Blanche, telle que Denise est dépeinte dans ce terrible écrit. C'est maintenant une personne d'un esprit cultivé, et qui, au lieu de ne pas penser du tout, pense peut-être trop, à l'heure qu'il est.

— Grand Dieu ! ne m'abusez-vous pas ! Denise n'est plus idiote !

Elle a plus d'esprit que toute la communauté, mais son esprit est toujours humble, ingénu et soumis, c'est un être vraiment parfait et trop parfait, peut-être.

Ici le confesseur soupira, en se rappelant combien d'heures la perfection minutieuse de sœur Blanche lui avait fait passer au confessionnal, durant les froides soirées de l'hiver.

Au reste, monsieur, ajouta-t-il, il y a une personne qui peut vous donner de plus amples indications que moi. C'est la sœur de charité Olympie. Il paraît qu'elle est instruite des précédentes années de sœur Blanche. Je n'ai pas osé prendre sur moi de vous l'amener ; mais si vous le désirez…

Ah ! courez, monsieur, dit Horace, en lui serrant les mains, soyez charitable et zélé pour moi, qui l'ai été si peu !

Quelques heures après, les personnages précédents étaient réunis de nouveau dans la chambre de M. Cazalès. La sœur Olympie et un jeune homme inconnu, s'étaient joints à eux. C'était un jeune médecin que la sœur de charité avait connu à Bordeaux, et retrouvé à Paris, à l'hôpital du Val-de-Grâce, où elle était employée depuis un an. Tout en causant avec lui, elle lui avait parlé, par hasard, du *Sacré-Cœur* et de ses religieuses, avec lesquelles elle avait eu des relations. Il avait été médecin de ce couvent, et se souvenait particulièrement d'une cure remarquable qu'il y avait faite. C'était une jeune idiote qui s'appelait Denise, et qui, tout à coup, avait retrouvé la raison d'une manière inespérée.

Appelé à donner des renseignements sur son compte, à M. Cazalès, il raconta les faits avec une physionomie froide, des mots techniques, et un secret contentement de lui-même, qui perçait dans ses explications verbeuses, empreintes de je ne sais quel pédantisme de délicatesse plus embarrassant à entendre qu'une sèche relation de la vérité.

« Monsieur, dit-il à Horace, je fus effectivement appelé au couvent du Sacré-Cœur, à Bordeaux, à l'époque que vous me citez. La jeune fille, qui réclamait mes soins, s'appelait Denise et n'était âgée que de seize ans. Elle me présenta d'abord tous les symptômes caractéristiques d'un profond désordre dans l'innervation.

» Je fus donc porté à penser que ces symptômes n'étaient que sympathiques de quelque lésion de l'estomac ; mais la régularité parfaite des fonctions de tout organe autre que le cerveau, l'absence de cette sensibilité excessive dont ils deviennent le siège dans les affections aiguës, me convainquirent bientôt que cette maladie remontait à une cause moins commune.

» Du reste, » et ici le jeune médecin prit du tabac dans une boîte de platine russe, « à l'altération évidente qui régnait dans le système circulatoire, jointe à l'aspect peu commun des symptômes cérébraux, vous sentez, Monsieur, qu'on ne pouvait se refuser à admettre que le centre nerveux fût le siège de quelque désordre morbide extraordinaire. »

Horace fit un soupir d'impatience, le médecin fit une pause et reprit en redoublant de gravité.

« L'habitude extérieure du corps n'offrait aucune trace de ces altérations que laisse après elle la maladie même la moins prolongée. D'ailleurs la malade était dans un état d'agitation trop opposé à celui de torpeur et de prostration, qui accompagne le plus léger épanchement dans le cerveau, pour faire croire à une apoplexie.

» J'en étais là de mes conjectures sur les causes de cette singulière affection, lorsqu'on m'apprit que cette jeune fille était idiote depuis sa naissance, mais que cependant il ne lui était rien arrivé qui pût expliquer son état actuel. On avait remarqué seulement que pour l'amener au couvent, on l'avait tirée d'un sommeil singulièrement prolongé au-delà de ses habitudes.

» Alors, Monsieur, je ne vis plus dans l'état de la malade qu'une exaspération dans le trouble ordinaire de ses fonctions intellectuelles, et je me contentai de suivre dans le traitement l'indication des symptômes, sans penser en aucune manière à obtenir d'autre résultat qu'un retour à son idiotisme habituel. Aussi, quand l'exacerbation de ces symptômes céda sous l'influence d'une médication rationnelle, je n'y vis rien de surprenant ; car, dès l'instant où j'avais appris l'état antérieur de la malade, son affection avait perdu à mes yeux le caractère de singularité qui me l'avait fait suivre d'abord avec tant d'intérêt. Alors je n'apportais à son traitement rien de plus que les soins dus à une maladie ordinaire et bien connue.

» Mais, monsieur, notez bien ceci. Quand, après un certain temps, je remarquai que la guérison semblait dépasser le succès que j'en avais attendu, quand je vis que les facultés intellectuelles ne semblaient pas avoir conservé d'autres signes pathologiques que ceux d'une faiblesse suffisamment motivée après une affection aussi aiguë, (encore semblaient-ils s'effacer tous les jours au point qu'on eût dit qu'il n'y avait rien eu d'anormal dans l'état intérieur des fonctions cérébrales,) ce résultat, vous le pensez bien, me donna beaucoup à réfléchir. »

Ici Horace qui avait écouté le commencement avec une attention pénible, commença à prendre un vif intérêt au long discours du jeune docteur, il changea plusieurs fois de visage, et s'il eût eu la force de parler, il l'eût prié peut-être d'abréger ses commentaires. Mais il n'osa pas l'arrêter en si beau chemin, car le savant prenait un singulier plaisir à voir les efforts d'intelligence qu'il fallait à son auditeur pour le comprendre.

« Je comparai, reprit-il, ce que je venais d'observer avec des séries de symptômes et de faits entièrement analogues que possède la science, et qui avaient eu pour point de départ un acte extérieur dans lequel, malgré le désordre de ses facultés intellectuelles, le sujet jouait un rôle qui sans doute ne tenait d'abord que de l'instinct ; mais que la surexcitation nerveuse qui se développait nécessairement alors ajoutait à l'instinct, la force qui lui manquait pour envahir les autres sensations et même pour devenir *raison*. »

Ces explications terminées, le médecin et sœur Olympie se retirèrent. Cette dernière craignant que la découverte du secret de Denise ne jetât de la défaveur sur elle dans le couvent, et ne vînt à faire sur son propre esprit une impression pénible, avait gardé le silence sur le passé. Elle l'avait nommée sans crainte à l'église au moment de sa profession, ignorant que ce nom réveillerait en elle les vagues souvenirs que le manuscrit avait ressuscités à demi quelque temps auparavant.

Maintenant que vous savez tout ce qu'il vous importe de savoir, dit l'abbé de P. à Horace, permettez-moi de vous quitter, monsieur, si je ne vous suis plus utile.

— Eh quoi, monsieur l'abbé, dit Horace en marchant avec agitation dans sa chambre, me laisserez-vous ainsi en proie à une incertitude mortelle ? Ne me donnerez-vous point un conseil, un encouragement ? êtes-vous si peu prêtre, si peu jésuite, que vous veuilliez vivre en dehors de la vie des hommes chétifs, et ne pas diriger leurs actions vers le but où tendent les vôtres ? Voyez ! voici ma sœur, qui ayant pris connaissance de ma confession écrite, est d'avis que je dois réparer mes torts en offrant mon nom et ma fortune à cette angélique sœur Blanche. Moi, pauvre profane, je suis effrayé de tant de bonheur, je l'avoue, je crains de n'en être pas digne… Et pourtant au prix de mon sang, je voudrais effacer le remords qui depuis tant d'années empoisonne toutes les joies de ma vie… mais oserai-je, moi, homme du monde, peu croyant, je le confesse, offrir mon appui et mon dévouement à cette fille dont le cœur si pur et si fervent…

— Ah ! pour le coup, monsieur, dit l'abbé contrarié, vous m'en demandez plus que je n'en sais. Vous êtes homme de cœur, d'esprit et d'expérience, vous avez une conscience comme moi, je présume ; parce que je suis prêtre et jésuite, s'en suit-il que je sois plus éclairé et plus parfait que vous ? je devrais l'être, mais je sens que je ne le suis pas. En confession, je vous tiendrais un autre langage, je ferais mon devoir, mon métier si vous voulez. Mais ici je n'ai pas le droit de vous admonester, je ne suis pas pédant, voyez-vous ; et pour l'amour de Dieu, ne me forcez pas à l'être. Laissez-moi le droit d'être homme à la manière de tout le monde, tant que je n'ai pas le surplus sur le dos. À mon âge, monsieur, on est refroidi sur le goût des conversions, on n'est pas charlatan, et le rôle de directeur commence à devenir passablement méritoire ; on ne l'exerce plus pour son plaisir, je vous en réponds.

— Vous êtes un digne homme, dit Horace en lui serrant la main. Vous ne voulez pas être mon conseil à titre de pédagogue, soyez-le à titre d'ami. Que feriez-vous à ma place ?

— Je ne sais pas, dit l'abbé, en hochant la tête.

— En vérité, monsieur ! s'écria mademoiselle Cazalès, avec surprise.

— Non, mademoiselle. Je ne suis pas un aigle. Je trouve le cas embarrassant, et à la place de monsieur votre frère, j'épouserais peut-être… je n'épouserais peut-être pas… Je réfléchirais… Réfléchissez ; adieu, monsieur ; quand vous aurez réfléchi, si je puis vous être utile, venez me voir, je serai toujours à votre service.

Mademoiselle Cazalès ne se laissa pas décourager par la froideur de l'auxiliaire sur qui elle avait compté. En amenant son frère à Paris elle n'avait eu d'autre but que de le distraire de son penchant pour Rose. Invitée par monseigneur de V., à voir la cérémonie d'une *profession* au couvent des Augustines, quelques jours après son arrivée, elle avait vu avec déplaisir Horace témoigner l'intention de l'y accompagner. Elle devinait bien que son plus puissant intérêt serait de contempler ces lieux remplis du souvenir de Rose, et ce souvenir, elle eût voulu l'écarter. Elle feignit donc d'être malade afin de l'en détourner. Mais comme elle le vit déterminé à s'y rendre seul, elle prit le parti d'y aller avec lui. La scène extraordinaire dont elle fut témoin et la découverte d'un secret qu'elle n'avait jamais soupçonné, changèrent tout à coup la nature de ses projets. Au lieu de détourner son frère du mariage, elle résolut de l'y déterminer ; et, s'emparant avec chaleur d'un nouveau moyen d'attaque, elle s'avisa de se servir de Blanche pour effacer l'image de Rose. Quoiqu'il y eût bien un peu d'orgueil aristocratique dans l'humble piété de mademoiselle Cazalès, et qu'une alliance aussi obscure l'eût fâchée en toute autre circonstance, elle était dévote plus qu'ambitieuse, égoïste dans ses goûts mystiques, plus encore que dans ses intérêts privés ; avoir une jeune religieuse pour belle-sœur, était pour elle l'antidote à opposer à la belle-sœur comédienne.

Elle se mit donc à l'œuvre, courut aux Augustines, parla à la supérieure, confia le grand secret à cinq ou six nonnes qui le confièrent à toutes les autres. Elle demanda à voir sœur Blanche. Elle la trouva froide et timide, mais elle ne se rebuta de rien, et avec cette adresse conciliante qu'elle possédait au plus haut point, elle réussit, au bout de peu de jours, à gagner sa confiance. Dans son intérieur, elle agissait avec non moins d'habileté auprès d'Horace, Elle n'épargnait rien pour rendre plus criants les appels de sa conscience tout en feignant de chercher à les apaiser. Puis elle vantait avec art la beauté, les talents, l'esprit et le caractère angélique de sœur Blanche. Elle fit si bien, qu'elle amena son frère à demander une entrevue à la novice. Celle-ci refusa de revoir cet homme, qui ne lui causait que de l'effroi et de la douleur : car il lui rappelait toutes les angoisses, au milieu desquelles depuis trois ans elle se débattait, incertaine, épouvantée, et cherchant à ressaisir des souvenirs qui la torturaient et lui échappaient sans cesse. Mais la supérieure exigea qu'elle parût avec elle au parloir. La supérieure, ce n'était plus madame de Lancastre. L'excellente femme était morte. Sœur Scholastique Throcmorton, lui avait succédé. Bornée, volontaire, vaniteuse, la nouvelle abbesse avait compris que ce mariage ferait grand bruit dans le monde, et que sa novice lui ferait autant d'honneur *extra-muros* qu'elle lui aurait fait de profit à l'intérieur. Et puis, elle était dévote absolue, dévote intolérante, elle haïssait Rose, elle rougissait de colère à l'idée des triomphes de sa fugitive dans le monde, et quand elle eut appris de mademoiselle Cazalès, qu'Horace en était épris, elle donna les mains à son projet.

La novice tremblante, effrayée, prête à mourir, se laissa traîner au parloir. Horace fut aussi troublé qu'elle, il n'osa lui parler, il ne trouva pas un mot à lui dire, l'entrevue fut glaciale. Mademoiselle Cazalès et madame de Throcmorton soutinrent une conversation profondément savante sur la pluie, le brouillard, les rhumes de cerveau et les chaussures imperméables. Cependant, cet insipide entretien donna à Horace la hardiesse de se remettre un peu et de lever de temps en temps les yeux sur Denise, sa beauté avait changé de nature depuis les terribles jours du passé. Elle avait maigri, sa robuste santé de marinière avait pris la délicatesse et la pâleur des plantes qu'on dérobe au soleil. Elle avait d'ailleurs acquis la condition nécessaire à toute beauté réelle, elle avait reçu le feu du ciel, le rayon de l'intelligence divine. Ce n'était plus une belle statue, mais une femme adorable. Sa taille plus fine et plus souple se dessinait sous les longs plis de sa jupe blanche à peine serrée par une torsade de coton, le voile de baptiste semblait jaloux de la blancheur mate et fine de son front, et les fins contours de sa figure légèrement veinés de bleu, lui donnaient un air de souffrance et de tristesse, devant lequel tout homme eût voulu se prosterner. Horace ne put rester insensible à tant de charmes qui cherchaient à se dérober au lieu de se faire valoir. L'air de dédain et de froideur qui perçait sous la timidité craintive, lui plaisait au lieu de l'offenser, et quand il venait quelquefois malgré lui à se rappeler qu'il avait pressé dans ses bras cette créature si chaste et si belle, quand il se disait, le front brûlant et le cœur troublé, que cette vierge des autels était sa fiancée, son épouse, malgré lui il se sentait frissonner, car il était repentant ; il en aimait une autre et pourtant il était homme, il était jeune et il sentait sa tête s'embraser, ses remords diminuer, et le souvenir de Rose s'effacer, derrière ces souvenirs cuisants de douleur, de crainte et de volupté.

Chapitre V
Le jour des Noces

Rien ne résiste à la persévérance, et la persévérance c'est l'héroïsme des dévots. Circonvenu de tous côtés, Horace tomba entièrement dans les filets que sa sœur tendait autour de lui. La chose qu'il craignait le plus au monde, c'était le ridicule, et mademoiselle Cazalès le tenait par son côté le plus faible. Elle avait son secret ; elle pouvait le divulguer, elle le divulguait déjà. À Paris, cela avait peu d'inconvénients. Horace n'y vivait point et n'y était pas fort répandu. Mais en province, où la raillerie est si grossière, si insoutenable, le scandale si impudent, l'indignation si furieuse, si implacable, chacun se croirait le droit de lui reprocher sa faute ou de le persiffler ; il lui faudrait vivre dans une irritation continuelle, être toujours sur la défensive, se nourrir de bile, d'ironie et de colère ; couper la gorge à ses meilleurs amis ; enfin renoncer à tout repos, à tout bonheur, s'il s'aliénait l'estime de sa sœur, et conséquemment celle de tout ce qui l'entourait ; car mademoiselle Cazalès était d'une humilité despotique, d'une douceur absolue ; elle feignait d'obéir à tout, et régnait sur tout ; elle n'avait pas une volonté apparente, mais rien ne résistait à sa volonté secrète. Horace courba sous le joug de sa bonne sœur, et la laissa maîtresse de son sort.

D'ailleurs il n'était pas éloigné du mariage, depuis longtemps il y songeait. Car il aimait maintenant la vie intérieure, la vie de famille que sa sœur avait le grand art d'embellir. Il était de ces hommes pour qui un engagement éternel n'a rien de terrible, parce qu'ils ont la force de le tenir. L'amour que Rose lui avait inspiré était venu se jeter à la traverse de cet avenir paisible qu'il s'était promis. En vain, il s'était flatté d'y associer Rose. Il avait senti presqu'aussitôt qu'il fallait abandonner l'un ou l'autre ; et, maintenant qu'il avait sacrifié son amour, il fallait bien recueillir les fruits d'un si pénible effort, et se rattacher à la vie par quelque lien. Denise était si belle et si bonne, qu'il y aurait eu de la mauvaise grâce à bouder l'avenir qu'il pourrait encore parcourir avec elle. Sans pousser trop loin l'enthousiasme des remords, il pouvait donc céder au désir de réparer sa faute, et trouver, dans sa raison, autant d'encouragements que dans sa conscience.

S'il avait pu lire dans le cœur de Rose, s'il avait pu comprendre tout ce que son apparente fierté cachait de passion et de désespoir, il eût hésité sans doute à lui porter un coup aussi cruel que ce prompt mariage avec une autre, mais il ne le savait pas, et il croyait avoir autant à se plaindre d'elle, qu'elle avait eu à se plaindre de lui.

Mademoiselle Cazalès n'eut pas plutôt obtenu l'assentiment de son frère, qu'elle courut au couvent et chargea la supérieure de soumettre la demande d'Horace à sœur Blanche, mais le refus de Blanche fut absolu ; en vain Scholastique Throcmorton épuisa les menaces, les prières et les reproches, la novice resta calme dans sa volonté de se consacrer à Dieu. Alors on endoctrina le directeur et on envoya Blanche à confesse. Mais l'abbé de P. ne prit pas la chose à cœur ainsi qu'on l'aurait voulu. Il trouvait que la faute d'Horace était expiée par l'intention qu'il témoignait d'épouser Denise, et il ne jugeait pas le sacrement indispensable pour son salut, du moment que l'empêchement venait de la volonté de la personne outragée : celle-ci, pensait-il, n'avait rien à expier, n'était coupable de rien, et n'était forcée de rien réparer devant Dieu ni devant les hommes.

« Faites donc ce que votre bon ange vous conseillera, dit-il à sa pénitente. On peut faire son salut dans le monde tout aussi bien, peut-être mieux que dans le cloître. Si vous vous sentez lasse du couvent et que les devoirs de mère de famille vous semblent doux à remplir, mariez-vous, la personne qui se présente me paraît digne de toute votre estime ; si vous vous sentez de la répugnance pour elle, et que la vie douce du couvent vous plaise, restez au couvent. »

Blanche choisit de rester au couvent, mais sa faible et timide volonté était sous le coup d'une autorité puissante et infatigable. Scholastique répondit à mademoiselle Cazalès que Blanche demandait un mois pour se décider.

Et l'on mit en avant l'archevêque de V. Celui-ci donna ordre à l'abbé de P. de céder sa place de directeur à un jeune jésuite ascétique, sombre, enthousiaste de rigueurs et de sacrifices. Il fut chargé d'entretenir tous les jours la novice. Il lui fit un crime affreux de se refuser à réparer le péché qu'elle avait commis. En vain la pauvre enfant assura que ce péché n'était pas le sien : Taisez-vous, lui dit le prêtre, vous êtes au tribunal de la pénitence pour vous accuser et non pour vous défendre. Comment avez-vous l'orgueil de soutenir votre innocence quand votre mémoire ne peut vous seconder ? S'en suit-il que parce que vous avez oublié le passé, vous n'avez pas commis le crime ? c'est une absurdité, c'est un jansénisme de l'abbé P. D'ailleurs, quand vous ne seriez pas coupable, votre devoir n'est-il pas de seconder les intentions de votre complice, lorsqu'il veut rentrer dans la voie du salut et se laver de son crime en sanctifiant votre union impure avec lui ? De quel droit enlèverez-vous cette âme au ciel ? Et s'il vous plaît de vous plonger dans les tourments éternels, de l'y entraîner avec vous ? De quel front vous présenterez-vous désormais devant le Seigneur pour être son épouse, souillée d'une tache ineffaçable, fiancée adultère de Jésus-Christ !

Ces paroles cruelles arrachèrent des sanglots amers à l'infortunée Blanche. En vain elle essaya de lutter avec les arguments que le bon abbé de P*** lui avait fournis, son nouveau confesseur lui prouva qu'elle était entachée d'hérésie par le seul fait qu'elle disputait avec le directeur de sa conscience.

Il n'en fallait pas tant pour réduire une âme si craintive. D'abord elle pleura et resta découragée, anéantie ; puis elle se crut sérieusement égarée par ce bon abbé qui lui avait inspiré tant de confiance et d'attachement. Elle se persuada tout ce dont il l'avait dissuadée avec tant de peine, savoir qu'elle était coupable et devait pleurer son crime involontaire. La malheureuse fille s'efforça d'avoir du repentir, et ne trouva dans son cœur innocent et faible, dans son imagination troublée, que des terreurs et des souffrances. On la sépara entièrement de sœur Adèle, dont les conseils eussent pu la fortifier ; on l'enferma dans sa chambre ; on la soumit à des pénitences, à des privations, à des affronts de tout genre ; enfin on lui rendit le couvent odieux et le mariage inévitable.

Elle céda, et le jour fut fixé où elle devait sortir avec mademoiselle Cazalès, dont la tendresse et la douceur s'efforçaient de répandre des consolations sur ce cœur brisé.

Avant de quitter cette cellule où depuis quatre ans (quatre ans qui faisaient presque toute sa vie) elle avait prié, aimé, souffert, dormi, cette cellule où Rose avait passé tant d'heures à ses côtés, lui parlant d'Horace et de Laorens, Blanche se jeta à genoux, et baignant de ses pleurs les pieds du crucifix d'ivoire attaché à la muraille blanche : Ô mon Dieu ! s'écria-t-elle, peut-être n'es-tu pas inexorable, comme ils le disent. Si c'est un crime que de trop présumer de ta miséricorde, pardonne-le à un cœur si faible et qui a besoin de tant d'appui. Christ, dieu des malheureux, dieu de la souffrance, laisse-moi pleurer. Toi dont l'âme a été *triste jusqu'à la mort* ; je vais obéir, je vais quitter tes saints autels, je vais épouser l'homme que je crains le plus au monde. Je vais m'enrichir du nom et des honneurs que mon amie méritait mieux que moi. Hélas ! je vais porter peut-être un coup mortel à la pauvre Rose. Mon Dieu, mon Dieu !… elle n'est pas maudite, je ne le croirai jamais ; non, tu n'as pas maudit cette âme si chaste et si élevée, et tu ne me fais point un crime de t'implorer pour elle. Tu me permets de l'aimer encore et de pleurer les jours de bonheur qu'elle m'a donnés. »

Ensuite Blanche s'enferma et écrivit à Rose :

« Je vais être la femme de monsieur Cazalès. Rose, quand tu recevras cette lettre, il ne sera plus temps, peut-être.

» On achète des dispenses ; on se hâte comme si l'on craignait de me voir retrouver la force de résister ; on me traîne à ce mariage, il sera conclu dans huit jours, et je ne sais où tu es, je ne sais comment te faire parvenir cette nouvelle ! Oh ! je suis bien malheureuse ! Tu l'aimais autrefois cet homme que je ne puis aimer, et qui sera bientôt mon époux ; tu l'aimais et il t'a dédaignée, et maintenant c'est moi qu'on élève sur ta ruine, c'est moi qui profite de ton infortune, c'est moi qui te plonge dans l'abandon et peut-être dans la douleur ; car tu l'aimes peut-être encore : tu prononçais son nom dans le délire de la fièvre. Qui sait si depuis tu ne l'as pas revu ? Hélas ! je ne sais rien de toi. Je t'ai écrit souvent, tu ne m'as jamais répondu. Ici l'on te maudit, ta mémoire est honnie, c'est un crime que de prononcer ton nom : mais moi, Rose, je t'aime toujours ; je ne puis pas croire que tu aies cessé un instant de le mériter. Je t'aime comme aux plus beaux jours de mon postulat, quand nous causions le soir sur la terrasse et que nous regardions lever la lune derrière les grands marronniers. T'en souviens-tu, amie ? Ah ! quels doux et cruels souvenirs ! Maintenant c'est fini, nous ne nous reverrons peut-être jamais ; peut-être es-tu aussi à plaindre que moi. Le ciel nous bénissait, nous étions ses enfants, maintenant il nous éprouve cruellement. Moi, je me sens minée de douleur et de fatigue : je n'ai plus ma tête. Autrefois tu me soutenais dans mes chagrins, tu pleurais avec moi, tu étais ma consolation et ma force ; depuis trois ans je suis seule, toujours seule, et quand j'ai peur, quand je me sens mourir de chagrin et d'effroi, tu n'es plus là pour veiller avec moi. Oh ! j'ai bien souffert, va !

Mais ce n'est pas de cela qu'il faut te parler, c'est de ce mariage, de ce mariage qu'on m'impose, et sans lequel il n'est point de salut possible pour moi. S'il t'enlève quelque reste d'espérance, s'il froisse ton cœur, ne me le dis pas, Rose, respecte mon infortune, car il ne manque à mes douleurs que les tiennes ; laisse-moi croire que je ne t'ai rien enlevé, et surtout ne m'aime pas moins, car je crois que tu es le seul être qui m'ait jamais aimée : tous les autres me méconnaissent ou me sacrifient ; toi, tu étais si bonne ! ah Rose, si jamais je puis te voir un jour, une heure, tous mes maux seront oubliés… Mais j'entends venir quelqu'un ; il faut que je me cache pour t'écrire. Adieu, adieu, Rose ! Si je meurs avant toi, tu ne maudiras pas ma mémoire, n'est-ce pas ? tu auras quelques larmes pour ton amie : elle t'a tant pleurée, si tu savais !… »

Blanche ferma sa lettre à la hâte et la cacha en frémissant dans son sein en allant ouvrir la porte. Elle se rassura en voyant sœur Olympie. Eh bien ! ma chère enfant, lui dit la bonne sœur, que la nouvelle prospérité de sœur Blanche n'épouvantait point, te voilà riche, te voilà fiancée, grande dame, quasi princesse ! Je viens t'en faire mon compliment ; cela me fait grand plaisir ; vois-tu, moi, je ne suis pas bigote, je n'aime pas à voir une jeune et belle fille en cage comme un écureuil. Tu es bien contente, n'est-ce pas ? Va, ne rougis pas, et ne crains pas de paraître heureuse devant ta vieille amie…

Blanche soupira et se tut. Elle avait tant pleuré qu'elle ne pleurait plus. Elle embrassa la sœur de charité.

— Est-ce que tu es malade, mon enfant, dit la bonne Olympie ? tu as les mains brûlantes et sèches comme si tu avais la fièvre ; voyons, donne-moi ton pouls.

— Oh ! ce n'est pas nécessaire, ma bonne mère ; je suis plus forte que vous ne pensez.

— Mais tu es abattue ; tu ne dors pas, je parie. Ah ! dame ! c'est une affaire sérieuse que le mariage, aussi sérieuse qu'une profession ; cela se ressemble plus qu'on ne pense ; mais, va, rassure ton pauvre cœur, tu es une bonne enfant, Dieu t'aidera ; repose-toi de tant d'agitations. Voyons, as-tu quelque peine ! puis-je t'être utile à quelque chose ?

— Oh ! oui, ma bonne sœur ! s'écria Blanche, en lui serrant les mains avec effusion. Dites-moi ce que Rose est devenue ?

— Rose ! Qu'est-ce que Rose ?… Attends !… Ah ! oui, je me rappelle cette jeune fille qui nous fut confiée à Tarbes, et qui depuis, je crois, a été pensionnaire ici ?… N'est-ce pas cela ?…

— Précisément.

— Eh bien, ma petite, je te dirai cela ; je le saurai, je te le promets ; car, pour le moment, je n'en sais rien.

— Et comment le saurez-vous ?

— Est-ce qu'une sœur de charité ne peut pas tout savoir, tout entendre, aller partout ?…

— Eh bien ! vous chargeriez-vous de lui faire parvenir une lettre ?

— Certainement, donne !

— Oh ! mais écoutez, bonne sœur, n'aurez-vous pas de scrupules ? Rose est comédienne…

— Ah ! tiens, c'est drôle, après ?

— Cela ne vous scandalise pas ?

— Non.

— Eh bien ! vous me garderez le secret, vous ne montrerez ma lettre à personne, car j'ai lieu de croire que toutes celles que j'ai écrites ont été violées.

— C'est fort mal… mais ça ne m'étonne pas. Ces béguines, c'est toujours malicieux en diable. Allons, tu peux être tranquille ; demain ta lettre sera en route, ou je ne m'appelle pas sœur Olympie.

En effet, avant de quitter le couvent, la sœur de charité savait déjà que Rose était à Bordeaux, et s'appelait Coronari. Elle n'eut qu'à faire jaser l'écouteuse qui se vengeait de l'ennui de son métier par le plaisir de parler elle-même quand ses fonctions lui en laissaient le temps. Le soir même, la lettre partit, et sœur Olympie fut muette comme la tombe sur cette démarche. Elle l'avait oubliée un quart d'heure après. Sa vie était trop pleine pour que les petites choses y laissassent une empreinte.

Le lendemain, Blanche fut promenée dans Paris par sa future belle-sœur. Elle avait demandé en grâce de ne point revoir M. Cazalès avant le jour du mariage, et leur situation réciproque était assez gênante pour que cette grâce lui fût accordée. Elle vit avec surprise, mais sans plaisir, les merveilles du luxe qu'on étalait devant elle, les parures que lui offrait son nouvel époux, et les mille brimborions inutiles dont se compose à prix d'or le trousseau d'une riche fiancée. À force de souffrir, Blanche était presque blasée sur sa tristesse. C'était devenu sa nature d'être malheureuse ; elle ne se révoltait pas, et pliait avec inertie sous le poids de ses afflictions. Elle rentra au couvent, brisée de fatigue, et se laissant aller au sommeil avec l'insouciance du découragement.

Le bruit de ce mariage attira au couvent plusieurs anciennes pensionnaires maintenant établies dans le monde. Mademoiselle de Vermandois, malgré son esprit, était seule restée vieille fille. Elle faisait les honneurs du salon de sa grand'mère avec beaucoup de grâce et passait pour une personne des plus recommandables. Elle accabla d'amitiés la triste Blanche, voulut assister à sa noce, présider à sa toilette, faire connaissance avec toute sa nouvelle famille, afin d'avoir un ample sujet de conversation dans le monde pendant huit jours, et de se faire écouter en fournissant des détails authentiques sur l'étrange et romanesque mariage qui occupait tout le faubourg Saint-Germain.

Le matin de ce jour solennel, Blanche, parée comme au jour de sa profession, eut le fastidieux honneur de traverser une haie de pensionnaires, qui voulaient admirer ses diamants et se récrier sur sa beauté. Elle monta dans la voiture de mademoiselle Cazalès, pour aller droit à la municipalité, où l'attendait son époux avec le reste de la noce.

Depuis plusieurs jours, Blanche dormait beaucoup, et ne mangeait pas. Elle était distraite, oublieuse, son cerveau était embarrassé, ses forces l'abandonnaient, quand la voiture s'arrêta, elle regarda avec surprise autour d'elle, et tressaillit, comme si elle eût entièrement oublié sa situation. La vue de M. Cazalès lui rendit la mémoire de ses chagrins. Elle osa à peine jeter sur lui un furtif regard, et ne le trouva point beau. Il l'était cependant alors d'une manière remarquable ; l'effort qu'il faisait pour maîtriser l'embarras de sa position, donnait à sa physionomie un caractère de force et de noblesse que l'effrayée Blanche prit pour de la raideur et de la dureté. À l'église, elle fut calme et absorbée en apparence, par la prière et le recueillement. Mais il fallut l'aider à se relever, lorsqu'après la bénédiction nuptiale elle essaya de quitter le carreau où elle était agenouillée.

Pendant que le prêtre bénissait les nouveaux époux, que mademoiselle Cazalès priait, que sœur Olympie pleurait de joie de voir sa petite Blanche heureuse, que les cochers juraient dans la cour grillée de l'Assomption, et que les chevaux qui devaient ramener le cortège écumaient et piaffaient, une chaise de poste, couverte de boue et de poussière, entra dans la cour de la maison d'Horace, et un voyageur en descendit aussitôt : c'était Laorens qui revenait d'Italie, riche par hasard, sage par ennui, fatigué de plaisirs, rassasié de ses folies et de celles des autres. Le vieux Mathias, le seul des serviteurs d'Horace qui n'avait pas suivi son maître à l'église, s'avança lentement vers le voyageur, poussa un cri de joie en le reconnaissant, pour témoigner de celle qu'aurait Horace à le revoir, et le félicita d'une voix tremblante de l'à propos de sa bonne arrivée.

— Ah ! ah ! demanda Laorens, qui ne comprenait pas grand 'chose au babillage du bon vieillard, est-ce qu'on s'amuse ici ?

— Non, monsieur, répondit Mathias ; on est à l'église, on se marie.

— On se marie ! s'écria le peintre étonné ; car son ami n'avait pas eu le temps de le prévenir des événements si rapides qui venaient de se passer... Qui se marie ? Horace ?...

— Le digne jeune homme ! dit le vieillard, les larmes aux yeux ; je ne demande plus rien maintenant, je puis bien mourir ; une si bonne demoiselle ! un ange, monsieur Laorens, un ange de douceur et de beauté... et sage ! ah ! sage... ça été élevé au couvent...

— Au couvent !...

— Au couvent des Augustines, monsieur Laorens. Vous allez la voir, vous allez l'entendre ; une figure si jolie, une voix si douce ! Et puis c'est pas fière, voyez-vous ; tout le monde l'adore ici, jusqu'à mademoiselle Ursule qui l'aime, jusqu'à la Lenoir qui la souffre... Allez, allez, voilà du bonheur pour longtemps au château de Mortemont ! Mais, monsieur Laorens, venez donc ; vous devez avoir besoin de changer, de vous reposer ; ici comme à Mortemont il y a toujours une chambre toute prête pour vous recevoir... ma foi, M. Horace ne vous attend pas ; mais vous êtes toujours le bienvenu, et aujourd'hui plus que jamais.

Laorens ne répondait pas ; il suivait Mathias, et l'écoutait à peine, tant il était surpris, préoccupé de tout ce qu'il venait d'apprendre. Lorsqu'il se trouva seul dans sa chambre, il se rappela une lettre qu'Horace lui avait écrite de Bordeaux à Florence où il était alors, et il s'étonna moins de son mariage précipité. Dans cette lettre Horace lui parlait de son amour pour Rose, qu'il avait retrouvée plus belle que jamais, et l'expression de ce nouvel amour lui avait paru si vraie et si chaleureuse, qu'en apprenant le mariage qui le couronnait si promptement, Laorens s'imagina de suite qu'Horace venait de s'unir avec Rose. Le vieux Mathias avait achevé de le convaincre, en lui parlant de la beauté, de la douceur de la fiancée, et du couvent des Augustines où elle avait été élevée.

Son premier mouvement fut de l'humeur contre Cazalès, qui en finissait avec les plaisirs, les folies et l'ivresse, et qui l'abandonnait tout seul dans le chemin, où jusqu'alors il avait toujours marché près de lui ; puis il se souvint que bien des fois, il l'avait blâmé lui-même de n'avoir point épousé cette femme si belle et si vertueuse, si passionnée et si froide, et il l'approuva de l'avoir épousée ; puis enfin, après un triste retour sur sa vie, qu'il s'effraya de trouver si vide et si ennuyée, après tant de jouissances effrénées qu'il avait épuisées, pour la remplir et pour se distraire, il pensa que Cazalès avait sagement agi, en faisant du mariage le prosaïque dénouement de sa fougueuse jeunesse, et, après avoir vainement cherché dans sa jeunesse à lui, si dissipée et si capricieuse, quelques jours de bonheur qu'il put arracher au passé, il ne trouva, pour asseoir son âme lasse et dégoûtée du monde, que ceux de son amour du couvent ; jours si rapides, mais si purs, dont le souvenir lui revenait plein de toutes les joies et de tous les enchantements qu'il avait presque méconnus, lorsqu'il les avait sous la main. Il revoyait Blanche ; il retrouvait ses premières impressions si fraîches et si naïves ; il sentait se glisser dans son cœur plus heureux et plus calme cet amour bienfaisant qu'il en avait cruellement exilé ; il pensait avec charme et presque avec délices à la fortune qu'un de ses oncles, armateur au Havre, venait de lui laisser, et qu'il avait reçue avec indifférence. Il se berçait de l'espoir de pouvoir l'offrir à celle qu'il avait aimée, et qui l'aimerait peut-être. Il tremblait en songeant que Blanche s'était peut-être enchaînée pour jamais, et il flottait depuis quelques instants entre la joie, la crainte et l'espérance, avide de ressaisir le seul bonheur qu'il avait trouvé, lorsque Horace entra dans sa chambre, en gants blancs, en cravate blanche, aussi embarrassé de sa cravate et de son costume que du rôle qu'il remplissait.

Laorens venait d'achever sa toilette ; il se jeta avec effusion dans les bras de son ami. Horace était heureux de le revoir ; mais il fut froid et contraint. Laorens savait son secret, et il lui répugnait d'entrer dans des explications qui depuis quelques jours le fatiguaient sans cesse. De plus, il ignorait les dispositions dans lesquelles il revenait de ses voyages ; il redoutait ses railleries, il voulait éviter ses sarcasmes ; le ridicule le tuait. Il abrégea donc, autant que possible, cette première entrevue ; et, après quelques questions qu'ils échangèrent, sans y répondre, Horace saisit le bras de son ami, et l'entraînant hors de sa chambre : Viens-donc, lui dit-il, que je te présente à Denise ; je l'ai retrouvée, c'est elle !

— Denise !… s'écria Laorens, en reculant de surprise…

— Viens donc ! dit Horace avec un sourire forcé ; c'est une de tes élèves : tu la connais ; tu n'en as pas eu de plus belle.

Laorens était tremblant, agité ; il voulut retenir Horace ; mais celui-ci l'entraîna sans l'entendre ; ils entrèrent tous les deux dans le salon où la société était réunie. Laorens, les yeux troublés, le cœur palpitant, balbutia quelques mots de politesse devant mademoiselle Cazalès, qui s'était avancée vers lui avec bienveillance ; puis, se laissant traîner machinalement par son ami, qui le conduisait par la main, il s'arrêta sans voir et sans regarder Denise ; mais lorsqu'après s'être incliné, il leva ses regards sur elle, il reconnut Blanche, pâlit et s'efforça d'adresser à son ami quelques-unes de ces félicitations d'usage, si banales qu'on pourrait les prendre pour des compliments de condoléance. Pour Blanche, elle étouffa un cri qui vint expirer sur ses lèvres ; elle rougit, puis aussitôt l'éclat de ses joues s'effaça, et elle s'assit, pâle comme son voile, tremblante comme le bouquet d'oranger qu'agitaient les palpitations de son cœur. Horace, stupéfait, étonné de cette scène, qu'il ne pouvait s'expliquer et qu'il n'osait pas trouver étrange, n'eut pas un mot à répondre à Laorens, pas une parole à dire à Denise ; et il y eut un moment de glace qui pesa sur tous les esprits, et que toute l'aménité de mademoiselle Cazalès eut peine à dissiper.

Chapitre VI
La Nuit des Noces

Malgré tous les frais d'esprit de mademoiselle Cazalès pour jeter de la gaîté sur les visages, et pour vaincre la gêne qui régnait autour d'elle, la journée fut longue et triste ; elle sembla mortelle à Laorens ; Blanche fut la seule qui la trouva bien courte. Lorsque le soir fut arrivé, que les lustres étincelants au plafond et aux candélabres se reflétèrent dans les glaces, et que les équipages se pressèrent dans la cour de l'hôtel, trois physionomies qui tranchaient au milieu du bruit, du mouvement et des ennuis du bal, résumèrent à elles seules ce jour de contrainte, de déception et d'amertume dont chacune s'efforçait de cacher le secret.

Horace souffrait cruellement de la fade curiosité, de l'intérêt importun qui le pressaient de toutes parts ; la tristesse de Blanche le froissait ; la contrainte de Laorens lui faisait mal ; l'espèce de retenue respectueuse dans laquelle se renfermaient tous les invités, l'humiliait, le blessait au vif. Il eût voulu de la joie, du plaisir, de l'entraînement pour l'exciter et l'étourdir ; mais on connaissait les habits que Blanche avait quittés pour les habits de noce ; et par respect pour le voile et la guimpe de la novice, chacun se croyait obligé de se tenir raide et composé devant la couronne de fleurs et le voile de la mariée. Horace eût voulu même se voir poursuivi par les sottes plaisanteries, qui dans le monde bourgeois s'empressent toujours auprès des nouveaux époux, pour vouer l'un au ridicule et déflorer la candeur de l'autre ; mais son aventure était connue, répandue, expliquée, commentée ; on osait à peine lui parler de son mariage et de son bonheur ; et lorsque par hasard le nom de Blanche s'égarait sur quelques lèvres imprudentes, la rougeur du front lui demandait aussitôt excuse. Il fut vingt fois sur le point de s'épancher dans le cœur de son ami ; mais Laorens éludait ses confidences afin de ne pas en avoir à lui faire ; Blanche tremblait et baissait les yeux, pâle et muette comme une statue, lorsqu'il s'approchait d'elle ; mademoiselle Cazalès le priait d'être aimable lorsque son visage se laissait surprendre par la tristesse. Enfin il avait l'air d'un pénitent qui expie sa faute, et dont les assistants ménagent l'amour-propre en gardant devant lui leur sérieux.

Laorens était calme, mais le dépit le rongeait en secret ; tous ses projets d'avenir étaient renversés, toutes ses espérances déçues, toutes les joies qui lui avaient un instant souri, détruites, effacées comme un rêve ; il ne se rappelait plus qu'avec douleur cet amour dont le matin il se berçait encore ; cet amour si pur, si suave, si virginal, Horace en avait flétri le souvenir ; au lieu d'un jour de bonheur à réveiller dans sa morne jeunesse, ce n'était plus qu'une déception, qu'une misère à ajouter à tant d'autres : ce n'était plus Blanche qu'il avait aimée, c'était un des égarements d'Horace. Horace, en un seul jour, avait pour lui renversé le présent, fermé l'avenir et désenchanté le passé ; et le dépit seul ne le torturait pas : ce n'était pas seulement son amour-propre offensé qui ne pardonnait pas à Cazalès ; non, par une bizarrerie de notre capricieuse nature, cet amour qu'autrefois il avait délaissé, et dont aujourd'hui il répudiait le souvenir, venait de surgir dans son cœur, soudain, imprévu, irrésistible, neuf, comme s'il n'eût fait que de naître ; il avait fui Blanche, lorsqu'il pouvait s'enchaîner à elle ; lorsqu'il pouvait l'aimer sans crime ; et l'épouser peut-être sans obstacles, il avait porté ailleurs les caprices de son cœur et de ses désirs ; lorsqu'il la vit enchaînée pour jamais à un autre, cet amour si tiède s'irrita par l'impossibilité, il grandit, il devint passion, mais passion injuste et colère ; et perdu dans le bal, assis dans l'embrasure d'une croisée, Laorens, triste et solitaire, s'enivrait de Blanche, qu'il dévorait de ses regards, et accusait avec amertume l'ami qui la lui ravissait.

Pour Blanche, la malheureuse créature semblait une victime offerte en expiation d'un crime qui n'était pas le sien, et, pendant qu'autour d'elle on vantait son bonheur, sa fortune nouvelle et son avenir si rapide, la douleur ravageait son âme, et elle cherchait en vain un appui pour reposer sa tête, un cœur ami pour recevoir le sien. Le matin, avant d'aller s'offrir à la bénédiction du prêtre, elle était calme encore, forte qu'elle était de sa conscience, plus tranquille et plus ferme, et de la voix du ciel qu'elle croyait entendre ; triste et découragée, elle se réfugiait dans son âme qu'elle trouvait si pure, dans le sein de Dieu qu'elle ne craignait pas d'implorer, et elle était revenue de l'église, moins effrayée de l'amour d'Horace et de la destinée qu'il ouvrait devant elle. Mais, lorsqu'après trois ans de combats et de luttes, de larmes et de souffrance, de silence et d'oubli, elle vit Laorens se dresser devant elle, ce fut fait du calme qui lui tenait lieu de bonheur : sa confiance fut ébranlée, sa conscience timorée se troubla, et le jour n'était pas achevé, qu'elle était épuisée de fatigues, de tourments et de craintes. L'aspect de Laorens avait réveillé en elle toutes les terreurs, toutes les contradictions qui l'avaient si longtemps assaillie au couvent ; ses yeux la poursuivaient sans cesse ; elle tremblait sous son regard, elle tressaillait à ses paroles, elle frémissait au bruit de ses pas : Laorens lui faisait peur ; elle croyait le haïr, elle voulait l'oublier, mais son âme ne pouvait se défaire de l'image fatale qui s'attachait à elle : Laorens était toujours là, devant Horace qu'elle s'efforçait d'aimer, devant Dieu, vers qui sa voix plaintive voulait pousser un long cri de détresse ; toujours là, pâle, presque mourant, les cheveux en désordre et les yeux abattus, comme au jour où la pauvre fille trembla devant un homme pour la première fois ; chacune de ses pensées était une souffrance, chaque souffrance était pour elle un crime ; lorsque Horace venait lui parler de bonheur et d'amour, elle s'indignait de trouver son âme sèche et morte à tant d'espérances, elle s'irritait de rêver loin de lui l'accomplissement de tant de promesses, et, sans force comme sans courage, elle aggravait le mal en luttant contre lui.

Prête de succomber à tant d'émotions dévorantes, accablée de chaleur, de contrainte et d'ennui, Blanche s'échappa au milieu du tumulte du bal, et s'arrêta sur une terrasse déserte qui donnait sur le jardin de l'hôtel. C'était dans les premiers jours de l'hiver ; les arbres n'avaient plus de feuilles, la terre était humide, l'air froid : Blanche, égarée par la fièvre et le désespoir, se jeta sur un banc de pierre et tomba dans la rêverie en écoutant les dernières feuilles de l'automne qui se détachaient des branches avec un bruit sec et triste, et là, appuyant son front brûlant sur ses mains :

Oh ! mon Dieu, s'écria-t-elle avec angoisse, oh ! mon Dieu, pourquoi m'abandonnez-vous ? pourquoi vous retirez-vous de moi ? Est-ce que je me suis retirée de vous, oh ! mon Dieu ? ah ! vous le savez, je ne voulais être que votre servante, je ne voulais me vouer qu'à vos autels ; mais ils m'en ont arrachée, ils ont dit que vous ne vouliez pas de moi. Seigneur, ne m'abandonnez pas ; je suis à vos genoux, ne me repoussez pas, aidez-moi ; soutenez-moi plutôt, car je suis seule à souffrir, et je souffre tant ! oh ! je le sais, je suis bien coupable ; mais, avec vous, j'aimerai l'époux qu'on m'a donné, avec vous j'échapperai au démon qui s'attache à mes pas, je combattrai, je l'oublierai encore… Seigneur, Seigneur, vous le savez, vous savez bien que je ne l'aime pas, que je le haïrais si la haine n'était pas un crime… Mais, pourquoi me poursuit-il sans cesse, moi, faible fille, si facile à briser, que tout effraie, que tout épouvante ; pourquoi revient-il pour troubler mon repos, pourquoi me l'avez-vous renvoyé ? Hélas ! hélas ! je n'ai plus d'amie pour me soutenir, plus d'amie pour me consoler : je suis seule, toute seule au monde ; je suis sans force et sans vertu ; la fièvre m'égare, ma tête est en feu… Seigneur, Seigneur, que fera cette pauvre fille, si vous ne la secourez pas ?

La malheureuse éclatait en sanglots ; son âme, trop faible pour tant d'agitations tumultueuses, que pendant tout un jour la douleur et l'effroi y avait amassées, avait besoin de les répandre, et elle les confiait à Dieu, à l'air, au vent, aux arbres, qui semblaient gémir avec elle.

Oh, disait-elle ! je ne suis qu'une misérable folle ; mon Dieu, ayez pitié de moi, gardez de si rudes épreuves pour des âmes plus fortes : je sens la mienne qui se meurt. Hélas ! n'avais-je donc pas assez souffert, assez combattu ? ne m'étais-je pas assez prosternée au pied de vos autels pour vous demander la grâce et le repos ? n'avais-je pas assez étouffé dans mon cœur toutes les affections qui n'étaient pas à vous ? J'ai passé mes nuits dans les larmes et mes jours dans la prière. Je me suis agenouillée sur les dalles de votre temple : j'y ai courbé mon front repentant, je les ai arrosées de mes baisers et de mes larmes…

Ah ! je vous glorifiais dans ma torture, je vous bénissais dans ma misère ; mais, Seigneur, pour cette faible fille n'était-ce pas assez d'une fois ? ne l'avez-vous pas assez frappée de votre colère ? Seigneur, voudriez-vous l'éprouver encore ? Grâce, mon Dieu ? grâce pour elle !…

Il ne m'entend pas, s'écria-t-elle en se frappant la poitrine, et en effeuillant le bouquet d'oranger qui parait son sein. Il ne m'entend pas, il est sourd. Je suis maudite, j'étais maudite en naissant ! Rose ! Rose ! toi qui pleurais, qui souffrais avec moi ; Rose, où es-tu ? je te veux, je t'appelle : seras-tu donc, comme le ciel, insensible et sourde à tant de maux ? Rose, pourquoi m'as-tu quittée ? Cruelle ! je t'ai pleurée mourante ; et quand la vie t'est revenue, tu as été morte pour moi ! Viens ! oh ! reviens ! qu'on me rende ton amitié et tes caresses ; qu'on nous rende notre couvent, je veux y vivre, y mourir avec toi ; ton amitié seule fait vivre, tout le reste empoisonne et tue.

La pauvre Blanche priait à haute voix ; mais ses paroles étaient emportées par le vent du soir, et les branches desséchées qui s'étendaient autour d'elle répondaient seules, par leur murmure monotone, à ses prières déchirantes.

— Rien ! s'écria-t-elle en fondant en larmes, et en laissant tomber ses bras avec découragement, rien au ciel, rien sur la terre, rien que cet homme dont le regard me poursuit et m'assaille, dont je traîne l'image avec moi… J'aurai passé comme dans un désert, toute seule avec mes remords, sans une voix pour me répondre, sans une âme pour me voir souffrir et pour dire : Elle est bien malheureuse !

Blanche ne pleurait plus : les larmes étaient taries dans ses yeux, comme la force dans son cœur ; sans énergie pour se roidir contre le souffle de la destinée, elle ployait au vent qui la courbait, elle se laissait aller au flot de la fatalité sans essayer d'en remonter le cours ; elle était comme anéantie, lorsque le sable cria tout à coup à ses côtés ; elle se retourna, effrayée : c'était Laorens dont le regard semblait rivé sur elle.

Blanche crut qu'elle allait mourir ; tout son sang reflua vers son cœur, et elle resta muette devant Laorens, tremblante comme les feuilles qui tombaient autour d'elle.

— Mille pardons ! madame, si je trouble vos rêveries, dit Laorens d'une voix mal assurée, je me retire, je n'espérais pas vous trouver…

— Monsieur… balbutia Blanche, qui s'appuyait contre le mur de la terrasse pour se soutenir ; le reste de ses paroles expira sur ses lèvres. Laorens, avec une affectation visible d'usage et de bon ton, la félicita de son bonheur, vanta celui de son ami, et, comme il allait s'éloigner :

— Pour moi, dit-il à Blanche avec amertume, je pars demain, je vais retrouver à Bordeaux une amie qui vous fut bien chère.

— Rose ! s'écria Blanche qui se sentit revivre à ce nom.

— Rose, ajouta Laorens en soupirant, oui, madame ; oui, Rose, qui ne me repoussera pas : c'est la seule affection qui me reste, et je vais m'appuyer sur elle…

— Prenez, monsieur, prenez, dit Blanche avec vivacité, et en détachant de sa ceinture son bouquet de mariée, prenez ces fleurs, remettez-les à Rose, dites-lui que j'aurais voulu les attacher moi-même à son côté.

Et elle rentra dans le salon, où l'on venait de remarquer son absence, laissant Laorens seul sur la terrasse, pâle, ému, n'en pouvant plus et couvrant de baisers le bouquet d'oranger, froissé et brûlant comme la poitrine qu'il venait de quitter.

Deux heures après, mademoiselle Cazalès sortait de la chambre nuptiale ; Blanche était seule, assise devant la cheminée, pâle, glacée, les yeux morts ; une de ses mains, d'une blancheur mate, cherchait en vain à rendre quelque chaleur à son cœur, tandis que l'autre retenait à peine la couronne qui venait de tomber de sa tête. Sa respiration était faible et réglée ; elle n'avait plus de force pour souffrir ; le corps était épuisé, l'âme presque éteinte : Blanche ne souffrait plus, elle rêvait, la pauvre enfant, aux sons de l'orchestre qui venaient expirer près d'elle, au mouvement de la valse qui tournoyait dans le salon du bal ; elle rêvait de son enfance, toute d'oubli et de mystère. Elle aimait à se voir sur la chaloupe de son père, pauvre idiote, belle et insouciante, sans un rayon du ciel pour l'animer, sans une pensée pour en gémir, sans une larme pour en pleurer ; elle se voyait longeant la côte de Lormont, baignant ses pieds blancs dans le port, bercée par les flots de la mer ; un sourire mélancolique venait effleurer ses lèvres sèches et embrassées ; ses yeux se mouillaient de pleurs, et si, par un triste retour sur elle-même, elle se retrouvait seule, malheureuse, dans la chambre d'Horace, après tant d'orages et de mauvais jours, elle baissait la tête, et elle se sentait bien misérable ; car, pour trouver du bonheur, elle était obligée de se réfugier dans une vie qui lui avait fait horreur, et de demander des souvenirs aux jours qui ne devaient pas lui en laisser.

Mais quand un léger bruit lui fit tourner la tête, et qu'elle vit derrière elle cet homme qui lui avait créé une vie de tourments, cet homme qui l'avait poursuivie depuis comme un rêve affreux, inévitable ; quand elle le vit s'approcher d'elle, sa proie, sa victime, le chagrin fit place à la peur, à une peur d'enfant qui suffoque, qui ne raisonne plus. Elle tordit ses mains, et voulut crier ; mais elle ne trouva pas de voix dans son gosier desséché. Elle voulut se lever, et resta comme fascinée par le regard de cet être infernal, qui lui semblait venu sur la terre pour la réclamer et l'arracher au bonheur et à l'espérance. Il lui parla, elle ne l'entendit point ; il s'agenouilla devant elle, elle ne comprit point ce qui se passait en lui, ou ne crut pas possible qu'on vînt l'implorer, elle qui avait passé sa vie à obéir, elle que l'on avait sacrifiée, et que l'on sacrifiait encore.

— Remettez-vous, madame, ma chère Blanche, calmez votre effroi, lui dit Horace, je ne viens ici que pour demander mon pardon, accordez-le-moi ? et si ma présence vous est odieuse, je me retirerai… Pourquoi cette pâleur et ces regards égarés ! au nom du ciel, n'ayez pas peur de moi…, Denise.

Denise, fut tout ce qu'elle entendit des paroles d'Horace. Ce nom la fit douloureusement tressaillir ; il lui rappelait un moment terrible de sa vie, un moment qu'elle avait mal oublié ; qui souvent, au milieu de ses chastes méditations, était venu la glacer d'épouvante. Maintenant il sortait vif et frappant de l'abîme du passé ; elle avait déjà vu Horace ainsi à ses genoux, l'implorant, la nommant d'une voix ardente, entrecoupée ; elle l'avait vu suppliant, troublé, et, comme maintenant, tendre et soumis ; mais dans le même instant elle l'avait vu égaré, furieux ; elle l'avait trouvé insensible à ses larmes, sourd à ses gémissements, et son humilité présente l'effrayait au lieu de la rassurer. Elle prenait sa prière pour des ordres, sa soumission pour de la violence ; elle sentit sa respiration devenir pesante et rare ; ses dents se serrèrent convulsivement, et tout son sang refluant à son front, battait ses tempes comme un marteau. Elle essaya d'y porter la main pour écarter cette atroce souffrance, sa main retomba lourde et paralysée. Un froid mortel gravit de ses jarrets à ses épaules, elle fit un effort, un dernier effort pour se lever ; elle y réussit ; mais tout à coup elle tomba sur le parquet. Par un instinct machinal, elle chercha à se retenir au rideau de mousseline du lit. Le rideau se déchira et laissa dans sa main un lambeau qu'elle pressa convulsivement, comme s'il pouvait lui servir d'appui, quoiqu'elle fût déjà étendue par terre, livide et sans mouvement.

Chapitre VII
Sœur Rosalie

Cependant la lettre que sœur Olympie avait fait partir, était arrivée entre les mains de Rose. En voyant l'écriture de sa chère Blanche, elle pressa avec transport le papier contre ses lèvres. Dans sa précipitation à la lire, elle ne la comprit point. Elle voyait seulement que Blanche vivait et qu'elle l'aimait toujours, sa joie en était si vive qu'elle ressemblait au délire, et qu'à peine le nom d'Horace avait frappé ses yeux ; enfin à force de relire, elle apprit cet étonnant mariage et il lui fut impossible de se l'expliquer. Les bruits qui vinrent alors à circuler dans le public, embrouillaient la question au lieu de l'éclaircir. On disait que M. Cazalès faisait un mariage de *garnison* avec une ancienne maîtresse devenue dévote, que mademoiselle Cazalès par scrupule de conscience lui faisait épouser.

Il était impossible à Rose d'accorder ces propos avec la lettre de Blanche, elle les rejeta donc comme absurdes et passa deux jours dans la plus terrible agitation. Sans doute l'infidélité d'Horace brisait son cœur, mais la blessure était faite depuis longtemps, et ce n'était pas là un nouveau coup. Peut-être même aimait-elle mieux l'infidélité que l'indifférence. Horace cherchant à l'oublier en se créant un nouvel amour, lui paraissait moins coupable qu'Horace la quittant de sang-froid par respect pour le monde. D'ailleurs Blanche était si bien faite pour être aimée, que Rose à tous ses tourments n'avait pas du moins à joindre celui de l'humiliation.

Après deux nuits d'angoisses et d'incertitudes, cette âme ardente et forte, repoussée, froissée si cruellement, se replia toute entière dans la seule affection qui ne l'eût pas trahie. Blanche l'emporta sur tout le reste. Oui, s'écria-t-elle, j'irai ; ils en penseront ce qu'ils voudront. Cette dévote impitoyable dira que je poursuis son frère ; sans délicatesse et sans pudeur, il croira, lui, que ma vanité blessée me fait descendre jusqu'à la bassesse, jusqu'à la jalousie, que m'importe ! Blanche est malheureuse ; elle m'appelle, elle a besoin de moi ; j'irai à son secours, je l'aiderai de ma fermeté ; et si je ne puis la sauver du malheur, si je ne puis la consoler, nous pleurerons encore ensemble. Loin de moi toutes ces répugnances de l'amour-propre, tous ces aiguillons de la douleur ! jamais Blanche ne sera ma rivale. La pauvre enfant ! ne vois-je pas bien qu'on l'a contrainte, qu'on l'a traînée à ce mariage qui lui fait horreur ? Étrange mystère, sans doute ! Mais Blanche ne sait pas mentir ; jamais ses lèvres pures n'ont connu la trahison. Elle est malheureuse, puisqu'elle me le dit. Ah ! oui, j'irai la trouver ; et si l'on me chasse, je m'attacherai à elle : elle aura de la force quand il s'agira de moi ; si elle en manque, j'en aurai pour deux ; je dévorerai les affronts ; j'irai la voir en secret, comme un amant va voir sa maîtresse ; si j'arrive trop tard, je tâcherai de la réconcilier avec son sort ; je lui dirai d'aimer son époux ; je le lui vanterai ; je ne lui dirai pas qu'il me trahit.

Oh non ! ajouta la généreuse fille, je ne lui dirai pas mes maux ! Elle ignorera que j'ai revu Horace, que j'en ai été aimée ; je lui épargnerai le chagrin ; et si je la vois heureuse, j'oublierai mes douleurs. Peut-être le temps fermera-t-il toutes mes plaies, peut-être cet homme qui n'a pas pu m'aimer, saura-t-il aimer Blanche ; et s'il en est aimé, de quoi me plaindrais-je ? Blanche n'est-elle pas la moitié de mon âme ; n'est-elle pas une portion de moi-même, puisque malgré le temps, l'absence et la dévotion qui lui défendait de m'aimer, elle n'a pas cessé de penser à moi et de me chérir ! Elle m'écrivait, pauvre Blanche ! et pourtant cela lui était défendu ; elle, si scrupuleuse et si soumise, ne craignait pas de commettre une faute pour me donner une marque de souvenir ! Derrière les murs de son couvent, et lorsqu'elle me croyait oublieuse d'elle, chaque jour elle me pleurait, elle priait pour moi ; pauvre ange du ciel ! et moi, j'aurais la petitesse de lui envier sa fortune, son nom, et cet homme qui n'est digne ni d'elle ni de moi ! Oh non, ma Blanche ! s'écriait-elle en regardant le ciel qu'elles avaient tant parcouru des yeux, ensemble, le soir sur la terrasse du couvent, oh ! non, ma sœur, je ne suis pas jalouse, je t'aime, je vais te voir ; je parlerai à Horace ; il entendra le langage de la vertu s'il n'entend pas celui de l'amour ; il prendra confiance en moi, et me laissera vivre près de toi ; il ne craindra pas mon ressentiment ; oh, non, quand il m'aura vue te presser dans mes bras, il verra bien qu'il ne reste pas de fiel dans mon cœur.

Rose partit le surlendemain du jour où elle avait reçu cette lettre. Son engagement au théâtre de Bordeaux était expiré. Elle ne voulut pas le renouveler, prit la poste et courut jour et nuit.

Elle arriva à huit heures du matin à la porte du couvent. Moyennant un napoléon, elle fit parler Fonvielle. Il lui apprit que Blanche était mariée de la veille et lui donna son adresse.

Il est de bonne heure, se dit Rose, c'est un bon moment pour lui parler. Elle sera à sa toilette. Je gagnerai quelque domestique et je me glisserai avec la femme de chambre dans quelque coin de la maison.

Elle se fit conduire rue du faubourg Saint-Honoré. Un grand désordre régnait dans l'hôtel. Le portier avait une conversation animée sous le vestibule avec les commères des environs. Les domestiques montaient et descendaient rapidement, et se croisaient sur l'escalier sans se parler.

Ce mouvement n'étonna pas Rose le lendemain d'une noce. Elle baissa son voile de dentelle noire, s'enveloppa dans son manteau, et, profitant de la confusion générale, monta sans être observée. Au premier, toutes les portes étaient ouvertes. La figure du vieux Mathias qui, renversée par la veille et la fatigue, se montrait sur le seuil, annonçait que c'était là. Des valets de louage qui avaient aidé à l'étalage de la veille, aidaient maintenant à remettre tout en ordre. Ils emportaient des piles de fruits à demi écroulées, des lustres loués pour la noce au décorateur, des banquettes toutes poudreuses encore de l'atmosphère du bal. Sur des tables humides et tachées, des cristaux, des porcelaines, des bols de punch à demi vidés, des flacons brisés dans le désordre du départ ou dans l'empressement du service, entassaient pêle-mêle leurs richesses et leurs ruines. Elle traversa avec peine deux salles encombrées de meubles et d'ouvriers, dont la figure insouciante bravait la tristesse et la contrariété répandue dans ce tableau : gens qui louent des oripeaux pour les fêtes et des tentures de deuil pour les enterrements, qui le soir dressent un repas, et le lendemain un corbillard. L'un sifflait en déclouant un tapis ; un autre achevait les bouteilles dans un coin.

Rose pénétra dans la troisième chambre. Elle était vide et silencieuse. On y avait joué une partie de la nuit. Les cartes étaient semées sur le parquet. Une partie était restée en train, quelques bouquets de femme jonchaient les meubles, des éventails, des gants d'homme avaient été oubliés sur les tables ; personne n'y avait oublié sa bourse.

Quelle noce bruyante et folle ! dit Rose en regardant toutes ces traces de précipitation et de trouble. Comme Blanche a dû s'ennuyer !

Mais elle s'arrêta irrésolue à l'entrée de la dernière pièce. Un silence profond régnait de ce côté des appartements. C'était peut-être la porte de la chambre nuptiale. Rose recula involontairement, saisie de dégoût pour sa situation.

Mais elle jugea à l'absence de femmes en ce lieu, au tumulte qui se faisait de l'autre côté, que les nouveaux époux n'habitaient pas ce jour-là l'hôtel où s'était faite la noce. C'était une conjecture naturelle et elle s'étonna de n'y avoir pas pensé plutôt.

Elle résolut d'aller parler à Mathias : Il est bonhomme, dit-elle, et me gardera le secret. En ce moment la porte par où elle était entrée s'ouvrit ; une sœur de charité entra, la tête voilée, le visage caché sous sa coiffe, mais, à sa démarche pesante, Rose reconnut sœur Olympie.

La présence d'une religieuse en ce lieu et à cette heure la glaça d'épouvante, Blanche serait-elle malade ? fut sa première pensée. Elle s'élança vers la religieuse, mais l'air sombre de celle-ci lui ôta la force de l'interroger et de la tirer de l'abattement où elle semblait plongée ; elle se mit à la suivre, les genoux tremblants, la poitrine pressée comme par un étau.

Sœur Olympie poussa la seconde porte, et Rose entra sur ses traces.

Le lit de noce, tout blanc, tout paré de dentelles, s'offrit à sa vue. Blanche y était étendue, mais enveloppée d'un linceul. Mariette était à genoux à un bout de cette couche mortuaire. Tout le monde s'était éloigné avec terreur ; sœur Olympie, restée seule avec la nourrice pour rendre les derniers devoirs à la jeune morte, s'agenouilla de l'autre côté, et Rose, pétrifiée, resta debout au milieu de la chambre, à les regarder prier, sans force pour comprendre ce qu'elle voyait, sans voix pour crier, semblable à une statue de la douleur auprès d'un tombeau.

Dès cet instant, l'âme de Rose fut brisée. Son corps avait de la force, et, malheureusement pour elle, il soutint ce coup horrible et le ressentit dans toute son amertume. Elle colla longtemps ses lèvres aux lèvres bleues du cadavre ; ce fut Laorens qui l'en arracha. Un sourire sombre contractait son visage : Elle est morte, lui dit-il, et nous voilà seuls auprès d'elle, nous autres qui l'avons aimée. Où sont-ils ceux qui fêtaient hier la belle mariée ?... où est l'époux ?... et sa sœur, sa tendre sœur, où est-elle ?...

— Ils me l'ont tuée ! s'écria Rose, malédiction sur eux ! haine à celui qui l'a tuée !

Ces quatre personnes accompagnèrent les funérailles ; plusieurs voitures de deuil suivirent le convoi, mais elles étaient vides, ou bien ceux qui les occupaient parlaient politique et se donnaient rendez-vous le soir au balcon de l'Opéra. Laorens ne revit point son ami, qui partit aussitôt pour Mortemont, avec sa sœur. Rose et Laorens pleurèrent ensemble et partagèrent le bouquet blanc que Denise avait porté tout un triste jour sur son sein. Sœur Olympie ne craignit point de se commettre en rendant à l'actrice de fréquentes visites, toujours remplies du souvenir de leur amie.

Rose traîna pendant quelques mois, sous le nom de mademoiselle Coronari, une existence à la fois brillante et misérable. On vanta ses talents, on envia sa gloire, mais, comme un météore, elle ne fit que passer et s'éteindre. Elle fut bientôt lasse de cette vie factice qui n'apportait pas une joie à son cœur. Avide d'affection, dévorée par son âme ardente, mais trop supérieure au petit monde froid et superbe qui l'entourait, elle le traversa sans y trouver où s'attacher. Elle vit autour de son char beaucoup d'amis qui se vantèrent impudemment de ses faveurs, beaucoup d'adorateurs qui en elle saluaient la reine de la mode ; elle les méprisait avant d'avoir eu le temps de les aimer. Sa vertu trouva beaucoup d'incrédules, parce qu'elle ne mit pas de charlatanisme à s'en prévaloir et fut sage sans prétention ; d'ailleurs, avec la bonhomie de son langage et la candeur de son caractère, le cortège de ses adorateurs eût été forcé de rougir en proclamant sa chasteté ; pour ces hommes si brillants c'eût été proclamer l'impuissance de leur génie, l'innocence de leur séduction : leur amour-propre eût trop souffert de sa vertu.

Qu'importait à Rose, pourvu qu'elle rencontrât un cœur digne du sien ? Mais ce monde artiste, chaleureux, sublime, qu'elle avait rêvé de l'autre côté de la toile, comme elle le voyait maintenant mesquin et prosaïque ! comme ces mœurs larges et vraies, que son imagination pure lui avait créées, se changeaient en d'ignobles habitudes en les regardant de près ! Là aussi, elle trouvait de l'hypocrisie, une hypocrisie de pudeur plus révoltante que la pruderie niaise et inutile des couvents. Une prima-dona de petit théâtre n'osait paraître dans une loge sans être accompagnée d'une respectable mère louée à cinq francs par jour. Une autre, qui n'avait que trois amans, n'osait sortir tête-à-tête avec un d'eux, quoique tous vécussent en fort bonne intelligence. D'autres avaient des passions brutales, des vices révoltants. Il y en avait pourtant de bonnes et de sages ; mais hors du théâtre, c'étaient de vraies bourgeoises, paisibles dans leur ménage, heureuses auprès de leurs enfants. Rose s'ennuyait dans ces familles estimables. Elle qui n'avait pas de famille, et pour qui la vie commune était un poison lent, il lui fallait une existence d'exception, comme son caractère ardent, comme sa sincérité sauvage, comme sa philosophie sceptique. Chaque jour, l'expérience déflorait ses pensées et l'isolait de cette société toute d'usage et de convention. Dès son enfance, elle s'était sentie au-dessus de la sphère où elle était destinée à tourner, et c'était peut-être un malheur pour elle, du moins elle le pensait, en voyant tous les jours de riantes jeunes filles folâtres et heureuses pour un cachemire ou pour une aigrette. Elle, au contraire, avait toujours été en dehors de sa destinée. Condamnée à aimer la vertu, elle avait été élevée dans le vice ; rude de bon sens et de franchise, elle avait été emprisonnée dans les murs d'un couvent, dans les lisières de la superstition. Ardente et généreuse dans son amour, elle était venue se briser contre les glaces de l'opinion ; elle était tombée victime de la société, qui a toujours raison. L'art seul lui avait donné des jouissances vraies, mais passagères, car elle aimait l'art pour lui-même, et partout elle le voyait servir de hochet aux riches et de gagne-pain aux pauvres ; elle le voyait sacrifier sans pudeur aux caprices de la mode, au mauvais goût du moment. Si elle l'eût professé selon son cœur et sa conscience, elle eût été sifflée par le public, qui l'applaudissait avec engouement dans les rôles où elle se condamnait le plus. Alors elle regarda comme un malheur son organisation d'artiste, et ne vit plus dans sa carrière dramatique qu'un métier : elle le prit en dégoût, et ne se considéra plus que comme une machine à émotion.

Laorens trouva dans la peinture une consolation à ses chagrins, parce qu'il était tout juste assez artiste pour devenir un homme spécial. Il proposa à Rose d'associer leurs destinées, mais Rose sourit, lui pressa la main, et lui montra le ciel en lui disant : Taisez-vous, elle vous entend peut-être ?

Un jour, pendant que tout le couvent des Augustines faisait procession autour du jardin, Rose, qui connaissait les faiblesses de Fonvielle et l'intérieur de la maison, s'introduisit dans le cloître désert et se glissa inaperçue jusqu'à une cellule abandonnée. Quatre murs bien blancs, une couchette étroite et dure sans rideaux, un prie-Dieu en noyer, et un grand Christ d'ivoire couronné de buis bénit, tel était l'intérieur de cette retraite silencieuse, toute imprégnée du parfum de la solitude et de la mélancolie. Quelques brins de jasmin grimpaient aux barreaux de fer de la croisée, et sur les parois extérieures de l'embrasure, on pouvait encore lire les noms de Blanche et de Rose creusés dans la pierre avec un canif. Mais ce qui absorba le plus l'attention de la comédienne, fut un petit cadre de bois noir sur lequel était accrochée une couronne de roses flétries prêtes à tomber en poussière. C'était celle que sœur Blanche portait le jour de sa prise d'habit. Rose l'avait tissue de ses propres mains ; elle en avait cueilli les fleurs dans le jardin. Après l'avoir détachée avec précaution de la muraille, elle examina l'écrit renfermé sous le cadre noir : c'était une formule de vœux que Blanche avait prononcée le jour de sa profession, mais dont le nom et la date étaient restés en blanc : si la cérémonie n'eût pas été interrompue, la novice devait, selon l'usage, signer cet écrit sur une table où l'on eût déposé le Saint-Sacrement. Il commençait ainsi : *Ego soror N… promitto Deo omnipotenti*, etc.

Rose resta longtemps absorbée dans une contemplation mélancolique ; pour la première fois depuis la mort de son amie, sa douleur avait une sorte de charme. Elle s'assit sur le lit où la vierge pure avait reposé son sommeil d'ange, et caché ses larmes d'enfant, et là, immobile, les bras croisés sur sa poitrine, elle écoutait le chant monotone et cependant enjoué des litanies. Cette invocation aux habitants d'un monde inconnu, qui se fait aux jours des rogations, pour demander la bénédiction des produits de la terre, ressemble assez au refrain uniforme de la grive, et, ce chant d'oiseau, répété par de jeunes filles, a quelque chose de frais et de naïf le matin d'un jour de printemps, au milieu de l'aubépine en fleur, et au son des cloches, argentines comme leurs voix.

Rose les entendit surgir du fond de la grande allée de marronniers, se rapprocher et passer sous la croisée de la cellule ; c'était le signal pour s'en aller, mais elle n'en eut pas la force : elle se trouvait si bien dans ce lieu, elle y respirait un air si pur, elle y versait de si douces larmes !

Un quart d'heure après, la porte s'ouvrit doucement, une religieuse entra le voile baissé ; elle ne vit point Rose, qui se tenait immobile dans son coin, et après avoir refermé la porte avec précaution, elle s'agenouilla sur le prie-Dieu. Elle avait le dos tourné, mais Rose entendit bientôt de faibles sanglots s'échapper de son sein ; elle s'élança vers elle, et, l'entourant de ses deux bras, la couvrit de baisers et de larmes. C'était madame Adèle.

— Vous ne l'avez donc point oubliée, vous, s'écria la bonne religieuse en la pressant sur son cœur. Ah ! voici la plus grande consolation que je puisse goûter, c'est de revoir mon autre fille, et c'est Dieu qui me l'envoie.

Elles s'assirent toutes deux sur le lit et causèrent longtemps ; ensuite madame Adèle proposa à Rose de venir dîner avec elle. Cette offre la surprit, mais sa surprise augmenta, en apprenant que madame Scholastique de Throcmorton avait été frappée d'une paralysie qui la mettait hors d'état d'exercer les fonctions de supérieure, et que, depuis trois jours, madame Adèle avait été élue à ce poste éminent. Rose éprouva une grande joie en pensant à la possibilité de revenir souvent pleurer dans cette cellule.

— Le bonheur que votre présence m'apportera, lui dit son amie, sera le seul avantage de ma position, dont je me réjouirai.

Depuis ce jour, Rose retourna souvent aux Augustines ; là seulement elle trouvait ce calme religieux et cette amitié noble, dont elle avait besoin après une vie d'orage et de fatigue. Chaque jour ses visites devinrent plus fréquentes et plus prolongées. Elle déclara enfin à son amie, que sa résolution était de quitter le théâtre pour le couvent ; madame Adèle combattit ce projet comme un rêve de la douleur, comme un enthousiasme de l'amitié ; mais, le calme de Rose, la froideur avec laquelle elle raisonna sa situation et ses goûts, lui prouvèrent que c'était une idée plus grave qu'elle ne l'avait cru d'abord. Rose était devenue pieuse auprès d'Adèle, qui n'avait jamais cherché à la convertir.

On a beaucoup parlé dans le monde, d'une cantatrice distinguée qui a pris le voile aux Augustines, l'année dernière ; mais, vint le 27 juillet, et on l'oublia.

Rose est fort belle sous le voile que Blanche a porté. Il est malheureux que la mode des églises et la vogue des couvents soient tombées avec la croix des dômes et les profits de la dévotion, car, jamais chants aussi suaves, aussi sublimes que ceux de Rose, ne firent retentir les voûtes de la chapelle des Augustines. Mais, la nouvelle supérieure a vu sans regret s'éloigner de ses autels tout ce vain auditoire de désœuvrés et d'indifférents, qui y venait jadis comme à un spectacle. Sous sa direction, le bonheur est revenu au couvent ; si madame de Lancastre n'est pas oubliée, du moins est-elle remplacée. Scholastique, éprouvée par les infirmités de la vieillesse, est devenue plus tolérante, parce qu'elle a senti le besoin de se rendre tolérable. Rose la soigne avec un zèle touchant ; et peu à peu Scholastique lui pardonne d'avoir été reine au théâtre en la voyant se faire la servante volontaire de ses maux et de ses ennuis.

Rose élève de jeunes filles et leur apprend à chanter ; son plaisir est de diriger des chœurs d'enfants dont les douces prières élèvent souvent jusqu'à Dieu le nom chéri de Blanche. Elle habite cette cellule où Blanche vivrait encore, heureuse peut-être si on ne l'en eût pas arrachée. La couronne de roses desséchées et le bouquet de mariée sont le reliquaire de sœur Rosalie et le tableau où Blanche écrivit les vœux qu'on ne lui permit pas d'accomplir, sera signé par son amie.

L'air de la liberté n'est plus nécessaire à celle qui a traversé le monde et connu les hommes. De l'amitié, du loisir pour étudier, du soleil, de l'air et des fleurs, c'est ce dont se compose une existence de religieuse, et que faut-il de plus au cœur que l'amour et la gloire ont trahi ? Si l'on détruisait les couvents, quelques existences rejetées de la société, quelques âmes trop délicates pour le grossier bonheur de notre civilisation n'auraient plus de terme moyen entre le spleen et le suicide.

L'année dernière (c'était après la révolution), deux hommes revenaient de *Sos* à *Durance*, parmi les lièges du pays des Landes. L'un était vieux, mais encore vert, l'autre jeune et déjà flétri. Tous deux étaient à cheval et suivaient lentement un de ces chemins sinueux, qui s'enfoncent mystérieusement dans les profondeurs du bois. Le soir descendait sur les cimes des grands pins, et le silence n'était pas même troublé par le vol des chouettes, qui, obliquement portées sur leurs ailes cotonneuses, semblaient de larges feuilles mortes entraînées par le vent.

Leur entretien roulait sur des choses indifférentes, et cependant ils les discutaient avec tout l'intérêt dont ils étaient capables.

— Mais, monsieur, disait le plus jeune, un livre qui ne serait que la peinture exacte de la vie, serait mortellement ennuyeux.

— Mais, monsieur, reprit le vieillard avec humeur, que dites-vous de Clarisse Harlow ?

— C'est ennuyeux comme la vie, dit le jeune homme.

— Hé bien, vous appelez cela une critique ! dit le vieux.

— Comme il vous plaira ; mais je soutiens qu'on ne peut faire un livre amusant qu'avec des caractères d'exception, et des événements invraisemblables. La vie se traîne si lentement et si bêtement que, pour la raconter, il faut la rétrécir et la resserrer. Il faut la couper par morceaux, et y faire des coutures.

— Et jeter les rognures au feu, dit le vieillard en ricanant.

— Et puis, continua l'autre, notre caractère est si peu soutenu, notre esprit si *ondoyant*, nos affections si inconséquentes, que, pour faire de nous des héros de roman, il faut nous travestir, nous farder, nous mettre sur des échasses. Je vous demande quel est celui de nous qui voudrait se montrer nu sur la place publique ?

— Que voulez-vous y faire ? la vérité déplaît…

— Ne conviendrez-vous pas qu'elle est faite pour cela ? Si je vous racontais ma vie d'un bout à l'autre, elle vous ferait bâiller, et si je vous disais mon cœur tout entier, vous en auriez pitié ! Pourtant j'ai eu un drame terrible dans ma vie, et je ne l'ai pas regardé en amateur, croyez-le bien. Hé bien, monsieur, je ne suis ni Lara ni don Juan ; je ne me suis fait ni trappiste, ni corsaire, ni fantôme. Je vis comme tout le monde, je viens avec vous de marchander trente arpents de bois, et ce soir je lirai le Constitutionnel.

Voyez, monsieur, faites donc un dénouement avec cela ! faites donc de moi le héros d'un livre ! y a-t-il rien de plus ignoble que la réalité ? Ne devais-je pas après la mort subite et terrible de ma femme me brûler la cervelle ou me faire l'anachorète de quelque site sauvage ? pourtant, monsieur, grâce à vos philanthropiques consolations, je défriche aujourd'hui mes landes, j'assainis mon pays, je nourris les habitants et je me rends utile, tout en frémissant à mes souvenirs, tout en repassant ma jeunesse avec une amère ironie !

Il y eut un long silence entre les deux cavaliers, pendant lequel ils traversèrent une vaste lande qui commençait à se couvrir de jeunes plantations.

— De sorte, dit le vieillard en s'arrêtant au pied d'une vieille tour isolée et décrépite, qu'à votre dire, le meilleur roman serait le plus ennuyeux ? Singulière conclusion.

— Je ne dis pas cela, reprit le jeune homme, je dis seulement qu'il est difficile d'être vrai et d'être amusant ; est-ce que la vie vous a beaucoup amusé, monsieur ?

— C'est un méchant livre que je ne voudrais pas relire, répondit le vieillard, je vous souhaite le bonsoir.

Le solitaire de la Tour des Landes disparut derrière un bastion demi-écroulé de son manoir, et M. Cazalès suivit, seul et triste, le chemin de Mortemont où sa sœur l'attendait pour commenter un article du journal des Débats sur la pairie héréditaire.

Fin.

Table des matières

Rose et Blanche 1
   Tome 1 5
      Chapitre premier La Diligence 6
      Chapitre II Tarbes 17
      Chapitre III Les Comédiens 24
      Chapitre IV Histoire de deux Soprani.. 32
      Chapitre V Souvenirs 39
      Chapitre VI Conseils à ma fille. 45
      Chapitre VII L'apprentie-Courtisane 50
      Chapitre VIII La Mère et la Fille... 59
   TOME II 65
      Chapitre premier La Novice 66
      Chapitre II Les Livres-Saints 72
      Chapitre III L'Archevêque 83
      Chapitre IV Utilité d'un Grand-Vicaire 98
      Chapitre V Les Landes... 107
      Chapitre VI Le Marquis de Carabas... 112
      Chapitre VII Le Secret 119
   TOME III 125
      Chapitre premier Denise... 126
      Chapitre II Moralité... 142
      Chapitre III La Dévote 146
      Chapitre IV Du Mariage 154
      Chapitre V Le Couvent 162
      Chapitre VI Croquis de jeunes filles 172

Chapitre VII L'Abbesse et la Sœur de charité 179
TOME IV 189
Chapitre premier Le Magnificat 190
Chapitre II L'artiste au Couvent 203
Chapitre III Un Amour de Dévote 212
Chapitre IV Le Manuscrit 217
Chapitre V La Confession 221
Chapitre VI Tancredi 233
Chapitre VII La Fièvre 242
Chapitre VIII La Primerose 249
TOME V 257
Chapitre premier Trois ans d'entr'acte 258
Chapitre II Tony 263
Chapitre III L'amour d'un homme 275
Chapitre IV La Profession 284
Chapitre V Le jour des Noces 296
Chapitre VI La Nuit des Noces 306
Chapitre VII Sœur Rosalie 313